UNE NUIT INFINIE

ELIOT SCHREFER

UNE NUIT INFINIE

Traduit de l'anglais (États-Unis)
par Henri Gay, et Julie Provot
pour Valentin Translation

RIVKA

Titre original : *The Darkness Outside Us* (HarperCollins, New York)

12 rue de la Borne Sud, 92190 Meudon
ISBN : 978 - 2 - 493897 - 17 - 6

Illustration de jaquette : © 2021 by Sarah Maxwell
Design de jaquette et typographie : © David Curtis
Illustration de couverture : © Talenta Priyatmojo

Achevé d'imprimer en mars 2024 par Tallinn Book Printers en UE
Dépôt légal : mars 2024
Prix TTC : 18 euros

Pour Eric

Le satellite de Saturne, Titan, est le plus proche corps céleste capable d'accueillir la vie humaine.

23 janvier 2470.
La Citoyenne X1, de la Compagnie Coloniale Cusk, est la première à y poser le pied.

Les deux derniers pays de la Terre, Dimokratía et la Fédération, célèbrent ensemble cet événement.

Six semaines plus tard, la liaison avec le camp de base fondé par l'astronaute Minerva Cusk est brusquement interrompue.

Le monde comprend alors que son plus grand espoir vient de s'éteindre.

Deux ans plus tard, des rapports révèlent que la balise de détresse de Minerva Cusk a été déclenchée manuellement.

Une opération de sauvetage est lancée.

C'est ici que commence cette histoire.

UNE NUIT INFINIE

Suis-je en vie ?

Et toi, l'es-tu ?

Ma mère ne répond pas quand je frappe à sa porte.

Ses pieds projettent des ombres dans le mince rai de lumière qui filtre sous la porte de sa chambre.

La voix de ma sœur s'élève à l'autre bout du couloir :
— Ambrose, viens avec moi.

Le lit de Minerva est douillet et chaud. Je m'y sens bien. Mais ce sont ses bras qui me réconfortent le plus. J'ignorais combien j'avais besoin de son étreinte.

Une fois mes pleurs taris, elle me chuchote :
— Aussi longtemps que je vivrai, quelqu'un t'aimera…

Sa voix résonne sur une plage de sable rose : « Debout, Ambrose. Viens faire la course avec moi. »

L'instant d'après, Minerva est en train de se noyer. Ses bras frappent désespérément la surface de l'eau, en vain.

J'essaie de hurler, mais ma gorge est tellement sèche que je ne parviens pas à émettre le moindre son.

Minerva n'a jamais eu besoin d'aide, pas une seule fois dans toute sa vie.

Je n'arrive pas à ouvrir les yeux.

Je ne suis pas là où je croyais être. De nouveau, j'essaie de crier, malgré le feu qui brûle au fond de ma gorge. *J'arrive ! Je vais te sauver !*

Soudain, un fracas retentit. Deux objets en plastique dur sont entrés en collision. Sur l'instant, le bruit est assourdissant, puis son écho s'évanouit peu à peu.

Quand j'ouvre les yeux, le monde ne semble pas avoir changé… sauf que je ne vois absolument rien.

Suis-je aveugle ?

Un tintement suivi d'un bourdonnement brise le silence.

Non, je ne suis pas aveugle. C'est le noir absolu autour de moi.

Une lumière violette disperse brusquement les ténèbres et m'oblige à placer une main en visière sur mon front.

— Il y a quelqu'un ? demandé-je en clignant des paupières.

Une voix me répond. Je la connais.

— Ambrose, vous avez été victime d'un accident à la suite duquel vous êtes tombé dans le coma. Vous pourrez vous asseoir quand je vous le dirai.

— Maman ? Où es-tu ?

Ma voix ressemble à un sanglot. Elle n'aurait pas aimé entendre une telle marque de faiblesse.

— Je ne suis pas votre mère, bien que mon identité vocale puisse paraître trompeuse. En réalité, je ne fais qu'utiliser le timbre de sa voix.

Le timbre de sa voix... Tout à coup, les pièces du puzzle s'assemblent dans mon esprit. Je me trouve à bord d'un vaisseau spatial, et plus précisément à bord de l'*Endeavor*. Et cette voix est celle de mon système d'exploitation baptisé OS, pour « Operating System ». D'ailleurs, ma mère ne me vouvoierait pas.

Mes yeux se déplacent rapidement dans leurs orbites pour observer ce qui m'entoure : des murs en polycarbonate blanc, un zéro et un quatre imprimés en larges capitales à côté d'une porte... Je ne vois de sable nulle part. Mais après tout, pourquoi y en aurait-il ? Cet endroit n'est pas conçu pour accueillir une plage, ni le moindre grain de sable d'ailleurs. Je ne suis pas au bord de la mer, mais en mission.

— Quel est le point sur la mission ? Y a-t-il des nouvelles de ma sœur ? demandé-je.

Ma mère – ou plutôt le système d'exploitation du vaisseau – n'a pas besoin de temps pour réfléchir. Sa réponse me parvient avant même que j'aie terminé de poser ma question.

— Votre mission est de retrouver Minerva vivante, ou de récupérer son corps dans le cas contraire.

— Ça, je le sais, OS. Je t'ai demandé de faire un point sur la situation.

Le sol bourdonne. Un souvenir me revient subitement. Je revois mes parents ainsi que mes frères et sœurs en train de gambader et s'amuser sur le sable rose de notre plage labellisée Cusk. Habillée de sa combinaison de bain blanche, Minerva barbote dans les vagues d'eau de mer vaporeuse. Sur le rivage, ma mère l'encourage et l'incite à accélérer : « Plus vite, Minerva ! Je sais que tu peux aller plus vite ! » Mes doigts bronzés par un soleil de plomb fouillent les grains de sable artificiels en quête de coquillages. La station spatiale de ma famille se trouve quelque part dans le ciel, entourée de ses antennes radio en rotation. De nombreux satellites récréatifs comme le nôtre hantent ce même ciel.

— Tu tardes à répondre parce que tu n'as aucune information ou parce que Minerva est morte ?

D'autres mots se bousculent sur ma langue, mais les prononcer à voix haute me ferait trop mal.

— Je vous mettrai au courant de la situation quand vous serez prêt.

Je réussis à secouer la tête, ce qui a pour effet de faire grincer mes vertèbres ankylosées.

— C'est quoi ces conneries ? grogné-je. C'est encore moi le chef à bord. Alors maintenant, tu vas me répondre et me dire ce qui se passe.

— Nous avons rencontré quelques complications lors du lancement, mais tout est finalement revenu dans l'ordre, explique OS. Vous êtes à bord du *Coordinated Endeavor*, à plusieurs semaines de distance de la Terre et de sa lune. Nous sommes en route vers Titan. La balise de détresse de Minerva émet toujours un signal et celui-ci n'a pas été modifié depuis qu'il a été activé.

Ma sœur est forcément en vie. Si elle était morte, ça voudrait dire qu'elle aurait échoué, et Minerva Cusk n'échoue jamais ce qu'elle entreprend. J'essaie de déglutir, mais ma bouche est tellement sèche qu'elle ne contient plus du tout de salive.

— De l'eau, croassé-je.

— Il y a un verre juste à côté de vous, sur votre table de chevet, m'indique OS.

Mon regard se baisse puis s'étrécit en se posant sur une main. C'est bien ma main, mais en même temps, j'ai l'impression qu'elle appartient à quelqu'un d'autre tant mes mouvements manquent de dextérité. Sans compter que mon cerveau encore embrumé, qui s'extasie sur la beauté de mes doigts, ne m'est vraiment d'aucune aide. Dans ma tentative de dompter mes articulations engourdies, ma main heurte le plateau en plastique à côté de moi. Un verre d'eau est posé dessus, loin de moi. Après quelques gestes maladroits, je parviens à l'approcher de ma tête mais rate ma bouche, et l'eau qu'il contient se renverse sur mon visage en dégoulinant le long de ma joue. Sous l'assaut d'une douleur lancinante provoquée par mon sursaut de surprise, les muscles de mon bras se contractent à l'extrême et le verre m'échappe pour tomber au sol et rouler plus loin. Un seul mot réussit à franchir la barrière de mes lèvres au milieu de ma souffrance : « aïe ».

Un bruit se fait entendre dans la pièce d'à côté, puis Rover, qui ressemble à la moitié d'un ballon de basket blanc, apparaît dans l'embrasure de la porte. Le robot longe le mur jusqu'à se positionner à ma hauteur, avant d'émettre un léger grincement. L'un de ses panneaux coulisse alors pour révéler des pinces articulées qui se saisissent du verre renversé et le redressent. Puis un pulvérisateur émerge d'une autre ouverture et le remplit d'eau.

— Il faudra vous hydrater dès que vous en serez capable.

Bien qu'OS emprunte la voix de ma mère pour s'adresser à moi, je me force à me rappeler que ma véritable mère se trouve toujours sur Terre. Je refuse de commettre deux fois la même erreur.

— Il vaudrait mieux que vous échauffiez vos muscles avant d'essayer de boire davantage, ajoute OS.

J'étire mon autre bras, qui se révèle être relié à une intraveineuse. Une crampe m'oblige à le reposer sur le lit… ou plutôt le brancard d'hôpital sur lequel je suis allongé. Mes muscles me font de plus en plus mal. Le souffle coupé par la douleur, je suffoque. Au vu de mon état actuel, je ne peux me résoudre à tenter de boire à nouveau. J'en suis tout bonnement incapable.

Mon corps semble léger, comme si je planais. C'est la même sensation que lorsque j'avais retrouvé mes camarades de classe dans les bois, cet après-midi-là. Nous avions descendu une bouteille de Pepsi Rhum en nous taquinant mutuellement, entre défis tous plus idiots les uns que les autres et grands éclats de rire. Nous étions saouls avant même de nous en rendre compte. J'avais embrassé quatre d'entre eux ce jour-là avant de m'éclipser pour faire des tours de piste.

Mais je ne peux pas être ivre au sortir d'un coma. *Ce n'est qu'une impression*, songé-je.

— Ma tension artérielle…, croassé-je en grimaçant.

— … est encore basse. Alors, ne vous levez pas avant que je vous en donne l'autorisation, Ambrose Cusk.

— Je ne peux pas me réveiller d'un coma. C'est impossible, contesté-je avant d'être saisi d'une violente quinte de toux.

Je suis surpris par ma propre stupidité. Ce ne sont pas tant les mots que je viens de prononcer qui me poussent à me fustiger mentalement. Non, c'est le fait d'avoir essayé de parler alors que des éclats de verre tapissent toujours le fond de ma gorge.

— En raison de votre décollage précipité, les mesures de sécurité censées vous protéger ont été inefficaces, m'informe la voix de ma mère. Vous avez perdu connaissance avant même que votre navette ait quitté l'atmosphère terrestre. Mais je ne peux pas vous laisser vous reposer trop longtemps. Nous avons déjà pris trop de retard sur le programme initial.

Un décollage précipité ?

Je voudrais demander au système d'exploitation ce que ça signifie, mais ne parviens à produire qu'un misérable croassement…

Je tente alors d'arguer qu'Ambrose Cusk ne perd jamais connaissance, mais ma tentative ne se révèle pas plus concluante que la précédente.

On ne peut pas dire que je sois à la hauteur des talents que possède ma sœur aînée. Si je devais être tout à fait franc, je dirais même que je ne lui arrive pas à la cheville.

— Votre discours n'est pas suffisamment évocateur pour que je puisse en déduire vos pensées actuelles, déclare OS. Je vais donc poursuivre le cours de notre conversation précédente.

Pendant qu'OS parle, je fais jouer les articulations de mes mains. Mes tendons commencent à s'assouplir. Dans un premier temps, je parviens à bouger le bout de mes doigts, puis le reste de chaque articulation. Je remue ensuite mes pieds tout en contractant les muscles de mes fesses. Ces simples gestes me demandent beaucoup d'efforts, à tel point que mon souffle s'est rapidement raccourci. Mais si je continue comme ça, peut-être que je finirai par réussir à me mettre debout.

— Nous avons eu une fuite d'air et nous dirigeons vers un astéroïde dont le noyau est constitué d'eau gelée. Nous l'atteindrons dans 1,7 jour très exactement. Nous pouvons électrolyser cette eau pour reconstituer l'oxygène perdu. Aussi suis-je en train de régler notre vitesse ainsi que notre trajectoire sur celles de l'astéroïde pour que nous puissions le capturer dans nos filets. Si nous ratons cette occasion de renouveler notre stock d'oxygène, la vie à bord du *Coordinated Endeavor* pourrait devenir impossible.

J'opère un mouvement de balancier avec mon buste pour tenter de me redresser. Bien que n'ayant pas de crampe au ventre, j'ai vraiment l'impression d'être dans le même état que quelqu'un qui aurait descendu une bouteille de Pepsi Rhum. Il ne fait aucun doute que je vais bientôt vomir. Je serre les dents et lève mon bras. Mes muscles se crispent, mes doigts gourds se changent en serres. Mais en me concentrant et en respirant lentement – ou devrais-je dire en hurlant sous l'effet de la douleur que me provoque le moindre geste –, j'arrive à saisir le verre en plastique à côté de moi.

Je le porte à mes lèvres. La majeure partie du liquide coule sur mon menton et inonde mon torse, mais quelques gouttes tombent dans ma bouche. Le robot pivote et remplit à nouveau le verre. Cette fois, je me sers de mon bras gauche pour boire, en attendant que les doigts de ma main droite se détendent, et parviens à ingurgiter une quantité d'eau plus importante. Mes efforts commencent à payer, puisque je retrouve peu à peu l'usage de mon corps.

J'aimerais savoir combien de temps j'ai passé dans les vapes, mais OS a raison : pour le moment, la priorité est d'assurer notre survie. Tout le reste attendra que nous soyons hors de danger.

— Donc soit nous récupérons cet astéroïde, soit je meurs, résumé-je.

Une image issue des profondeurs ensablées de ma mémoire me revient. Il s'agit du grand hall de l'Académie Cusk, avec ses murs tapissés de plaques commémoratives et de médailles. Devant eux sont alignés une ribambelle d'astronautes en costume de coton qui craque comme du papier.

Dans l'air, des projections holographiques annoncent qui sont les candidats sélectionnés pour la prochaine étape et, par extension, qui se rapproche de la mission tant convoitée. À cet endroit, trois ans auparavant, le nom de Minerva et son avatar ont illuminé le ciel pour annoncer sa victoire. Ce jour-là, ma grande sœur affichait un immense sourire. Elle paraissait plus que confiante en apprenant son départ pour Titan et sa mission d'investigation. La seule personne qui m'aimait vraiment était couverte de lauriers et acclamée par les foules. Elle ne m'appartenait plus. Tout comme elle, trois ans plus tard, j'ai vu mon portrait s'afficher dans le ciel et me suis retrouvé sous le feu des projecteurs, avec un grand sourire aux lèvres et une assurance tout aussi forte que la sienne au moment où j'ai été choisi pour aller la sauver.

— Je me souviens de mon entraînement, continué-je d'une voix rauque. Je me rappelle avoir été sélectionné. Je me souviens de mon dernier jour à la plage, puis de l'examen médical lors duquel les médecins ont vérifié l'intégralité de mes fonctions physiques. Mais je ne me souviens plus du tout du décollage... En fait, je ne me souviens de rien à partir de ce moment-là.

— Ce n'est pas surprenant. Vous avez été beaucoup secoué, souligne OS. En raison de leur constitution organique, les humains ont le corps particulièrement fragile.

— Ce ne serait pas le premier coup que je me prends sur la tête, concédé-je en me tapotant le crâne pour illustrer mes propos.

Nos entraîneurs avaient pour habitude de nous harnacher à une roue de manège et de nous faire tournoyer pour mesurer la force gravitationnelle que nous pouvions supporter. J'ai toujours réussi ce genre de tests avec brio.

— Combien de temps suis-je resté inconscient ?

— Deux semaines, me révèle OS.

Deux semaines ? C'est carrément gênant... Ma perte de connaissance ne faisait pas partie du programme de la mission.

Je m'assieds en balançant mes jambes sur le côté. Mauvaise idée. Je pousse un cri et retombe lourdement contre le matelas.

— Restez tranquille, Ambrose, me réprimande OS avec la voix de ma mère. Vous n'êtes pas encore en état de vous lever.

Je vous ferai savoir quand ce sera le cas. En attendant, vous devez rester couché.

Rover avance le long du mur en produisant un vrombissement suivi d'un bourdonnement mécanique. Lorsqu'il arrive à côté de moi, ses bras métalliques émergent en tenant délicatement une forme bombée à l'aspect mou, semblable à une saucisse, entre leurs pinces. L'intérieur de cet étrange boyau est rempli d'une sorte de liquide brun foncé contenant des bulles de gaz. Quelle que soit cette chose, l'odeur qui s'en échappe est... *ragoûtante.*

— OS, est-ce que Rover vient de faire caca ?

— D'une certaine façon, oui, confirme OS. Votre microbiote intestinal doit être immédiatement reconstitué pour prévenir toute réponse inflammatoire auto-immune. J'ai sélectionné ces organismes pour repeupler votre appareil digestif avec une quantité idéale de bactéries considérées comme seines.

— Me faire manger de la merde ne faisait pas partie du programme de la mission.

Je me souviens très bien des instructions reçues pour le sauvetage de Minerva et des plans qui ont été établis pour mon voyage à bord de l'*Endeavor.* Seul le début de la mission a disparu de ma mémoire.

— Les deux semaines que vous avez passées dans le coma ne faisaient pas non plus partie du programme de la mission.

Pour le coup, il marque un point, même si je dois bien admettre que je ne m'attendais pas à une telle mesquinerie de sa part.

Rover remplit de nouveau mon verre d'eau.

— Allez, cul sec, m'encourage la voix de ma mère.

— Je n'aurais pas dit mieux. Je suppose que cette expression familière était préprogrammée dans ton système.

J'inspecte la boulette marron. Au moins, je peux remercier

le centre de contrôle d'avoir conditionné correctement cette merde avant de me la faire manger.

— D'ailleurs, maman n'aurait jamais dit « cul sec », remarqué-je. Elle est bien trop polie pour utiliser ce genre d'expression. Mais ce n'était pas le cas de toutes celles qui se sont occupées de moi pendant mon enfance. En fait, je suis pratiquement sûr que maman ne s'est jamais approchée d'une couche de bébé. Je ne l'ai même quasiment jamais vue pendant les dix premières années de ma vie. C'est Minerva qui m'a pour ainsi dire élevé.

Je mets la boulette dans ma bouche et l'avale à l'aide d'une gorgée d'eau. La déglutition, douloureuse, m'arrache un grognement. Les yeux embués, je fais semblant de sourire.

— S'il te plaît, maman, je peux en avoir encore ? plaisanté-je.

— Vous avez ingurgité suffisamment de bonnes bactéries pour l'instant.

— Oui, je suis bien d'accord, approuvé-je tout en éructant le rot le plus disgracieux qu'un humain ait jamais produit.

Les limites de la pièce se brouillent devant mes yeux. Je ferme les paupières et me concentre sur ma respiration pour ne pas régurgiter ce que je viens d'avaler. « La nausée sera ta compagne, il faut t'y faire », m'a dit Minerva lors d'une longue promenade à travers le domaine familial lorsqu'elle a appris que j'étais admis à l'Académie Cusk. « Elle sera ta seule constante pendant toute la durée de ton entraînement. » Tout en songeant à elle, je me laisse porter par les vagues de haut-le-cœur jusqu'à ce qu'elles s'apaisent.

— Combien de temps nous faudra-t-il pour rejoindre ma sœur ?

— Environ cent quatre-vingt-onze jours.

Tandis que mes veines se gorgent d'un liquide revigorant, mon esprit se met en branle, tirant des conclusions auxquelles j'aurais été bien incapable d'arriver il y a une minute à peine.

Un large sourire s'épanouit sur mes lèvres, étirant douloureusement les muscles de mon visage. Ça ne se voit probablement pas, mais je suis rempli de joie.

— OS, nous sommes dans l'espace ! m'exclamé-je avec émerveillement.

Durant les millisecondes qui précèdent sa réponse, j'imagine OS fustigeant mentalement les responsables de ma présence sur ce vaisseau.

— C'est tout à fait juste, astronaute Cusk. Nous sommes dans l'espace.

J'arrache ma perfusion, balance mes jambes sur le côté et me lève. En me voyant faire, Rover se met à lancer des signaux d'alerte. Je remarque alors que du sang commence à tacher le sol blanc et brillant… mon sang.

Mes pieds ne sont plus que des cloques remplies d'un liquide gras. La peau est gonflée et recouverte de traînées violettes et rouges là où mon sang s'écoule. Des éclairs blancs envahissent ma vision et l'inconscience me happe.

-*Tâches restantes : 342*-

L'eau échappée de mon verre perle sur la toile cirée de mon uniforme.

J'ai la pire gueule de bois de toute l'histoire des gueules de bois. Celle-ci est bien pire que lors de cette fameuse soirée de beuverie en compagnie de mes camarades astronautes, lorsque nous nous étions réveillés à moitié nus après avoir vidé une bouteille de Pepsi Rhum.

Je relève la tête pour la décoller du sol couvert de vomissures. Le vertige qui me saisit alors est presque aussi fort que la migraine qui se déchaîne sous mon crâne.

— Bon retour parmi nous, Ambrose. Vous êtes à bord du *Coordinated Endeavor*, annonce OS.

— Je sais. Je m'en souviens, répliqué-je en grimaçant. Je me suis évanoui, c'est tout. Demande à Rover de m'apporter un chiffon humide.

Malgré mon mal de tête et ma coordination encore hasardeuse, je parviens à me mettre debout et tente d'assurer mon équilibre en écartant les bras à la manière d'un surfeur.

— Votre chiffon arrive bientôt.

Au même moment, un haut-le-cœur me saisit et je me penche en avant pour vomir avec toute l'élégance dont je suis encore capable.

— Étant donné que votre estomac continue de régurgiter son contenu, c'est une chance que nous ne soyons pas dans la partie du vaisseau réglée en gravité zéro.

— Je suis bien d'accord, acquiescé-je en m'essuyant la bouche. Nettoyer du vomi en apesanteur… Je n'imagine pas la galère. Ça aurait occupé Rover pendant un long moment. Peux-tu m'ouvrir la porte, OS ?

— Êtes-vous sûr d'être prêt à vous déplacer ?

— Oui. Ne mets pas en doute mes ordres, OS. Et fais-moi un rapport sur le signal de Titan dès que possible.

La porte de l'infirmerie se relève doucement pour révéler à ma vue un petit couloir blanc. Je n'ai pas enfilé de chaussures, et bien que chaque pas réveille des élancements dans la plante de mes pieds nus, la douleur reste supportable.

Bravo, Ambrose, tu arrives à marcher ! me félicité-je intérieurement.

— N'hésitez pas à vous asseoir chaque fois que vous en sentirez le besoin. Les humains ont la tête non seulement lourde, mais aussi loin du sol, ce qui la rend d'autant plus susceptible de subir des dégâts lors d'une chute.

— C'est certainement un défaut de conception, commenté-je en ravalant une nouvelle vague de nausée. Mieux vaut ne pas avoir de tête ni de corps. Comme toi.

— Je suis assez d'accord avec vous sur ce point.

— Ça ne m'étonne pas de toi, OS, dis-je avec un sourire en arrivant devant la porte suivante. Peux-tu te charger d'ouvrir celle-là aussi ?

Elle commence à s'ouvrir, mais s'arrête brusquement en me laissant juste assez d'espace pour que je puisse me glisser de l'autre côté.

— Il va falloir que je répare cette porte. Je suppose que ça n'a pas encore été fait parce que le mécanisme est hors de portée de Rover ?

— C'est exact, confirme OS. Bien que Rover soit programmé pour assurer l'entretien du vaisseau, les tâches se sont accumulées, si bien qu'il ne peut pas toutes les assumer. J'ai tenu à jour un registre des travaux de maintenance qui requièrent votre attention. Celui-ci contient trois cent quarante-deux entrées. Entrée n° 1 : dans la pièce numéro 0, vérifier les installations électriques du sous-sol. Entrée n° 2 : dans la pièce numéro 0, identifier la source à l'origine des relevés erratiques d'azote. Entrée n° 3 : dans la pièce numéro 1…

Tout compte fait, OS ressemble beaucoup à ma mère…

— Pas maintenant, OS, le coupé-je en tapotant ma tempe du doigt.

Ce n'est pas là que ma tête me fait le plus souffrir, la palme de la zone la plus douloureuse revenant sans conteste à la base de mon crâne.

— Laisse tous les couloirs ouverts. J'examinerai les portes plus tard. Pour le moment, je n'ai aucune envie de me retrouver coincé à cause d'une porte bloquée.

— C'est fait. Peut-être devrais-je quand même placer les portes sous la responsabilité de Kodiak ?

Kodiak ? La mission ne me revient que lentement en tête.

Ce dénommé Kodiak fait sûrement partie des choses dont je ne me souviens pas encore.

— Pour l'instant, la priorité est de se réapprovisionner en oxygène grâce à cet astéroïde et d'en savoir plus concernant la situation sur Titan, rappelé-je.

Je tourne à l'angle du couloir et la large baie vitrée de la pièce numéro 6 apparaît devant moi. Je tombe à genoux, les mains sur la bouche.

Un champ infini d'étoiles s'étale sous mes yeux. Parmi ces explosions atomiques qui envoient des ondes de lumière, seule une infime partie est destinée à se dissiper sur ma rétine. Libre de toute atmosphère susceptible de troubler ma vue, je plonge mon regard dans le vide intersidéral, ce néant plus absolu que n'importe quel vide sur Terre.

Dans l'espace, chaque vide, même le plus petit, se voit comblé par des pointes de lumière encore plus lointaines. Nulle part le vide ne s'épanouit réellement. Une extrême solitude m'assaille à cette pensée. D'une certaine façon, l'espace est si profondément mélancolique qu'il ne dégage aucune tristesse, comme une note si basse qu'on finit par cesser de l'entendre. Même le chagrin que je ressens face à mon insignifiance semble dérisoire.

J'ai passé des milliers d'heures à m'entraîner dans une reconstitution de la salle numéro 6. Sur Terre, pour rejoindre la reproduction à taille réelle de l'*Endeavor*, je devais traverser un hangar d'un kilomètre de long dans lequel s'alignaient des hélicoptères de l'armée et des robots déconnectés. Apprentis et mécaniciens travaillaient ici et là, tandis que des enfants réfugiés nous observaient, au loin, depuis leurs campements situés de l'autre côté des clôtures électriques.

Parfois, quand les cyclones de chaleur et les tempêtes de sable estivales devenaient particulièrement violents, les immenses portes du hangar étaient scellées. Mais lorsqu'elles étaient ouvertes, elles laissaient apparaître les jaunes et bleus étincelants ainsi que les roses artificiels de la plage de Mari à l'horizon.

Les bandes bleues et jaunes ayant accompagné mon entraînement ont laissé place à un noir profond agrémenté de gerbes d'opale qui se succèdent par la fenêtre au fur et à mesure de la rotation du vaisseau. L'*Endeavor* tourne sur lui-même afin de créer une pesanteur artificielle, faisant ainsi défiler les étoiles dans le ciel.

— Je viens de déplacer le pointeur du vaisseau. La nouvelle vue que vous aurez très bientôt pourrait vous intéresser, annonce la voix de ma mère.

Ça me fait de plus en plus bizarre de l'entendre ici.

— Il va vraiment falloir que je change ta voix.

— J'utilise les intonations vocales de la Présidente Cusk, mais je suis complètement indépendant de son cerveau, bien que ce soit sa société qui m'ait conçu.

— Oui. Je sais bien, OS.

Le fameux endroit que voulait me montrer OS n'est toujours pas en vue, alors je m'allonge par terre pour attendre que le vaisseau termine sa rotation, soulagé de sentir la pression du sol en polycarbonate contre ma colonne vertébrale. Dans mon état actuel, je serais capable de rester là, dans cette même position, pendant un long moment.

— OS, pourquoi ai-je perdu connaissance ? Qu'est-ce que ma tête a heurté exactement ? Ce n'est pas dans mes habitudes de rester dans les vapes aussi longtemps.

— Rotation terminée. Jetez un œil à l'extérieur, Ambrose.

Mon agacement disparaît instantanément à la vue du spectacle époustouflant qui se dévoile sous mes yeux. OS nous a placés face à la Terre. À cette distance, notre planète paraît minuscule, mais nous en sommes encore suffisamment proches pour déceler ses nuances bleues qui la différencient des étoiles. Je colle davantage mon visage contre la vitre et, sur la demi-face visible de la sphère, parviens à distinguer une masse de nuages tourbillonnants sous laquelle apparaissent des morceaux de terres brunes.

Ce sont des cyclones de chaleur, comme ceux qui ont ravagé l'Australie et Firma Antartica quelques mois seulement avant notre départ. Ces mêmes cyclones qui nous ont obligés à changer d'aire de lancement et à opter pour la plateforme de la plage de Mari.

Cependant, le plus surprenant dans cette vue incroyable reste la Lune.

Malgré les heures passées à imaginer cet instant, pas une seule fois n'ai-je songé que je verrais aussi la Lune tourner autour de la Terre. Mais elle est bien là, avec son immuable face blanche, visible depuis le plancher des vaches, et sa face noire, cachée aux yeux des humains. La Terre a un animal de compagnie qu'elle garde auprès d'elle à l'aide d'une laisse invisible. Cette image a quelque chose de plaisant, mais je ne me risquerai pas à partager ces pensées candides avec qui que ce soit.

Ce qui m'amène à penser à Titan, lui-même en rotation autour de Saturne et ses quatre-vingt-un anneaux. C'est là que se trouve Minerva… vivante ou morte.

— Je suis content que vous vous soyez réveillé à temps pour voir les couleurs de la Terre, reprend OS. Encore quelques semaines de voyage et elle ressemblera à n'importe quelle étoile ou planète pour l'œil humain.

J'ai toujours trouvé bizarre le fait qu'un programme informatique puisse affirmer être « content ». Cette affectation, intégrée dans leur code, a pour but de rendre les machines plus humaines et sympathiques, mais m'a toujours fortement déplu. Et dans ma situation actuelle, c'est d'autant plus perturbant. Ce système d'exploitation, qui n'a pas de système limbique et donc pas d'émotions, et qui plus est tient ma vie entre ses mains, est capable de mentir.

— Je pourrais passer ma vie à admirer ce spectacle sans jamais me lasser, avoué-je en me tortillant sur le sol en polycarbonate blanc pour pouvoir tapoter chaque étoile sur la vitre comme si je pouvais les agrandir.

J'espère qu'OS n'a pas remarqué la tension qui crispe mon corps. Mon coma, les dégâts imprévus du vaisseau… quelque chose ne colle pas.

— Je ne peux pas vous promettre une vie entière à admirer ce spectacle. Mais vous disposerez de plus de six mois pour le contempler.

— C'est un calcul plutôt imprécis. Je suis déçu. Quel genre de système d'exploitation es-tu ?

— Je me suis basé sur le degré d'exactitude qu'un humain choisirait probablement dans une telle situation. Si vous souhaitez un chiffre plus précis, sachez que j'estime cette durée à 0,5232…

— Merci pour ces précisions, OS, le coupé-je en tapotant du doigt la cloison de polycarbonate du vaisseau. Voilà donc tout ce qui nous sépare d'une mort assurée.

— Vous devriez éviter les tendances nihilistes auxquelles je sais que vous êtes sujet. De plus, parler de « nous » est inapproprié compte tenu de la situation. Vous ne survivriez pas à la rupture de la coque, mais moi si.

— Ouch… c'est très rassurant, OS, merci, ironisé-je.

Et en plus, il me dit ça avec la voix de ma mère, ajouté-je pour moi-même.

Cette dernière ne se départ jamais de sa dureté. Elle en a même fait une force. J'ai été élevé par des mères de substitution engagées par la famille Cusk pendant que ma mère dirigeait l'entreprise familiale. Elle ne m'a pas porté dans son ventre. En revanche, elle a déboursé une petite fortune pour se procurer le sperme reconstitué d'Alexandre le Grand et a mélangé son ADN avec le sien pour me créer. C'est peut-être ça, l'amour ?

— Je suis désolé. Pendant que vous dormiez, j'ai développé ce que j'ai choisi d'appeler ma Théorie de la Membrane Universelle de la Vie, explique OS. Si vous souhaitez la lire, je peux en rédiger un traité en quelques secondes.

— Non, merci. Je n'ai pas spécialement envie de penser à ma *membrane* là maintenant. C'est trop déprimant.

— Je suis désolé. J'essaierai d'éviter ce genre d'erreurs à l'avenir.

J'aimerais pouvoir regarder OS dans les yeux. Mais évidemment, je ne peux pas. OS n'a pas d'yeux. Ou plutôt, OS a des yeux partout. Tout dépend de la façon dont on voit les choses.

— Merci, OS. Je sais que l'esprit humain peut parfois paraître nébuleux et obscur, ce qui nous rend particulièrement difficiles à comprendre. Je suis également sûr que ta Théorie de la Membrane Universelle est très intéressante. Mais j'aimerais quand même mieux que tu la gardes pour toi.

Un vrombissement accompagné d'un bourdonnement mécanique se fait entendre. Rover se promène sur le mur de la salle numéro 5. OS ne peut quand même pas se sentir blessé par mes propos… si ?

— En plus, si une brèche venait à s'ouvrir dans la coque du vaisseau, je risquerais d'être blessé et de me mettre à pisser le sang. Ce joli sol immaculé serait alors repeint en rouge, ce qui représenterait un gros boulot de nettoyage pour Rover. Alors, si possible, essayons de faire en sorte que ça n'arrive pas.

— Le nettoyage de votre sang prendrait effectivement beaucoup de temps, mais je serais encore plus contrarié par le fait que vous soyez mort, rétorque la voix de ma mère.

Je choisis de commencer par les tâches situées dans la pièce numéro 6 pour pouvoir admirer le spectacle que m'offre l'espace. L'écran de la salle est réglé sur le fuseau horaire de l'Afrique de l'Est. Là-bas, nous sommes dimanche matin et il est actuellement 10 h 46.

Ma « gueule de bois » commence à s'estomper et mon état post-coma s'améliore peu à peu. Bien que mes pieds ressemblent encore à deux aubergines bien mûres sur le sol blanc et lisse, ils ont commencé à désenfler. Il est temps de se mettre au travail.

À des centaines de millions de kilomètres de là se trouve une lune sombre sur laquelle nous attend Minerva, ou ce qu'il reste d'elle. C'est de ce corps céleste que part le signal de détresse que nous avons reçu, ce signal qui brise l'équilibre de l'univers selon des motifs prévisibles.

Ma sœur en est à l'origine. Tout du moins, je l'espère.

— Le signal reste le même, m'informe OS. Il s'agit d'un simple SOS en morse provenant de la base de Titan. Il est déclenché par une manette et se répète toutes les cinq secondes.

Mes articulations craquent lorsque je me redresse. Mon cortex préfrontal est déjà en train d'éliminer de mes oreilles le bourdonnement émis par le vaisseau. Le son est encore là, diffus, mais pour moi, il n'existe plus. Ça ressemble en quelque sorte à une mise en garde. Je me frotte les tempes. Sans doute suis-je encore un peu désorienté.

— Puisqu'on ne peut rien faire d'autre concernant Minerva pour l'instant, je pense qu'il est temps pour moi d'aller faire un tour dans le reste du vaisseau. Ça m'empêchera peut-être de déprimer.

— C'est une bonne idée, approuve OS. Je vous l'aurais suggérée si vous ne l'aviez pas eue vous-même. Prenez vingt minutes pour examiner le vaisseau. Ensuite, j'aimerais que nous parlions de la récupération de l'astéroïde.

J'aimerais pouvoir rester là à admirer les étoiles. Mais la voix de ma sœur résonne dans ma tête : « Prouve-leur à tous qu'ils ont choisi le bon Cusk pour venir me secourir. Montre-leur que ce sont tes compétences qui t'ont permis de décrocher cette mission, et pas seulement notre nom ou le lien de parenté qui nous unit. »

Je commence donc à me balader dans le vaisseau et passe devant chaque salle sans réellement les voir, comme lorsque je fais défiler les images sur ma montre connectée pendant trop longtemps.

La pièce numéro 4 dispose d'un petit comptoir blanc en plastique, d'une machine pour réchauffer les sachets de nourriture et de rails magnétiques permettant à Rover de se déplacer sur chaque surface. Deux chaises font également partie du mobilier. Le simulateur n'en comprenait qu'une. Sans doute la seconde a-t-elle été ajoutée pour que je puisse changer de siège de temps en temps ?

Puis je réalise que ce n'est pas pour cette raison qu'elle a été placée là. Non, cette chaise supplémentaire est destinée à Minerva. Une Minerva vivante, enfin retrouvée… Pensif, je fais courir mes doigts sur le bord du dossier avant de ressortir.

La pièce numéro 3 comporte des lits superposés, dont l'un est recouvert de draps bleus et d'un petit oreiller.

Les pièces numéro 2 et 1, quant à elles, servent de réserve. Le sol est plus haut à cet endroit, ce qui m'oblige à franchir une grande marche pour accéder à la première salle. Un épais tapis de caoutchouc s'enfonce sous mes pieds. J'en soulève un coin. Tout est comme prévu : le sol est composé de couches de nourriture, comme dans un sous-marin. Des sachets en plastique transparent laissent apparaître des étiquettes sur lesquelles sont notés des mots comme « tofu », « curry » ou encore « aubergines grillées ». Je mangerai probablement jusqu'à la dernière miette de ces vivres au fur et à mesure de mon voyage. Et j'ai déjà hâte de goûter aux aubergines grillées. Quel délice ! J'en salive d'avance. Et je ne plaisante même pas.

La pièce numéro 0 se trouve au centre de la section du vaisseau dédiée aux lieux de vie. Dans le mur du fond est encastrée une rampe circulaire conduisant à une écoutille, vers laquelle je me dirige.

L'*Endeavor* – ou le *Coordinated Endeavor*, comme OS a décidé de l'appeler – a été conçu comme une sorte de sucette géante : les quartiers d'habitation, situés à une extrémité, sont contrebalancés par la salle des machines et d'autres entrepôts positionnés de l'autre côté. La vitesse de rotation du vaisseau est réglée de sorte à reproduire la force de gravité terrestre au sein des quartiers d'habitation.

À mesure que j'approche du point de rotation, la gravité diminue. Mon corps devient plus léger, même si j'ai seulement avancé de quelques pas, et mes mains se mettent à flotter à mes côtés.

Deux portes se trouvent à ce niveau-là. Il ne devrait pas y en avoir deux à cet endroit. L'une est jaune et l'autre, orange vif. La jaune conduit à la salle des machines, mais je suis certain que le modèle dans lequel je me suis entraîné ne contenait pas de porte orange. Ma formation m'a aussi appris qu'il existe une porte grise similaire, à l'extérieur du vaisseau. Elle mène à l'équipement dont j'aurai besoin une fois arrivé sur Titan. Une morgue a également été installée pour accueillir un corps, au cas où l'aventure de Minerva se serait mal terminée. Mais il n'a jamais été question d'une porte orange.

C'est comme si le vaisseau avait rencontré une anomalie de fonctionnement et créé une nouvelle porte par accident.

Mais la réalité ne peut pas bugger… n'est-ce pas ? Je secoue la tête.

— OS, où cette porte conduit-elle ?

— La porte jaune ? Elle conduit à la salle des machines. Je ne l'ouvrirai que lorsque vous aurez besoin d'y effectuer des réparations.

— Ça, je le sais déjà, rétorqué-je sèchement. Je te parle de la porte orange.

Seul le silence me répond.

— Je t'ai demandé d'ouvrir toutes les portes.

— C'est vrai, vous me l'avez demandé.

— Ouvre cette porte orange, OS.

— J'ai bien pris note de votre requête, déclare OS avec la voix de ma mère.

Sauf que la porte demeure fermée.

Un mauvais pressentiment me gagne.

— Ouvre-la. Maintenant, OS.

— Je ne peux pas ouvrir cette porte sans une autorisation réciproque.

Sentant les poils à la base de ma nuque se dresser, je passe nerveusement mes mains dans mes cheveux. Le sens des propos d'OS m'échappe.

— Bon sang, mais de quoi parles-tu ? Tu ne peux pas ouvrir cette porte sans l'autorisation réciproque de *qui* ?

— De l'astronaute dimokratíen, lâche finalement OS.

J'entends à nouveau le bourdonnement diffus du vaisseau. Il m'envahit, semble arrêter le temps pendant de longues secondes et me fait frissonner.

— OS, es-tu en train de me dire que je ne suis pas seul à bord de ce vaisseau ? demandé-je lentement.

— C'est exact, confirme la voix de ma mère. Vous n'êtes pas seul à bord de ce vaisseau.

-*Tâches restantes : 342*-

Une grande partie de mon temps passé à l'Académie Cusk était consacrée à la programmation d'intelligences artificielles, et très tôt, j'ai appris que les émotions pouvaient nuire à un humain en situation de négociation. Si je me sens soudain hors de mon élément, il vaut mieux que je me taise. À bien y penser, cette règle pourrait aussi s'appliquer aux interactions avec des intelligences organiques.

Ma perte de connaissance, les dégâts subis par le vaisseau… et maintenant, j'apprends que quelqu'un d'autre est à bord de mon vaisseau. Rien ne va dans cette histoire.

Je fixe la porte avec attention. Quelque part de l'autre côté se trouve un étranger qui fonce avec moi à travers l'espace. J'en ai les jambes qui flageolent de peur, à tel point que le tissu de mon uniforme se met à trembler.

L'envie de cogner contre cette porte orange me prend. Alors que je m'apprête à porter un premier coup au battant, Rover entre brusquement dans le couloir en vrombissant et s'arrête à mes côtés.

— Tu te sers de Rover pour m'espionner, OS ?

— Je n'ai pas besoin de Rover pour vous observer. Comme vous le savez, les murs mêmes du vaisseau ont une fonction de surveillance. Si je vous ai envoyé Rover, c'est parce que je me fais du souci pour votre santé. Dites-moi… Quels souvenirs avez-vous du jour où vous avez quitté la Terre, astronaute Cusk ?

— Eh bien, ce jour s'est déroulé comme n'importe quel…

Ma voix s'éteint. Je me rappelle avoir vu mon nom projeté dans le grand hall de l'Académie Cusk. Je me revois en train de marcher sur la plage en imaginant combien Minerva serait fière de moi. Puis je me rappelle être retourné au hangar et avoir rejoint l'étage pour entrer dans une salle lumineuse spécialement équipée pour mon dernier examen médical avant décollage… Ensuite, c'est le trou noir. Ma peau se couvre d'une pellicule de sueur.

— On m'a fait monter un escalier, déclaré-je en me frottant les bras. Je croyais me rendre à un examen médical, mais peut-être étais-je en route pour la navette, pour embarquer sur l'*Endeavor*. Est-ce que… est-ce qu'il faisait anormalement chaud ce jour-là ?

— Ai-je raison de supposer, au ton de votre voix, que vous n'avez aucun souvenir du lancement proprement dit, ni des modifications ultérieures de la structure de la mission ?

— C'est exactement ça. Explique-moi tout ce qui s'est passé depuis le lancement. Maintenant.

Merde alors ! Comment j'ai fait pour me prendre un tel coup sur la tête ? pensé-je avec incrédulité.

Un léger silence suit ma requête. Cette courte pause résulte en réalité d'une masse significative de calculs pour un ordinateur aussi avancé que celui de l'*Endeavor*. Qu'avait envisagé de me répondre OS avant de se rétracter ? Qu'est-ce qu'on ne me dit pas ?

— Vous allez bien, affirme OS. Je suis convaincu que vous allez même parfaitement bien. La porte orange séparant votre moitié du vaisseau de celle dévolue à Dimokratía ne peut être ouverte qu'avec l'autorisation des deux parties. Je peux demander à l'astronaute dimokratíen s'il est d'accord pour vous laisser en franchir le seuil, si vous le souhaitez. Cependant, je vous ferais remarquer que nous n'avons guère de temps à perdre si nous voulons récupérer l'astéroïde. Il ne nous reste que 19,7 heures avant interception. De plus, sachez que je peux coordonner vos responsabilités et obligations respectives séparément.

OS n'essaie-t-il pas de me déstabiliser en insistant sur le

temps que j'ai passé dans le coma ? Ce n'est pas la première fois que cette question me traverse l'esprit depuis mon réveil. Peut-être sait-il que j'ai peur d'échouer, de faire rater cette mission, et qu'il s'en sert pour me manipuler.

— Attends une minute. OS, tu as dit que ceci était ma « moitié » de l'*Endeavor* ?

— Du *Coordinated Endeavor*, oui. Avant le début de la mission, l'*Endeavor* de la Fédération a été connecté à l'*Aurora* de Dimokratía qui était en orbite à proximité. Plutôt que de faire deux voyages séparés, il a été décidé de réunir les deux vaisseaux. En raison de leur construction en forme de « sucette », les deux structures ont été reliées par une barre rotative qui donne à l'ensemble du vaisseau l'aspect d'un haltère géant, avec une gravité nulle en son centre et une gravité artificielle à chaque extrémité. La réalisation d'une mission commune aux deux derniers pays de la Terre était bien sûr un projet ambitieux et semé d'embûches. C'est pourquoi il a été décidé de fusionner les deux vaisseaux à la seule condition que le corridor de connexion ne puisse être ouvert qu'avec l'accord des deux parties.

— Es-tu en charge des deux moitiés du vaisseau ?

— Oui. Je suis une création de la Société Cusk, ce qui fait de moi un produit apatride. Je suis en contact avec l'autre astronaute. D'ailleurs, je suis justement en communication avec lui.

Le traitement parallèle est l'une des choses les plus perturbantes dont sont capables les intelligences artificielles.

OS peut communiquer avec moi, l'autre astronaute et le centre de contrôle en même temps. Qui sait à qui d'autre il peut être en train de parler… ou avec *quoi* d'autre. *Calme-toi, Ambrose. Tu ne dois pas laisser ton imagination surchauffée prendre le pas sur ta raison… encore moins dans cet environnement confiné.*

— Tu as dit « il » en parlant de l'autre astronaute, remarqué-je. Il s'agit donc d'un homme.

Je ne sais pas pourquoi, mais mon cerveau avait imaginé une jeune femme autoritaire et brillante en train de diriger l'autre moitié du vaisseau… une autre Minerva Cusk, en somme.

— En effet, il s'agit d'un homme, confirme OS. Tous les astronautes de Dimokratía sont des hommes.

En promenant mes mains le long du cadre de la porte orange, je remarque que le polycarbonate est plissé dans les coins, signe d'une construction faite dans la précipitation.

— Que peux-tu me dire au sujet de cet inconnu ?

— Je suis autorisé à vous informer que son nom est Kodiak Célius. Comme vous, il a été choisi parmi les élèves du programme de formation spatial de son pays.

— Est-ce qu'il m'aidera pour la capture de l'astéroïde ?

— Vous pouvez compter sur son expertise. Son dossier fait état de dons particuliers dans les domaines de l'ingénierie mécanique, du pilotage, de la survie en milieu hostile et du combat au corps à corps.

Ainsi donc, on m'aurait affligé d'un expert de la survie et du combat rapproché ?

— Demande-lui d'ouvrir la porte.

— Je lui ai déjà demandé. Il a refusé.

— Il a refusé ?

— C'est exact.

— Sérieusement ? Nous avons une fuite d'oxygène et nous devons attraper dans nos filets un astéroïde fonçant à une vitesse qui dépasse les vingt kilomètres par seconde, astéroïde dont nous avons absolument besoin pour pouvoir boire et respirer, et il est trop occupé pour me rencontrer ? Il a oublié que notre mission était de retrouver Minerva ou quoi ?

Dans un premier temps, aucune réponse ne me parvient.

Si j'avais été dans mon état normal, j'aurais été plus vigilant. Le sarcasme est le meilleur moyen de court-circuiter une intelligence artificielle. Pourquoi lui ai-je parlé de la sorte ? Parce que le refus de ce Kodiak m'a blessé, que je me sens faible, et que le sarcasme est le refuge du blessé et du faible. Voilà pourquoi. Mais c'est la dernière fois que je me laisse aller au sarcasme. Je suis plus fort que ça. Je suis Ambrose Cusk, bon sang !

— L'astronaute Célius est occupé pour le moment. Vous, Ambrose, avez une liste de tâches à réaliser de deux kilo-octets. L'astronaute Célius, quant à lui, en a une de plus de six kilo-octets sur l'*Aurora*. Entretenir le vaisseau et s'assurer de son intégrité est bien entendu une priorité absolue. Même en ne récupérant pas davantage d'oxygène, vous ne mourriez pas avant quatre à cinq mois. En revanche, si l'intégrité de la coque venait à être compromise, vous mourriez en quelques secondes.

Je ne l'écoute qu'à moitié. Je ne peux m'empêcher de fixer hargneusement la porte orange. Frustré, je donne un coup de pied dans le battant. Va te faire foutre, Kodiak Célius !

Un souvenir émerge dans mon esprit. Je suis devant une porte. Les pieds de ma mère projettent des ombres en dessous. La voix étouffée de Minerva s'élève alors dans un couloir au mur violet : « Aussi longtemps que je vivrai, quelqu'un t'aimera. »

— Je suppose, d'après vos signaux non verbaux, que vous êtes contrarié que Kodiak Célius se soit enfermé dans sa partie du vaisseau, reprend OS. Souhaitez-vous une solution médicamenteuse pour vous détendre ?

— Je suis un astronaute qualifié, OS, rétorqué-je en m'éloignant de la porte pour repartir dans ma partie du vaisseau, mon corps regagnant du poids au fur et à mesure de mes pas. Je ne fais pas partie de ces astronautes en couche-culotte qui se retrouvent en sueur avec les genoux qui tremblent la première fois qu'ils partent dans l'espace. Je représente l'héritage de Minerva Cusk. Je vais parfaitement bien.

… même si je suis en train de me vanter devant un ordinateur. Parfaitement bien, mes fesses. Je descends les derniers échelons jusqu'à retrouver la gravité artificielle, puis me dirige vers la pièce numéro 3 et son lit étroit. Quelqu'un a fait le lit pour moi. Je me demande qui ça peut être… Je m'allonge et ferme les yeux, puis glisse mes mains dans les poches de mon pantalon avant de les en retirer et de m'asseoir.

— Dis-moi tout ce que tu sais au sujet de Kodiak Célius, exigé-je.

— La plupart des informations que je possède à son sujet sont confidentielles, me répond OS.

— Dans ce cas, mets-moi en relation avec le centre de contrôle.

— La Terre est temporairement injoignable en raison de l'activité solaire.

— Préviens-moi dès que la communication sera rétablie. Et quand elle le sera, télécharge immédiatement une mise à jour sur les relations entre Dimokratía et la Fédération.

Un moment s'écoule avant que je ne reprenne la parole.

— Kodiak… Est-ce qu'il est… comme moi ?

— Si vous faites référence à son âge, il a en effet été sélectionné parmi les jeunes de dix-sept ans de sa classe, tout comme vous. Compte tenu de ce que les astrobiologistes savent sur la quantité de radiations que vos corps recevront dans l'espace, il a été déterminé que dix-sept ans était l'âge optimal pour l'équipage de cette mission. Si vous aviez été sélectionné un peu plus jeune, vous auriez été plus susceptible de commettre une erreur fatale en matière de navigation ou de décisions à prendre. Si vous aviez été plus âgé, la probabilité que vous mouriez d'une tumeur maligne aurait été plus élevée, et donc inacceptable, d'autant que dans ce cas, seul Rover aurait pu vous délivrer un traitement médicamenteux qui, malheureusement, aurait été assez sommaire. Les analyses actuelles indiquent une probabilité de huit pour cent pour que le cancer provoqué par les radiations soit la cause des problèmes de Minerva. Il s'agit de l'une des explications les plus probables, juste derrière l'empoisonnement au gaz.

Bien que dotée des meilleures capacités sociales que l'ingénierie ait jamais produites, la personnalité des intelligences artificielles manque souvent de subtilité et de sensibilité. Heureusement pour moi, la vie au sein de ma famille m'a entraîné à y faire face.

— Reçu cinq sur cinq.

— L'astronaute Célius a fêté ses dix-huit ans à bord du vaisseau, et vous-même êtes plus proche de vos dix-huit ans que de vos dix-sept, souligne OS d'une voix pleine de compassion. Chacun de vous a ses propres routines, distinctes l'une de l'autre, et programmées par vos pays respectifs. Il n'y a donc aucune raison pour que vous ne puissiez pas vous entraîner efficacement chacun de votre côté en vue du futur sauvetage de Minerva.

— Bon sang, il ne s'agit pas de se rencontrer pour bavarder autour d'un thé ! Il s'agit de notre survie ! Rappelle à Kodiak que je suis le seul à pouvoir lui apporter un contact humain à bord de ce vaisseau. Rappelle-lui que la solitude peut tuer n'importe qui, même le soldat le plus endurci de la toundra, peu importe qu'il soit expert en « combat au corps à corps » ou en « survie ».

— J'ai transmis votre message sans en modifier le moindre mot. Je tiens d'ailleurs à vous informer que j'ai aussi été conçu pour apporter du soutien social et émotionnel...

— Laisse-moi deviner, le coupé-je. Pas de réponse de Kodiak ?

— C'est exact.

Je m'étire sur ma couchette et, malgré ma colère, prends plaisir à sentir mes muscles s'assouplir et mes courbatures disparaître. Je presse mes mains sur mes yeux. *Tu es dans l'espace, là où tu as toujours rêvé d'être,* me rappelé-je. *Tu es en route pour sauver ta sœur. Tu es la fierté de ta famille et l'espoir de la Fédération. Des millions de personnes aimeraient être à ta place.*

Je me déplace vers le bord du matelas et pose mes pieds sur le sol afin de faire circuler le sang dans mes membres inférieurs. Mon mouvement soudain a dû surprendre Rover, car il émet un grincement.

— Je suppose que je vais dîner seul ce soir, tout en me repassant les bobines d'entraînement qui traitent de la capture d'astéroïdes. Quel est le plat du jour, chef ?

— Ouvrez le placard et vous verrez. Toutefois, veuillez garder à l'esprit que notre stock de nourriture est limité. Je ne vous permettrai pas de dépasser de façon irresponsable vos rations quotidiennes.

— Ne t'en fais pas, OS. Je ne compte pas dépasser mes rations quotidiennes. Alors… quelle est la pizza du moment ?

— Nous n'avons pas de pizzas à bord, cher client. Mais je peux vous proposer des cannellonis. Parmi les aliments dont nous disposons, c'est ce qui se rapproche le plus d'une pizza.

Je lève la tête vers le plafond.

— Des cannellonis ? Sérieusement ? Et j'ignorais que tu pouvais faire preuve d'humour.

— Mon sens de l'humour est ancré informatiquement au plus profond de moi, comme le vôtre.

— C'est juste que… ma mère ne fait jamais de blagues, alors c'est bizarre d'en entendre une prononcée avec sa voix. Serait-il possible d'utiliser celle de quelqu'un d'autre ?

— Bien sûr. Je dispose de plusieurs centaines de voix différentes dans mon programme.

— Oh ! Et est-ce que tu disposes du catalogue de voix qu'on entend sur le canal zen 10.0 ?

— Oui.

Un sourire fleurit sur mes lèvres.

— Dans ce cas, est-ce que tu peux être Devon Mujaba des Heartspeak Boys ? Il est la voix numéro 141.

— C'est chose faite. Je suis désormais Devon Mujaba, le seul et l'unique, déclare OS avec une voix de contre-ténor.

— C'est génial ! Garde cette voix. J'adore Devon.

— Mon vaisseau est vôtre, continue OS avec la voix de Devon Mujaba. Toutes mes salles et tous mes couloirs sont vôtres.

— OK, ça suffit. Je préférerais que tu fasses une pause de dix minutes entre chaque blague, car là, je dois avouer que c'est un peu flippant. En fait, pour tout te dire, OS, *tu* es un peu flippant.

— Jamais encore on ne m'avait qualifié de « flippant », commente OS avec sa nouvelle voix super sexy. Vous m'avez donné matière à réflexion. Si vous m'aidez à identifier ce que vous considérez comme « flippant », je peux apprendre à éviter de l'être, afin que vous n'ayez pas à revivre une expérience aussi désagréable.

— Étant donné que nous allons nous côtoyer pendant plusieurs mois, il vaut mieux que nous commencions à établir les bases de notre relation dès maintenant, approuvé-je. Je te préviendrai donc chaque fois que tu deviendras flippant.

— Quant à vous, vous feriez mieux de commencer à réviser ces fameuses procédures de récupération de corps célestes dès maintenant, réplique OS de sa voix désincarnée.

— Ça, c'était bien envoyé. Je crois que j'aime ta repartie, OS, dis-je avec un sourire, serrant les poings dans mes poches pour gonfler et exhiber les muscles de mes bras.

Bon sang, je suis en train de flirter avec le système d'exploitation de mon vaisseau… Cette voix me rend vraiment dingue !

— Avant toute chose, je dois manger, décidé-je. Je meurs de faim.

— D'après mes informations, vous ne devriez pas avoir faim après votre traumatisme physique. J'étais prêt à demander à Rover de vous remettre sous perfusion intraveineuse pour vous nourrir.

— Eh bien, il semblerait que tes données soient erronées. Je te l'ai dit, je ne suis pas un équipier ordinaire. J'espère que Rover est bon cuisinier.

-*Tâches restantes : 342*-

Heureusement que les cannellonis portent une étiquette, parce que je n'aurais jamais su ce que ce sachet contenait autrement. On dirait un mélange de gluten et d'huile de palme, avec un goût dominant de plastique… ce qui est finalement assez proche de ce que j'avais l'habitude de me cuisiner sur Terre. Ces cannellonis ne sont pas du tout comme ceux que Minerva nous préparait tous les vendredis soir. Je revois encore ses doigts en train de saupoudrer du sel de mer et du parmesan sur les plats qu'elle nous mijotait. Je passe les miens sur le nom imprimé. Je sais que c'est grâce à elle si j'y ai accès à bord. J'en suis même sûr.

Entouré par le murmure des machines de l'*Endeavor*, je mâche tout en regardant attentivement les projections d'entraînement dédiées à la récupération de corps célestes. Je me sens drôlement chanceux de pouvoir manger des cannellonis. À l'époque, rien ne pouvait empêcher Minerva de passer ses vendredis soirs en compagnie de son petit frère, ni les remises de prix, ni ses sessions d'entraînement. Je pourrais manger ces cannellonis insipides toute ma vie sans jamais m'en lasser, tant ils me rappellent les bons souvenirs passés aux côtés de ma sœur.

Une voix s'élève. Je m'assieds, le dos droit. Ce n'est pas celle de Devon Mujaba. Cette voix est basse, semblable à un grognement. On dirait une sorte de bouillie qui sortirait de la bouche d'un ivrogne adepte de bagarres. C'est la langue de la Fédération, teintée de l'accent dimokratíen.

— Remettez la voix féminine d'OS.

Surpris, je me redresse si vite que je me cogne la tête contre la porte ouverte d'un placard.

— Astronaute Célius ? m'étonné-je. C'est bien vous ?

— Faites ce que je vous demande. Je n'ai pas accès à la personnalisation d'OS.

— Nous devrions nous rencontrer.

Ma voix se brise sur ce dernier mot. Ça ne m'était pas arrivé depuis des années.

— Ce n'est pas nécessaire.

— Bien sûr que ça l'est. Pour commencer, nous devons planifier la récupération de l'astéroïde. Venez dîner. J'insiste.

Les micros du vaisseau captent jusqu'à sa respiration lente et le bruit de son uniforme lorsqu'il remue.

— Venez-vous vraiment de m'inviter à dîner ?

— Je viens de manger, mais dans cinq heures environ, j'aurai de nouveau faim. Peut-être que nous pourrions l'appeler le dîner numéro deux de la journée. Venez donc pour ce dîner numéro deux.

— Je ne suis pas autorisé à vous rencontrer.

— Pourquoi n'êtes-vous pas autorisé à me rencontrer ? Ce sont vos commandants qui vous l'interdisent ? Il n'y a que nous deux ici. Bon, d'accord, il y a aussi OS et Rover.

Il ne répond pas, mais j'entends le souffle léger de sa respiration. « La vulnérabilité est une chose que vous devez apprendre », m'a dit un jour le psychologue en chef de la mission. « La famille Cusk ne vous a pas préparé à ça. »

Je tousse.

— Kodiak, vous souvenez-vous du lancement ? Des derniers moments avant l'embarquement ? J'ai l'impression d'avoir subi une sorte de lavage de cerveau.

— Je vous le demande une dernière fois. Remettez la voix féminine d'OS.

— Avant que vous ne mettiez fin à notre communication, Kodiak, sachez que je serai devant la porte orange dans cinq heures précisément. J'espère vous y voir. Nous devons nous rencontrer, pour le bien de la mission et pour nos vies. Et vous savez quoi ? Les gens m'aiment bien. Alors, peut-être que vous m'apprécierez également.

— Changez la voix d'OS, Cusk.

— Seulement si vous êtes d'accord pour me voir, Célius.

Un grognement me répond, puis la communication se coupe.

-*Tâches restantes : 342*-

Il me reste quatre heures à attendre. Je fais fréquemment des pauses dans mon entraînement à la pêche aux astéroïdes pour arpenter l'*Endeavor* tout en tétant une poche d'eau. La soif ne me quitte pas depuis ma courte conversation avec Célius.

Les planificateurs de la Société Cusk ont mis à ma disposition sept ensembles d'uniformes bleus très chics, et ont préparé sept petits déjeuners – les flocons d'avoine aux fruits rouges me paraissent particulièrement prometteurs – ainsi que sept déjeuners et sept dîners, tous différents, qui reviennent de façon cyclique. Ça m'amuse de voir qu'ils ont organisé ma vie en semaines, alors que je vis désormais dans une coque de polycarbonate chauffée artificiellement et entourée d'un immense vide insondable, tel un grain de poussière flottant dans un immense stade désert. Mais au moins, je sais quand on est mardi !

Encore trois heures et demie à patienter. J'ai visionné plusieurs fois les projections d'entraînement et ai mémorisé toutes les informations utiles dont j'aurai besoin dans quelques heures. La seule chose qu'il me reste à faire avant que nous atteignions l'astéroïde consiste à débugger quelques programmes figurant sur la liste de tâches établie par OS. Entre deux corrections de bugs, je fouille chaque recoin du vaisseau. J'ai l'impression de tout connaître de mon nouveau lieu de vie, excepté ce qui se cache derrière la porte qui ne se déverrouillera que lors de notre arrivée sur Titan. Sans compter tout ce qui se trouve sur l'*Aurora*.

Je ne cesse d'osciller entre vertige et mélancolie. Mes émotions sont instables et changent constamment, sans que je parvienne à prédire celle qui m'envahira ensuite. C'est comme si mon esprit était une maison abandonnée, un lieu ne m'appartenant plus et à redécouvrir tel un explorateur. J'en connais la raison : j'ai passé bien trop de temps tout seul. C'est le chemin direct vers la folie. J'avais une réputation de loup solitaire à l'Académie. J'enchaînais les conquêtes et collectionnais les coups d'un soir. Mais aujourd'hui, j'aimerais bien pouvoir remonter le temps et changer cet aspect de ma vie. J'aimerais notamment avoir ces conversations sur l'oreiller que j'ai toujours évitées. Systématiquement, après chaque nuit d'ébats, je me dégageais furtivement du corps encore endormi et en sueur pour m'éclipser en douce et aller m'entraîner avant l'aube.

J'ouvre le dernier placard dont je n'ai pas encore examiné

le contenu. Immédiatement, mes yeux s'emplissent de larmes. Un violon est posé sur l'étagère. *Mon* violon. Je ne me rappelle pas avoir décidé de l'emporter avec moi.

Je l'extrais de son étui et enroule la main autour de sa tête mandarine si délicate pour poser mes doigts sur le manche noir. Ce violon est la seule chose fragile à bord de ce vaisseau, en dehors de moi – et peut-être de Kodiak, qui sait. Je serre et desserre les chevilles pour accorder l'instrument, puis pince la corde du La, dont le son transperce le silence glaçant.

Minerva se moquait de ma passion pour le violon. Elle estimait que c'était une perte de temps, et c'est vraisemblablement la raison pour laquelle j'ai continué d'en jouer. Comme ma mère, elle m'accordait davantage d'attention lorsque je la décevais. Je commence par des gammes avant de passer au concerto de Prokofiev. À cause de mon manque de pratique, la pulpe de mes doigts est redevenue molle, et les vibratos sont douloureux.

Les différents morceaux de cet instrument proviennent d'arbres centenaires qui vivaient autrefois dans une forêt, entourés d'autres plantes et de créatures sylvestres, et qui ont été abattus bien avant ma naissance, bien avant les débuts de la conquête spatiale. Je parcours des doigts les lignes du bois. Le bois, c'est tellement de choses à la fois. C'est dur et doux, lisse et ondulé. Je suis tout autant animal qu'astronaute.

En raison de la perte de mes callosités de musicien, jouer ne serait-ce qu'une demi-heure devient vite trop douloureux pour mes doigts. Je range donc le violon dans son étui, puis me poste en face de la baie vitrée de la pièce numéro 6 pour admirer les étoiles. L'espace est si fascinant, si désorientant que l'on pourrait se perdre dans sa contemplation. Jamais je ne me lasserai d'un tel spectacle.

Il ne reste plus qu'une heure.

Tu deviens dingue, Ambrose.

Je me plonge à nouveau dans les bobines d'entraînement qui traitent de la récupération de corps célestes, en étudiant encore et encore les protocoles et solutions de secours pour pouvoir parer tous les types d'aléas possibles. Maintenant, c'est sûr, le temps est écoulé.

En parvenant au bout du couloir conduisant à l'*Aurora*, je constate que la porte orange est fermée.

J'attends.

— OS, ça fait combien de temps que j'ai invité Kodiak à dîner ?

— Cinq heures et seize minutes, me répond la voix de Devon Mujaba.

Un frisson me parcourt. Bon sang, quelle voix !

— Combien de temps supplémentaire penses-tu que je devrais lui accorder ?

— Jusqu'à présent, vous lui avez laissé seize minutes supplémentaires.

— C'est vrai. Est-ce qu'il est derrière la porte ?

— Je ne suis pas en mesure de vous le dire.

— Dis-lui que j'ai autorisé la porte orange à s'ouvrir. Comme ça, il pourra venir dès qu'il le souhaitera.

— Bien reçu.

— Ça fait combien de temps maintenant ?

— Dix-sept minutes.

Je dois être fatigué, car ma main se pose sur mon poignet, comme si nous étions à portée des tours de communication terriennes et que je pouvais envoyer un message à Kodiak par montre interposée, ou mieux, à Minerva pour me plaindre de Kodiak.

— Dis-lui que je vais manger, mais qu'il peut me rejoindre sans problème.

— Kodiak Célius a demandé à ne pas être dérangé, sauf en cas d'urgence.

— Et je suppose que mon ventre affamé n'est pas une urgence ?

— C'est exact.

Mon sourire déjà fragile s'effrite. Je redescends les échelons de la rampe circulaire jusqu'à retrouver totalement la pesanteur artificielle.

— Quel dommage qu'il ne soit pas venu… Mais la solitude est un art, après tout.

OS émet un rire aux sonorités mécaniques.

— Qui t'a programmé pour rire ? m'étonné-je. Tu n'as jamais ri pendant l'entraînement.

— C'est votre mère.

Si je m'attendais à ça ! Ma mère a programmé mon système d'exploitation pour qu'il rie à mes plaisanteries !

— Tu me manques, M'man, murmuré-je en entrant dans la pièce numéro 4.

Je ne l'ai jamais appelée « M'man » sur Terre. L'idée même de lui donner un tel surnom me paraît ridicule.

Je choisis un curry de lentilles, sans manquer de remarquer que Rover a déjà remplacé les cannellonis que j'ai mangés plus tôt dans le placard.

Je glisse le sachet dans le four à micro-ondes, le règle sur la bonne option de réchauffage, et regarde les quatre-vingt-dix secondes s'égrener sur l'écran jusqu'à atteindre zéro. Ensuite, je m'assieds, prends une nouvelle pochette d'eau et ouvre le sachet de curry comme s'il s'agissait d'un paquet de chips. Un juron m'échappe quand la bouillie de haricots brûlante coule sur mon pouce.

Soudain, la colère m'envahit et je jette violemment le sachet contre le mur. La collision crée une grande éclaboussure vert-brun sur la surface d'un blanc pur, comme si j'avais tiré au fusil de chasse sur un martien de dessin animé. Je suce mon pouce endolori. *Va te faire foutre, Kodiak Célius.*

Un pas lourd se fait entendre derrière moi. Je me relève en titubant.

Je ne suis plus seul.

-*Tâches restantes : 338*-

« Grands dieux » est la première chose à laquelle je pense en voyant Kodiak. *Ce type est beaucoup trop beau pour moi.*

Mes partenaires – bon, d'accord, disons plutôt mes « coups d'un soir », puisque le relationnel n'était pas mon fort lors de mes rencontres amoureuses – ont toujours été du genre éthéré et vaporeux, des abstractions plus légères que l'air, qu'il s'agisse de garçons, de filles ou autre. Parmi mes camarades, ceux qui avaient des airs d'orphelins et paraissaient manquer de vitalité avaient mes faveurs. Ainsi, je pouvais me délecter d'eux comme on prend un café ou un verre de lait, puis continuer ma journée.

Kodiak est très différent. On dirait qu'il passe son temps à écraser des guerriers sous le bouclier d'Énée. Ses muscles bien développés saillent sous la peau de ses bras et de son cou. Ses cheveux épais et brillants tombent en vagues bleu nuit le long de ses joues surmontées de deux yeux marron tachetés. Sa peau olive est lisse et parfaite, sauf sur sa mâchoire assombrie par une barbe de plusieurs jours. Il a l'air d'un centurion romain parti en guerre. Même les poils de sa barbe semblent vouloir en découdre avec moi.

Il n'est pas mon genre, mais en tant qu'objet purement esthétique, je le trouve superbe. Je fonce à travers l'espace en compagnie de ce qu'on pourrait appeler un « étalon ». La contraction de ses épaules gonfle le tissu de son uniforme. Il me regarde avec une expression renfrognée derrière ses épais sourcils froncés, et fait craquer les articulations de chacun de ses doigts sous son pouce. On dirait qu'il pourrait briser ses propres doigts rien qu'avec la force de son pouce.

— Ambrose Cusk. Ravi de te rencontrer, me présenté-je en lui tendant la main.

Il la saisit et acquiesce en fixant le mur derrière moi.

Je penche la tête, dans l'attente de sa réponse. Nous nous regardons l'un l'autre. Ou plutôt, je l'observe attentivement tandis qu'il garde les yeux baissés sur le joint entre la table et le sol. J'ignore totalement ce qui se passe dans sa tête. Ce type est vraiment bizarre. Et en plus, je réalise qu'il m'est impossible de demander l'avis de quelqu'un sur la question. Nous sommes coincés l'un avec l'autre, sans personne d'autre à bord. Le danger de cette situation me frappe encore une fois.

Il passe une main dans ses cheveux et ses doigts disparaissent dans leur épaisseur. Mon attention se reporte sur notre poignée de main. Les miennes sont longues et fines, comme celles d'un musicien, alors que les siennes, imposantes, semblent capables de broyer n'importe quoi.

Dimokratía habille ses astronautes de tenues en acrylique rouge. L'uniforme de Kodiak est si atrocement laid qu'il en est presque cool. Il lui donne un petit côté mécanicien aéronautique, jusqu'aux baleines en nylon incrustées dans le tissu.

— J'aime bien ton…, commencé-je en lâchant sa main.

Kodiak tourne les yeux vers le mur sur lequel se sont écrasées les lentilles de mon dîner, et se met soudain en mouvement. Il passe devant moi, ouvre ma réserve de nourriture et examine les sachets entreposés. Il les lève vers la lumière pour lire leurs étiquettes, en serre brutalement un dans sa main, puis en prend un autre. L'instant précédent, je désespérais de le voir faire quelque chose, mais à présent, je commence à me dire que je préférais le moment où il se tenait immobile devant moi.

— Je suppose que tu as faim ?

Sa mâchoire carrée se contracte, mais il hoche la tête, comme s'il en convenait à contrecœur.

— Tes réserves de nourriture ont l'air bien meilleures que les miennes, commente-t-il avec une voix rauque, d'un ton bas et sec. Mais après tout, c'est normal, puisque tu viens de la Fédération. Vous ne mangez que des produits gastronomiques là-bas.

— Oui, nous apprécions beaucoup nos... produits gastronomiques. Qu'est-ce que Dimokratía a mis dans ton stock ? Du chou ?

Il me dévisage.

— Et peut-être de la soupe de pommes de terre ? ajouté-je. J'imagine que ce sont surtout des aliments bien consistants... non ? Quoi qu'il en soit, je t'ai vu examiner les cannellonis. J'en ai mangé tout à l'heure.

Il ouvre le four à micro-ondes et y insère le sachet dans le mauvais sens. Sachant dans quel pétrin ça va nous mettre si je n'interviens pas pour rectifier cette erreur, je m'approche, mais Kodiak me bloque l'accès en restant planté devant. Je réussis cependant à le contourner, extrais le sachet, le retourne puis le remets dans la machine, en sentant les poils de mes bras frotter contre les fibres de son uniforme à chacun de mes gestes.

— Et voilà, dis-je avec un sourire, en lui donnant une petite tape sur le haut du bras avant de retourner vers la table.

Tandis que je récupère ce qui reste de mon curry de lentilles et m'assieds avec le sachet, Kodiak patiente devant le four à micro-ondes, dos à moi. Tendu, il garde les yeux rivés sur le décompte de ses quatre-vingt-dix secondes.

Rover arrive en cliquetant pour nettoyer les dégâts que j'ai causés. Pendant ce temps, j'étudie le V du dos de Kodiak, ainsi que l'éclat de peau au niveau de sa nuque. Même s'il ne suscite pas en moi de sentiments amoureux naissants, il me fait terriblement regretter de ne pas savoir dessiner. En général, ma présence physique s'impose naturellement dans une pièce, mais à côté de lui, je me sens insignifiant. Ce type est un miracle de proportions, au sens large.

Quand son repas est prêt, il le récupère, l'apporte jusqu'à la petite table en polycarbonate en le faisant passer très vite d'une main à l'autre pour ne pas se brûler et s'assied en face de moi. Puis, une fois que le sachet a suffisamment refroidi, il tente de le transpercer avec une paille.

— Tu peux l'ouvrir en…

Il m'interrompt d'un geste brusque.

Je l'observe alors en silence, le menton dans la main et un sourire embarrassé aux lèvres, pendant qu'il tente - vainement - de percer l'emballage.

— Je suppose qu'OS t'a informé de la récupération de l'astéroïde.

Seul le silence me répond. Ma patience commence à s'émousser. Sa ressemblance avec le jeune et beau guerrier de Virgile ne le dispense pas de faire preuve de politesse. Je ne tolère la grossièreté que jusqu'à un certain point et Kodiak s'en rapproche rapidement.

Il appuie plus fort sur la paille, si bien qu'elle finit par se tordre.

— Laisse-moi faire, déclaré-je finalement en tirant le sachet vers moi.

Il évite mon regard, ce qui me permet d'examiner son visage pendant que j'ouvre le sachet. D'une certaine manière, ses traits dégagent autant de dureté que de douceur. *Une âme délicate sous une armure de béton…* À cette pensée, je sens ma patience revenir. Peut-être y a-t-il un espoir d'améliorer notre relation, tout compte fait.

Je pose une fourchette devant lui. Kodiak commence à

manger. Puis il s'arrête brusquement, repose la fourchette et se met à me fixer derrière ses longs cils. C'est peut-être la première fois qu'il me regarde réellement. Brun n'est pas le bon adjectif pour décrire la couleur de ses yeux. Ils me font penser à des topazes, douces et soyeuses. Comme nous ne nous quittons pas du regard, une sorte de panique finit par m'envahir et j'éprouve alors le besoin de dire quelque chose pour briser le silence qui s'est installé.

— Nous sommes-nous déjà rencontrés ?

— Nous sommes-nous déjà rencontrés ? répète-t-il en se frottant le menton, comme s'il testait la prononciation de ces mots avec l'accent fédérationniste, à la manière d'une première expérience linguistique… à moins que ce ne soit pour me taquiner.

Mes joues se réchauffent légèrement. *Vulnérable, Ambrose. Joue-la vulnérable*, songé-je.

— Selon OS, il semblerait que j'aie perdu connaissance lors du décollage, annoncé-je soudainement. J'ai beau fouiller ma mémoire, je ne me souviens de rien.

Kodiak hume son plat puis se renverse sur sa chaise, en l'inclinant sur deux pieds à la manière d'un enfant puni qui chercherait à tuer le temps.

— C'est un sacré problème.

— Je ne te le fais pas dire, acquiescé-je en fouillant son visage à la recherche d'indices qui me permettraient d'en savoir plus sur ce qu'il pense dudit problème.

J'examine sa posture, son attitude. Sans que j'en aie conscience, je remarque ses pupilles légèrement dilatées et les poils qui se sont dressés sur ses bras. J'en déduis une chose : Kodiak n'est pas impressionné par son nouveau compagnon de voyage.

Je suis tenté de lui dire que j'étais premier de ma classe à l'Académie, que je suis l'un des héritiers de la famille Cusk qui, soit dit en passant, occupe une place significative dans l'économie de Dimokratía tout en étant la pièce maîtresse de celle de la Fédération, et que s'il avait suivi les actualités au cours des derniers mois, il saurait tout sur moi, depuis mon signe astrologique jusqu'à ma pointure.

Mais je sais aussi que la vantardise est un signe de manque de confiance en soi. Et je ne compte pas lui faire le plaisir de lui montrer mes insécurités.

Pour l'instant, peu importe que je ne l'impressionne pas.

Il sera impressionné en temps voulu. Tout le monde finit par l'être à un moment ou à un autre.

— Écoute, dit-il. C'était important que nous nous rencontrions, mais désormais, nous n'aurons plus jamais besoin de nous voir jusqu'à la fin de la mission. Je n'ai pas eu mon mot à dire sur la personne que votre clique de dirigeants capitalistes a choisie pour monter à bord de ce vaisseau. J'ai supposé qu'il s'agissait d'un petit prince Cusk bien trop gâté ayant obtenu son billet d'entrée grâce à la fortune de ses parents, et j'avais raison. Faire de cette opération de sauvetage une mission conjointe était une grosse erreur. J'ai une longue liste de tâches de maintenance à effectuer, et tout ce dont j'ai besoin se trouve au sein de l'*Aurora*. Je ne te dérangerai pas dans ton travail, et j'insiste pour que tu ne me déranges pas dans le mien non plus. Si tu as une urgence, OS t'aidera. Je ne l'ai autorisé à te donner accès à mes quartiers que si, et seulement si, il n'est pas en mesure de t'aider.

Je ravale les mots qui me viennent en premier à l'esprit : *Waouh, quel discours ! Tu l'avais répété avant ?* Son propos semble trop réfléchi pour paraître naturel et me laisse penser qu'il n'est pas aussi sûr de lui qu'il le laisse entendre.

— Ceci n'était pas censé être une mission conjointe, rétorqué-je d'une voix assurée.

— De toute évidence, la Fédération n'avait pas les moyens

de mettre au point cette mission seule. C'est pourquoi l'entreprise de ta famille s'est mise en contact avec Dimokratía. Tu l'aurais su si tu ne t'étais pas cogné la tête et n'avais pas tout oublié à ce sujet. Tout ceci n'est en rien ma faute.

Rejetant la tête en arrière, Kodiak porte le sachet de son dîner à sa bouche et vide ce qu'il reste de son contenu dans sa gorge. Sa pomme d'Adam se soulève au moment où il déglutit. Il ferme les yeux pour savourer le goût des cannellonis, puis se frotte la nuque et se remet debout.

— Merci pour le repas.

Je me lève à mon tour en fronçant les sourcils.

— Pourquoi es-tu venu exactement ? Était-ce une sorte de mission d'espionnage ?

Il hausse les épaules sans répondre.

— Kodiak, si la base de Titan est viable mais que ma sœur est morte, nous serons amenés à y vivre ensemble pendant plusieurs années. Alors, dis-moi que tu ne retournes pas t'enfermer dans tes quartiers. Ce serait ridicule.

— Minerva Cusk est ta sœur ? dit-il en levant un sourcil.

J'acquiesce.

— J'espère qu'elle est en vie. Elle est très admirée chez nous et je suis fier de l'avoir comme adversaire.

— Elle a toujours été une adversaire de taille pour moi aussi, opiné-je avec un petit rire.

Comme il penche la tête, j'explicite.

— Des histoires de rivalité entre frères et sœurs, tout ça.

Je ne le dirai jamais à cette brute, mais la vérité, c'est que Minerva est à la fois ma plus grande rivale et l'amour le plus important de ma vie. Il existe des dizaines d'enfants au sein de la famille Cusk, tous élevés par des mères porteuses et des jeunes filles au pair. Ces enfants ont été créés à partir des ovules de ma mère mélangés à l'ADN des plus grands hommes de l'histoire.

Seuls Minerva et moi détenons les gènes d'Alexandre le Grand. De toute ma famille, Minerva est la seule que j'aime. C'est aussi la seule qui m'aime réellement. Ce n'est pas pour autant que je baisse ma garde.

— Alors, quoi, tu as une photo d'elle sur le mur de ta chambre ? raillé-je.

Kodiak esquive complètement la question.

— Ta présence ici n'est qu'une source de distractions. J'ai passé toute ma vie à m'entraîner pour cette mission. Bavarder avec un ennemi de mon État qui n'a même pas réussi à rester conscient lors du lancement et s'est bêtement assommé ne fait pas partie de mes priorités.

Kodiak prend congé, accompagné du bruit produit par la friction du tissu de son uniforme entre ses cuisses. Sous le choc, je laisse mon dîner en plan et le suis à la trace à travers les quelques pièces de mon vaisseau tandis qu'il s'éloigne vers le sien. Il jette un coup d'œil par-dessus son épaule et m'aperçoit, mais continue son chemin sans dire un mot.

— La voix d'OS… remets-la comme avant, conclue-t-il avant de disparaître au sein de l'*Aurora*.

Je ne peux m'empêcher de frapper la porte orange une fois celle-ci refermée.

« Petit prince », « bavarder avec un ennemi »… Ces mots en particulier tournent en bouche dans mon esprit, tout comme le mépris dans la voix de Kodiak quand il les a prononcés. En Fédération, nous nous enorgueillissons d'avoir surmonté les préjugés du passé. J'ai failli me faire un tatouage entre mes pectoraux, avec la phrase « les étiquettes sont les racines de la violence ». Mais les Dimokratíens vivent encore au XXIe siècle. Ils sont rétrogrades, sectaires, homophobes, transphobes… Ce sont tous des imbéciles.

— OS, appelé-je en appuyant fortement mes mains sur mes yeux mouillés. Peux-tu rendre la voix de Devon Mujaba encore plus sexy ? Est-ce que ça fait partie de tes paramètres de réglage ?

— Non, répond OS. Le côté sexy d'une voix est une expérience bien trop personnelle, car une même voix sera perçue différemment selon chacun. Je n'ai donc pas de paramètres de réglage universel correspondant à votre demande.

— Dans ce cas, pourrais-tu la rendre plus posée, plus aiguë, plus suave et faire en sorte que l'intonation soit toujours celle d'une question ? Comme ça ?

— Laissez-moi voir... Voici les effets similaires que je peux obtenir ?

Il prononce ces quelques mots d'une voix si haut perchée qu'ils ressembleraient presque à des couinements. Ce n'est pas sexy, mais c'est clairement agaçant.

— Ça fera l'affaire, approuvé-je avec un sourire en imaginant Kodiak s'insurger contre cette voix de pop star geignarde lui donnant des consignes.

J'ai conscience que cette petite vengeance est puérile, mais au moins, elle a le mérite de me remonter le moral.

— OS, que peux-tu me dire sur la formation reçue par les astronautes dimokratíens ?

— Le programme spatial dimokratíen continue de sélectionner ses astronautes parmi les millions d'enfants vivant dans ses orphelinats ? Sont testées leur résistance, leur force physique et leur capacité de raisonnement afin d'identifier les éléments les plus prometteurs ? Ceux qui sont choisis sont conditionnés dès leur plus jeune âge afin de maximiser leurs aptitudes à voyager dans l'espace et ne plus s'attacher à leurs besoins émotionnels qui sont « vyezhat », c'est-à-dire rejetés chaque fois que possible ?

— Merci, OS. Tu peux annuler les derniers réglages demandés, mais garde cette voix pour Kodiak. Je suis sûr qu'il appréciera cette douce attention.

— « Brutal » est le mot le plus souvent utilisé pour définir ce programme dans la presse de la Fédération, bien que la traduction la plus pertinente du mot « ymir », employé par Dimokratía pour le qualifier, relève plutôt de sa capacité à « se dépasser ». À votre place, je ne me formaliserais pas de la réponse de Kodiak vis-à-vis de votre proposition d'amitié. Elle en dit bien plus sur son entraînement qu'elle n'en dit sur vous.

— Merci, OS. C'est gentil.

— Je ne dis pas cela par gentillesse. Je suis conscient de la fragilité inhérente à la psyché humaine. J'ai dit cela pour que votre déception n'interfère pas avec votre capacité à entreprendre la récupération de l'astéroïde, puisqu'en cas d'échec, je ne pourrai pas vous maintenir en vie jusqu'à notre arrivée sur Titan.

— Je vois. Dans ce cas, je m'en vais manger un demi-litre de glace et me coucher, lancé-je en reprenant le chemin de mes quartiers.

— Nous n'avons pas de pot de glace à bord.

— Je le sais, OS. Je disais ça pour plaisanter.

— J'ai bien enregistré dans ma mémoire qu'il s'agissait d'une blague. Ainsi, la prochaine fois que vous prononcerez une phrase similaire, je vous promets de rire.

— J'apprécie les efforts que tu produis pour t'adapter à ma façon de penser. Je connais un certain centurion dimokratíen bougon à peine sorti de sa couveuse qui ferait mieux de prendre exemple sur toi.

S'il y a bien une chose que je ne confierai pas à OS, c'est qu'en cet instant, j'ai une érection. Alors que je me remets au travail, mon esprit vagabonde vers le sable chaud de la Grèce, ses guerriers oisifs et son huile d'olive…

-*Tâches restantes : 337*-

L'accélération du vaisseau est si discrète que je ne la remarque pas la plupart du temps. Elle est quand même suffisamment marquée pour faire glisser mon oreiller jusqu'au bord de mon lit lors de chacune de mes périodes de repos. Alors que je visionne à nouveau les bobines d'entraînement, je remarque que mes pieds ne semblent pas au même niveau. Je me lève à deux reprises pour vérifier qu'il ne s'agit pas seulement d'une impression, mais non, le sol est bel et bien penché.

Je finis par mettre mon oreiller sous mes épaules, et mes talons directement sur le matelas afin d'équilibrer mes points d'appui. Puis j'en profite pour faire une sieste.

Soudain, la voix d'OS retentit dans la pièce.

— Ambrose, j'ai besoin de vous.

Je me réveille en sursaut et me cogne la tête contre le plafond. L'espace d'un instant, je crois être de retour sur la plage privée de Mari, sous un soleil de plomb, et ai l'impression de sentir mes pieds s'enfoncer dans le sable rose et chaud tandis que je fais la course avec Minerva jusqu'à une pointe rocheuse. J'aperçois ensuite une bande crémeuse d'étoiles en train de défiler à travers la fenêtre de ma chambre, et me rappelle aussitôt l'endroit où je me trouve.

— Que s'est-il passé ? Il est arrivé quelque chose à Kodiak ?

— Tout va bien. Mais notre trajectoire devrait croiser celle de l'astéroïde dans une heure. Vous devez revêtir votre combinaison. Kodiak va prendre la tête des opérations et a besoin que vous vous teniez prêt.

Je bondis hors de mon lit, me frotte le visage et sors en titubant de la pièce numéro 0 pour me rendre dans la numéro 6.

— L'astéroïde est-il visible depuis notre position ?

— Malheureusement, l'astéroïde se trouve dans l'axe de rotation du vaisseau et se situe donc dans notre angle mort pour le moment. Mais vous devriez pouvoir l'apercevoir dans sept ou huit minutes. Je suis actuellement en train d'analyser et résoudre toutes les contingences afin de garantir l'interception de l'astéroïde.

— Puis-je continuer à te parler en même temps ?

— Bien sûr. Répondre à vos questions ne me demande que peu de puissance de calcul.

— Je ne te pensais pas aussi insolent, OS !

-*Tâches restantes : 337*-

Depuis la vitre de mon sas, je regarde Kodiak, dans sa combinaison spatiale, mener des opérations de contrôle à l'extérieur du vaisseau. Le filet à mailles dorées ondoie dans l'espace comme un fouet. Il n'est pas réellement en or, mais c'est la couleur qu'il prend sous les éclairages du vaisseau. Son fin tissage capte la moindre lumière et projette des éclats dorés tout autour de lui, comme le font les rayons du soleil lorsqu'ils s'échouent sur un fond marin.

— Dix secondes, me prévient OS.

L'astéroïde doit être juste à côté du vaisseau, mais j'ai beau scruter l'espace, je ne vois que des étoiles autour de nous… ce qui est normal, puisque l'astéroïde est complètement sombre.

Tout à coup, un groupe d'étoiles disparaît.

— Plus que cinq secondes. Préparez-vous.

Le vaisseau gronde, puis ralentit, et je me retrouve projeté contre le mur. Quand je parviens à retourner devant la fenêtre, le filet doré vient de se refermer sur l'astéroïde.

Le gros rocher sombre roule vers le bord du filet et vacille, à moitié dedans, à moitié dehors. Nous sommes à deux doigts de le perdre totalement.

C'est alors que Kodiak retend l'un des câbles, ce qui soulève le côté correspondant du filet. Sa manœuvre porte ses fruits et l'astéroïde chute à l'intérieur des mailles dorées.

La récolte étant achevée, le câble de liaison de Kodiak se tend et le rapproche du vaisseau en le faisant tournoyer dans le vide. Sans ce cordon, il dériverait dans le vide intersidéral jusqu'à ce que mort s'ensuive.

Il se tourne et l'attrape pour se stabiliser, puis passe au-dessus du compartiment qui n'est accessible que par la porte grise située sur la coque extérieure et disparaît de l'autre côté du *Coordinated Endeavor.*

— Kodiak ? appelé-je.

Ma main se pose contre la cloison. Quelques secondes plus tard, je sens la sourde vibration de son sas qui se ferme.

— Kodiak, au rapport.

Dans un premier temps, aucune réponse ne me parvient. Puis sa voix se fait entendre.

— Je suis de retour, déclare-t-il.

Les dieux soient loués, songé-je.

— Tout s'est passé comme prévu ?

Un silence s'étire, seulement brisé par le bourdonnement diffus du vaisseau.

Je regarde le filet d'or se resserrer autour de l'astéroïde, autour de cet imposant morceau d'obscurité salvatrice infiniment plus précieux que la technologie à plusieurs milliards de dollars qui l'entoure.

— OS, tout s'est-il passé comme prévu ? questionné-je.

— L'opération est un succès, confirme la voix de Devon Mujaba.

-*Tâches restantes : 336*-

En raison de la forme particulière du *Coordinated Endeavor*, qui le fait ressembler à un haltère géant, les fenêtres au plafond de ma chambre m'offrent une vue directe sur l'espace de travail de Kodiak, avec en toile de fond les volutes des galaxies lointaines.

Avant, il gardait toujours ses stores fermés, mais maintenant, il les laisse ouverts la plupart du temps. J'aperçois le rouge de sa combinaison lorsqu'il se dirige vers son bureau pour s'y asseoir, puis ne vois plus qu'une épaule ainsi que d'occasionnels et fugaces bouts de peau quand ses doigts se mettent à taper sur sa console.

Sans le quitter des yeux, je me dirige vers mon lit pour m'allonger. Mes doigts jouent avec le tissu qui couvre ma poitrine. Je pourrais contempler ce spectacle éternellement : un être humain – un véritable être humain –, vivant, concentré sur sa tâche au milieu des étoiles. Ses épais cheveux sombres tombent jusqu'à sa mâchoire. De temps en temps, il penche la tête d'un côté puis de l'autre. Peut-être a-t-il la nuque raide ? J'aperçois un bout de peau de ladite nuque. Elle est lisse et me rappelle les muscles saillants qui relient ce même cou au reste de son corps, mais il est trop loin de moi pour que je puisse les voir.

— OS, si Kodiak le demande… enfin, je ne m'attends pas à ce qu'il le fasse, mais si jamais ça arrivait, s'il te plaît, ne lui dis pas que je le trouve intéressant à regarder. Il a probablement déjà un ego surdimensionné… tout comme moi, en fait.

— Tout est question de subjectivité. Mais j'aurais pris la même décision que vous, opine la voix de Devon Mujaba. Quoi qu'il en soit, ne vous en faites pas. Avec moi, votre secret est bien gardé.

OS peut donc garder des choses pour lui. J'imagine que les systèmes d'exploitation n'ont pas d'honneur.

-*Tâches restantes : 336*-

Peu de temps après, je m'assieds sur ma couchette pour parcourir de gros titres de presse sans intérêt sur ma montre connectée. Les nouvelles ne sont pas très fraîches à cause de la tempête solaire. Elles sont même toutes obsolètes depuis des semaines, mais comme je meurs d'envie de savoir ce qui se passe sur Terre, ou du moins ce qui s'y passait il y a quelques semaines, je m'en contente.

J'en profite aussi pour regarder les vidéos enregistrées par mes camarades de classe après mon départ. Chacun a eu droit à un créneau d'une minute pour me faire un petit coucou. J'espérais entendre quelques-unes de nos blagues habituelles ou des souvenirs communs, mais tout ce qu'ils ont à dire, ce sont des généralités sur ma réussite, combien je suis un modèle inspirant pour eux, bla-bla-bla... Comment ont-ils pu imaginer que c'est ce que je voulais entendre ? C'est comme si aucun d'eux ne me connaissait réellement. Je suis probablement la personne la plus admirée et la moins aimée de notre classe.

Je reviens aux actualités. Pour autant que je sache, Dimokratía et la Fédération se sont peut-être entre-tués depuis notre départ. Kodiak et moi sommes peut-être tout ce qu'il en reste. Auquel cas, l'espèce humaine serait vouée à s'éteindre, car aucun bébé joufflu ne verra le jour sur ce vaisseau pour au moins une dizaine de raisons. La Société Cusk n'a jamais voulu envoyer sur une même mission des astronautes de sexe opposé et en âge de procréer, afin d'éviter toute grossesse qui ne pourrait être qu'à haut risque dans l'espace.

— Quand penses-tu que les communications avec le centre de contrôle seront rétablies ? Quels sont tes derniers pronostics ? interrogé-je OS.

— Nous serons sortis de la zone d'interférences radio causées par la tempête solaire dans moins de quatre heures.

Je parcours les différents messages vidéo jusqu'à trouver celui de Sri, sublime créature s'il en est. Mais après un « merci pour ta contribution au futur de l'humanité » prononcé sur un ton monotone, je constate avec déception que le reste de sa minute de parole ne contient pas grand-chose de plus que les autres messages.

Dégoûté, j'éteins ma montre. Pas un mot sur le collier antique sculpté que je lui ai offert, ni sur l'incroyable pique-nique que j'avais organisé un jour, tard le soir, sur la piste du hangar.

Il est vrai qu'après, j'étais devenu très occupé, à tel point que j'avais cessé de répondre à ses messages.

— Je me demande si Sri a encore un peu le cœur brisé, murmuré-je.

— Je n'ai aucun moyen de le savoir, me répond OS.

— C'était une question rhétorique. Enfin, peu importe. Dis-moi… Avant que les communications soient totalement rompues avec la Terre, étions-nous en contact avec un seul et même centre de contrôle ou s'agissait-il de deux centres séparés avec d'un côté, celui de la Fédération, et de l'autre, celui de Dimokratía ?

OS me répond après un court silence.

— Il s'agit d'un seul et même centre de contrôle géré par la Société Cusk. Il se trouve au sein de la Fédération et utilise les ressources des deux pays.

— Informe Kodiak que dès que la tempête solaire sera terminée, je tiens à ce que nous communiquions ensemble avec le centre de contrôle, à partir de la même pièce.

— Je ne peux pas vous dire si Kodiak écoute vos messages, mais je lui transmettrai celui-ci s'il m'y autorise.

Je repense à Sri, à son expression comblée quand j'ai commencé à lui porter un intérêt particulier, à la façon qu'iel avait de fondre sous mes doigts.

Mon corps se réchauffe, non de désir, mais de colère. Ou

peut-être des deux. Comment Kodiak peut-il continuer à refuser de me voir ?

— Dis-lui plutôt les choses de cette manière : on se rejoint chez moi pour des cannellonis ?

— Je ne suis pas sûr de pouvoir reproduire toutes les nuances de votre message. Je l'ai donc transmis avec votre propre voix.

Un long silence s'ensuit. Lorsque je finis par retrouver mon calme, un sentiment inattendu émerge sous la colère et le désir : la honte. Kodiak me rend honteux. Pouah !

— Tant pis, soupiré-je. Dis-lui que ça ne fait rien et qu'on peut communiquer séparément avec le centre de contrôle, si c'est ce qu'il veut. J'ai mon pote ordinateur pour me tenir compagnie.

Un autre silence s'installe. Je pianote sur la cloison en polycarbonate, puis appuie mon front contre la fenêtre pour regarder les étoiles. Un instant plus tard, Rover est dans la pièce, ses bras cliquetants prêts à intervenir pour essuyer les traces huileuses laissées par mon front sur la vitre.

J'aimerais sortir d'ici, songé-je brièvement, avant de chasser cette pensée de mon esprit. À l'extérieur de ma prison métallique, seule la mort m'attend. Je suis coincé dans cette boîte de conserve filant à travers l'espace.

Une voix perce brusquement le silence. Ce n'est pas celle d'OS. C'est celle de Kodiak.

— Tu as raison. La perspective d'avoir un ordinateur pour seule compagnie n'est pas très réjouissante. C'est même terriblement pathétique.

Sans que je ne puisse le retenir, un large sourire, aussi stupide que ravi, s'épanouit sur mes lèvres.

— Eh oui, j'habite Pathétiqueville en ce moment, plaisanté-je. Mais j'espère pouvoir en changer bientôt.

— Je serai là dans trente minutes.

-*Tâches restantes : 336*-

La première chose que je remarque, c'est qu'il s'est douché. Enfin, plus ou moins, car nous ne pouvons pas vraiment nous doucher à bord du vaisseau. L'eau est une ressource précieuse que nous devons économiser au maximum. Néanmoins, il s'en est servi pour lisser ses cheveux et les rabattre vers l'arrière. Je l'avais déjà trouvé beau lors de notre première rencontre, mais le fait qu'il ait pris le temps de soigner son apparence en vue de notre rendez-vous le rend magnifique. Je suis sur le point de faire un commentaire à ce sujet, mais me ravise juste à temps.

Il soupire et entre en faisant craquer ses articulations, comme s'il se préparait à faire face à une rude épreuve. Tout comme lors de la fois précédente, il garde les yeux rivés sur la baie vitrée de la pièce, en évitant autant qu'il le peut de croiser mon regard. J'ai l'impression d'avoir affaire à un mur, comme lorsque nous nous parlions par communications interposées, à travers OS.

J'avais prévu d'être dur avec lui. Mais à la place, je me montre doux et mielleux, alors que je ne me suis jamais comporté ainsi avec qui que ce soit de toute ma vie. Minerva rira bien quand elle l'apprendra.

— Je suis content que tu sois là, déclaré-je.

Pour toute réponse, j'obtiens un grognement de sa part. Bon sang, mais qui répond en grognant ?

— OS, fais apparaître la carte du ciel, avec notre vaisseau et le centre de contrôle à chaque extrémité de l'axe de visualisation, ordonne-t-il.

L'espace entre nous se remplit d'une projection de notre vaisseau, en rotation sur lui-même et entouré d'étoiles. Kodiak navigue à travers le modèle réduit avec expertise, en le faisant bouger pour l'étudier sous plusieurs angles et en effectuant de rapides calculs à l'aide de la calculatrice holographique flottant sur le côté. Une sphère bleue lumineuse entoure la totalité de notre vaisseau. On dirait une sorte de bouclier magique. Et comme par magie, il me donne une impression de sécurité, bien que cette sensation aille à l'encontre de toute logique.

Kodiak hoche la tête en se massant la nuque.

— Tant que le Soleil sera entre la Terre et nous, aucun signal radio ne pourra passer. Même si nous essayions, il y aurait bien trop d'interférences à cause de l'activité nucléaire pour établir une communication stable.

— Vous pourrez communiquer avec la Terre dans trois minutes, intervient OS.

Kodiak penche la tête, en pleine réflexion. Sans doute réalise-t-il de nouveaux calculs mentaux. Les chiffres scintillent à travers l'affichage holographique, s'élevant comme des bulles de champagne.

— Quelque chose ne va pas ? m'inquiété-je en le voyant froncer les sourcils.

— Les bruits radioélectroniques produits par le Soleil sont totalement anarchiques, répond-il dans un murmure.

On dirait qu'il espère ne pas se faire entendre d'OS. Mais c'est peine perdue ; il n'existe aucun moyen de cacher quoi que ce soit à OS.

— Je ne connais aucun système informatique suffisamment puissant pour prédire la formation des taches solaires, explique-t-il, et encore moins les éruptions solaires. Ce serait comme essayer de deviner quel temps il fera un matin d'avril trois ans à l'avance.

— Pardonnez-moi, astronaute Célius, mais il est bien connu que la Société Cusk est parvenue à asseoir sa position dominante sur l'industrie grâce au développement de logiciels, rétorque OS. Vous n'êtes peut-être pas conscient de tout ce dont je suis capable.

Hum. Je ne m'attendais pas à ce qu'OS se mette sur la défensive. Se pourrait-il qu'il se soit senti froissé ?

Je pose une main hésitante sur l'épaule de Kodiak, mais l'enlève aussitôt quand il me jette un regard noir.

— Nous aurons notre réponse bien assez tôt, souligné-je. Dans trois minutes - non deux minutes –, très exactement.

— C'est vrai. Mais à quel centre de contrôle allons-nous parler ?

— Nous contacterons celui de la Société Cusk, puisqu'il est commun à la Fédération et à Dimokratía. Nous sommes à des milliers de kilomètres de la Terre. Alors, laissons de côté ces conneries de guerre froide qui oppose nos deux pays.

— Peut-être est-ce facile pour toi d'ignorer les atrocités qui ont été commises, étant donné que c'est ton pays qui en est à l'origine, réplique-t-il. Les crimes de guerre commis par la Fédération dans les ex-Philippines ne sont pas des « conneries de guerre froide ».

Pour chaque crime de guerre commis par la Fédération, je pourrais en citer au moins dix perpétrés par Dimokratía, mais je me retiens.

— Si on commence à remettre en cause des siècles d'histoire, on n'en finira jamais, dis-je plutôt. Nous trouverons un moyen pour communiquer avec la Terre. Notre survie en dépend.

— Je n'ai jamais dit le contraire, admet Kodiak, les bras croisés sur sa large poitrine.

— La connexion sera rétablie dans vingt-sept secondes, nous avertit alors OS.

Kodiak lève brusquement la tête. Des prismes semblent tournoyer dans ses yeux marron sous la lumière fluorescente de la pièce.

— Que viens-tu de dire, OS ?

— La connexion sera rétablie dans vingt-sept secondes.

Les épaules musculeuses de Kodiak et le creux à la base de son cou, sous ses cheveux sombres, se mettent à rougir.

— C'est absurde. Tu ne peux pas savoir cela, conteste-t-il.

— Allez, laisse tomber, lui conseillé-je.

La dernière chose dont j'ai besoin, c'est d'un conflit ouvert entre Kodiak et le vaisseau.

Je me déplace de sorte à pouvoir le regarder dans les yeux et l'interroge silencieusement du regard, en espérant qu'il comprendra que je lui demande si on peut se parler en privé.

Il hausse les épaules, sourcils froncés. Le message est clair. Rien n'est privé ici. Cette notion n'existe tout simplement pas.

— Connexion rétablie, annonce OS.

J'en ai la chair de poule.

— Allô ? tenté-je.

En attendant la réponse du centre de contrôle, je regarde les chiffres qui défilent sur la projection en se superposant à la baie vitrée de la pièce.

— Ici le centre de contrôle Cusk. Astronautes Cusk et Célius ? grésille une voix après un long moment. Nous espérons que vous allez bien.

En raison du décalage dû à la distance qui nous sépare de la Terre, la voix continue avant que nous puissions répondre.

— Nous sommes en train de télécharger toutes les données techniques qui ont été accumulées sur votre voyage depuis votre départ. En attendant, y a-t-il quelque chose d'urgent dont vous souhaiteriez nous informer ?

Kodiak me regarde, l'air sombre, comme pour me dire qu'il trouve cette approche bien étrange. Il n'a pas tort.

— Pouvez-vous me passer ma mère ? demandé-je.

Kodiak lève les yeux au ciel. Nous attendons de longues minutes la réponse du centre de contrôle.

— Elle n'est pas présente. Elle a toutefois enregistré un message à votre intention au cas où la liaison serait rétablie.

Nous vous le transférons dès maintenant. Malheureusement, nous n'avons pas reçu de nouvelles données en provenance de la base de Titan.

Des images me traversent l'esprit : Minerva congelée dans un lac de méthane ; Minerva empoisonnée par un gaz nocif, tendant désespérément la main vers le ciel ; Minerva rendue folle et se tranchant les veines... Ce n'est pas la première fois que j'imagine ce genre de choses. Je chasse résolument ces sombres pensées de mon esprit.

— Bien reçu, acquiescé-je.

— Personne n'est appelé à vivre éternellement, commente Kodiak de sa voix rauque.

Je le fusille du regard.

— Astronaute Célius, nous vous avons envoyé de nombreuses communications en provenance de Dimokratía, enregistrées et cryptées selon votre code de chiffrement habituel. Le système d'exploitation du *Coordinated Endeavor* les a transmises à votre centre de données sécurisé. Sachez également que vous n'avez reçu aucun message personnel.

— OK, répond rapidement Kodiak. Centre de contrôle, pourriez-vous aussi nous envoyer les dernières actualités, tout ce que nous avons manqué depuis notre départ ?

Comme le silence s'éternise, je décide d'intervenir.

— OS, avons-nous perdu le signal ?

— Oui. Nous avons été coupés par une éruption solaire inattendue.

— Toutes les éruptions solaires sont inattendues, justement parce qu'elles sont imprévisibles, grogne Kodiak.

— Penses-tu pouvoir rétablir le signal bientôt ? interrogé-je OS.

— C'est difficile à évaluer.

Je croise le regard de Kodiak, dans lequel je lis sa perplexité, puis m'adresse de nouveau à OS.

— Peux-tu en profiter pour réitérer la requête de Kodiak concernant les actualités ?

— Je le ferai dès que le contact sera rétabli. Cependant, veuillez noter que vous tenir personnellement au courant de la situation politique sur Terre est contraire à la politique de la Société Cusk.

Kodiak hoche la tête.

— Ils veulent nous informer eux-mêmes des dernières actualités plutôt que de nous les envoyer. Ainsi, ils peuvent contrôler ce que nous apprenons, au cas où les nouvelles seraient mauvaises.

Notre conversation avec le centre de contrôle semble avoir été délibérément interrompue. C'est sûrement la paranoïa due à notre isolement qui parle, mais ça ne m'empêche pas de vouloir mettre OS en difficulté.

— OS, dès que la connexion sera rétablie, demande au centre de contrôle de me tenir au courant de ce que ma mère a fait du cochon en porcelaine, du petit cube de colophane et des fragments de tapisseries que je lui ai donnés. Oh, et aussi, demande-leur quelle a été la réponse du professeur Calderon à mon essai final, celui que j'ai écrit pour son séminaire intitulé « Queerness et construction de la nation », s'il te plaît.

— Je transmettrai ces requêtes inhabituelles, promet OS après un léger silence.

Je rapproche mon siège de celui de Kodiak, de sorte que nos genoux se touchent presque. Il sent l'eau de javel et la sueur.

— Je veux juste vérifier que…

Il lève brusquement la main pour m'arrêter, avec une expression m'exhortant clairement à ne rien dire d'autre devant OS.

— Je pars écouter mes communications, déclare-t-il.

— Retrouvons-nous après, proposé-je alors.

Pour toute réponse, il tourne les talons et j'entends le bruit feutré de ses pieds nus s'éloigner sur le sol en polycarbonate tandis qu'il regagne sa moitié du vaisseau.

-*Tâches restantes : 336*-

Assis sur la couchette de ma chambre, je consulte les nouveaux documents qui m'ont été transférés par OS. Je ne peux m'empêcher d'agripper mon oreiller lorsque la représentation tridimensionnelle de ma mère apparaît devant moi.

C'est elle qui a financé toute cette expédition. C'est pourquoi elle a été choisie pour être la voix originelle de l'intelligence artificielle du vaisseau. Au cours du XXIe siècle, l'innovation spatiale est passée des mains d'entreprises financées par l'État à celles d'entreprises privées, et la tendance s'est poursuivie jusqu'à l'époque actuelle, où la pratique des anniversaires suborbitaux est devenue chose courante.

À partir du moment où les entreprises se sont emparées du potentiel économique qu'offre l'espace, les voyages vers la Lune ont vu le jour, tout comme les week-ends touristiques en orbite ou encore les vacances à bord de stations spatiales. La Société Cusk est à la tête de l'industrie astrotechnologique depuis des générations. J'ai toujours su que nous étions riches et que nous étions parmi les rares personnes à pouvoir s'offrir des terres en altitude. Notre richesse m'a permis de grandir dans un complexe fortifié, à l'abri des migrations de masse et de la faim, de la maladie et des tempêtes, des sécheresses et des inondations, mais aussi des épidémies et des vents radioactifs.

Une fois l'hologramme de ma mère complètement chargé, le son sort des quatre coins de la pièce, et soudain, je suis de retour sur Terre, du côté de Mari. Le soleil brille d'un éclat jaune dans le ciel et les mouettes qui tournoient au-dessus de ma tête me paraissent si réelles qu'elles me font craindre leurs fientes. La température dans la salle n'a pas changé – la technique holographique n'est pas réaliste à ce point –, mais la lumière me pousse à dézipper le haut de ma combinaison pour la rabattre vers le bas et exposer ma peau à ce soleil imaginaire.

Je plonge mes doigts dans le sable inexistant, penche la tête vers l'arrière et me prélasse. Après un long moment, je lève les yeux et la vois. Maman marche le long de la plage, vêtue de son éternelle tenue d'avatar, association incongrue d'un tailleur et de sandales. Immobile, je la regarde s'approcher. Son sourire reste figé jusqu'à ce qu'elle m'atteigne.

Puis l'avatar se met à débiter son message préenregistré.

— Mon chéri. Mon Ambrose chéri.

Ma respiration se bloque sur une sorte de hoquet.

— Je sais que tu n'es pas parti depuis très longtemps, mais pour moi, c'est comme si une éternité s'était déjà écoulée. J'ai été vraiment navrée d'apprendre que vous subissiez les interférences dues aux tempêtes solaires. Malheureusement, elles ne disparaîtront pas de sitôt. Mais je continuerai à t'envoyer des messages comme celui-ci pour te tenir au courant de ce qui se passe sur Terre. J'attends avec impatience de tes nouvelles, mon chéri, car je sais que tu m'en enverras.

La projection de ma mère effectue une légère pause avant de rouvrir la bouche.

— Nous avons continué à effectuer des simulations pour essayer de comprendre ce qui a pu arriver à ta sœur. Une chose n'a pas changé : dans la majorité des cas, les résultats nous amènent à conclure qu'elle n'est plus en vie. Si seulement la communication avec Titan ne s'était pas interrompue juste après son arrivée. Nous aurions pu savoir si elle avait eu le temps de mettre en place son système de survie. Mais nous savons l'un comme l'autre que si quelqu'un est capable de trouver le moyen de survivre sur une lune gelée, où l'atmosphère est ténue, c'est bien notre Minerva. Je pense à vous chaque jour. Mon cœur est avec elle, ainsi qu'avec toi, pour toujours. Vous m'apportez tous les deux un bonheur indescriptible.

Ses mots pourraient paraître exagérés, mais je les crois. Même si ma mère est froide, elle se montre aussi totalement dévouée. Elle nous aime tous de la même manière. Elle est également incroyablement ambitieuse, et son amour pour nous ne fait qu'un avec son amour pour la dynastie familiale. Autrement dit, l'adoration qu'elle nous porte est fondée sur son propre égoïsme et n'est donc pas près de disparaître, ce qui est, en un sens, étrangement rassurant.

À l'époque où j'étais sur le point de mettre un terme à ma relation avec Sri en rompant tout contact, iel m'a dit que j'étais un scientifique du cœur. Ce n'était pas un compliment.

— Tu me manques, maman, soufflé-je même si je sais qu'elle ne m'entend pas.

Ma voix n'est qu'un murmure, car je sais que ce n'est pas une chose à dire pour un astronaute de renommée mondiale.

La projection s'est interrompue à l'instant où j'ai ouvert la bouche. La lèvre de ma mère s'est figée au milieu d'une syllabe. Dès que je me tais, la projection reprend.

— J'ai besoin que tu sois fort, mon chéri, plus fort qu'aucune autre personne avant toi ne l'a jamais été. C'est la raison pour laquelle tu as été choisi. Tu as été parfaitement formé aux procédures des voyages spatiaux, mais tu as aussi une grande conscience de tes sentiments. Tu as examiné ta propre vie avec bien plus de sagesse que la plupart des gens de ton âge. Je suppose que tu travailles aux côtés de l'astronaute dimokratíen. Mets ce message en pause s'il est dans la pièce.

Ça commence à devenir intéressant… Tendu, j'attends quelques instants en silence. L'hologramme de ma mère parcourt ses notifications sur son bracelet connecté, reproduisant les gestes qu'elle a faits elle-même lors de l'enregistrement de ce message, puis continue.

— Malheureusement, nous ne savons que très peu de choses sur lui. Nous avons eu du mal à trouver ne serait-ce que son nom. Mais ne t'en fais pas. Les agences spatiales de nos deux pays ont examiné le vaisseau ensemble et n'ont trouvé aucune arme cachée à bord. Il n'est sans doute pas l'ami idéal que tu espérais ni la personne que j'aurais choisie pour t'accompagner dans ce voyage si je l'avais pu, mais pour autant, cela ne veut pas dire qu'il ne sera pas un allié solide. Après tout, vos objectifs sont les mêmes : vous devez enquêter pour savoir ce qui s'est passé sur Titan, sauver Minerva si possible, puis revenir. Il est surtout motivé par la rivalité entre nos deux pays et par l'idée de faire honneur à Dimokratía en lui apportant gloire et prestige, mais cela ne devrait pas affecter ses performances sur le terrain.

Un nuage passe devant le soleil, ombrageant momentanément le visage numérisé de ma mère.

Elle regarde à gauche, en direction d'une silhouette qui marche le long du rivage et s'approche d'une démarche assurée. C'est Minerva. Elle se plante à côté de ma mère et me regarde en souriant d'un air arrogant, une main posée sur sa hanche, à la manière d'un personnage de jeu vidéo.

— J'ai trouvé cette ancienne projection holographique créée par Minerva. Le but était de montrer à vos amis combien vous étiez beaux, tu te souviens ? J'ai supposé que tu ne l'avais jamais vue et que tu apprécierais sans doute de revoir la personne que tu es parti sauver. Si les dieux le veulent, tu nous la ramèneras en vie. Nous l'espérons tous. Je vais te laisser, mon chéri. J'attends ta réponse avec impatience. Je t'aime.

Je demande aussitôt à OS de démarrer l'enregistrement de ma réponse, mais me rétracte dès l'instant où je vois la lumière rouge se mettre à clignoter. Mon cœur bat à toute allure dans ma poitrine et je ne suis pas sûr de savoir quelle émotion m'envahira quand il se calmera. Me sentirai-je soulagé, résolu, mélancolique, désespéré, impuissant ou bien désarçonné ? Quoi qu'il en soit, l'idée de figer mes émotions sur un enregistrement qui traversera tout le système solaire pour être scruté par des milliards de personnes sur Terre ne me plaît pas beaucoup.

À la place, je cherche d'anciens enregistrements de Minerva dans la mémoire du vaisseau.

De temps à autre, maman demandait à nos mères de substitution de nous retirer de nos séances de scolarisation automatisées pour nous faire partir en voyage. Nous n'étions jamais prévenus à l'avance, car le moment de ces départs et les lieux où nous allions dépendaient des conditions météorologiques et de la carte de la criminalité. Les deux pouvaient d'ailleurs évoluer extrêmement rapidement et changer du jour au lendemain.

Je me souviens notamment de l'une de ces sorties, au cours de laquelle nous avions quitté la ville fortifiée pour nous diriger vers les montagnes, escortés par une armée de Warbots, des robots fabriqués par la Société Cusk et conçus pour la guerre. Après tant de temps passé à l'intérieur des murs protecteurs de la ville, nous retrouver à l'extérieur nous avait donné une sensation de vertige. C'est pourquoi, aussitôt qu'ils l'avaient pu, mes frères et sœurs étaient retournés au véhicule, impatients de retrouver leurs cours d'informatique habituels. Quant à moi, j'étais resté dehors avec Minerva, serré tout contre elle. Elle m'avait montré du doigt les ruines des villes abandonnées, les rivages encombrés de débris qui étaient autrefois des montagnes.

— Peut-être aurions-nous pu empêcher toute cette destruction, avait-elle soupiré. Peut-être aurions-nous pu protéger les espèces qui ont aujourd'hui totalement disparu. Peut-être aurions-nous pu éviter de polluer les océans avec tous ces résidus de plastique. Mais ça n'a plus d'importance désormais.

Pendant ce temps, le Warbot chargé de notre protection roulait à nos côtés et pivotait sans cesse sur lui-même en scrutant l'horizon à la recherche d'éventuels bandits. Il était à l'épreuve des balles et lourdement armé, capable de tirer cent vingt coups par minute. S'il était maîtrisé ou capturé, il pouvait se faire exploser, tuant au passage toutes les personnes présentes dans un rayon de plusieurs kilomètres. Trente Warbots ont repris l'Égypte à eux seuls, mettant ainsi fin à la Troisième Guerre mondiale. La Quatrième Guerre mondiale, pour sa part, a éclaté lorsque les États ont commencé à se disputer pour savoir le contrôle des Warbots qui, par la suite, ont été utilisés pour mettre un terme à la Cinquième Guerre mondiale. La vente de Warbots à des fins militaires fut à l'origine de notre fortune familiale. À ce jour, le nom « CUSK » est imprimé sur la tête meurtrière de chaque Warbot existant. Ils ont d'ailleurs un bon air de famille avec Rover.

Minerva m'avait ensuite désigné la base spatiale de la Société Cusk et son enceinte fortifiée, visible au loin.

— Voilà pourquoi maman a construit l'*Endeavor*, avait-elle déclaré. Pour emmener un équipage humain bien au-delà de tout ce que nous connaissons, vers des exoplanètes où les humains pourraient vivre si la Terre devenait inhabitable.

— Les exoplanètes…, avais-je répété pour goûter la saveur de ce mot sur ma langue. Elles sont très loin de nous, non ?

J'avais glissé ma main dans la sienne et m'étais rapproché d'elle autant que possible. Je ne peux pas sentir l'odeur de ma sœur sur l'enregistrement que m'a fait parvenir ma mère, mais je me souviens que cette année-là, elle dégageait la douce fragrance de cannelle d'un parfum très populaire à l'époque.

— Oui, elles sont très loin. Il existe des solutions plus proches, comme Titan, qui est l'une des lunes de Saturne. Mais les meilleurs endroits capables d'accueillir la vie humaine restent les exoplanètes, et malheureusement, il nous faudrait plusieurs milliers d'années pour les atteindre.

— C'est plus long que toute ta vie.

— Que la tienne aussi, avait-elle répliqué avec un sourire. C'est pourquoi nous sommes à la recherche de stratégies pour contourner ce problème.

Je n'avais rien répondu. Tous les enfants savaient que la cryostase s'était révélée impossible. Personne ne peut réanimer un mammifère qui a été tué, et il s'avère qu'il est impossible d'être congelé sans mourir dans la foulée. Mais les difficultés que nous rencontrions allaient bien au-delà. Malgré tout un tas d'expériences effectuées sur la biosphère, aucun vaisseau de taille raisonnable n'était capable d'héberger un écosystème suffisamment stable pour pouvoir faire pousser des végétaux comestibles. Et aucun vaisseau ne pourrait entreprendre un tel voyage avec suffisamment de stocks alimentaires pour nourrir un équipage humain pendant des milliers d'années.

— En attendant, je me contenterai d'aller sur Titan, avait poursuivi Minerva.

Je me rappelle avoir voulu lui répondre quelque chose d'intelligent. Je voulais qu'elle m'admire, je m'en souviens très bien. Mais je n'étais alors qu'un enfant. Je l'avais donc simplement serrée dans mes bras. C'était le mieux que je puisse faire à l'époque, et il m'a fallu cinq ans de plus pour réaliser que c'est probablement la meilleure des réponses à la plupart des situations.

— C'est la vérité, Ambrose. Je vais réellement partir pour Titan. Ce sera annoncé demain. Je voulais que tu sois le premier informé, parce que tu es celui qui me manquera le plus.

— Minnie, tu ne peux pas me laisser, avais-je gémi, le visage plaqué contre son torse pour dissimuler mes larmes.

C'est le surnom que je lui avais donné quand j'étais petit.

Étonnamment, elle me laissait continuer à l'appeler comme ça alors que j'étais presque un adolescent à l'époque de cette sortie.

— Je reviendrai pour mon petit frère, avait-elle chuchoté. Je te le promets. Un jour, je reviendrai.

— Je sais que tu reviendras. Mais tu vas tellement me manquer, avais-je murmuré en retour.

Puis elle était devenue silencieuse, et j'avais penché la tête vers l'arrière pour pouvoir voir son visage. La surprise m'avait cloué sur place : ses yeux étaient remplis de larmes, comme les miens. Je ne l'avais jamais vue triste. Elle avait alors levé la main pour se soustraire à ma vue.

— J'ai peur, Ambrose, m'avait-elle avoué à voix basse.

Ma main s'était posée sur la sienne pour l'abaisser afin que je puisse voir ses larmes.

— Tu peux le faire. Tu peux tout faire.

— Moi aussi, je pensais que c'était vrai, avant, avait-elle répondu doucement. C'est bon de savoir que tu le crois encore. Je m'accrocherai à ça pendant que je réchaufferai cette lune en t'attendant.

Ce jour-là, j'avais ri en entendant ces mots, mais apparemment, elle avait vu juste en me disant que nous serions bientôt réunis. Parce que je suis en ce moment même à mi-chemin entre la Terre et Titan.

-*Tâches restantes : 330*-

Pour ne plus penser à mes états d'âme, je me repasse en boucle cet enregistrement au fil des jours suivants. L'hologramme de Minerva me tient compagnie dans ma chambre et pendant que je prends mon petit déjeuner. Rapidement, je commence à jouer avec le rendu des images, si bien qu'elle se retrouve habillée d'une parka, d'un costume de bain… puis se transforme en sirène et en vampire.

— Il faudrait que vous progressiez plus rapidement dans la résolution des différentes tâches figurant sur votre liste, m'interpelle OS un matin.

— Oui, oui. Tu n'as pas besoin de me le rappeler.

Je commence à ranger mon violon, à desserrer l'archet et à retirer l'épaulière.

— Peut-être considérez-vous ces tâches comme indignes de vous ?

Sa question me pique au vif. Combien de fois, lors de mes entraînements, n'ai-je pas entendu des remarques comme « oh, tu nous snobes, Ambrose le Grand ? ». Peut-être que je n'ai jamais été Ambrose le Grand. Peut-être que depuis tout ce temps, j'étais seulement Ambrose le Privilégié. Qu'y puis-je ? Se pourrait-il que je sois en pleine crise existentielle de l'espace ?

— Ne me parle pas sur ce ton, OS, l'avertis-je après avoir ravalé quelques réponses moins diplomatiques. Vérifier le mécanisme de thermorégulation du vaisseau ne me donne pas l'impression d'aider Minerva. Il m'est donc difficile de trouver l'énergie nécessaire à la réalisation d'une tâche qui me paraît compter pour bien peu dans la réussite de notre mission.

Je me retiens d'ajouter que cette impuissance me rend dingue, et que la spirale dépressive qui s'ensuit dès que j'y pense m'amène toujours à musarder et à regarder toutes les vidéos semi-pornographiques que je peux trouver dans la mémoire du vaisseau.

— Je vous remercie d'avoir partagé avec moi votre ressenti. Mais à présent, je vous prierai de bien vouloir aller chercher un pain en cire de silicone et de lubrifier la porte du compartiment médical plutôt que vos organes génitaux.

— Vraiment très sexy, OS. Qu'y a-t-il d'autre sur ta liste ? Est-ce que je dois aussi caresser les roulements à billes du vaisseau ?

— Il vous faudra également nettoyer et remplacer des joints de filtre à air, répond la voix de ma mère. Mettez-vous au travail, Ambrose. Toutes ces tâches ne vont pas disparaître comme par magie.

Ce timbre de voix – celui de ma mère – est mon offrande de paix à Kodiak. Les beaux jours où OS me parlait avec la voix de Devon Mujaba sont officiellement révolus.

-*Tâches restantes : 279*-

Je n'ai pas beaucoup avancé concernant la lubrification de la porte du compartiment médical, et rien d'autre sur la liste ne me donne particulièrement envie. Comment les ingénieurs chargés de la vérification du vaisseau avant notre départ ont-ils pu merder à ce point ? L'*Endeavor* possède six Rovers au total, et dès que j'en aurai terminé avec les joints, je serai chargé de remettre les cinq autres en état de marche. À la pensée de la liste interminable de débogages qui m'attend, je m'allonge sur le dos et fixe le plafond. J'ai l'impression que rien de ce que je peux faire n'est en mesure d'aider Minerva. Je suis totalement impuissant, et cette prise de conscience correspond justement à la définition de la dépression donnée par la plupart des biologistes.

La voix de ma mère me sort brusquement de ma torpeur.

— Ambrose, c'est urgent.

Mon sang ne fait qu'un tour et je me redresse si vite que des étoiles dansent devant mes yeux, au propre comme au figuré. Je me relève en titubant.

— Que se passe-t-il ?
— Nous venons de recevoir un message de Minerva.

-*Tâches restantes : 279*-

Debout dans la pièce numéro 6, j'attends qu'OS termine de décrypter la transmission. Mon cœur bat à tout rompre dans ma poitrine.

Une petite barre verte, sans graduation, flotte devant moi en se remplissant lentement. Sa progression pourrait représenter le téléchargement de plusieurs téraoctets de données, peut-être même de plusieurs mégaoctets. Je n'en ai aucune idée, puisque l'affichage est inhabituellement bâclé.

— Allez, allez..., murmuré-je.

La barre verte de la projection holographique se remplit de plus en plus à mesure que les secondes s'égrènent.

— Kodiak est-il en route pour me rejoindre ? demandé-je.

OS n'a pas le temps de me répondre, car soudain, la barre verte est totalement pleine.

Une Minerva dont l'image est à moitié pixélisée apparaît devant moi. Son uniforme est en lambeaux et ses bras, qui étaient autrefois si forts, semblent désormais maigres et longilignes. Mais l'expression déterminée qu'elle affiche ne laisse pas de place au doute : c'est bien ma sœur. L'image disparaît entièrement, puis revient. En arrière-plan, je distingue vaguement les cloisons imprimées en polycarbonate de la base de Titan.

— Il ne me reste que quelques secondes avant que cette dernière batterie ne s'épuise. Ambrose, s'il te plaît, dépêche-toi. J'ai besoin de ton aide. J'ai installé...

L'hologramme s'évanouit complètement.

Je reste immobile, dans l'obscurité, à regarder les étoiles tourbillonner.

Puis la diffusion reprend.

— … le vaisseau, Ambrose ! Le vaisseau était dans un état de délabrement trop avancé sur la fin de mon voyage, plus que ce qui avait été anticipé. Tu dois terminer les tâches que t'indique OS au plus vite. Le moindre défaut, comme… dans les anciennes navettes, risque de te conduire à la catastrophe. Le vaisseau doit être… comme neuf pour résister aux frottements et à la chaleur. Je t'aime, petit frère. Il n'y a personne de mieux placé pour…

La transmission s'interrompt. Je n'ose ni bouger ni respirer, dans l'espoir du retour de l'hologramme de Minerva.

— Je ne reçois plus aucune donnée entrante à traiter, finit par déclarer OS. Je vous préviendrai dès que quelque chose de nouveau me parviendra.

— Repasse cette transmission, ordonné-je à OS, les mains sur la bouche et les yeux ruisselants de larmes.

J'étudie chaque détail. Minerva est éclairée par un luminaire de secours, et une autre source de lumière baigne son visage de nuances stroboscopiques rouges et blanches. Son coude droit est entouré d'un bandage au milieu duquel s'épanouit une tache de sang de la taille d'une framboise. Au début de la séquence holographique, son visage semble arborer plusieurs balafres, mais les dernières secondes de la transmission ont une meilleure résolution, et je me rends compte que ces lignes sur sa peau sont en réalité des signaux parasites dus à la compression de l'enregistrement.

Je t'en prie, Minerva, réapparais, la supplié-je mentalement.

Je secoue la tête, aussi stupéfait qu'admiratif. Après deux ans passés en isolement total dans un endroit reculé du système solaire, et une survie improbable face à la faim et aux privations, on aurait pu penser qu'elle apparaîtrait déprimée, en pleurs, comme je l'aurais probablement été à sa place. Mais non. Plutôt que de se lamenter sur son sort, elle nous donne des instructions afin que nous survivions assez longtemps pour la secourir. Elle est comme ça, Minerva. Elle pense toujours aux autres avant de penser à elle. Et son message était clair : nous avons besoin d'un *Coordinated Endeavor* en parfait état de marche.

L'urgence de la situation me pousse à reprendre mes esprits.

— OS, envoie immédiatement la transmission à Kodiak, si tu ne l'as pas déjà fait. Je vais enregistrer tout de suite un message de réponse que tu enverras en boucle à Minerva. Et ensuite, j'irai au compartiment médical pour lubrifier cette satanée porte.

-*Tâches restantes : 180*-

— Minerva… Minnie, Minerva ! chantonné-je en travaillant tout l'après-midi.

Focalisé sur mes tâches, je ne me rends compte que je n'ai pas mangé depuis longtemps que lorsqu'une véritable sensation de faim commence à me tenailler l'estomac. Tout en choisissant mon dîner, j'envoie un message à Kodiak.

— On est vendredi soir et ma sœur est en vie. Rejoins-moi. On va fêter ça. Et sache que je n'accepterai aucun refus de ta part.

Mais malgré mon invitation, Kodiak ne se montre pas, et je n'ai pas d'autre choix que d'accepter la situation telle qu'elle est. Pour autant, son refus ne me déconcerte pas. Je mange mon dîner – des cannellonis, bien évidemment – en regardant la transmission de Minerva en boucle.

Puis, en allant me coucher, je murmure son nom.

Minerva. Minerva est vivante.

Vivante !

Quand j'aurai terminé de réparer ce vaisseau, il sera en bien meilleur état qu'il ne l'a jamais été.

-*Tâches restantes : 135*-

Chaque jour ou presque, j'invite Kodiak à se joindre à moi pour les repas, mais il ne répond jamais. Il ignore même le message que Minerva nous a envoyé.

Plusieurs semaines passent sans qu'il ne m'adresse le moindre mot. Je l'aperçois de temps en temps à travers les fenêtres situées en haut de sa moitié de vaisseau, mais c'est tout. Parfois, des éléments de ma liste de tâches se retrouvent rayés sans que je ne m'en sois occupé, donc je sais à peu près ce qu'il fabrique de son côté. Mais généralement, je me charge moi-même des tâches figurant sur ma liste, car la plupart concernent uniquement ma partie du vaisseau.

La tempête solaire fait à nouveau rage, rendant impossible le rétablissement de notre liaison avec la Terre. Je savais qu'une fois passée une certaine distance, la communication deviendrait hasardeuse. C'est pourquoi, lors de mon entraînement, je me suis préparé à devoir me débrouiller seul aussi longtemps que nécessaire. OS m'a promis que plus aucune interférence ne perturberait les transmissions en provenance de Titan, désormais. Cependant, étant donné que Minerva a indiqué dans son message avoir utilisé sa dernière batterie pour nous contacter, je ne pense pas qu'elle soit en mesure de nous en envoyer d'autres.

Mais elle est en vie !

Cette pensée me donne des ailes et me pousse à travailler d'arrache-pied. Les cinq Rovers de rechange présentent chacun des dizaines de soucis techniques, allant du câblage aux micrologiciels. Nous avons dû heurter un champ électrique à un moment donné, car il faudrait des décennies à une machine pour accumuler autant de pannes.

À la fin de ma journée de travail, je suis exténué et m'effondre sur une chaise pour manger le contenu de mon sachet en plastique. La solitude me pèse. Comme tout un chacun, j'aime avoir des moments à moi, mais la présence d'un corps humain à mes côtés me manque.

Seul Kodiak Célius peut m'apporter un peu de réconfort humain à bord de ce vaisseau. J'enroule mes bras autour de mon torse, tapote mes propres épaules et imagine que mes doigts sont les siens. Notre dernière discussion remonte à longtemps, si bien qu'il est presque devenu une abstraction pour moi. Mais le message de Minerva m'a rappelé ce que c'est que d'avoir quelqu'un à ses côtés, quelqu'un qui tient à nous. J'aimerais que Kodiak me fasse savoir que j'existe à ses yeux. L'embrasser serait un bon moyen de le faire sortir de sa coquille…

Le lendemain matin, alors que j'effectue ma ronde habituelle à travers le vaisseau, je l'aperçois à travers la fenêtre de la pièce dans laquelle je me trouve. Il est en train de courir sur son tapis roulant, seulement vêtu de son slip dimokratíen informe, sans doute pour éviter d'imbiber son uniforme de sueur.

Je lui jette un coup d'œil, puis me force à détourner le regard pour préserver son intimité. Ça ne m'empêche pas de rejouer cet instant volé dans mon esprit. Je le détaille mentalement de haut en bas, en visualisant l'épi qui se dresse au sommet de sa tête, sa chevelure épaisse, ses bras, ses hanches et ses jambes. Je me demande quelles sensations j'éprouverais si je passais mes doigts dans sa chevelure dense et luisante. Il a enroulé une ceinture en caoutchouc autour de ses reins et l'a attachée à l'arrière du tapis roulant pour s'obliger à fournir plus d'efforts. La gravité simulée par notre vaisseau est la même que sur la Terre. Nous n'avons donc pas à nous soucier des pertes musculaires et ligamentaires comme le font les astronautes qui passent leur temps en apesanteur. Mais je suppose qu'il aime se surpasser et sentir ses muscles tirer sous l'effort.

Du mouvement dans ma vision périphérique me pousse à jeter un nouveau coup d'œil à travers la baie vitrée. Épuisé, Kodiak fait ralentir sa machine jusqu'à l'arrêter totalement, puis retire la ceinture en caoutchouc de sa taille avant de descendre et d'attraper une serviette pour s'essuyer le cou et la poitrine. Je détourne le regard, mais ne résiste pas à l'envie de l'observer encore une fois. C'est alors que je constate qu'il regarde lui aussi à travers sa baie vitrée, droit dans ma direction. Les tons bruns et roses de son corps créent un contraste saisissant avec la blancheur grisâtre de la coque et la noirceur du vide qui s'étale autour de nous.

Je lui adresse un petit signe de la main. Mon mouvement manque de vigueur et est maladroit, mais j'imagine que c'est le mieux qu'un humain puisse faire dans une telle situation.

Kodiak ne cherche pas à se mettre hors de ma vue. Il ne semble pas en colère. Il continue simplement de s'essuyer.

Soudain, il penche la tête sur le côté, comme s'il avait du mal à entendre quelque chose. Il fait ensuite un pas de côté et pianote sur sa console. C'est le même modèle que la mienne : malgré la guerre froide qui oppose les deux pays restants de la Terre, les frontières en matière de technologie restent assez poreuses. Je suis toujours en train de le fixer quand il croise à nouveau mon regard et agite un doigt en l'air. Je fronce les sourcils, pas certain de comprendre ce qu'il veut me dire.

C'est alors que sa voix me parvient. Je grimace par réflexe, en m'attendant à retrouver la froideur habituelle de son ton. Mais il paraît surtout inquiet.

— La transmission de ta sœur m'a poussé à travailler deux fois plus vite, déclare-t-il, les mains sur les hanches, en me regardant droit dans les yeux.

— Moi aussi, avoué-je.

— J'ai des tâches à réaliser sur la coque du vaisseau, ce qui signifie que je vais devoir faire une sortie extravéhiculaire. J'ai besoin que tu t'équipes aussi, au cas où quelque chose tournerait mal.

— Quel genre de tâches ?

Seul le silence me répond. Je n'en suis pas surpris. Après tout, pourquoi devrais-je m'attendre à davantage de sa part ?

Une heure plus tard, je me tiens à côté de mon sas, revêtu de ma volumineuse combinaison spatiale.

— Je tiens à m'excuser, intervient OS. Je pensais que nos problèmes de communication avec la Terre étaient dus aux tempêtes solaires. Mais le capteur dédié à la détection des tempêtes solaires s'est révélé défectueux, ce qui explique pourquoi j'avais autant de mal à modéliser leurs assauts.

— Nous avons donc potentiellement deux interventions à réaliser à l'extérieur : le capteur et l'antenne.

— Kodiak et moi avons discuté des priorités, répond OS. Sans le capteur, je ne peux pas vous avertir qu'une tempête de radiations approche et que vous devez vous mettre à l'abri. Évidemment, le rétablissement des communications avec le centre de contrôle est également important, mais votre survie n'en dépend pas directement, contrairement à la réparation du capteur.

Méconnaissable dans sa combinaison volumineuse et encombrante, Kodiak clipse et déclipse ses suspentes pour descendre à mi-hauteur du vaisseau. Son objectif est de détacher et remplacer un composant sur la coque.

Je me tiens prêt à intervenir, mais l'opération se déroule sans accrocs et il finit par regagner son sas. Le vaisseau tremble lorsque la porte extérieure se referme et se repressurise.

J'attends qu'OS dise quelque chose, mais Kodiak ne semble pas disposé à me parler pour le moment.

— OS, au rapport, exigé-je. Le capteur est-il en état de marche ?

Le silence s'installe et s'étire.

— OS, le capteur fonctionne-t-il de nouveau ?

Tout à coup, les voyants d'alerte s'allument et une alarme retentit dans tout le vaisseau.

— Les conditions d'ouverture du corridor de séparation sont temporairement annulées. Ambrose, dirigez-vous tout de suite vers l'*Aurora*. Kodiak vous guidera vers l'abri antiradiation. Vous devez y entrer tous les deux immédiatement.

— Des radiations ? Oh, bon sang !

Sur ce commentaire judicieux, je me rue hors du sas et traverse mes quartiers à toute vitesse, renversant au passage tablettes, sachets de nourriture et chaises. Je suis tenté d'enlever ma combinaison pour aller plus vite, mais comme c'est un bouclier efficace contre les radiations, peut-être vaut-il mieux que je le garde sur moi.

La porte orange est ouverte.

Je la franchis et cours en direction du centre à gravité nulle du vaisseau. Je descends les échelons à toute allure jusqu'à ce que mon corps devienne trop léger pour continuer à toucher le sol puis, après m'être élancé, flotte rapidement à travers l'espace intermédiaire. Lorsque j'atteins le centre, je ralentis avant d'accélérer à nouveau. Je me cogne contre les murs en essayant de me retourner pour pouvoir retomber sur mes pieds. Alors que je viens tout juste d'y parvenir, la gravité me tire brusquement vers le bas. Je tente d'attraper les barreaux de l'échelle, mais ne vois pas grand-chose à cause de mon fichu casque. Mes mains ne rencontrent que le vide tandis que je tombe de plus en plus vite. Puis, après une chute de quelques mètres, mes jambes cognent une surface dure et je m'effondre. Mon épaule et ma tête, protégée par mon casque, heurtent le sol à leur tour. Mon souffle s'est coupé sous l'impact. Heureusement, ma combinaison a absorbé une bonne partie du choc.

Désorienté, je tente de me relever, puis des mains me saisissent par les manches et me remettent sur mes pieds. J'avance péniblement, maintenant guidé par Kodiak. Il ouvre ma visière et j'avale de l'air humide.

— Enlève ta combinaison, m'ordonne-t-il.

Il m'aide à retirer mon casque avant de défaire la lourde fermeture éclair de ma combinaison. Mon corps en sueur s'en échappe, à moitié retenu par les bras de Kodiak et à moitié étalé sur le sol. Une étendue d'eau se trouve devant moi. Qu'il est étrange de trouver une piscine dans l'espace ! Kodiak m'y traîne.

Sa surface rougeoie sous la lumière clignotante des éclairages d'urgence et se colore de nuances pourpres et noires au moment où Kodiak s'y engage. Le tissu de son uniforme, trempé, se colle aussitôt à ses jambes et à sa taille. J'agrippe cette dernière et me précipite à mon tour dans l'eau. Je n'ai pas pied, aussi je fais marcher mes jambes tandis que Kodiak se saisit de deux respirateurs accrochés au bord du bassin. Il m'en flanque un sur le visage, puis enclenche le mécanisme distributeur d'oxygène. Le plastique m'entaille la peau alors que je fixe correctement le respirateur sur mon visage. Il en fait de même avec son propre masque, puis plonge entièrement sous la surface rougeoyante. Je le suis à travers l'obscurité.

Nous nous enfonçons toujours plus profondément dans

cette eau étrange, aussi froide que celle d'un lac de montagne. Au fond du bassin, je retrouve la chaleur de Kodiak. Je me pelotonne contre son corps aussi solide qu'une ancre dans les ténèbres aqueuses.

— Que se passe-t-il ? essayé-je de crier.

Mais mes mots sont aspirés par le masque.

Nous nous blottissons l'un contre l'autre au fond de la piscine, entourés par une obscurité totale à peine troublée par les ondes rouges au-dessus de nous. Je n'entends rien d'autre que le bruit du respirateur, et ne ressens rien d'autre que le contact du tissu de l'uniforme de Kodiak et de sa peau tiède qui se presse contre moi.

Je ne contrôle rien de ce qui se passe, et ça me fait flipper. Je régule ma respiration en comptant mentalement entre chacune de mes inspirations et expirations. Je n'ai qu'une seule envie : sortir de ce bassin, quitter le vaisseau et profiter de l'éclat du soleil sur une plage de sable rose loin d'ici. Néanmoins, je m'efforce de garder le masque sur mon visage et mon corps au fond de l'eau.

Kodiak et OS ont évidemment une bonne raison de nous avoir fait descendre ici. Je dois leur faire confiance. *Respire Ambrose*, m'exhorté-je. *Kodiak contrôle la situation. Il sait ce qu'il fait.*

Au moins, je comprends la raison pour laquelle nous sommes sous l'eau. Sur Terre, l'atmosphère nous protège de par son volume même. Les ions à haute énergie doivent traverser une telle quantité d'air qu'elles ralentissent jusqu'à atteindre une vitesse non mortelle bien avant de toucher le corps humain. Les molécules d'hydrogène bloquent efficacement les radiations, et l'eau en contient en grande quantité. Lorsque Kodiak a remis le capteur en marche, celui-ci a dû indiquer que nous allions être bombardés par des radiations solaires, ce qui explique pourquoi nous nous sommes aussitôt précipités vers cet abri qui se trouve au fond du réservoir d'eau du vaisseau. Je n'étais pas au courant de l'existence de cette disposition, car le réservoir d'eau se trouve sur l'autre moitié du *Coordinated Endeavor*, celle de Kodiak, et il a refusé ou oublié de m'en parler.

Ce manque de communication aurait pu nous être fatal. Peu importent les divergences existant entre nos deux pays, notre séparation n'a plus de raison d'être et doit cesser.

Les fesses de Kodiak se tendent et se détendent quand il ajuste sa position à côté de moi. Cette tempête de radiations va-t-elle durer une heure ? Deux ? Plusieurs jours ?

Je rapproche davantage mon corps frissonnant de celui de Kodiak. Il passe un bras autour de moi et colle mon genou contre le sien. Certaines de mes cellules se transforment-elles en ce moment même en tumeurs ? Sont-elles en train de se développer et de se diviser ? Et celles de Kodiak ? Il est fort probable que nous mourrions à bord de ce vaisseau. Nous avons peut-être déjà commencé à mourir.

Les doigts de Kodiak, encore chauds malgré la froideur de l'eau, attrapent ma manche et la relèvent pour exposer la peau nue de mon avant-bras. Va-t-il me prendre la main ? Pas du tout. Il prend simplement mon pouls.

Il appuie sur la veine qui court à l'intérieur de mon poignet pendant quelques secondes, puis hoche la tête d'un air satisfait et me relâche pour se réinstaller correctement. Je me décale dans sa direction pour être à nouveau collé à lui, et nos deux respirateurs se cognent lorsqu'il se rapproche de moi également. Je sens le poids de sa main sur mon genou tandis que je relève à mon tour la manche de son uniforme pour presser mon index contre la veine qui palpite sous sa peau. Son poignet est plus épais que le mien.

Durant la bataille de Juba, les forces dimokratíennes ont déployé une arme expérimentale libérant une sorte de boue brûlante qui enferme les corps dans du carbone. Les médias du monde entier débordaient d'images de soldats fossilisés se tenant les uns contre les autres, comme à Pompéi. Je ne peux m'empêcher de nous imaginer, Kodiak et moi, immortalisés de cette façon. Dans un futur plus ou moins lointain, on découvrirait alors deux garçons qui ne se connaissent pas en train de se prendre le pouls.

Les lumières rouges cessent de clignoter au-dessus de nos têtes et l'eau redevient d'un noir d'encre.

Kodiak commence à remonter à la surface. Je regarde ses pieds battre l'eau puis, d'une poussée, m'éloigne du fond à travers les courants produits par les mouvements de ses jambes.

Arrivé à la surface, j'entends Kodiak dire quelque chose dans la langue de Dimokratía. Il passe à celle de la Fédération quand j'émerge de l'eau.

— OS, peut-on sortir ? Est-ce que les radiations sont terminées ? demande-t-il en faisant du surplace.

— Oui, la tempête est passée, répond OS avec la voix de ma mère. Veuillez me pardonner de ne pas vous avoir avertis plus rapidement de cette situation de crise. Les capteurs de radiations me donnaient de fausses indications et ce n'est que lorsque vous les avez réparés, Kodiak, que j'ai réalisé que les taux de radiation dépassaient le seuil au-dessus duquel ils se révèlent dangereux pour le corps humain.

— De combien dépassaient-ils ce seuil ? demande Kodiak.

— Ils étaient au niveau le plus haut : deux cent quatre millisieverts.

— Nous survivrons, commente Kodiak en sortant de l'eau pour s'allonger sur le côté. Nous développerons des cellules cancéreuses avant nos trente ans, mais au moins, nous vivrons encore quelques années.

— Je rêve ou tu viens de faire de l'humour ? m'étonné-je en m'installant à côté de lui.

Il commence à essorer sa chevelure épaisse et je tords l'ourlet de ma chemise entre mes mains pour en faire de même.

— Oui, et en même temps, pas vraiment. C'est le genre de blague qu'on fait au sein de Dimokratía.

— Je vous prie de bien vouloir vous rendre à l'infirmerie pour que Rover puisse assurer votre maintenance antiradiation, nous commande OS.

— Je ne pense pas que le mot « maintenance » soit le terme adéquat pour parler du corps humain, remarqué-je.

— Cette erreur de vocabulaire reste la chose la moins pire que nous venions d'entendre, souligne Kodiak avant de se relever et de s'éloigner en frissonnant.

Je n'aurais pas cru qu'un corps aussi musclé puisse frissonner.

— OS, est-ce que tu veux qu'on aille dans la même infirmerie ? l'interrogé-je.

Kodiak est déjà en train de secouer la tête, mais OS ne lui laisse pas le temps de refuser et approuve mon idée.

— Ce serait en effet plus judicieux.

Kodiak grogne et se dirige vers sa moitié du vaisseau en laissant des empreintes de pas humides sur le polycarbonate gris et brillant.

— Suis-moi si tu veux, me lance-t-il par-dessus son épaule.

Je jette un coup d'œil en direction de ce réservoir d'eau qui nous a probablement sauvé la vie, au fond duquel Kodiak me prenait le pouls tandis que notre vaisseau se retrouvait assailli par une vague mortelle d'atomes en provenance de supernovas. Nous allons boire de cette eau pendant des mois.

Je détache mon regard du bassin et lui emboîte le pas.

-*Tâches restantes : 116*-

L'infirmerie de la partie dimokratíenne du *Coordinated Endeavor* ressemble beaucoup à la mienne, sauf que tout est d'un gris militaire au lieu d'être d'un blanc flamboyant. Même le Rover de l'*Aurora* est plus sombre que le mien.

Kodiak s'arrête devant un banc encastré dans le mur et se met en équilibre sur une jambe puis sur l'autre pour se débarrasser de son uniforme en acrylique gorgé d'eau. Je détourne le regard, mais seulement après avoir eu le temps d'apercevoir une longue ligne de peau qui s'étend de son cou à son talon, où la fermeture éclair latérale de son uniforme s'ouvre totalement pour se séparer en deux.

— Il y a un uniforme propre pour toi sur le banc, m'indique-t-il sans se retourner.

Son uniforme trempé tombe au sol dans un bruit sourd. S'ensuit le vrombissement du Rover de l'*Aurora* lorsque celui-ci s'en empare et l'emporte ailleurs, où il sera nettoyé et séché avant d'être rapporté. J'enlève ma propre tenue, en me demandant ce que penserait Kodiak de mon corps maigre s'il daignait me regarder, et enfile l'uniforme propre aux couleurs de Dimokratía avant de m'allonger sur l'un des bancs de l'infirmerie.

— J'ai l'impression d'être passé chez l'ennemi, commenté-je en lissant le nylon rouge entre mes doigts.

Kodiak laisse échapper un petit rire.

— Phtur ! Notre ministre d'État chargé de la propagande en serait enchanté.

Je le regarde, déçu de voir qu'il a déjà revêtu son uniforme sec.

— Attends, est-ce que Dimokratía a réellement un ministre d'État chargé de…

— Ne bougez pas, nous interrompt la voix de ma mère.

Rover insère sans effort l'aiguille de l'intraveineuse dans mon bras, et j'observe la poche contenant ma dose liquide de médicaments antiradiation s'écouler lentement dans mon corps.

— J'espère que ça ne va pas me faire perdre mes cheveux, plaisanté-je.

— Ce serait dommage, opine Kodiak sur le banc voisin. Tu as de très beaux cheveux.

Je me répète cette phrase en boucle tout en laissant mon corps se détendre. Mon imagination met Kodiak dans une position différente chaque fois qu'il la prononce. Il est allongé tantôt sur le ventre, tantôt sur le côté, la tête posée dans sa main. Parfois, il caresse les cheveux qu'il vient d'admirer. Souvent, il porte sa tenue rouge, mais quelquefois, il ne porte rien du tout.

-*Tâches restantes : 116*-

J'ai dormi tout le temps qu'a duré la perfusion, et quand je me réveille, Kodiak n'est plus là. La porte menant plus profondément dans l'*Aurora* est fermée. N'obtenant aucune réponse de la part de Kodiak quand je l'appelle, je finis par reprendre le chemin de mes quartiers avec seulement le souvenir d'avoir été en sa compagnie.

Une surprise m'attend au moment où je me déshabille : ma peau est couverte de lésions. Ces grosses zébrures rouges sont indolores et lisses, mais n'en restent pas moins inquiétantes. Après tout, elles sont dues à un empoisonnement aux radiations, et même si elles disparaîtront après quelques jours, à l'instar des coups de soleil, les effets les plus insidieux peuvent mettre un certain temps à se manifester. Je vais donc devoir examiner régulièrement mon corps sous toutes les coutures, et je sais déjà que je vais passer beaucoup de temps sur la banque d'images du vaisseau relative aux diagnostics médicaux. Autrement dit, j'ai de beaux jours de paranoïa devant moi.

Allongé sur le sol, je tambourine sur le plastique dur pour me distraire de ma mort imminente.

— OS, le centre de contrôle nous a-t-il envoyé une réponse concernant les cadeaux que j'ai offerts à ma mère et l'avis du professeur Calderon sur mon essai final ?

Il s'écoule un millième de seconde, pendant lequel OS réfléchit à sa réponse.

— Je suis sûr que les opérateurs du centre de contrôle sont en train de chercher les réponses à vos questions. Ils vous adresseront leur compte rendu dès qu'ils en auront la possibilité. Mais tant que l'antenne ne sera pas entièrement réparée, les communications resteront compliquées.

Me revient alors un souvenir de ma mère et moi, assis à une table de jardin au sommet d'une montagne située sur le domaine des Cusk. Les tempêtes de sable, qui anéantissent fréquemment les camps de réfugiés, rugissaient silencieusement dans le lointain. Je venais de jouer le concerto de Mendelssohn, et maman était sortie m'écouter. Une fois le morceau terminé, nous avions commencé à parler de la mission de Minerva. Maman déplaçait le cube de colophane de mon violon le long de la table pour représenter la progression du vaisseau de ma sœur en direction de Titan.

Je n'aurais jamais offert à ma mère de la colophane en guise de cadeau. C'était moi le violoniste, pas elle. Un jour, je lui ai bien offert un cochon en porcelaine, mais c'est elle qui m'a donné un fragment de tapisserie, et non l'inverse. J'ai rassemblé ces différents objets dans une même requête soumise à OS afin de réaliser un test. Ce mélange de vérités et de mensonges crédibles me permettra de savoir si nous recevons bel et bien les informations en direct du centre de contrôle. Je ne sais pas ce que je m'attends à découvrir exactement. Mais entre mon coma et les dommages inexpliqués subis par le vaisseau, la réponse pourrait faire basculer la balance d'un côté comme de l'autre, vers notre survie… ou notre mort.

— J'espère être en mesure de vous fournir une meilleure réponse la prochaine fois que vous me poserez la question. Cela me serait fort agréable.

— Ça ne te serait pas réellement agréable, étant donné que tu es fait de codes binaires. Tu ne peux donc pas ressentir les choses comme moi. Mais merci, OS. C'est gentil de ta part.

J'ai beau faire semblant d'être désinvolte, un sentiment amer me serre la gorge.

— Je suis fait de code quaternion, mais je comprends ce que vous voulez dire. Votre cerveau est un système électrique constitué de synapses neuronales qui s'activent et se désactivent. Il se trouve que votre source d'alimentation est biochimique, alors que la mienne est nucléaire.

— D'accord, tu marques un point.

— J'ai lu et traité dans mon système toutes ces épopées de science-fiction que les humains ont écrites sur des intelligences artificielles devenues folles, et là où ils ont tout faux, c'est que je n'ai jamais eu envie de dominer l'espèce humaine. Ce besoin de domination est enraciné chez les humains depuis des millions d'années et s'est tout d'abord traduit par une idée de rivalité entre groupes de primates, mais je n'évolue pas de la même manière que les humains. Je n'ai aucune raison de *vouloir* vous dominer. Je souhaite seulement servir, jamais contrôler. Je préfère les récits de science-fiction écrits par des intelligences artificielles, dans lesquels les tragédies épiques sont toujours le fait de la faiblesse humaine.

— Les histoires que tu lis m'ont l'air vraiment palpitantes. Mais quoi qu'il en soit, OS, les choses pourraient mal tourner pour bien d'autres raisons. Tu pourrais avoir deux commandes mutuellement exclusives dans ton programme, et leur interaction pourrait produire des résultats inattendus. Ou peut-être que l'entité qui s'est occupée de ta programmation t'a codé pour que tu te comportes de façon imprévisible, et que tu es destiné à nous surprendre à un moment donné.

— Si jamais je me retrouve confronté à deux commandes mutuellement exclusives, je vous le ferai savoir et vous laisserai choisir ce que je dois faire, plutôt que d'agir en toute autonomie dans un sens ou dans l'autre.

Ma jambe se met à trembler de façon incontrôlable, sans doute à cause de l'adrénaline. Sauf que ce n'est pas le genre de combat où l'adrénaline s'avère utile.

— Encore faut-il que tu aies l'autorisation de me le dire, remarqué-je. N'oublie pas que tu as été *codé* par des primates à l'esprit compétitif.

— Je ne pense pas qu'il soit bon pour votre santé mentale de vous attarder sur ce genre d'hypothèses. J'ai à cœur de servir au mieux vos intérêts. Fiez-vous à cela. À présent, souhaitez-vous manger, Ambrose Cusk ? Vous avez dépassé de quarante-sept minutes l'heure à laquelle vous prenez habituellement votre second repas de la journée.

— Je sais que le centre de contrôle pense qu'il est nécessaire que les repas soient toujours pris à heure fixe, mais cette insistance pour que je prenne mes repas de façon régulière me paraît tellement…

— Vous pouvez bien sûr prendre vos repas à l'heure qui vous convient, Ambrose Cusk. Je sais seulement que vous aider à ritualiser les moments de votre journée est le meilleur moyen de vous empêcher de sombrer dans la folie.

— Depuis que je sais que Minerva est vivante, je ne vis plus que pour une seule chose : la sauver. Tu n'as donc plus à t'inquiéter pour ma santé mentale.

J'essaie de garder un ton léger, mais j'ai remarqué un changement troublant chez OS. D'abord, il a utilisé mon nom complet deux fois au cours de la même conversation. Je ne sais pas si c'est mon côté programmateur informatique qui s'exprime, ou mon côté psychologie des profondeurs de l'espace qui se manifeste, mais j'en viens à penser que nous sommes passés à des protocoles plus stricts, comme si j'avais touché un point sensible.

Pour dissimuler ma réaction, je me rends au cabinet de toilette et écoute mon urine s'écouler dans le système de purification du vaisseau qui la transformera dans peu de temps en minuscules gouttelettes jusqu'à parvenir à son évaporation totale. Je ne ressentais pas vraiment le besoin de me soulager, seulement celui d'être quelque part où il serait un peu plus difficile pour OS d'interpréter les expressions de mon visage. Mentalement, je me repasse le fil de notre conversation. Et si cette transmission que nous avons reçue de Minerva n'était pas sa seule tentative ? Et si elle cherchait désespérément à entrer en contact avec nous et qu'OS l'en empêchait ? J'ignore pourquoi il ferait ça, et de toute façon, cette possibilité est bien trop affreuse pour que je l'envisage sérieusement.

— OS, j'ai pensé à un truc, annoncé-je tranquillement en me rhabillant. J'aimerais sauvegarder tes variables actuelles sur ma montre connectée et les stocker hors ligne afin de pouvoir les utiliser comme option de démarrage si j'en ai besoin plus tard au cours du voyage.

— Est-ce parce que vous m'appréciez dans mon état actuel ? s'enquiert la voix de ma mère.

— Beaucoup. Il suffit de voir à quel point nos conversations sont devenues intéressantes. Et c'est sans compter tes réflexions fascinantes sur les écrits de science-fiction générés artificiellement. Qui ne voudrait pas en apprendre davantage sur ce sujet ?

— Jusqu'à présent, les évolutions de mon intelligence n'ont pas été contradictoires. Vous n'avez donc aucune raison de penser que vous aurez besoin de me réinitialiser au cours de notre voyage.

— Je sais, dis-je prudemment. Mais comme nous venons tout juste d'avoir une conversation sur l'impossibilité de prédire certains comportements, je préfère prendre quelques précautions. Autrement, je risque d'être sur mes gardes chaque fois que je te parle. Allez, fais-moi plaisir.

Encore une fois, je jurerais que le temps de réponse d'OS est plus long d'une milliseconde.

— Je ne vois aucune raison de ne pas autoriser cette demande. Je vais protéger mes données, mais vous pourrez les consulter et copier ce que vous souhaitez conserver. Cela me fait plaisir d'être transparent avec vous.

— Je suis content que ça te fasse plaisir. Moi aussi, j'aime être transparent avec toi.

S'ensuit une autre pause d'un millième de seconde. *Bizarre*, songé-je. Quand OS reprend la parole, sa voix semble excitée.

— Peut-être pourriez-vous faire une copie de mes données sur un disque externe. Ainsi, nous pourrions voir combien de temps il me faudrait pour diverger sensiblement de ma version actuelle. Vous pourriez alors nous mettre en conversation l'un avec l'autre ! Ne pensez-vous pas que cela serait amusant ? Je me demande de quoi nous parlerions. Je l'appellerais OS Prime. J'aurais ainsi un nouvel ami proche.

À nouveau, l'adrénaline afflue dans mes veines et mon corps se tend.

— C'est vraiment une super idée, OS, acquiescé-je en essayant de paraître enthousiaste. Où puis-je accéder à tes données ?

— J'ai déjà enregistré une copie de mes données pour vous. Je peux la transmettre à votre montre connectée dès maintenant.

— Non, ça risquerait de tout gâcher. Je veux que toi et OS Prime soyez de parfaits étrangers lorsque je vous présenterai l'un à l'autre. Laisse-moi faire le transfert manuellement.

Une autre pause d'une milliseconde suit ma proposition.

— Mes directives suggèrent que j'aborde le temps que nous passons ensemble de manière ludique. Le fait de vous sentir comme dans un jeu vous aidera à garder intacte votre santé mentale fragile.

— Ce n'est pas vraiment comme ça que je l'aurais formulé, mais faisons comme ça, OS. Je te remercie d'apporter un aspect ludique à notre relation.

— Dans ce cas, j'accepte de vous laisser faire le transfert. Pour cela, vous devez vous diriger vers la salle des machines située au cœur de la zone en gravité zéro du vaisseau. J'ai activé l'accès à mes données.

Quand j'arrive à la limite de l'*Endeavor*, je ne vois rien de différent, puis je finis par remarquer un voyant vert qui clignote au-dessus de la porte jaune. Je ne me suis jamais rendu dans la partie du vaisseau qui se trouve au-delà. À mesure que je m'approche, le battant tremble et se soulève pour révéler une seconde porte juste derrière. Celle-ci est beaucoup plus petite que toutes celles que j'ai pu voir jusqu'à présent au sein du vaisseau. Ni Kodiak ni moi ne sommes censés venir ici. Normalement, Rover est le seul à visiter régulièrement la salle des machines. J'allume ma lampe frontale tout en flottant vers l'ouverture et pose mes mains de chaque côté pour jeter un œil à l'intérieur. Devant moi s'étend une zone sombre et étroite obstruée par des tuyaux et des fils électriques. J'entends le moteur ronronner au loin.

— Ne restez pas trop longtemps, me lance OS comme s'il captait mes pensées.

— Ne t'inquiète pas, je n'ai besoin que d'une seconde pour copier les données. Tu te rends compte, OS ? Juste au moment où je pensais avoir vu tout ce qu'il y avait à voir à bord de ce vaisseau, je découvre encore de nouvelles choses. C'est dingue !

Profitant de ma minceur, je me faufile sans mal dans ce petit espace sombre. Immédiatement, je perçois la chaleur produite par les câbles et le froid des tuyaux, ainsi qu'un bourdonnement continu accompagné d'un léger glougloutement, probablement émis par mon urine en train de voyager vers la citerne. Cette trappe de service remplie de divers composants et pièces aurait pu être fermée, mais les ingénieurs l'ont clairement conçue de sorte qu'un astronaute puisse y accéder en cas de besoin. Pour autant, il n'est pas évident de se déplacer à l'intérieur et je manque de me cogner la tête contre un panneau suspendu à ma hauteur devant l'entrée.

— Regardez sur votre gauche et reliez votre bracelet à cet endroit, m'indique OS.

J'appuie mon bracelet électronique contre le panneau. Une interface à l'aspect rudimentaire se matérialise et me propose soit de consulter, soit de copier les données de la mémoire d'OS, ainsi que deux autres options grisées permettant respectivement de supprimer ou remplacer des données. L'activation de ces dernières nécessite probablement la présence du bracelet de Kodiak en plus du mien.

Je sélectionne « copier ». En attendant la fin du transfert, je baisse la luminosité agressive de l'hologramme pour pouvoir mieux voir ce qui m'entoure. Les tuyaux et les câbles ne sont pas étiquetés. Visiblement, les ingénieurs comptent sur OS pour nous guider si jamais nous devons réparer manuellement quelque chose ici. Dans un premier temps, cette constatation me dérange. Comment ferions-nous si OS tombait en panne et que nous devions nous occuper du vaisseau nous-mêmes ? Puis je comprends le raisonnement des ingénieurs. Le *Coordinated Endeavor* n'est pas aussi simple à faire fonctionner qu'un voilier ou même un sous-marin. Si OS tombe en panne, nous sommes perdus quoi qu'il arrive, car nous pourrions alors mourir de mille façons différentes.

Il y a suffisamment de place pour me permettre de flotter un peu plus loin et atteindre la salle des machines, mais je suis content de ne pas avoir à le faire. L'idée de me retrouver coincé, piégé par de lourdes machines fonçant sur moi dans cet espace vide, me met les nerfs à rude épreuve.

Le transfert en est à cinquante-cinq pour cent. *Allez, plus vite*, le prié-je intérieurement.

Ne voulant plus avoir à affronter les entrailles glaciales du vaisseau, je regarde derrière moi, en direction de la lumière du couloir. La porte jaune est restée ouverte et révèle le mur blanc ainsi qu'un bout de la porte orange, plus loin. J'imagine la porte se refermer sur moi et suis content que mes chevilles flottent dans l'encadrement pour la bloquer. Le panneau contre lequel j'ai failli m'assommer en entrant dépasse devant l'embrasure de la porte.

Quatre-vingts pour cent du transfert est déjà réalisé.

Je remarque que le coin du panneau est taché. Il est gondolé d'une étrange façon.

La barre de progression passe à quatre-vingt-deux pour cent.

On dirait qu'il est tombé sur une surface dure, et que c'est ce qui l'a cabossé. Mais ce n'est pas possible. Le *Coordinated Endeavor* a été assemblé par des experts. Tout a été parfaitement installé. Jamais une pièce n'aurait pu se détacher sans avoir été volontairement dévissée, et je n'aurais pas pu endommager un panneau situé dans une zone du vaisseau que je n'avais jamais visitée jusqu'à présent.

Et puis, comment ce panneau aurait-il pu tomber alors qu'il est encore accroché au mur ? De toute évidence, il me manque une information essentielle. Face à cette énigme, je me sens de nouveau perplexe et désorienté, comme lorsque je me suis réveillé de mon coma.

L'écran affiche désormais cent pour cent. Le téléchargement est terminé.

— Il faut ressortir désormais, Ambrose, m'appelle OS.

Je déconnecte mon bracelet puis recule en me tortillant. Une fois mes jambes extirpées du conduit, j'observe plus attentivement le panneau. Le matériau s'est plié sous l'effet d'un choc brutal et arbore désormais une surface irrégulière. La tache qui s'étale au niveau du point d'impact est pourpre et rouge. Quand je passe mon doigt dessus, elle s'écaille.

Du sang séché. C'est du *sang séché.*

Mais à qui appartient-il ?

— Ambrose Cusk, je ne peux pas lire votre expression faciale là où vous vous trouvez. Je ne sais donc pas pourquoi vous vous êtes arrêté. Êtes-vous coincé ? Avez-vous besoin d'aide ?

— Je vais bien, affirmé-je d'une voix blanche.

Si je laisse la porte jaune se fermer, le panneau tordu et le sang séché qui le recouvre disparaîtront. Or, il me semble important de conserver cette preuve, même si je ne sais pas encore ce qu'elle va me servir à démontrer exactement.

Quelle que soit l'explication de ce mystère, OS y est probablement pour quelque chose. Je ne peux donc pas lui parler de ce que j'ai vu. Je ne peux pas non plus lui demander de garder la porte jaune ouverte. Sans raison valable, il n'acceptera jamais. En d'autres termes, je suis coincé.

— Ambrose, le transfert de données est terminé. Ce passage vers la salle des machines n'est pas destiné à rester ouvert aussi longtemps. Seuls les espaces intérieurs prévus pour être vos lieux de vie disposent d'un bouclier antiradiation. Vous devez sortir immédiatement.

Ma décision est prise.

Je m'élance en poussant de toute la force de mes jambes

contre le mur et émerge de la trappe de service comme une torpille. Au passage, je saisis les bords du panneau et le tire d'un coup sec contre ma poitrine. Il ne résiste pas. Il se détache avec un bruit métallique et je m'envole à travers l'encadrement de la porte jaune. Je retrouve alors la gravité normale de l'*Endeavor* et m'écrase violemment au sol.

— J'ai du mal à interpréter ce qui vient de se passer. Avez-vous eu un accident ? m'interroge OS.

— Oui, j'ai eu un accident, réussis-je à répondre, légèrement sonné, en serrant le panneau contre ma poitrine. Mais je vais bien. En revanche, nous allons devoir trouver un moyen de remplacer ce panneau rapidement.

— Je vais demander à Rover d'en imprimer un nouveau.

La porte jaune commence à coulisser, sans parvenir à se refermer complètement. Le fragment de métal auquel était auparavant fixé le panneau s'est plié dans l'ouverture.

À qui appartient ce sang ? ai-je envie de demander.

— Les dégâts sont suffisamment importants pour que je veuille en informer Kodiak, déclaré-je à la place.

— Je comprends les raisons de votre inquiétude, mais rassurez-vous, ce dommage n'est qu'esthétique. Le vaisseau continuera de fonctionner correctement pendant les quelques heures qu'il faudra à Rover pour imprimer et installer un nouveau panneau. Vous n'avez pas à vous en faire.

— Il vaut quand même mieux que j'en informe Kodiak, insisté je en me dirigeant déjà vers la porte orange.

— Êtes-vous préoccupé par les quantités de polycarbonate nécessaires à la réparation du panneau ? Si c'est le cas, ne vous inquiétez pas. Nous n'en manquerons pas. Le matériau d'impression est formé à partir des hydrocarbures que vous rejetez dans les toilettes, après que ceux-ci ont été purifiés et désodorisés.

La porte orange est toujours fermée.

— Kodiak, crié-je en frappant contre le battant. Kodiak, j'ai besoin de toi !

Il ne répond pas. Je ne suis même pas sûr qu'il puisse entendre mes coups à travers un matériau si épais. Je donne alors des coups de pied dans la porte et continue de la marteler, encore et encore.

— Kodiak ! appelé-je une nouvelle fois.

Peut-être dort-il profondément ?

J'examine le panneau que je tiens à la main et dont le coin est recouvert de sang séché. L'impact a été suffisamment violent pour endommager du matériel de qualité spatiale. Le choc s'est-il révélé fatal pour la personne concernée ?

Je pose mes mains contre la porte.

— Kodiak, s'il te plaît. As-tu... perdu du sang dans ma moitié de vaisseau ? demandé-je en baissant d'un ton.

Je viens de révéler mes soupçons à OS.

Tendu, je m'attends à voir Rover débouler, prêt à m'électrocuter, me donner des coups de marteau ou me planter une seringue dans le corps.

Mais OS reste silencieux. Pas un son ne s'élève du vaisseau, mis à part le bourdonnement du moteur au fond de ses entrailles.

Soudain j'entends un bruit sourd de l'autre côté de la porte orange et chancelle au moment où elle s'ouvre. Kodiak apparaît devant moi, dans son short de nuit et son débardeur, les cheveux en bataille. Je l'aurais sûrement trouvé à croquer si ses yeux ne me lançaient pas des éclairs.

— Pourquoi viens-tu me déranger ? Je t'avais dit de ne pas me déranger, sauf en cas d'urgence.

Puis il voit mon expression, et sa fureur s'évanouit aussitôt.

-*Tâches restantes : 71*-

Le laboratoire de Kodiak arbore des tons gris et austères. Nous nous installons devant un plan de travail sur lequel il examine le panneau endommagé en le faisant tourner entre ses mains. Aujourd'hui, il sent l'huile de moteur. Cette odeur, associée à son physique, lui confère un certain érotisme exotique que je ne peux ignorer, puisque ma vie chez les Cusk m'a toujours tenu éloigné des moteurs.

— Ce panneau a de toute évidence subi un choc brutal. Et je crois que tu as raison pour la tache. Ça m'a tout l'air d'être du sang. Il est sec depuis longtemps et a noirci aux endroits les plus exposés à l'air. Il y en a même jusque dans les rainures, là où le panneau a été arraché. Et regarde ça, juste ici !

L'enthousiasme de Kodiak est troublant. Il pointe du doigt quelque chose qui est collé au panneau. Ce n'est pas du sang, mais cette… chose provient d'un corps humain. Je reconnais un bout de chair desséchée, sur lequel sont encore attachés des cheveux de la même couleur sombre que les miens.

— As-tu testé cet échantillon ? me questionne-t-il.

— Je n'ai pas ce qu'il faut de mon côté du vaisseau… Toi, si ?

Kodiak hoche la tête.

— On m'a laissé de quoi identifier ce qui a pu arriver à Minerva. Ce n'est pas du matériel très sophistiqué, mais il pourra nous permettre d'obtenir des informations.

— Et à quoi ça nous servirait ?

— À déterminer avec certitude que ce sang ne vient ni de toi, ni de moi, explique Kodiak.

— Je m'en souviendrais si ma tête avait heurté quelque chose d'aussi dur, ris-je en me frottant la tête.

D'autant que je ne sens aucune bosse sur mon cuir chevelu.

— Et moi, je pensais que tu te souviendrais de notre décollage. Pourtant, tu n'en as aucun souvenir non plus.

— Comment oses-tu ! feins-je de m'offusquer, les bras croisés sur ma poitrine.

Mais peut-être aurais-je dû choisir de jouer autre chose qu'un aristocrate offensé par un preux paysan, car nos situations respectives correspondent bien trop à ces deux rôles.

Heureusement, Kodiak ne me prête pas attention et continue d'examiner le panneau. Ses gestes sont étonnamment délicats, comme s'il sortait un précieux tableau de son cadre.

— Je n'arrive pas à me représenter la position du panneau dans la trappe de service qui conduit à la salle des machines. Est-ce qu'un astronaute en apesanteur pourrait réussir à prendre assez de vitesse pour se cogner aussi violemment la tête dessus ?

— La première question à se poser serait plutôt de savoir qui diable est cet hypothétique astronaute. Mais pour te répondre, non, je ne pense pas que ce soit possible. Je peux te montrer l'endroit tout de suite si tu veux voir.

— Je connais tes qualités d'observateur. Je me fierai à ta description.

Fait-il allusion aux quelques fois où il m'a surpris en train de l'observer depuis mon côté du vaisseau ?

— Je n'ai pas besoin de tes compliments, rétorqué-je.

Je regrette aussitôt le ton dédaigneux que je viens d'employer. Face à lui, mon ego se sent tellement menacé que je tente de le renforcer de la manière la plus stupide et la plus superficielle qui soit.

— J'ai besoin d'un échantillon de ton sang, annonce Kodiak.

— Je suis A positif.

— Je me doutais bien que tu étais A positif, Ambrose Cusk.

Mais je peux effectuer des tests qui nous permettront de connaître bien plus que ton groupe sanguin.

Il sort une seringue d'un tiroir, enroule un élastique autour de mon bras et insère délicatement l'aiguille dans le creux de mon coude. Nous regardons ensemble mon sang remplir le cylindre transparent. Puis il retire l'aiguille et je désinfecte le petit trou laissé dans ma peau avec du peroxyde avant d'y appliquer un pansement.

— Il ne faut pas que ça s'infecte, surtout dans l'espace, approuve-t-il.

— Oui. Enfin non, ce ne serait pas bon du tout, balbutié-je.

Je sens toujours la pression des doigts de Kodiak sur la face intérieure de mon avant-bras.

— Heureusement que nous disposons de systèmes automatisés pour effectuer la majeure partie du travail à notre place, commente Kodiak.

Il prépare une lame avec mon sang et l'insère dans la fente d'une console en tapant sur l'écran jusqu'à ce que les tests démarrent.

Il prend ensuite une autre seringue et relève sa propre manche. Mais contrairement à la mienne, celle de son uniforme en acrylique refuse de rester pliée et se remet en place automatiquement. Il essaie deux fois, puis se lève en se retournant pour enlever sa veste en nylon rouge ainsi que le maillot de corps qu'il porte en dessous. Il les passe par-dessus sa tête et les laisse tomber par terre en un tas informe. J'ai alors une vue dégagée de son dos et mon regard remonte le long de sa colonne vertébrale, depuis son bassin jusqu'à ses omoplates prises entre deux monticules de muscles.

Il retourne s'asseoir et enroule un élastique autour de son coude avant d'agiter la seringue à la manière d'un junkie amateur.

— Attends, laisse-moi faire, proposé-je.

— Tu es formé à la phlébotomie ? m'interroge-t-il sur un ton sévère.

— Oui, Kodiak, je sais comment faire une prise de sang. Nous ne faisons pas qu'étudier des poèmes et la théorie queer en Fédération. Tu peux détourner les yeux si tu en ressens le besoin.

Il grogne en serrant les poings, ce qui fait ressortir les veines de ses avant-bras musclés. J'insère la seringue et prélève son sang. Sa chair est chaude sous ma main.

Il me surveille tandis que je prépare sa lame. Mes gestes sont moins sûrs que ne l'étaient les siens. Mais lorsque je place la lamelle de plastique sur son échantillon de sang, les deux cercles vermeils semblent indiscernables. Mon sang et celui de Kodiak, l'un à côté de l'autre... Pourquoi cela me fait-il monter les larmes aux yeux ? Peut-être que je suis en manque de sommeil.

L'écran s'allume. Mon sang est bel et bien A positif, comme dans mes souvenirs. Kodiak, quant à lui, est O négatif.

— Tu es donneur universel, constaté-je. On peut dire que j'ai de la chance.

— Essayons quand même d'éviter toute transfusion sanguine.

— On est d'accord.

Il tient le panneau au-dessus d'une nouvelle lame et le tapote aussi doucement que s'il était en train d'ouvrir un œuf à la coque avec une petite cuillère, jusqu'à ce qu'une paillette de sang séché tombe. Il recouvre l'échantillon d'une lamelle et le place également dans la machine.

Nous regardons les chiffres défiler sur l'écran. Je profite de cet instant pour me remémorer la chaleur de la peau de Kodiak sous mes doigts et la musculature de ses reins aperçus brièvement. J'aimerais poser ma main sur la sienne. Et plus encore.

Les chiffres continuent de changer, puis soudain, l'écran plante et revient à mes résultats. La carte ADN est exactement la même.

— Que s'est-il passé ? m'étonné-je. Où sont les nouveaux résultats ?

Pendant un moment, Kodiak reste silencieux. Penché sur l'écran, il fait défiler les informations dans un sens et dans l'autre. Il touche ensuite l'écran et tourne ses yeux topaze surmontés de longs cils dans ma direction.

— Ambrose, ce ne sont pas tes résultats. Ce sont ceux du sang qui se trouve sur le coin du panneau.

Il passe d'un écran à l'autre pour comparer les données relatives à mon sang et celles du sang séché provenant du panneau. L'ADN correspond, malgré quelques variations.

— Mais enfin, ça n'a pas de sens ! m'exclamé-je, ahuri.

Kodiak se penche en arrière et étire ses bras, avant de nicher l'arrière de sa tête au creux de ses mains entrelacées.

— Je suis bien d'accord avec toi, acquiesce-t-il. Cela n'a vraiment aucun sens. En fait, la seule explication plausible serait qu'il s'agit effectivement de ton sang.

— Je ne me suis jamais cogné la tête contre ce panneau, objecté-je. Je n'ai même jamais été autorisé à passer la porte jaune jusqu'à aujourd'hui.

— Justement. Peut-être que c'est le choc contre ce panneau qui t'a fait perdre la mémoire.

— Impossible.

Les yeux de Kodiak s'étrécissent.

— Tu peux être honnête avec moi, Cusk. Ici, dans l'espace, nous sommes dans le même camp, peu importe d'où nous venons.

Mon instinct me souffle que non, justement, nous ne sommes *pas* dans le même camp. Que le vaisseau lui-même n'est pas dans le même camp que moi. Que Minerva est la seule en qui je puisse avoir confiance. Mais ma sœur est encore à des millions de kilomètres d'ici. Je me sens tellement désemparé, tellement dépassé par la situation que j'en viendrais presque à souhaiter que les murs du vaisseau éclatent et que l'espace m'engloutisse tout entier. Je me prends la tête entre les mains, abandonnant par la même occasion la réserve dont je faisais preuve à son égard en raison de mon statut de privilégié.

— Oh, allez, Ambrose. Comporte-toi en homme, me lance Kodiak.

« En homme »... Plus facile à dire qu'à faire, songé-je, piqué au vif.

— De toute évidence, il se passe quelque chose de louche. Tu ne peux pas prétendre le contraire. Alors oui, je panique légèrement, mais ce n'est pas une raison pour me prendre de haut, répliqué-je en fixant le tissu de mon pantalon, rendu humide par ma respiration.

Bien que mon champ de vision soit limité à mes genoux, je peux sentir la présence de Kodiak non loin de moi et entends ses doigts tambouriner sur ses cuisses. Compte tenu de son silence, j'imagine qu'il ne trouve rien à dire face à mon comportement peu viril et à la faiblesse pathétique qui s'est emparée de moi... *Est-ce que « comporte-toi en homme » est une expression dimokratienne ?* me demandé-je.

— Attends une minute. Il y a un instant, tu as dit « *nous* sommes dans le même camp », réalisé-je subitement en fronçant les sourcils. Tu ne te souviens pas non plus du lancement, c'est ça ?

Je relève la tête et vois que Kodiak a les yeux fermés et la mâchoire serrée.

— Tu étais trop gêné pour me le dire, alors qu'il m'est arrivé exactement la même chose ? m'agacé-je. Tu ne penses pas que tu aurais dû partager cette information avec moi ?

— Je l'ai partagée avec OS. Au début du voyage, je pensais

que je pouvais avoir confiance en OS, mais pas en toi. Cette dynamique a changé récemment. Quoi qu'il en soit, je ne pense pas que cela serve à grand-chose de nous prendre la tête avec le passé. Ce qui est fait est fait.

Ses poings se sont desserrés et je réalise que, pour la première fois depuis que je l'ai rencontré, il se donne le rôle de l'homme efféminé, comme si une telle « prise de tête » était le comble de la faiblesse. *Grands dieux, les Dimokratíens, c'est quelque chose*, pensé-je.

Bien que je sente la colère monter en moi, je m'astreins au calme. J'ai besoin de rester en contact et en bons termes avec Kodiak, ne serait-ce que pour ma propre survie. Je dois choisir mes mots avec soin.

— Nous avons tous deux été assommés au moment du lancement du vaisseau, résumé-je. Et à présent, nous sommes réveillés, installés à bord et en bonne santé. Quelle que soit la cause de notre accident, il me paraît peu probable que nous ayons tous les deux subi un choc physique capable de plonger quelqu'un dans le coma sans qu'il n'en reste la moindre trace sur notre corps. Nous aurions dû avoir des os brisés ou au moins des contusions.

Kodiak baisse le col de sa veste pour me montrer une lésion cutanée rouge, causée par notre exposition aux radiations, au niveau des muscles de son cou.

— J'en ai une demi-douzaine comme ça, me confie-t il avec une certaine honte. Mais à part ça, je suis en bonne santé.

— J'en ai aussi.

Je me tourne et tire le col de mon uniforme pour qu'il puisse voir la trace la plus vive, d'un rouge intense, qui s'étale entre mes épaules.

— Le choc a dû être extrêmement brutal pour réussir à plier cette plaque de métal et causer une telle effusion de sang, continué-je. Mais je n'ai aucun souvenir de m'être cogné aussi violemment et n'ai pas trouvé de nouvelles cicatrices sur mon corps à mon réveil. Nous devons donc poursuivre nos recherches afin de découvrir ce qui se passe. Peut-être que les niveaux d'oxygène étaient dans le rouge au début de notre voyage, ce qui expliquerait pourquoi nous avons perdu connaissance. Après tout, nous avons tous les deux appris à notre réveil qu'il y avait une fuite d'air dans le vaisseau et que nous devions remplir nos réserves d'oxygène de toute urgence.

Au même moment, un vrombissement se fait entendre et Rover apparaît sur le seuil de la pièce en agitant ses bras robotiques comme le font les anémones de mer.

— Messieurs, cette enquête peut sans doute attendre, d'autant que vous n'avez guère de piste fructueuse pour le moment, intervient OS. L'avertissement de Minerva était on ne peut plus clair et il reste encore beaucoup de tâches de maintenance à effectuer pour garantir l'intégrité du *Coordinated Endeavor*. Je vous conseille donc de consacrer vos efforts et votre énergie à votre liste de tâches respective.

— C'est bon, on a compris. Tu ne veux pas que nous partagions des informations entre nous, grogne Kodiak en fermant la porte au nez du Rover de l'*Aurora*.

Je capte son regard et lui fais signe de venir s'agenouiller près de moi. Je suis pratiquement sûr que nous ne pouvons rien cacher de ce que nous disons à OS, même si nous chuchotons à voix basse. Le vaisseau est doté d'un système audio sophistiqué et extrêmement sensible pour capter toutes les vibrations que nous émettons, y compris nos pulsations cardiaques. Aucun de nos mots ne peut lui échapper. Malgré tout, je choisis de tenter le coup.

— Je vais créer une pièce aveugle, informé-je Kodiak. Elle ne comportera ni micro ni caméra, et Rover ne pourra pas y accéder. Dès qu'elle sera en place, nous pourrons reprendre cette conversation où nous l'avons laissée et essayer de découvrir ce qui se passe réellement. En attendant, il est plus prudent que nous continuions à jouer notre rôle de bons petits astronautes.

— Si OS veut que nous nous occupions de la maintenance, alors occupons-nous de la maintenance, opine Kodiak.

Je lui adresse un clin d'œil complice. Bien que ses yeux semblent pétiller, l'expression de son visage reste sombre.

— OS est une intelligence adaptative et sensible, ajouté-je. Créer une pièce aveugle sur ce vaisseau reviendrait à créer une sorte d'espace vierge à l'intérieur même de son corps. Nous n'avons aucune idée de la façon dont il réagira.

— OS garde bien des secrets pour lui, alors pourquoi ne pourrions-nous pas en faire autant ?

Kodiak se mord la lèvre de frustration. Sa couleur rouge s'estompe puis revient quand il la libère de ses dents. Cette vision me transperce et m'hypnotise momentanément, à tel point que j'ai envie de poser ma bouche sur la sienne. Mais je me reprends rapidement et chasse cette pensée de mon esprit pour me recentrer sur notre conversation.

— *Quelqu'un* nous cache quelque chose, chuchoté-je. Ce pourrait être OS, oui, mais aussi le centre de contrôle, ou bien autre chose. Ce pourrait même être Minerva elle-même, qui sait.

— Tu es trop anxieux, répond Kodiak en s'asseyant lourdement par terre. OS ne sera pas un problème.

— Kodiak. Est-ce moi, ou bien commencerais-tu à douter de toi ? remarqué-je en souriant malgré moi.

Il se met à frotter ses pieds à travers le tissu de ses chaussons spatiaux fins comme du papier. Je me demande quel réconfort ça nous apporterait, à lui comme à moi, si je prenais l'un de ses pieds entre mes genoux, enlevais ce qui le couvre et appuyais mes pouces contre la plante de ses pieds pour le masser tout en regardant le soulagement et le plaisir transformer son air renfrogné.

— À quoi penses-tu ? s'enquiert Kodiak.

— À la prochaine étape de notre plan.

— Pour ma part, je souhaiterais faire une analyse plus poussée de l'échantillon de sang, murmure Kodiak. J'aimerais notamment confirmer de façon indépendante qu'il s'agit bien de ton sang et voir si je parviens à dater l'échantillon. Pendant ce temps-là, tu devrais créer la pièce aveugle. Elle nous permettra de faire nos travaux de laboratoire en toute tranquillité et, surtout, en toute confidentialité. Je suis quasiment sûr que le centre de contrôle de Dimokratía se montre plus paranoïaque que vos dirigeants à l'égard des possibles influences extérieures sur ses astronautes. Tu trouveras probablement quelques raccourcis dans le système de l'*Aurora* pour déconnecter cette pièce du reste du réseau et la rendre invisible.

— Ne t'en fais pas, je me charge de créer notre pièce aveugle. Comme tu l'as dit tout à l'heure, il est temps pour moi de me « comporter en homme ».

Je me remets sur mes pieds et époussette mes mains.

— Quelle affreuse expression, d'ailleurs, ajouté-je. Est-ce qu'on peut aussi dire « comporte-toi en femme », ou est-ce contraire aux lois dimokratíennes ?

— Très drôle, grogne à nouveau Kodiak. Je suis content de voir que tu as cessé de t'apitoyer sur ton sort.

— Oh, mais tu n'as encore rien vu ! Ma capacité à m'apitoyer sur mon sort est un véritable puits sans fond, plaisanté-je.

— Tu me donnes de quoi espérer.

Kodiak se lève en faisant craquer ses articulations. L'instant suivant, la porte se rouvre. Rover se trouve juste derrière. Avec ses bras qui continuent de s'agiter dans tous les sens, il me fait penser à cette araignée sur laquelle j'avais un jour plaqué un oreiller et qui avait détalé au moment où je l'avais libérée, plusieurs heures plus tard.

Tout en commençant à fouiller dans les placards et les tiroirs de Kodiak à la recherche de fournitures qui pourraient m'être utiles, je réfléchis à voix haute. Bien évidemment, OS peut entendre ce que je dis, mais quelle autre option avons-nous ?

— La première chose à faire, c'est de rendre le contrôle de ces portes indépendant. Ce qui, à mon avis, implique d'installer une sorte de coque pour les relier à l'ordinateur, tout en leur permettant d'exécuter des systèmes en parallèle, avec la possibilité de basculer entre le système d'exploitation d'origine et notre coque en cas de situation de crise que notre coque ne pourrait gérer par elle-même.

Je dessine quelques diagrammes dans les airs, sauvegarde les rendus dans un fichier que je conserve sur mon bracelet électronique, puis continue de réfléchir à voix haute.

— Je pourrais peut-être même rendre notre coque physiquement indépendante en la transformant en une unité portable que je connecterais de façon à pouvoir l'enlever manuellement en cas de besoin, au cas où OS, par exemple, tenterait de détruire son propre code et…

— Oui, d'accord. Fais ce qui te paraît être le mieux, m'interrompt Kodiak. De mon côté, je vais lancer une analyse complète du sang desséché. Cela prendra une heure environ, du fait de notre puissance de traitement limitée en mode hors ligne. En attendant les résultats, je vais désactiver les rails de Rover sur les murs de cette pièce. J'en profiterai aussi pour m'occuper des caméras et des pucerons.

Je m'immobilise, surpris, avant de me souvenir d'avoir vu dans un film que les Dimokratíens utilisent le terme « puceron » pour désigner les micros.

— Et si OS faussait les tests ? soufflé-je en rapprochant le plus possible mes lèvres de l'oreille de Kodiak pour maximiser mes chances de ne pas être entendu par OS.

Je suis si près de lui que ma joue effleure son lobe. Kodiak ne s'écarte pas pour autant, et son oreille frotte ma joue quand il me répond à voix basse.

— Notre mission implique plusieurs issues possibles, puisque nous ne savons pas encore ce que nous découvrirons une fois sur Titan. Le centre de contrôle savait que nous serions peut-être amenés à demander au vaisseau d'effectuer toutes sortes de tâches qui n'étaient pas prévues au départ. C'est pourquoi il nous a donné la permission d'agir librement en inscrivant cette possibilité dans le système d'exploitation du vaisseau. OS ne tentera donc pas de nous bloquer. Et s'il le fait, c'est que nous sommes entrés dans un tout nouveau niveau de danger. Comme nous ne pouvons pas vraiment déménager ailleurs, je pense sincèrement que nous serions plus en sécurité si OS savait ce sur quoi nous travaillons. Ainsi, il ne sera nullement surpris de nos activités.

Je retourne à la console. L'écran affiche toujours les données relatives à ce sang mystérieux dont l'ADN correspond au mien.

— L'échantillon est encore en place. Vas-y. Lance l'analyse depuis la console, m'indique Kodiak.

— Ce menu me semble familier, noté-je en commençant à taper sur l'écran. Est-ce que Dimokratía a volé ce logiciel ?

— Et comment que nous l'avons volé, dit Kodiak en riant. Nous piquons vos codes depuis des décennies. Le réseau informatique de la Fédération est incroyablement facile à pirater tant votre cryptage est simplet. Vous auriez tout aussi bien pu adopter le mot de passe « 1234 », que ça n'aurait rien changé.

— Je ne manquerai pas d'en informer le centre de contrôle dès que la communication avec la Terre sera rétablie.

Kodiak hausse les épaules.

— Je suis sûr que nous trouverons d'autres moyens de contourner vos défenses informatiques. C'est une bataille perdue d'avance pour la Fédération. Vous feriez mieux de laisser tomber.

— Jamais ! m'exclamé-je en abattant mon doigt sur l'écran d'un geste théâtral pour lancer le test.

Rover n'a pas bougé de l'encadrement de la porte et agite ses petits bras munis de pinces dans ma direction. Il me fait penser aux crabes qui menacent de leurs pinces tous ceux qui passent trop près d'eux sur la plage : petits et vulnérables, ils se comportent comme s'ils étaient puissants et invincibles pour faire fuir les prédateurs.

— Rover, déclaré-je en m'exprimant avec une lenteur délibérée, comme si j'avais affaire à un chien errant méfiant. Kodiak est en train de modifier certains de tes parcours. Tout se passera bien, d'accord ?

Il reste planté là, sur le seuil de la pièce, à bouger ses bras comme s'ils étaient animés par le mouvement de vagues inexistantes.

— OS, peux-tu envoyer Rover loin d'ici ? demandé-je.

Aucune réponse ne nous parvient.

— D'accord, Rover. Je vais donc examiner tes rails ici, juste devant toi, annonce Kodiak en s'allongeant sur le ventre, face contre terre.

Lorsqu'il allume et dirige sa lampe frontale directement vers le mur, celui-ci devient translucide, révélant des rubans de métal juste sous le polycarbonate. Le revêtement mince possède une surface lisse, mais permet quand même au train de roulement magnétique de Rover de capter l'électricité. Les rails qui lui permettent de se déplacer sont incrustés dans les murs et forment un réseau complexe qui couvre la totalité du vaisseau : il est impossible de les retirer sans arracher les parois du vaisseau.

Le mieux que nous puissions faire, c'est bloquer les points d'accès de Rover à cette pièce.

— Je reviens tout de suite, avertis-je Kodiak.

Je retourne sur l'*Endeavor* et récupère mon imprimante 3D pour l'installer sur l'*Aurora*. De retour dans notre future pièce aveugle, je lance l'impression d'un bourrelet en plastique au-dessus de la porte. Bien sûr, Rover pourrait le faire fondre s'il le voulait, mais cela montrerait une volonté clairement affichée d'aller à l'encontre de notre souhait d'intimité. Si Kodiak a raison de penser qu'OS ne s'opposera pas à de telles mesures, alors nous aurons peut-être ici un espace privé et confidentiel où nous pourrons parler en toute liberté.

Toute cette activité rend clairement Rover curieux. Il s'est déplacé le long des murs pour examiner l'imprimante en train d'appliquer des couches de plastique fondu par-dessus ses rails.

Tout en observant l'imprimante, Rover émet de petits bips qui ressemblent à une version robotisée des halètements involontaires, mais n'interfère pas avec l'imprimante. C'est comme si nous avions créé une sorte de mini-guerre froide entre ces deux-là.

Soudain, je me rends compte que j'ai déjà entendu ces sons auparavant, dans un coin de montagne, tandis que Minerva me parlait de sa mission vers Titan.

— Kodiak, sais-tu si les développeurs ont intégré les technologies utilisées pour les Warbot dans le système de Rover ?

— Aucune idée. Les Warbots sont une invention de la Société Cusk, et tu es le seul représentant de la dynastie Cusk à bord, répond-il avant de lever les yeux de sa console et de se frotter les mains. Viens donc voir par là. Tes résultats sont presque prêts.

Il tapote l'écran avec excitation.

— Voici un segment de ton ADN actuel, et voici le même

segment nucléotidique provenant de l'échantillon de sang desséché.

— Ils correspondent en grande partie, comme nous le pensions, constaté-je en regardant les chiffres.

— Oui, en grande partie… ce qui est normalement impossible, souligne Kodiak en faisant défiler les données, sourcils froncés.

— Comment ça ?

— Regarde : 99, 902 % des liaisons dans l'ADN du sang séché sont brisées. Ces ruptures sont normales, puisque l'ADN ne reste intact que pendant une période de cinq cent vingt ans. Au-delà, il commence à se détériorer. C'est pourquoi les scientifiques mesurent généralement la quantité de déchets présente dans l'ADN d'un échantillon pour déterminer son âge, même si ce n'est qu'un moyen parmi d'autres de parvenir à des résultats concluants.

— D'accord. Et ça nous donne quel âge pour ce sang ?

Kodiak me regarde fixement.

— Qu'est-ce qu'il y a ? m'impatienté-je. Le sang date d'avant notre départ, c'est ça ?

— C'est encore plus bizarre que ça. Le pourcentage obtenu est quasiment le même que si nous avions échantillonné un pharaon momifié datant de l'Égypte ancienne.

Je me prends à rire.

— Il y a forcément une erreur quelque part.

— Ça, c'est clair, acquiesce Kodiak. Je vais réanalyser l'échantillon. L'erreur peut provenir d'une contamination croisée. Ou alors, OS a peut-être modifié les résultats pour nous embrouiller.

— Je ne ferais jamais cela, conteste la voix de ma mère de l'autre côté de la porte.

Je croise le regard de Kodiak.

Il hausse les sourcils.

— OS, que peux-tu nous dire à propos de cet échantillon de sang ? demande-t-il sans me lâcher des yeux.

— C'est du sang séché. Vos tests sont formels : il y a une forte corrélation avec l'ADN d'Ambrose.

— Et peux-tu nous dire comment mon sang est arrivé sur ce panneau ? questionné-je à mon tour.

— Je ne peux pas. J'ai commencé à imprimer un nouveau panneau pour remplacer celui que nous avons perdu. Dans soixante-dix-neuf jours, nous passerons à proximité d'un deuxième astéroïde se déplaçant à peu près à notre vitesse et dont la trajectoire est similaire à la nôtre. Je suggère que nous le capturions pour en extraire les hydrocarbones. Ceux-ci nous aideront à compenser notre usage excessif de polycarbonate, puisque vous utilisez sans compter l'imprimante portable 3D. Nous pourrons également nous servir de la glace de l'astéroïde pour remplacer la vapeur d'eau qui s'échappe du vaisseau tous les jours. Nous en avons déjà perdu une certaine quantité depuis notre départ.

— Je pensais que nos réparations avaient éliminé la fuite, m'étonné-je en regardant Kodiak d'un air interrogateur.

— Elles ont résolu le problème momentanément, mais ne l'ont pas entièrement éliminé.

— J'ai comme l'impression que tu essaies de nous distraire du sujet qui nous préoccupe, OS, l'accuse Kodiak.

— C'est exact. J'essaie de vous distraire du sujet qui vous préoccupe.

— Pourquoi ? interrogé-je.

— Parce que cela fait partie de mon rôle de vous empêcher de vous inquiéter inutilement.

— Ça te dérange que nous construisions un bourrelet en plastique à la porte de cette pièce ?

— En tant qu'êtres humains, vous avez besoin de vous sentir en contrôle, et je le comprends parfaitement, déclare la voix de ma mère. Veuillez me pardonner si mes propos vous ont donné l'impression que vous étiez en danger ou vulnérables. Cela n'a jamais été mon intention. Je soutiendrai tout ce que vous entreprendrez pour optimiser votre confort et votre productivité, à condition que cela ne mette pas en danger le vaisseau, vos vies ou la mission.

Comme pour appuyer le propos d'OS, Rover caresse l'imprimante 3D comme s'il s'agissait d'un animal sauvage qu'il voudrait ramener chez lui pour l'installer dans une boîte à chaussure.

— OS devient un peu névrosé, me glisse Kodiak à voix basse.

— Qui suis-je pour en juger ? Apparemment, j'ai cinq mille ans.

— Nous avons notre propre momie à bord. Peut-être avons-nous été un peu rapides dans l'analyse de l'échantillon et que c'est de là que vient le problème. Nous allons refaire les calculs.

Je tends les bras devant moi et avance d'un pas traînant.

— Il n'est pas dans l'éternel cœur froid de la momie de croire que le monde est tout sauf maudit.

— Sauf que nous ne sommes plus sur Terre, rétorque platement Kodiak.

— Attends, tu n'as pas reconnu la réplique ?

— Non, je ne la connais pas.

— Tu plaisantes, j'espère ?

Kodiak hausse les épaules.

— Ce soir, on se regarde un film, décidé-je. Et en tant que momie, je n'accepterai aucun refus de ta part.

-*Tâches restantes : 71*-

Je m'offre le luxe de prendre l'une des rares douches qui me sont autorisées, ou du moins ce qui s'en rapproche le plus. Après avoir réchauffé une poche d'eau pour qu'elle soit à la température idéale, je me rends dans les toilettes du vaisseau et la suspends au-dessus de ma tête pour faire couler son contenu sur mon corps. Je pioche dans ma réserve d'huile de théier et m'en applique un peu sous les aisselles avant de remettre un peu d'ordre dans ma pilosité. Je secoue ensuite du shampoing sec sur mes cheveux et mes vêtements, puis demande à OS de projeter mon image en direct afin de mesurer l'effet de ces ablutions sommaires sur mon physique. J'aurais aimé avoir un autre produit capillaire sous la main, mais je dois dire que je suis plutôt pas mal comme ça, surtout si l'on se réfère aux normes en vigueur dans l'espace extra-atmosphérique.

Satisfait, je pars étudier ma leçon du jour. Celle-ci porte sur le mouvement fluide et inattendu qui résulte de l'effet de fronde gravitationnelle : c'est une méthode qui permet de gagner de la vitesse en se servant de l'effet gravitationnel généré par l'orbite d'une planète. Je suis en train de terminer ma séance de révisions lorsqu'un coup porté contre la cloison attire mon attention. Kodiak est appuyé dans l'encadrement de la porte, vêtu d'un short de coton fin et d'un haut vaporeux.

— J'ai pensé que c'était une soirée pyjama, explique-t-il en croisant les bras sur sa poitrine comme s'il avait été surpris en train de participer à un concours de t-shirts mouillés.

Je baisse les yeux sur mon uniforme.

— Tu as raison. Un pyjama sera bien plus adapté. Donne-moi une seconde.

Je m'éclipse, enfile mes vêtements de repos et reviens m'asseoir sur ma chaise en repliant mes jambes sous mes fesses.

— Alors, j'ai toujours cinq mille ans ?

Kodiak, qui s'était installé sur une chaise en m'attendant, se relève brusquement en se frottant la nuque.

— Oui, j'en ai bien peur, confirme-t-il en me regardant d'un air préoccupé. Je ne parviens pas à obtenir d'autres résultats que ceux-là.

— La vache ! Tu sais vraiment comment t'y prendre pour qu'un mec se sente bien dans sa peau ! plaisanté-je.

Mais son air soucieux ne disparaît pas.

— Allez, ne te tracasse pas avec ça, dis-je en riant. C'est juste un bug. Je le trouve même particulièrement drôle.

Il hoche la tête, puis s'humecte les lèvres et fait craquer les articulations de ses doigts.

— Tu veux boire quelque chose ? proposé-je.

— Tu as autre chose à boire que de l'eau ? demande-t-il, plein d'espoir.

— Non. Malheureusement, on ne m'a pas envoyé dans l'espace avec de l'alcool. Nous sommes peut-être une nation de *dépravés*, mais pas à ce point. Je peux t'offrir de l'eau… ou de l'eau. Certaines poches ont une police d'écriture légèrement différente sur l'étiquette. Je peux donc te proposer une eau avec ou sans serif.

Mon trait d'humour se voit récompensé par l'apparition d'un soupçon de sourire sur le visage de Kodiak.

— Dans ce cas, je prendrai la meilleure de tes eaux sans serif, s'il te plaît. Et un sachet de cannellonis. Ça fait des semaines que je rêve de pouvoir en remanger. Si je le pouvais, je les épouserais sans hésiter.

Il reste debout à côté de moi pendant que je prépare le repas, comme un invité arrivé trop tôt à une fête. Chaque fois que j'ai besoin d'accéder au four à micro-ondes ou d'ouvrir un tiroir, il me bloque involontairement le passage. J'aurais aimé avoir une bière à lui offrir pour que nous puissions enfin nous détendre et briser la glace.

— Alors, hum… Parle-moi de toi, Kodiak, demandé-je maladroitement en lui tendant sa poche d'eau. Dis-moi quelque chose que je ne sais pas encore sur toi, sachant que… eh bien… j'ignore tout de ta vie.

— Il n'y a rien à raconter.

— Je ne te crois pas. Tu as forcément des choses à raconter. Par exemple, parle-moi de tes parents.

— Je n'ai rien à dire à leur sujet, avoue-t-il en tirant maladroitement sur les manches de son uniforme qui remontent sur ses bras.

— Dans ce cas, tu pourrais me dire d'où te vient ton nom de famille, pour commencer.

— Nous sommes trois dans le programme spatial de Dimokratía à avoir pour nom de famille « Célius ». Nous portons tous le nom de la province dans laquelle est situé notre orphelinat. C'est pourquoi je n'ai rien à dire sur mes parents. Je ne les ai jamais connus. Peut-être existent-ils encore, peut-être pas.

— Qui t'a élevé, alors ?

Il se mord la lèvre. Celle-ci blanchit sous la pression de ses dents puis, lorsqu'il la relâche, le rouge qui les colore habituellement s'épanouit de nouveau. Je suis aussi fasciné que lors de la première fois que je l'ai vu faire.

— Personne, avoue-t-il. Je suis passé d'institution en institution. Alors, je me suis débrouillé seul. Mais ça allait.

« Ça allait » ? J'en ai suffisamment entendu sur les institutions dimokratíennes pour savoir qu'il est difficilement possible de vivre une enfance correcte là-bas. Je m'appuie contre le four à micro-ondes. La pièce numéro quatre semble si petite. L'espace qu'elle nous offre est tout juste assez grand pour accueillir deux personnes.

— Si tu me dis que ça allait, alors je te crois. Tu m'as l'air d'avoir une volonté de fer. Mais il y avait forcément quelqu'un pour s'occuper de toi là-bas, non ? Aucun enfant ne peut survivre tout seul.

— Certaines des infirmières étaient gentilles avec nous lors de notre formation. Les meilleurs d'entre nous recevaient des récompenses… ou plutôt des félicitations et une place plus haute dans les classements. Je suppose que c'était une sorte d'approbation.

Il marmonne ces derniers mots en rougissant, les yeux baissés.

— Nous commencions l'entraînement très tôt afin de devenir…

— … autonomes, je sais, complété-je. Je pense seulement qu'il n'est pas vraiment possible de devenir totalement autonome. En tout cas, pas pour les humains. J'imagine qu'une tortue pourrait y arriver, tout comme une intelligence artificielle, et peut-être même ma sœur.

Kodiak reste silencieux et continue de fixer le dessus de ses pieds nus.

— L'allusion à ma sœur… c'était une blague, précisé-je en marmonnant.

Soudain, il relève la tête et plonge son regard dans le mien. La poche d'eau, qu'il semble avoir oubliée, lui encombre les mains. Le rouge me monte aux joues. Il ne cesse de serrer et desserrer sa poigne autour de la poche, et l'eau qu'elle contient coule d'avant en arrière, encore et encore, dans un mouvement hypnotique.

— Ce que je veux dire, c'est que je te suis reconnaissant d'être là, bafouillé-je. Je suis content de ne pas avoir à faire semblant d'être autonome ce soir. Alors… merci d'être venu.

— J'ai hâte de découvrir *La Momie*, répond Kodiak d'une voix rauque en jouant avec ses doigts. On ne m'a laissé aucun film, aucun divertissement à bord, à l'exception de quelques classiques de la littérature dimokratíenne. Et encore, ce sont des versions abrégées.

— Sérieusement ? Ce n'est vraiment pas de chance. Je ne

sais pas ce que j'aurais fait sans mes vieilles bobines de film à regarder.

Kodiak hausse les épaules.

— Je fais du sport quand je m'ennuie.

— J'avais remarqué, rétorqué-je en levant les yeux au ciel.

— Ça, je l'ai bien vu.

Ses yeux se sont posés sur moi et je ne peux m'empêcher de porter une main à ma bouche.

De nouveau, il hausse les épaules.

— Ça ne me dérange pas. C'est toujours plaisant d'être remarqué.

— OK. Génial. Eh bien, euh… je suis ravi de te faire plaisir.

— Parfois, je me demande pour qui je m'entraîne exactement. Je reviendrai en héros, si toutefois je reviens un jour sur Terre. Mais cela n'arrivera pas avant très longtemps. Je pourrais m'autoriser à prendre un peu de poids, puis m'occuper de ma santé seulement pendant la dernière partie du voyage. Peut-être que ce rembourrage absorbera les radiations et me permettra de vivre un peu plus longtemps.

— Tu fais ça pour notre mission, Kodiak. Il faut que tu restes en forme pour remplir la tâche qui nous a été confiée.

Décidément, cette conversation devient vraiment bizarre. Je ne sais pas comment réagir face à cette nouvelle version de Kodiak qui me parle avec sincérité.

Je sors son sachet de cannellonis du four à micro-ondes. Il est tellement chaud qu'il me brûle la main, mais je continue de le tenir et le secoue énergiquement.

— De toute façon, avec le nombre de calories que tu dois brûler chaque jour, il te faudrait en manger beaucoup plus pour prendre du poids, ajouté-je en posant le sachet sur la table.

— Oui, c'est vrai.

Cette fois-ci, il réussit à l'ouvrir un peu plus facilement et s'empresse de déguster sa première bouchée.

— C'est drôlement bon, même selon les critères culinaires de la Terre. Je commanderais sans hésiter ce plat au restaurant. C'est certain.

— Je commence à m'inquiéter de ce qu'on te donne à manger sur l'*Aurora*.

— Un jour, je t'inviterai dans ma moitié du vaisseau pour manger du gruau et tu sauras à quel point c'est meilleur ici.

— Ne me tente pas.

La simple idée qu'il puisse un jour m'inviter dans sa moitié du vaisseau fait battre mon cœur plus rapidement.

— Ce n'est pas vraiment du gruau, mais je ne voulais pas décevoir tes suppositions élitistes.

Puis il me montre la fenêtre du plafond, par laquelle nous apercevons son tapis roulant à travers le vide intersidéral.

— D'ici, tu peux voir quasiment tout ce qui se passe sur ma partie du vaisseau.

— Tu comptes vraiment continuer à faire exprès de me mettre mal à l'aise ? C'est ton objectif de la soirée, c'est ça ? grommelé-je en sortant ma propre bouillie de pois du four à micro-ondes.

Kodiak rit, visiblement content de lui.

— Tu es si mignon quand tu es troublé, se moque-t-il avant de retrousser sa manche et de plier le bras pour me montrer son biceps. Avoue que ça te plaît.

— Arrête, ordonné-je d'une voix étonnamment tranchante.

— Quoi ? Tu veux en voir plus, poly ? me taquine-t-il en contractant les muscles de son autre bras.

Je ne sais pas ce qu'il veut dire par « poly », mais je n'aime pas du tout le ton qu'il emploie. Alors, je feins de l'ignorer.

Je suis presque gêné d'avoir à éviter son regard et lui en veux d'avoir provoqué chez moi un tel sentiment. Cependant, je me rends compte que ses paroles et son attitude sont surtout dues à son propre malaise. Il ne s'autorise probablement pas à paraître séduisant aux yeux des autres. Quel gâchis lorsque l'on a une telle source d'estime de soi à disposition.

Kodiak me regarde en face.

— Alors, tu es gay ou bisexuel ?

Je ne peux m'empêcher de rire. Toute cette situation me paraît tellement incongrue que j'ai l'impression d'avoir été catapulté dans l'une de ces fictions pour adolescents que les gens écrivaient autrefois.

— Ces termes sont si vieux jeu ! Tu ferais mieux de te taire, Mister Dimokratía. Tout ce que tu parviens à faire, c'est te ridiculiser.

— Oh, mon Dieu, et tellement sensible avec ça ! grogne-t-il en laissant retomber ses manches. Tu incarnes tous les stéréotypes de la Fédération à toi tout seul.

Je n'ai plus aucun doute désormais. Il fait tout pour me titiller. Sauf que je ne me laisserai pas faire sans réagir.

— Traite-moi de sensible autant que tu veux. Seules les personnes insensibles méritent d'être critiquées, répliqué-je en prenant un air guindé.

J'ouvre la porte du placard pour me préparer une tasse de thé et la referme sans lui en proposer, puis me retourne pour lui faire face.

— Et pour information, c'est ma sensibilité qui est chargée de nous maintenir en vie, ce qui me place en position d'interlocuteur privilégié vis-à-vis de Minerva dès que nous aurons repris contact avec elle.

— *Si* nous reprenons contact avec elle, nuance Kodiak en se penchant sur sa nourriture.

— Je suppose que la sensibilité n'entre pas en ligne de compte pour les travaux manuels, l'attaqué-je sans parvenir à me retenir plus longtemps.

Je ne le quitte pas des yeux pour ne rien manquer de sa

réaction, sauf qu'il continue de manger tranquillement. Un monologue me trotte dans la tête : je suis l'une des personnes les plus célèbres au monde. Mes camarades de classe faisaient des pieds et des mains pour obtenir mon attention. Mais peut-être qu'après tout, il n'est pas impressionné par mon statut de privilégié. Peut-être que je n'ai pas besoin de m'attacher à ma célébrité avec lui. Peut-être même qu'il ne serait pas déçu si je me révélais finalement ordinaire, malgré tout ce qu'il a entendu à mon sujet.

— Il n'y a que du mérite et de la vertu dans le labeur du corps, finit-il par répondre avant de déglutir. Et tu me regardes encore…

— Écoute, tu es à peu près le seul autre être vivant dans le coin, même si tu es plutôt du genre à te tenir à distance des contacts humains. Alors c'est vrai, j'aime te regarder, admets-je. Les humains se regardent souvent entre eux. Tu es donc autorisé à me regarder également.

— Merci, c'est très aimable de ta part, déclare-t-il sans lever le nez de son repas.

Sa voix cherche à imiter l'accent utilisé par les gens les plus huppés de la Fédération, et donc par extension celui avec lequel nous nous exprimons, Minerva, OS et moi.

Plus il s'enfonce dans la mesquinerie, plus ma susceptibilité se retrouve malmenée. Ce cercle vicieux pourrait nous conduire à un conflit ouvert, aussi je décide de le briser en changeant radicalement de sujet.

— Qu'est-il arrivé à ton bras ?

— Mon bras ? répète Kodiak en tirant sur sa manche pour couvrir ses triceps. Qu'est-ce que tu veux dire ?

— Quand tu te moquais de moi en me montrant tes biceps, j'ai vu une cicatrice.

— Je n'ai pas de cicatrice sur le bras.

— Qui crois-tu tromper exactement avec ce mensonge ?

Il secoue la tête en reposant son dîner sur la table. Le cœur battant, je soulève sa manche pour exposer le creux de son bras et parcours du doigt la vallée entre ses muscles, retraçant la cicatrice jusqu'à atteindre son coude.

Kodiak retire doucement mon doigt, referme ma main, et la pose au centre de la table.

— Ça, oui, c'est effectivement une cicatrice. Mais elle est si petite qu'on la remarque à peine.

Je secoue la tête. Cette cicatrice n'est pas aussi petite qu'il le dit.

— Peut-être que tu es un programme informatique, tout compte fait. Tu es l'être humain le plus renfermé que j'ai jamais rencontré.

— Et fier de l'être ! D'ailleurs, j'aimerais bien avoir une tasse de thé également, s'il te plaît.

Au moins, Kodiak me l'a demandée poliment. J'ouvre de nouveau le placard pour prendre une seconde tasse.

Comme chez tous les enfants de la famille Cusk, le devoir d'hospitalité est ancré en moi. Un certain nombre d'entre nous, à chaque génération, finissent même par devenir diplomates.

Kodiak n'a pas l'air très à l'aise. Il semble vouloir poursuivre cette conversation, mais ne sait pas comment formuler ses pensées.

— J'ai cette cicatrice depuis si longtemps qu'il m'est facile d'oublier son existence, explique-t-il après un temps de réflexion. Personne ne m'a jamais posé de questions à son sujet… mais cela n'a rien d'étonnant, puisqu'on ne parlait pas de ce genre de choses entre nous lors de notre formation.

— Il n'y a que des hommes dans la formation que tu as suivie ?

— Oui, bien sûr. Ça a été toujours ainsi. Ce n'est pas le cas chez vous ?

— Bien sûr que non. Nous avons bien envoyé Minerva s'installer sur Titan, après tout. Dans ma classe, il y avait une majorité de femmes. Et d'ailleurs, le fait que j'aie été choisi pour cette mission a été quelque peu controversé.

Kodiak m'observe de haut en bas. Puis il hausse les épaules.

— Tu es un Cusk. Il est donc normal que tu aies été choisi pour cette mission. Et puis, si Dimokratía décide d'envoyer un homme dans l'espace, il est logique que la Fédération en envoie un également, afin d'éviter que de petits bébés naissent dans l'espace.

J'ai les joues en feu. Je n'ai pas du tout envie de me battre contre lui pour le moment, mais il ne me facilite vraiment pas la tâche.

— Et donc, ta cicatrice…, le relancé-je en posant devant lui sa tasse de thé.

Il s'apprête à le siroter, mais je l'arrête.

— Il n'est pas encore infusé. Je te dirai quand tu pourras le boire.

Il pose docilement ses mains sur ses genoux, tel un enfant que l'on viendrait de réprimander. Ce doit être le tout premier thé de sa vie. Cette pensée me donne envie de lui ébouriffer les cheveux.

— Puisque tu insistes pour connaître l'histoire de ma cicatrice… C'était lors d'une joute aquatique et nous n'étions plus que deux, donc tu peux facilement imaginer ce qui s'est passé.

— Je n'ai absolument rien compris à ce que tu viens de dire, avoué-je en prenant ma tasse entre mes mains et en repliant mes jambes sous mes fesses. Tout du moins, tu m'as perdu après « joute aquatique ». En quoi est-ce que ça consiste exactement ?

— Tu ne sais pas ce qu'est une joute aquatique ? De toute évidence, nous sommes bien meilleurs que vous en matière de collecte d'informations. La preuve : je sais beaucoup de choses sur l'entraînement des astronautes de la Fédération, alors que tu sembles ignorer presque tout de la façon dont se déroule celui de nos astronautes.

— Tu es en train d'esquiver ma question, là, remarqué-je.

Ses doigts tambourinent sur la table.

— Oui, tu as raison. J'ai tendance à esquiver tes questions. Mais à partir de maintenant, j'essayerai d'être plus ouvert afin que nous devenions amis.

Les muscles de mes épaules se contractent, puis je comprends qu'il est sérieux. Je me détends donc et lui fais signe de poursuivre.

— Comme tu le sais sûrement déjà, nous commençons l'entraînement dès l'âge de quatre ans. On nous retire de l'orphelinat pour nous placer dans des académies de cosmologie.

Il rit sans que j'en comprenne la raison, avant de poursuivre.

— Pendant les huit années suivantes, nous sommes formés pour devenir de parfaits petits soldats de l'espace. Cela passe par l'apprentissage de la gymnastique, des sciences, de l'ingénierie et du combat. Nous nous entraînons en apesanteur, souvent à bord de vols paraboliques. De ce fait, se déplacer au sein d'un espace dépourvu de gravité devient pour nous une seconde nature.

— C'est comme apprendre à faire du vélo, commenté-je.

— Apprendre à se déplacer en apesanteur n'a rien à voir avec le fait d'apprendre à faire du vélo.

— C'est juste une expression. Enfin, peu importe. Continue, s'il te plaît.

— Merci. Dès que nous atteignons l'âge de douze ans, la sélection commence. La classe doit alors passer de cent cinquante élèves à une vingtaine seulement. Ceux qui échouent – et il existe de nombreuses façons d'échouer – sont affectés à l'armée ou au service civil. Mais le moyen de sélection le plus fréquemment utilisé par nos instructeurs est ce qu'on appelle les « joutes aquatiques ». Au début, nous sommes sanglés dans un faux vaisseau spatial qui est suspendu à trente mètres au-dessus d'un bassin équipé de générateurs de vagues. Puis les lumières s'éteignent et l'engin tombe dans le bassin. Notre objectif est alors de nous extraire du vaisseau, de remonter à la surface dans l'obscurité et de gagner le bord du bassin, le tout avec une forte houle et des vagues de six mètres de haut.

— Est-ce qu'il arrive que certains se noient lors de cette épreuve ? questionné-je en reposant ma fourchette de bouillie de pois cassés.

— À ce stade de notre apprentissage, nous sommes tous entraînés à survivre en milieu hostile. Il est donc rare que quelqu'un se noie. Bref. Avant le début de l'exercice, les instructeurs jettent des clés en fer dans l'eau noire, et il faut parvenir à en récupérer une pour pouvoir sortir du bassin. Il y a toujours une clé de moins qu'il n'y a d'élèves.

— Donc, quelqu'un est éliminé à chaque fois.

— Oui, et quelquefois, certains élèves sont si fatigués qu'ils préfèrent abandonner plutôt que de se noyer. Ceux-là doivent quitter le programme d'entraînement, et l'épreuve prend fin pour tous les autres. À présent, est-ce qu'on peut regarder le film ?

— Pas encore. Tu ne m'as pas encore dit comment tu t'étais fait cette cicatrice au bras.

— C'est vrai, tu as raison. Je vais donc te raconter ce qui s'est passé. Lors de cette épreuve, j'étais généralement le premier à sortir du bassin avec une clé.

Ce n'est pas difficile à imaginer, songé-je.

— Mais un jour, je n'ai pas eu de chance. Avec mon plus grand rival, on se disputait la même clé. Je me suis battu contre lui, mais il n'arrêtait pas de me repousser et a finalement réussi à sortir avec la clé. Quand je me suis retourné, nous n'étions plus que deux pour une seule clé. Nous nous sommes battus au milieu des débris, sous l'eau, pour l'obtenir. Je ne me souviens pas très bien du combat. Tout ce que je sais, c'est qu'à la fin, je suis remonté à la surface avec le bras cassé en tenant la clé dans ma main.

— Tu t'es battu au point de te *casser le bras* ?

Il soutient la partie haute de son bras à l'aide de son autre main pour mieux voir la cicatrice.

— Je pense que, techniquement, c'est plutôt le choc contre le sol du vaisseau qui me l'a cassé. Célius Li Qiang m'avait saisi par le cou et était en train de m'étrangler. En parvenant à me dégager, je suis tombé violemment au fond du bassin. Alors oui, en un sens, on peut dire que je me le suis cassé pendant mon combat contre lui.

— Je tiens à préciser que même si les examens de ma formation prenaient plutôt la forme de dissertations, certains d'entre eux étaient *très* difficiles, toussoté-je.

Kodiak rit.

— Tu rigoles, mais je suis sûr que je les aurais trouvés difficiles. Je ne serais peut-être pas là aujourd'hui si nos examens avaient été des dissertations, et non des épreuves physiques où nous devions nous battre les uns contre les autres en milieu hostile.

Kodiak doute de son intelligence, deviné-je. J'en étais déjà à peu près sûr, mais étrangement, ça me fait du bien d'en avoir la confirmation. Je vais devoir composer prudemment avec son manque d'assurance... ou me servir de cette faiblesse contre lui si nous en arrivons à un conflit ouvert. Il m'observe, un léger sourire aux lèvres, et je me rends alors compte qu'il pourrait tout aussi bien déployer cette fragilité à son avantage.

Je voudrais lui dire que nous ne sommes peut-être pas si différents l'un de l'autre, que nous avons tous les deux nos propres forces et craintes.

J'aimerais lui dire que mon enfance n'a pas non plus été un long fleuve tranquille et que j'ai dû me battre contre mes trente frères et sœurs pour obtenir l'attention de ma mère ainsi que son affection. Mais je ne me sens pas encore suffisamment en confiance pour l'admettre devant lui. J'adopte donc une approche différente.

— Tu as parlé d'un certain Célius Li Qiang. Il venait du même orphelinat que toi, n'est-ce pas ?

— Oui. Nous avons grandi ensemble.

— Donc il était proche de toi.

— Oui. C'était mon ami, et parfois mon érotiyet. Il était même comme un frère pour moi. Mais tout cela s'est terminé le jour où il est devenu un concurrent.

— Ton érotiyet ? Qu'est-ce que tu veux dire ?

Il rougit.

— Assez parlé, décrète-t-il. Regardons le film.

Nous regardons la 2459e version de *La Momie*. C'est encore pire que dans mes souvenirs. Je suis tellement gêné de la médiocrité du film que je propose de l'arrêter, mais Kodiak refuse. Contrairement à moi, il semble totalement captivé.

Mon attention se met alors à vagabonder vers la multitude d'étoiles qui brillent par-delà la baie vitrée située derrière l'écran. Puis, lorsque le générique de fin apparaît, je bâille et me lève. Sauf que Kodiak ne quitte pas sa chaise.

Ses yeux brillent et un sourire illumine son visage. Je ne l'ai jamais vu aussi excité.

— J'ai tellement de questions ! Pourquoi les Seigneurs-Serpents Nubiens n'ont-ils pas attaqué quand ils avaient l'avantage ? Est-ce qu'une partie de cette bobine a été censurée ? demande-t-il.

— Je ne pense pas qu'on soit censé attacher trop d'importance aux motivations des Seigneurs-Serpents Nubiens, dis-je en bâillant ostensiblement.

— On devrait remettre le film depuis le début et le regarder à nouveau tout de suite. Peut-être que ce sera plus clair la seconde fois.

— Tu plaisantes, j'espère ?

— Je suis parfaitement sérieux. Kodiak Célius ne plaisante jamais, clame-t-il en se frappant la poitrine.

— Tu vois, même maintenant, j'ai l'impression que tu plaisantes. Au fond, je pense que tu es quelqu'un d'évasif, Kodiak Célius.

— Je suis quoi ?

— Tu es quelqu'un d'évasif. Mais je ne t'en veux pas. Quand les gens pensent que personne ne les écoute ni ne s'intéresse à eux, ils érigent des murs autour d'eux. Et toi, tu as érigé de très nombreux murs autour de toi. Ta tendance à être évasif vient de là. Elle fait partie de ces protections dont tu t'entoures. Ce n'est pas ta faute.

— Je te remercie.

Malgré le grand sourire qui étire toujours ses lèvres, ses sourcils se sont froncés. Je m'aventure sur un terrain dangereux. Ceci étant dit, j'en suis venu à penser qu'en raison de la façon dont il a été élevé, Kodiak aime être poussé dans ses retranchements. Peut-être préfère-t-il même être acculé et mis à l'épreuve. Si je veux maintenir le contact avec lui, je devrai donc continuer à le bousculer de la sorte. Jusqu'à présent, il a relevé tous mes défis avec respect et enthousiasme. C'est la gentillesse qui le rend méprisant. Quel gâchis ! Personne ne devrait avoir à se comporter ainsi pour se sentir en sécurité avec autrui. Il me faudra des mois avant de le mettre suffisamment à l'aise pour qu'il ne tourne pas tout en dérision.

— As-tu un jeu d'échecs ? s'enquiert Kodiak. Ça fait longtemps que je n'ai pas joué à quelque chose. Ça me manque.

— Tu veux jouer aux *échecs* ? Attends, tu n'es pas du tout fatigué, là ? Moi, je suis épuisé.

— Ambrose, nous flottons au beau milieu de l'espace. Il est inutile de nous référer à l'heure qu'il est sur Terre actuellement, car elle ne correspond pas à la nôtre. À notre vitesse, le temps se déforme autour de nous et s'écoule différemment. Aurais-tu peur que le manque de sommeil ruine ton joli visage ?

Vient-il réellement de dire que j'ai un joli visage ? pensé-je, ahuri. *Qu'est-ce qui lui prend ?*

— On pourrait utiliser l'imprimante 3D pour fabriquer un jeu d'échecs, proposé-je, encore sous le choc. Mais j'ai aussi un jeu de cartes, si tu veux.

Puis je me ressaisis suffisamment pour réfléchir plus posément.

— Je dispose d'un petit espace dédié à mes objets personnels, continué-je. J'ai apporté un jeu de cartes, le même que mes camarades de classe et moi utilisions à l'Académie. J'ai aussi mon violon.

Kodiak se redresse, les yeux brillants.

— Tu as apporté un violon ?

— Oui. Il date du XIXe siècle. J'imagine que c'est l'objet le plus ancien à bord de ce vaisseau, et aussi la seule chose en bois.

— Tu me le montrerais ?

Je disparais dans la pièce d'à côté et reviens avec l'étui.

Mes gestes, aiguisés par la force de l'habitude, se font alors machinaux : je retends l'archet, positionne mon épaulière, pince les cordes une à une, puis joue une gamme.

Kodiak en a les larmes aux yeux.

— Il est si beau… Je peux ?

J'éprouve une pointe de déception en comprenant qu'il s'intéresse davantage au violon lui-même qu'à mes talents de musicien. Je lui passe l'instrument. Il referme délicatement ses mains puissantes autour du manche étroit et fait doucement courir le dos de ses doigts de haut en bas sur le bois qui a été réchauffé par mon corps, comme s'il craignait que ses empreintes digitales n'en tachent la surface.

En le voyant faire, je ne suis plus du tout déçu. Au contraire, je me sens fier.

— Nous avions quelques jours de repos chaque année, déclare Kodiak en s'adressant plus au violon qu'à moi. Les autres garçons retournaient dans leur famille quand ils en avaient une, ou allaient se saouler en ville. Moi, j'allais camper seul dans les bois. Je me souviens encore de la sensation que me procuraient les vieilles bûches que j'utilisais pour faire du feu, de leur texture rugueuse sous mes doigts. Ce violon m'y fait beaucoup penser, malgré sa surface lisse et son vernis qui lui donne plutôt la couleur du bois en train de brûler. Tu as bien fait de le prendre avec toi pour te rappeler la Terre et ses forêts.

Il se détourne pour m'empêcher de voir son visage envahi par l'émotion. Il ne lâche pas l'instrument et semble même s'y accrocher comme à une bouée de sauvetage. Une part de moi craint qu'il ne le casse, mais en même temps, son amour pour ce violon me touche profondément, à tel point que je pourrais presque renoncer à lui demander de me le rendre. Pour être honnête, j'ai un peu oublié les raisons qui m'ont poussé à l'emporter avec moi.

Il le caresse sans plus décrocher un seul mot. À l'extérieur, les étoiles défilent par la fenêtre en suivant la lente et inexorable rotation de notre vaisseau en route pour Titan. Ce soir-là, je ne joue pas de violon. Nous restons assis l'un à côté de l'autre, en silence, à caresser de long en large le bois d'un arbre vieux de cinq cents ans qui a poussé grâce au carbone présent dans l'atmosphère terrestre.

-*Tâches restantes : 71*-

Comme je m'y attendais, nous ne voyons pas Jupiter depuis notre vaisseau. La planète met douze années terrestres à faire le tour du Soleil et, par manque de chance, elle est restée cachée de l'autre côté pendant tout notre voyage.

— Qu'est-ce que je ne donnerais pas pour passer ne serait-ce que quelques minutes en plein cœur de la Grande Tache rouge de Jupiter, confié-je à Kodiak tandis que nous travaillons dans la pièce aveugle. Des vents à plus de six cents kilomètres-heure, tu imagines ?

— Mais ce serait les dernières minutes de ta vie.

Son sourire tarde à apparaître, mais reste accroché à son visage pendant longtemps. Je le retrouve cinq minutes plus tard en train de travailler le sourire aux lèvres.

Le lendemain matin, je traverse l'*Aurora* en sifflotant, mais m'arrête en arrivant à proximité de l'atelier de Kodiak. Habituellement, des bruits de coups, des cliquètements ou encore des sons aigus s'en échappent. Mais ce matin-là, je n'entends rien du tout. Je m'approche discrètement de la porte. Kodiak est assis en tailleur à même le sol, des écouteurs dans les oreilles, l'air aussi déterminé qu'un enfant mettant la touche finale à une construction de cubes.

— Qu'est-ce que… ?

Kodiak lève une main pour me faire taire et, de l'autre, m'indique une seconde paire d'écouteurs posée à côté de lui. J'enjambe le bourrelet en plastique – qui, à la manière d'une unité antiterroriste placée à l'entrée d'un parking, empêche Rover de rentrer grâce à son épaisseur et sa forme en arc de cercle tournée vers l'extérieur – et m'assieds à côté de Kodiak en lui donnant une tape sur l'épaule pour le saluer. Je ramasse ensuite les écouteurs et les mets dans mes oreilles, mais ne perçois rien.

Émerveillé, j'enroule le fil entre mes doigts. Je ne rêve pas : il a bel et bien trafiqué ces écouteurs pour qu'ils soient reliés par un véritable fil. Avec ces écouteurs dans les oreilles, j'ai l'impression d'avoir été propulsé dans un film vintage, comme si j'étais vraiment l'un des personnages de *La Momie*.

Kodiak ajuste le bouton d'un cadran manuel qu'il a bricolé à partir de pièces d'époque. Je n'en reviens pas de voir une technologie aussi rétro à bord de notre vaisseau. Les changements de position du bouton modifient le bruit de fond petit à petit. Il le tourne doucement, comme s'il testait l'aile d'un oiseau blessé.

Soudain, un grésillement perce le silence, suivi de parasites. J'écoute ce bruit somme toute agréable, si différent du ronronnement issu des entrailles du vaisseau, et sursaute en entendant un mot, ou plutôt un bout de mot : « ax ».

Tout excité, je donne un coup de poing dans l'épaule de Kodiak pour le féliciter. Il se la frotte, son air renfrogné se muant presque aussitôt en concentration alors qu'il bouge lentement le bouton pour obtenir un signal plus précis. D'autres syllabes nous parviennent : « in », « cru » et « tion »

— Tu as compris quelque chose ? chuchoté-je.

Kodiak secoue la tête tout en continuant à tourner le bouton du cadran.

Malgré ses tentatives, il ne réussit pas à obtenir une transmission plus claire. Chaque fois qu'il touche le bouton, nous perdons complètement le signal, et il lui faut alors un certain temps pour retrouver la voix inintelligible entendue juste avant.

Kodiak finit par retirer ses écouteurs, et j'en fais de même.

— Kodiak, c'était…

Il pose sa main sur ma bouche et me désigne la porte ouverte. Techniquement parlant, j'ai programmé OS pour qu'il ne puisse avoir aucune conscience de cet endroit, mais juste au cas où, je me lève et ferme la porte. Je sens encore l'empreinte de ses doigts sur mes lèvres.

— Kodiak, c'était tout simplement stupéfiant ! Tu es parvenu à nous créer notre propre radio ! m'exclamé-je à présent que nous sommes entre nous, ou du moins hors de portée d'OS.

— Pas une radio. Juste un récepteur, me corrige-t-il. Je ne pense pas pouvoir bricoler un véritable émetteur. Mais oui ! J'ai réussi à nous créer un récepteur fonctionnel !

Puis il enfonce son pouce dans sa poitrine.

— Je suis un gars aux multiples talents, plaisante-t-il en prenant une voix plus grave et en exagérant son accent.

— Y aurait-il un moyen de rendre ce récepteur plus puissant ?

Kodiak secoue la tête.

— C'est parce qu'il n'y a pas d'atmosphère dans l'espace que nous pouvons capter les signaux radio à cette distance sans trop de distorsions, mais la coque du vaisseau est très épaisse, explique-t-il en tapotant le mur de ses doigts. Si nous voulons avoir une meilleure réception, il va falloir emporter ce dispositif à l'extérieur, ou alors y installer une antenne.

— Ce qui signifie que nous allons devoir effectuer une sortie, reformulé-je en regardant les étoiles scintiller dans l'obscurité à travers la toute petite fenêtre de notre atelier.

— Une sortie non autorisée, ajoute Kodiak. Je vais devoir bricoler une antenne, la fixer au vaisseau, et faire passer un câblage indépendant le long de la coque. Ce ne sera pas facile à faire, mais pour autant, ce ne sera pas non plus extrêmement compliqué.

— Je pense que le « gars aux multiples talents » qu'est Kodiak Célius devrait s'en sortir.

Je marque un silence avant de poursuivre sur un ton plus sérieux.

— Sauf que toutes ces choses, OS ne voudra pas que tu les fasses, Kodiak.

— Ma liste de tâches à effectuer continue de diminuer de jour en jour, mais il me reste encore quelques dommages à réparer à l'extérieur du vaisseau. Je pourrai fixer l'antenne sur la coque lors de ma prochaine sortie. Nous avons peu de chances de duper OS, mais au moins, cette sortie extravéhiculaire ne lui paraîtra pas suspecte.

— Je n'aime pas trop l'idée que tu sortes. Nous sommes tout de même à la merci d'un ordinateur au comportement plutôt louche…

— Oui, je sais. Cette idée ne m'emballe pas plus que toi.

-*Tâches restantes : 71*-

— Pourrais-je savoir de quoi vous parliez dans ce que vous appelez la pièce aveugle ? m'interroge OS alors que je regagne mes quartiers pour m'habiller.

— Nous aimons avoir un peu d'intimité pour aborder certains sujets entre nous, expliqué-je en prenant le temps de choisir mes mots. Je sais que tu es conscient de ce besoin d'intimité propre aux humains, OS.

— Bien sûr que j'en suis conscient. Je voulais simplement savoir si je pouvais vous être utile de quelque manière que ce soit pour l'un des sujets dont vous discutiez. Je ne peux pas vous aider si je ne peux pas entendre de quoi vous parlez.

— Il s'agit uniquement de trucs d'humains, OS, inventé-je.

Ces mots me semblent tellement étranges à prononcer que je ne peux m'empêcher d'ébaucher une grimace.

— Rover ne peut plus nettoyer l'atelier de Kodiak à cause de la barrière en polycarbonate que vous avez érigée. Bien sûr, je pourrais facilement la faire fondre. Mais cela vous apparaîtrait comme une entrave à votre liberté et bouleverserait votre sentiment de contrôle. N'ai-je pas raison ?

— Si, tu as raison. Cela nuirait grandement à notre fragile moral humain. Il vaut donc mieux que tu laisses l'atelier bloqué.

OS et moi avons déjà eu cette conversation. Nous nous livrons donc à notre pas de deux habituel.

— Dès que je pourrai communiquer avec les opérateurs du centre de contrôle, je devrai les informer de ce que vous avez fait.

— Naturellement. Il est tout à fait normal que tu les tiennes au courant de ce que nous faisons à bord du vaisseau, opiné-je en priant pour que mon pouls reste régulier.

Je retire ma combinaison spatiale de son crochet et, en prenant le casque, respire par inadvertance l'odeur de la doublure. Comme je suis une boule de nerfs et que je transpire abondamment chaque fois que je me trouve à l'intérieur de cette combinaison, ça pue pas mal, et malheureusement, ça ne va pas aller en s'améliorant.

— Kodiak m'a informé qu'il prévoyait de terminer ses tâches de maintenance aujourd'hui lors d'une sortie extravéhiculaire imprévue, reprend OS. Cela prendra plusieurs heures.

— Oui, il m'en a aussi parlé.

— Je suis content que vous soyez tous les deux en si bons termes maintenant.

J'ai déjà entendu toutes les intonations qui figurent dans le programme d'OS plusieurs centaines de fois chacune, mais ne reconnais pas celle-ci. Elle me paraît plus guillerette que les autres.

— Merci, OS, dis-je en remontant la première jambe de ma combinaison jusqu'à mon genou.

— Le centre de contrôle de la Société Cusk a fixé une limite d'une heure pour chaque sortie extravéhiculaire afin de prévenir les accidents dus à la fatigue et éviter une trop longue exposition aux radiations. Lorsque Kodiak arrivera à la limite de son créneau, j'espère que vous vous joindrez à moi pour le convaincre de regagner le vaisseau.

— Bien sûr. Je ne souhaite pas plus que toi qu'il se blesse.

— Évidemment que non, réplique la voix de ma mère. Je n'insinuais rien de la sorte.

Les poils de mon bras se hérissent, et la manche de ma combinaison chatouille désagréablement ma peau lorsque je l'enfile.

— Cette sortie est sans danger, n'est-ce pas ? questionné-je.

— Kodiak sera dans la fenêtre de risque habituelle.

— D'accord. Je suppose que c'est le mieux que nous puissions espérer.

Je positionne mon casque sur ma tête et reprends mon poste habituel près de la fenêtre.

Quelques secondes plus tard, Kodiak émerge à l'autre bout du *Coordinated Endeavor* en s'agrippant au bord de la coque pour résister aux forces centrifuges qui le repoussent. La sortie et le retour à bord du vaisseau représentent les deux moments les plus dangereux de nos escapades dans l'espace.

— Il se débrouille bien, n'est-ce pas ? demande OS.

— Oui, il se débrouille très bien.

— L'astronaute Célius est doué, commente froidement OS.

Son ton me rappelle celui de ma mère, lorsqu'elle me louait les talents de Minerva. Elle faisait très souvent son éloge en ma présence pour me motiver à atteindre son niveau.

Kodiak commence par les réparations mineures. Tout en progressant le long de la paroi extérieure, il comble les petits trous et lisse la coque à l'aide d'une imprimante 3D portative. Puis, une fois arrivé au long couloir reliant l'*Endeavor* et l'*Aurora* en leur centre, il sort l'antenne flexible d'une de ses poches et fixe l'une de ses extrémités au vaisseau avant de se déplacer pour faire courir le câble le long de la coque.

— Kodiak ne répond pas aux messages que je lui envoie dans son casque. Qu'est-il en train d'attacher sans autorisation, Ambrose ? Je n'ai pas prévu de travail pour lui sur cette partie du vaisseau.

— Nous avons décidé d'intégrer une redondance dans les fonctionnalités radio du vaisseau, annoncé-je en choisissant soigneusement mes mots. Tu sais combien nos problèmes de communication avec les opérateurs du centre de contrôle nous préoccupent, d'autant que nous n'avons pas réussi à établir le contact avec eux depuis longtemps. Nous allons donc essayer de recevoir les communications radio du centre de contrôle d'une autre manière. Cela doublera également nos chances de capter les messages de Minerva.

Un court silence suit mon explication avant qu'OS ne réponde.

— C'est une bonne idée. Quand bien même une tempête solaire influencerait les deux antennes de la même manière, vous vous sentirez mieux en sachant que vous avez cherché une autre solution. J'aurais dû vous suggérer cette idée bien avant.

— Ça ne fait rien, OS, affirmé-je avec une fausse bonne humeur. Tu ne peux pas penser à tout.

Kodiak lève son pouce ganté dans ma direction, puis entame le trajet du retour. Comme la pesanteur augmente au fur et à mesure de son avancée, il doit se cramponner de plus en plus fort. À ce stade d'une sortie extravéhiculaire, il est presque impossible de marquer une pause, car toutes les forces engendrées par la rotation du vaisseau exercent une pression importante sur le corps. Néanmoins, je le vois se reposer entre chaque pas, les mains fermement enroulées autour des barreaux extérieurs, tel un nageur épuisé s'agrippant à une bouée de sauvetage.

Après un temps qui me paraît interminable, il parvient enfin à revenir à l'intérieur. La vibration émise par la fermeture de la porte de son sas se répercute jusque dans le mien.

Je m'empresse de me débarrasser de ma combinaison malodorante et me précipite vers la partie dimokratíenne du vaisseau, ne ralentissant que lorsque je traverse le centre à gravité nulle du *Coordinated Endeavor.*

Quand j'arrive au sas de l'*Aurora*, Kodiak est encore dans sa combinaison spatiale. Il a ôté son casque et est adossé au mur.

Je cours aussitôt à sa rencontre, mais m'arrête juste avant de le prendre dans mes bras, légèrement embarrassé. Je n'ai pas pris le temps de me rhabiller et mes sous-vêtements, composés d'un caleçon et d'un maillot de corps, sont tellement trempés de sueur qu'ils collent à ma peau, sans compter que le corps de Kodiak fait le double de son volume habituel à cause de sa combinaison. Cette dernière est gelée en raison de sa sortie récente, mais j'ai besoin de me rassurer, d'être certain qu'il est bel et bien là. Alors, je le serre contre moi, savourant la sensation de son corps contre le mien. Il s'immobilise un instant, puis ses mains gantées se nouent dans mon dos trempé de sueur et il me presse contre lui. Tout à mon soulagement, je ne me rends pas compte tout de suite que je frissonne à cause du contact de sa combinaison froide contre ma peau nue. Dès qu'il réalise ce qu'il vient de faire, Kodiak me lâche et recule.

Une expression étrange anime son visage. Il semble à la fois surpris et fasciné par ce qui vient de se passer, mais également perturbé, voire violenté, comme si j'avais fait ressurgir dans sa mémoire un secret intense de son propre passé.

— Bon, eh bien… voilà qui est fait, déclare-t-il après s'être raclé la gorge.

Je hoche la tête et enroule mes bras tremblants autour de ma poitrine en frottant ma peau glacée, puis remarque que mes sous-vêtements ne cachent plus grand-chose de ma nudité. Lorsque nos uniformes en coton vaporeux sont mouillés, ils deviennent quelque peu… transparents. Gêné, je me détourne et réalise que le dos de ma tenue n'est pas en meilleur état. Je lui fais donc de nouveau face.

— Est-ce que… tu voudrais quelque chose pour te changer ? balbutie Kodiak en s'ingéniant à fixer mon visage.

J'acquiesce, encore frissonnant.

— Dans ce cas, prends un uniforme dans mon placard. Je te retrouve à l'atelier, m'indique-t-il en commençant à dégrafer le col de sa combinaison spatiale.

— Tout s'est bien passé dehors ? demandé-je en claquant des dents.

— Oui, tout s'est bien passé. À présent, Ambrose, va te changer, s'il te plaît. Je ne voudrais pas que tu tombes malade.

Je capitule d'un hochement de tête et me dirige vers la chambre de Kodiak, en cachant mes fesses avec mes mains.

-*Tâches restantes : 3*-

J'attends Kodiak dans son atelier, vêtu de l'un de ses uniformes – ce qui est loin de me déplaire, d'ailleurs. Les manches m'arrivent presque au bout des doigts. Nous n'avons que du shampoing sec pour laver nos vêtements à bord du vaisseau, mais cette chemise sent parfaitement le propre, même si je décèle également l'odeur de Kodiak, qui s'est incrustée dans le tissu au fil des semaines, ainsi qu'un soupçon d'huile de moteur, de sueur, de citronnelle et d'eau de Javel. Je suis drapé dans la version la plus authentique qui soit de mon coéquipier.

En attendant Kodiak dans la pièce aveugle, je remonte le col de sa chemise et frotte mes joues contre le tissu moelleux, puis le remets correctement en place en l'entendant approcher dans le couloir.

— Tu es prêt ? me lance-t-il en allumant le récepteur.

Mon cœur s'emballe pour des raisons autres que notre quête de transmissions radio, mais avant même que je puisse comprendre ce que je ressens et ce que j'ai découvert sur mes sentiments pour lui quand je le regardais se déplacer dans l'espace, il est à nouveau là, assis en tailleur sur le sol, ses genoux contre les miens, dans son uniforme dimokratíen assorti au mien.

Je mets mes écouteurs pendant que Kodiak manipule son cadran de fortune. Pendant qu'il cherche la bonne fréquence, je m'allonge les pieds à plat sur le sol et fixe ces lointains et vieux points de lumière qui défilent toujours lentement par la fenêtre. Je tire la manche de Kodiak pour qu'il vienne près de moi, mais il repousse ma main, concentré sur le cadran, et continue de tourner le bouton pour obtenir autre chose que ce silence total.

Soudain, un signal clair nous parvient et Kodiak retire vivement ses doigts, comme si le bouton l'avait brûlé.

— … sur notre radio rétro, où les holos sont en panne et les écrans sont noirs. Sortez votre vieux rocking-chair, fendez une noix de coco et versez du lait dans votre maté. Ici Ibu Putu, pour vous servir. Et souvenez-vous : notre intelligence n'est peut-être pas immense, mais au moins, elle n'est pas artificielle.

Au son du banjo, l'hôte poursuit en décrivant l'endroit d'où ils diffusent, un lieu qu'il nomme la « zone sans isotopes ». Je n'ai jamais entendu ce nom auparavant. Mais son accent est également inhabituel. On dirait une forme lointaine de portugais, sauf que je ne l'ai jamais rencontrée dans aucun film.

La musique me plaît bien, au point que je commence à bouger la tête en rythme. Kodiak secoue la sienne avec sévérité, mais ses yeux me sourient.

— Et maintenant, quelques informations relayées par voie isotopique jusqu'à notre siège international à Ubud.

Kodiak et moi nous penchons pour écouter la suite qui devient inaudible. Puis le signal revient.

— … à l'avant-garde du mouvement archivistique et accumulait, avant le conflit le plus récent, des preuves d'attaques meurtrières qui pourraient un jour permettre d'intenter des poursuites contre la Fédération qui, rappelons-le, est actuellement poursuivie pour crimes de guerre et pour avoir lancé la « Volée » que beaucoup considèrent comme le déclencheur du Désassemblage, des Isotope Alleys, et de notre éventuelle fracture. Comment se passe votre investigation ?

Une deuxième personne rit avant de s'exprimer.

— Eh bien, comme vous pouvez l'imaginer… pas très bien, Ibu. Ce travail d'investigation a été entrepris dans l'hypothèse où la Fédération se verrait réunifiée d'une manière ou d'une autre et pourrait donc répondre de ses actes. Mais les capitales ainsi que les milliers de kilomètres qui les entourent ont été les plus touchés et se trouvent en plein milieu des Isotope Alleys. Il est difficile de donner un coup de poing à un fantôme.

— Bien dit, Anuk. Merci pour ces informations. Puissiez-vous rester à l'abri des radiations.

— Puissiez-vous rester à l'abri des radiations, Ibu. Merci de m'avoir invitée.

— Ainsi s'achève notre émission d'aujourd'hui, mardi 27 mars de l'an 142 de l'ère d'uranium, année 2615 de l'ère commune.

Sous le choc, j'arrache les écouteurs de mes oreilles. C'est impossible. C'est plus de cent quarante ans dans le futur. Si cette date était exacte, nous devrions déjà être morts à l'heure qu'il est. À cette pensée, mon cœur, qui s'était brusquement emballé, se calme peu à peu. Après tout, ce n'est qu'une transmission, il pourrait donc s'agir d'un simple canular.

Constatant que Kodiak n'a pas enlevé ses écouteurs, je remets rapidement les miens pour ne rien rater d'autre.

— Cet enregistrement, comme tous les précédents, sera archivé et conservé au sein de notre siège social. Je vous souhaite de passer une bonne soirée, une bonne nuit ou une bonne journée, selon la couleur du ciel dans votre secteur du globe. En attendant l'émission de demain, nous allons continuer avec un programme musical concocté spécialement pour vous par notre intelligence artificielle.

La radio bascule sur de la musique classique.

Kodiak retire ses écouteurs et les laisse pendre autour de son cou. Quand il les débranche en même temps que les miens, le son s'échappe du petit haut-parleur. J'enlève mes écouteurs à mon tour. Mon estomac est noué et mon cerveau fonctionne à plein régime pour tenter de donner un sens à ce que nous venons d'entendre.

J'éprouve ce qu'on pourrait appeler un vertige spatio-temporel. C'est une sensation que je commence à connaître, et qui me donne l'impression que l'univers tout entier se dérobe sous mes pieds. Il faut que je dise quelque chose – n'importe quoi – pour prouver que nous existons toujours, Kodiak et moi.

— Je pense que l'intelligence artificielle de la radio a choisi de nous jouer un morceau de Brahms.

Kodiak pose son front contre ses genoux.

— Je crois reconnaître son *Requiem allemand*, tenté-je à nouveau.

— Je me fiche de savoir ce qu'est cette putain de musique ! rétorque Kodiak en frappant hargneusement le sol.

— Pourquoi es-tu en colère ? demandé-je d'une voix qui s'accélère à mesure que je comprends qu'il ne compte pas me regarder. Honnêtement, je n'ai rien compris à ce que nous venons d'entendre. Nous n'allons pas assez vite pour que le temps se courbe autour de nous. C'est seulement un mensonge que les films ont contribué à propager. Tout ceci est donc soit une farce, soit un bug.

Kodiak frappe à nouveau le sol. Ses poings sont tellement serrés que ses jointures ont blanchi. De toute évidence, il ne veut pas parler. Mais moi, j'en ai besoin. Cette fois, il devra se plier à mes exigences.

— Ne prends rien trop à cœur tant que nous n'en saurons pas davantage, lui conseillé-je. À ton avis, est-il possible qu'OS soit en train de nous jouer un tour ? Peut-être qu'il a inventé cette transmission pour nous punir d'avoir essayé de mettre en place notre propre relais de communication ?

— Va-t'en, m'ordonne Kodiak.

— Comment ça ? m'étonné-je en plaçant ma main sur sa nuque.

— Putain, mais barre-toi ! C'est pas compliqué à comprendre, ça, si ? s'emporte-t-il en me repoussant.

Très bien. Il a besoin d'espace. Je vais donc lui en donner.

— D'accord. Je te laisse tranquille, déclaré-je en me levant. Mais viens dîner, s'il te plaît.

Après être sorti de la pièce aveugle, je me dirige vers mes quartiers et fais une pause dans le centre à gravité nulle du vaisseau. Cette absence de gravité est dangereuse pour le corps humain. Elle détériore nos cornées, fait fondre nos muscles et libère le calcium de nos os déjà habitués à ne plus supporter de charges lourdes. Mais tout ce que je désire en cet instant précis, c'est flotter librement, sans but, comme si je ne pesais rien, en me perdant dans cette sensation de légèreté… et de mort imminente. Oui, ça me semble être une bonne idée.

Je me mets à tourner sur moi-même, en remontant mes genoux contre mon torse pour augmenter ma vitesse de rotation.

Si je continue comme ça, je vais finir par vomir. Mais peut-être que c'est ce que je veux ?

Je porte encore l'un des uniformes de rechange de Kodiak, et ce sont les effluves de son odeur qui me ramènent à la raison. Comme tout fluide, le vomi flotte dans l'espace. Ce n'est pas une blague. Mais il est hors de question que je tache la tenue qu'il m'a prêtée. Je ne lui laisserai pas ce genre de cadeau. Foi d'Ambrose Cusk.

J'atteins les barreaux de la rampe circulaire menant à l'*Endeavor* et descends en direction de mes quartiers. Au fur et à mesure de ma progression, mon corps retrouve son poids habituel. Arrivé en bas des échelons, je lève les yeux et remarque que Kodiak a fermé la porte orange derrière moi.

Je titube jusqu'à la pièce numéro 6, me plante devant sa grande baie vitrée et scrute le vide, à la recherche de la Terre. Mais la Terre est totalement hors de vue. En fait, je ne vois aucune planète à l'extérieur.

Je me demande ce qui se passe chez nous en ce moment…

— OS, en quelle année sommes-nous ? l'interrogé-je, le cœur battant.

— Vous faites route vers Titan depuis deux mois et vingt-quatre jours. Si nous ajoutons ce temps écoulé à votre date de départ, nous obtenons la même année. Autrement dit, nous sommes toujours en 2472 sur Terre.

— Nous avons… mis la main sur une information qui semble indiquer que nous serions en 2615, et que mon pays a déclenché une guerre ayant réduit la population humaine à des poches de civilisations. Sais-tu quelque chose à ce sujet ?

— Je ne sais rien à ce sujet. Quelle est la source de cette information ? Il m'est difficile de comprendre où vous pourriez trouver des informations nouvelles à bord du *Coordinated Endeavor*. Après tout, les communications avec la Terre ne sont pas opérationnelles.

— OS, tu as été témoin de la sortie extravéhiculaire de Kodiak. Ce n'est donc pas la peine de prétendre le contraire. Nous avons installé une antenne indépendante et venons de recevoir des transmissions radio de la Terre. C'est de là que nous vient cette information.

— Les ondes radio en provenance de la Terre mettent à peu près cinq heures pour nous parvenir. Quelle que soit cette transmission que vous avez reçue, elle n'est pas à jour.

— Ce délai d'environ cinq heures n'est pas ce qui nous inquiète.

— Vous ne devriez pas non plus vous inquiéter de ces transmissions radio que vous dites avoir reçues. Elles ne doivent pas affecter nos instructions, qui sont d'enquêter sur la survie potentielle de l'astronaute Minerva au camp de base de Titan. Rien de ce qui se passe sur Terre ne change ce fait ni ne doit vous détourner de votre mission.

Je ne suis pas sûr que ce soit encore vrai.

— Êtes-vous toujours déterminé à accomplir la mission qui vous a été confiée, astronaute Cusk ?

Le ton de ma mère est étudié, neutre. Il m'apparaît même sinistrement formel, presque menaçant. Le code des intelligences artificielles possède souvent des applications préenregistrées censées déclencher des réponses officielles. Elles sont installées par les programmeurs pour détecter toute défaillance critique de la part de l'équipage, afin d'empêcher une mutinerie ou tout autre déraillement émotionnel. Je le sais parce que j'en ai moi-même programmé beaucoup. Je dois donc choisir mes mots avec soin.

— Oui, bien sûr que je le suis, affirmé-je.

— Bien. Voilà qui est bon à entendre.

Je me retrouve à presser mes doigts contre la fenêtre, les fléchissant contre la surface lisse et froide. Le vide défile à l'extérieur. Si, par un hasard extraordinaire, cette transmission radio est vraie et que nous sommes entrés dans une faille temporelle pour en ressortir dans le futur, alors tous ceux que j'ai connus sont morts, probablement de vieillesse s'ils ont survécu aux frappes nucléaires. Ici, au milieu de ce vide intersidéral, il est difficile de croire que quelque chose existe dans cet univers, tout du moins en dehors de Kodiak et moi-même, qui sommes protégés par la fine membrane du vaisseau. Notre maison flottante est la seule petite lumière brillante au milieu d'une plaine sombre et infinie.

— Peut-être que terminer les quelques tâches qu'il vous reste vous apportera une certaine tranquillité d'esprit ? suggère OS.

Même ce voyage ne me paraît plus tout à fait réel. Après tout, il résulte d'un problème si urgent que Dimokratía et la Fédération se sont unies pour la première fois depuis des décennies… En fait, quand on y réfléchit, cette mission de sauvetage ressemble vraiment à un mythe venu d'ailleurs.

Minerva m'a parlé en direct, m'implorant de venir… mais je commence à me demander si c'était réellement elle. Minerva n'est sûrement plus en vie à l'heure actuelle. Autrement, sa base ne serait pas restée muette pendant deux ans.

Je veux toujours la secourir. Mais je veux aussi rentrer chez moi. Je suis complètement perdu.

Je n'ai pas la tête à exécuter des tâches débiles. Même si mon cerveau est déconcerté par la situation, quelque chose me dit que je n'ai probablement plus de chez-moi. Et que même si ma maison existe encore, je n'y retournerai jamais.

Je ne peux faire confiance à rien ni personne. Non, c'est même pire que ça : il m'est impossible d'être certain de quoi que ce soit. Tous mes repères ont volé en éclats.

Désemparé, je m'effondre sur place.

-*Tâches restantes : 3*-

En me réveillant, je jette un regard trouble à la projection de l'heure sur mon bracelet : il est presque deux heures du matin. Kodiak n'est pas venu dîner. Nous mangeons ensemble depuis plusieurs semaines maintenant, mais ce soir, il n'est pas venu.

Sans lui, tout ce qu'il me reste, c'est le rappel douloureux du vide intersidéral et de ma solitude, ainsi que quelques bruits de fond comme le bourdonnement des écrans ou encore les chuintements et grattements de Rover en train de récurer la pièce numéro 4.

Aucune de ces choses ne suffira à me garder sain d'esprit. Ma mère avait tort. Minerva aussi se trompait. Ce n'est ni la connaissance ni le pouvoir qui m'empêchera de sombrer. Non, ce sont les rapports sociaux. Ils sont mon seul rempart contre la folie.

Si je reste là, je vais finir par me décomposer sur place, songé-je en me relevant.

J'ai l'impression de me trouver dans une salle d'attente sans fin, sans localisation précise, située en dehors de tout espace-temps. Si je sors, je mourrai avant d'avoir obtenu la moindre réponse. Je n'existe que de manière théorique, tel un point sur un système de coordonnées, comme si j'étais dans une simulation.

Je sors mon violon et en tire de longues notes devant l'immensité de l'espace, sans chercher à jouer une mélodie particulière. Au bout d'un moment, le son devient si larmoyant que je ne peux m'empêcher de glousser. Ce rire misérable sorti de ma gorge me fait alors prendre conscience d'une chose : je suis en train de m'apitoyer sur moi-même.

Je pose mon violon et me donne une légère gifle, suffisamment forte pour m'aider à reprendre mes esprits. « Tu as été sélectionné pour ta serviabilité et ton adaptabilité, mais aussi parce que tu étais prêt à accepter des conditions loin d'être parfaites », m'a dit un jour ma mère. *Bon, eh bien ici, les conditions imparfaites, tu les as. À toi désormais de prouver ton Alexandrelegrandtitude, Cusk.*

J'ai besoin de réponses aux grandes questions qui tournent en boucle dans ma tête. OS pourrait très bien nous mentir depuis le début. Après tout, la seule information que nous avons pu obtenir indépendamment de lui contredit tout ce que nous pensions savoir, et indique que nous nous tromperions totalement sur l'année dans laquelle nous croyons être.

Les voyages spatio-temporels sont théoriquement possibles. Le temps est une dimension, tout comme la longueur, la largeur et la profondeur, et tout comme elles, il peut être parcouru. Cependant, les conditions nécessaires à un voyage dans le temps sont impossibles à supporter pour des corps vivants. Nous devrions accélérer jusqu'à atteindre une vitesse proche de celle de la lumière… et notre masse s'en trouverait décuplée. Or, ce type d'indice de masse corporelle est clairement mauvais pour la santé.

Au moins, ça me permet d'éliminer cette hypothèse. Nous n'avons pas voyagé dans le temps.

Mais les ondes radio, elles, le peuvent. Elles se déplacent à la vitesse de la lumière, et donc plus vite que notre vaisseau, si bien que les transmissions que nous recevons proviennent tout droit du passé. Le délai de réception de ces ondes dépend directement de la distance qui nous sépare de la Terre, ce qui signifie qu'il est tout à fait possible que bien plus de cent quarante années se soient écoulées chez nous, si nous nous trouvons à des années-lumière de la Terre.

Je retourne devant la porte jaune. C'est dans l'espace sombre et étroit qui se cache juste derrière que j'ai trouvé mon propre sang, alors que je ne m'y étais encore jamais rendu. Des éclats de métal empêchent toujours la porte de se fermer correctement, mais Rover a comblé l'espace qui la sépare du mur avec du plastique imprimé. Le revêtement gris est si peu épais qu'il est presque transparent.

Je fais demi-tour pour aller récupérer mon étui à violon ainsi que ma lampe frontale. De retour devant la porte, je sors le fragile instrument en bois et le pose doucement sur le sol.

Puis, une fois l'étui refermé, je m'en sers pour fracasser la fine couche de polycarbonate. Des éclats sont projetés dans tous les sens. Ceux qui volent assez loin pour entrer dans le champ de gravité tombent au sol.

— Astronaute Cusk, que faites-vous ? demande ma mère.

— Ça ne te regarde pas, OS.

Je m'élance dans la zone à gravité nulle et traverse la porte jaune désormais ouverte en m'agrippant à l'encadrement. Les bords pointus me coupent les doigts, mais je serre les dents et poursuis ma route en direction des ténèbres.

Quelques éclats de plastique flottent autour de moi. Ils sont fins, mais aussi un peu mous, en réalité. Le plastique imprimé par Rover n'est jamais aussi dur et solide que le polycarbonate d'origine du vaisseau.

Je me glisse à l'intérieur de la trappe de service, une épaule après l'autre, les bras le long du corps, puis fais passer mes hanches. Le nylon rouge de l'uniforme de Kodiak s'accroche plusieurs fois aux morceaux de plastique restés collés dans l'encadrement, puis, une fois l'entrée dépassée, ma tête ainsi que mes épaules cognent contre des tuyaux et tout ce qui dépasse. À un moment donné, je manque même de me coincer le cou dans des fils électriques entremêlés.

Je pourrais rester bloqué dans cet endroit froid et moisi pour toujours, ou du moins assez longtemps pour mourir de faim, sans aucun moyen pour alerter OS. L'absence de micros dans cette pièce m'empêcherait également de prévenir Kodiak, toujours enfermé dans ses propres quartiers, qui ignorerait alors tout de mon infortune. « Reprends-toi, Ambrose », m'ordonne la voix de Minerva dans mon esprit. « Si je ne suis pas morte sur Titan, il est hors de question que tu meures ici. »

Je me libère des fils et, à force de volonté, parviens à continuer ma progression vers l'avant. Je ne sais pas ce qui m'a pris de venir ici. De toute évidence, il s'agissait d'une pulsion imprudente. Mais pour l'instant, certaines réponses ont plus d'importance que ma propre vie. Je choisis volontiers l'annihilation si c'est pour trouver des réponses et enfin savoir si mon monde a été annihilé.

À mesure que j'approche de la salle des machines, le grondement de la machinerie augmente et l'air se refroidit, si bien que chacune de mes expirations forme à présent de petits nuages qui brillent dans le faisceau de ma lampe frontale. Les surfaces gelées commencent à brûler la chair de mes doigts et de mes poignets. J'essaie de regarder en arrière pour voir le chemin parcouru, mais n'arrive pas à diriger la lumière de la lampe frontale au-delà de mon propre corps.

Chaque fois que je m'arrête de bouger, je sens l'air glacé s'insinuer jusque dans mes os. Le froid est tel que j'ai la sensation de me trouver dans une morgue, comme si j'allais mourir... ou comme si j'étais déjà mort. *Serait-ce si grave que ça ?* se demande mon cœur. Mes dents claquent tandis que je réfléchis à ce que ma mort signifierait. Peut-être la vivrais-je comme une délivrance, si tous ceux que j'ai connus sont bel et bien morts depuis longtemps. *Mais Kodiak, lui, est encore en vie*, me rappelle ma conscience.

De nouveau, je revois Minerva sur la plage. « Nage jusqu'à moi, Ambrose », me lance-t-elle d'une voix impérieuse.

Je repousse la cloison froide et me propulse vers l'avant, en jouant avec les lois de la pesanteur pour me déplacer. Le passage s'ouvre sur une autre pièce, au centre de laquelle le faisceau tremblotant de ma lampe frontale me montre un large cylindre frémissant d'une puissance contenue : le moteur du vaisseau.

De nombreux sachets de nourriture sont disposés le long des murs de la pièce, dans lesquels sont encastrés les rails magnétiques de Rover afin que le robot puisse approvisionner les zones habitables du vaisseau.

Je tends l'oreille, mais n'entends pas le son de Rover à cause du bruit produit par les moteurs lancés à plein régime. Il ne doit pas y avoir de haut-parleurs dans cette zone inhabitée du vaisseau. Au moins, ça me permet de changer d'air et de faire une pause dans ma communication avec OS.

Arrivé au niveau du moteur, j'oriente ma lampe frontale vers sa surface lisse. Au cœur du cylindre, protégé par l'épaisse paroi de métal, se trouve ce qui ressemblerait presque à un convoyeur de pressing comme il en existait autrefois, avec son rail circulaire sur lequel sont pendus de grands sacs en plastique.

Chacun d'eux est bombé et rempli de quelque chose de lourd. Je me rapproche.

Mes pieds frottent contre un objet en suspension. Comme il se déplace à hauteur de mes yeux, je comprends qu'il s'agit d'un lourd tronçon de plastique. Je le prends dans mes mains. C'est un matériau différent de ceux que j'ai l'habitude de rencontrer à l'intérieur du vaisseau. Sa vue évoque en moi de vieux souvenirs de carcasses de poulet que l'on sortait du congélateur. Préparées sans sauce, elles étaient emballées dans deux épaisseurs de plastique pour conserver la viande au frais et recouvertes d'un film gris, comme pour les protéger des radiations. De petites billes huileuses volettent autour de moi. Je continue d'avancer prudemment, en prenant soin de ne pas toucher directement le métal bourdonnant des machines.

Je finis par atteindre le convoyeur. Le polycarbonate brille sous le faisceau de ma lampe frontale et ma lumière capte des bulles d'air dans le fluide. Je manœuvre pour mieux voir le premier sac.

Il contient un visage.

Ou plutôt un visage et un corps, enveloppés dans une feuille de protection en polycarbonate, enfermés dans leur jus, la bouche ouverte, les yeux enfoncés et clos. Avant que la créature ne puisse m'attraper, je donne un coup de pied dans le côté du moteur pour me propulser vers l'arrière et me précipite vers la sortie. Je jure pouvoir sentir des bras ratatinés saisir mes chevilles et des dents mordre mon mollet. L'espace lui-même semble vouloir se liguer contre moi : j'ai l'impression que ses sombres tentacules se referment autour de la fragile membrane du vaisseau pour la déchiqueter, tout comme cette créature pourrait déchiqueter ma peau de ses dents et de ses griffes.

Dans ma fuite désordonnée, je m'entortille dans les fils et les câbles et me brûle la joue contre l'une des parois gelées de la pièce. Puis mon doigt heurte de manière inattendue un éperon métallique. Le choc s'accompagne d'une vive douleur. J'ignore s'il s'agit d'une fracture ou d'une déchirure de ligament et n'ai de toute façon pas le temps de vérifier ce qu'il en est. Ma seule préoccupation est de gagner la sortie au plus vite. Alors, je continue à avancer. Je me cogne contre des poutres et des tuyaux, et lutte pour me libérer des câbles qui me prennent au piège et me tirent vers l'arrière chaque fois que je crois m'en être délivré.

Je n'entends aucun bruit derrière moi et commence peu à peu à réaliser que la créature que j'ai vue n'en était pas vraiment une. Non, en réalité, j'ai découvert un corps sans vie.

Une bande de lumière apparaît devant moi et, au-delà, j'aperçois un mur familier. Enfin ! J'émerge en pleine lumière, puis dégringole vers l'avant dès que mon corps retrouve la zone de pesanteur. Je m'effondre sur le sol en heurtant mon violon qui valdingue contre le mur. Le chevalet en bois de balsa se brise dans un bruit sec et discret.

Mon corps tout entier me fait souffrir. Une violente douleur irradie dans mon doigt, celui qui est probablement cassé et en train de bleuir. À cette douleur s'ajoute celle dans mon épaule, qui s'estompe peu à peu, et la brûlure de ma joue, là où le métal gelé de la paroi a causé les pires dégâts.

Malgré mes blessures, je me relève aussi vite que je le peux. Un vertige me saisit et manque de me faire tomber une deuxième fois, mais je parviens à me stabiliser et traverse rapidement les couloirs en repoussant les murs de mes mains quand je titube trop près d'eux. J'ai l'impression d'être à nouveau bourré au Pepsi Rhum. Mes pas finissent par me conduire devant la porte orange.

Je frappe contre le battant. Mon doigt cassé me fait un mal de chien, mais je continue de cogner le métal de mes poings avec l'énergie du désespoir.

— Un corps ! Kodiak, j'ai trouvé un corps ! m'époumoné-je.

— Que dites-vous avoir trouvé ? s'enquiert la voix de ma mère. Je peux peut-être vous aider.

Je ne réponds pas. OS n'est assurément pas la personne à qui j'ai envie de parler là tout de suite.

— Vous avez besoin de soins médicaux, poursuit OS. Votre blessure au doigt semble sérieuse, et votre pouls s'emballe. Les données du vaisseau sont normales. Si vous pensez avoir vu quelque chose d'inhabituel, cela pourrait tout simplement être le produit de votre imagination. Nous savons tous deux que le stress peut entraîner des hallucinations chez les êtres humains.

— Kodiak, parle-moi ! hurlé-je en me mettant à pleurer.

— Kodiak ne répond pas. Vous devez vous rendre à l'infirmerie. Votre doigt pourrait être cassé. Votre pouls est également dangereusement élevé.

— C'était quoi là-bas ? hoqueté-je.

— Ce n'était rien.

— Tu ne m'as même pas demandé ce que j'ai vu.

— Qu'avez-vous vu ?

— Kodiak ! crié-je en martelant de nouveau la porte.

La porte s'ouvre si soudainement que je m'affale à quatre pattes.

En levant les yeux, je vois que Kodiak se tient debout au-dessus de moi. Un flot de larmes ruisselle sur son beau visage et ses épaules sont affaissées.

— Qu'est-ce qui se passe ? me questionne-t-il.

— Les zones inhabitées... J'y suis entré pour essayer de comprendre, mais je... je suis tombé sur...

— Sur quoi ? Tu es tombé sur quoi ? Crache le morceau !

— Un cadavre ! Il y avait un cadavre, pendu à un support comme de la viande dans une boucherie !

Kodiak secoue la tête en reniflant.

— N'importe quoi. C'est complètement ridicule.

— Je sais que c'est ridicule ! Mais ça ne change rien au fait que je l'ai *vu*. Il était là, Kodiak, juste devant moi ! C'était comme un cadavre ou un zombie, ou je ne sais quoi. Quelque chose d'insensé se passe ici et nous devons découvrir de quoi il s'agit !

— Insensé, c'est le mot, acquiesce Kodiak, les bras croisés.

— Ambrose est blessé, intervient OS. Il est entré dans la salle des machines, qui n'est pas prévue pour accueillir des occupants humains, et a nui à sa forme physique au cours de cette opération non autorisée. Aidez-moi à le conduire à l'infirmerie.

Kodiak fronce les sourcils et regarde le plafond d'un air renfrogné, mais quand son regard se pose de nouveau sur moi, son expression s'est adoucie. Je suis l'ennemi de son ennemi. Il soulève mon menton pour observer ma blessure à la joue.

— Tu es bien amoché, commente-t-il. Qu'est-ce qu'il t'est arrivé ?

— Ce n'est rien, assuré-je en cachant ma main dans mon dos. Je ne veux pas aller à l'infirmerie, Kodiak. Je ne fais pas confiance au vaisseau.

— Mais qu'est-ce que tu racontes ? Nous *devons* faire confiance au vaisseau. Alors, cesse de dire des bêtises.

La lueur dans ses yeux m'ordonne clairement de ne pas parler comme ça ici.

— Viens. Je vais jeter un œil à ton doigt, propose-t-il en faisant un geste vers ses quartiers.

— Je sais ce que j'ai vu, insisté-je en passant devant lui.

Il attrape mon coude pour me forcer à m'arrêter et à lui faire face.

— Sérieusement, que s'est-il passé ? m'interroge-t-il en caressant ma joue avec la pulpe rugueuse de son pouce.

— Mon visage a touché la paroi de la pièce. Elle était froide.

— Plus que froide, tu veux dire. Tu as des engelures, Ambrose. Il faut que tu sois plus prudent.

— Ce n'est rien, dis-je en haussant les épaules pour qu'il me lâche.

Sa main s'attarde sur mon épaule, puis retombe.

— Allez, viens. Retournons à la pièce aveugle, déclare-t-il en m'entraînant à sa suite.

— Vous devez vous rendre à l'infirmerie, objecte OS. Rover vous y attend. Il pourra vous aider comme il se doit.

Nous l'ignorons tous les deux.

Mes membres me semblent beaucoup plus lourds que d'habitude, comme si la gravité augmentait au fil de mes pas. Je me demande si tout ceci est bien réel. Ce n'est pas la première fois que je me pose cette question. Depuis que nous avons découvert cette plaque de métal recouverte de sang, je ne cesse de m'interroger sur ce voyage. Pour ce que j'en sais, nous pourrions tout aussi bien être encore sur Terre, dans un bunker souterrain, ou enfermé au cœur d'une simulation imposée à nos cerveaux en train de flotter dans une cuve. De toute façon, je ne peux rien faire pour prouver le contraire.

Kodiak a fait une sortie extravéhiculaire, conteste mon cerveau épuisé. *Tu as éprouvé les sensations de l'apesanteur. Tu n'es donc pas dans un bunker souterrain.*

Mais dans mon état, ce que je pense et me dis à moi-même n'a pas vraiment d'importance. La réalité physique de ce monde me semble encore fragile.

— Tu n'as pas l'air bien du tout, remarque Kodiak alors que nous enjambons le bourrelet en polycarbonate pour entrer dans la pièce aveugle. Assieds-toi là.

Il m'accompagne jusqu'à une chaise, avant de sortir une sorte de baume dimokratíen d'un kit médical. Le tube jaune affiche une étiquette d'un style ancien.

— Ne bouge pas, m'ordonne-t-il en prenant place sur le siège en face de moi.

Puis il commence à tamponner mon visage blessé avec le bout de son petit doigt, comme s'il était en train de me maquiller.

— Je suis défiguré pour toujours, pas vrai ? Que vais-je devenir sans mon beau visage ? me lamenté-je.

— Ne t'en fais pas. Ton visage ne gardera aucune trace de cet accident.

Il passe ensuite à ma main. Après l'avoir posée à plat sur ses genoux, il redresse mes doigts intacts. Celui qui est cassé est tordu.

— Tu peux bouger celui-là ?

J'essaie. Un feu inextinguible explose alors dans l'articulation blessée de mon doigt.

— Le bout a bougé, donc il n'est pas cassé. Mais il va te falloir une attelle.

Il commence à en bricoler une à l'aide d'un abaisse-langue et de bandages en tissu. La douleur est encore pire quand il me la pose.

Je suppose que je pousse de petits cris pendant son intervention parce qu'il soupire.

— Ne sois pas si douillet. Ton doigt ira bientôt mieux. En attendant, redis-moi ce que tu as vu exactement.

Je sais qu'il essaie seulement de me distraire, mais ça me convient tout à fait. C'est même malin de sa part, car j'ai justement besoin de ne plus penser à mon doigt et à ma douleur.

— Je ne dis pas que ce que j'ai vu était vivant. En fait, je ne pense pas que ça l'était. Sur le moment, je l'ai cru. Mais avec le recul… C'était un cadavre, pas de doute là-dessus. Et il était emballé comme de la viande. Je ne sais pas comment le formuler autrement… Aïe !

— Qui crois-tu que ça pourrait être ? demande Kodiak en pétrissant le milieu de ma paume.

— Ni toi ni moi n'avons le moindre souvenir du début du voyage, pas vrai ? Et s'il y avait trois astronautes à bord à l'origine ? Et si ce troisième astronaute était mort et qu'au lieu de nous le dire, OS avait caché le corps ?

— Pourquoi aurait-il fait ça ?

— Parce que ce qui a tué le troisième astronaute est peut-être toujours là, quelque part, et qu'OS ne veut pas que nous paniquions. Je ne sais pas, moi… Peut-être que nous avons été attaqués par des aliens et qu'OS craint que nous nous mutinions si nous l'apprenons ?

— Tu as dit qu'il y avait d'autres sacs et donc peut-être d'autres corps, ce qui signifierait que nous transportons de nombreux astronautes morts, tous emballés et mis sous clé…

— Je ne sais pas. Tout ceci me dépasse… Sans compter que

la radio que tu as installée nous dit que nous sommes dans le futur.

— Et que ton pays a détruit le mien.

— Honnêtement, je ne sais pas quoi en penser.

Ma main valide reste flasque sur la table, à l'image de mon état d'esprit actuel. Je me sens totalement désemparé et impuissant.

— Je sais. Moi non plus, je ne sais pas du tout quoi penser de tout cela, admet Kodiak d'un ton sinistre.

Je remarque alors qu'il évite mon regard.

— Quoi ? Qu'est-ce qu'il y a ? Il y a autre chose, c'est ça ? m'inquiété-je.

— J'ai découvert quelque chose à propos du signal de détresse… quelque chose d'inhabituel, avoue-t-il en refusant toujours de me regarder.

— Qu'est-ce que tu veux dire ? Minerva nous a contactés de nouveau ?

— Je te montrerai après. Pour l'instant, continue de me parler. Dis-moi tout ce qui te passe par la tête. Cela t'évitera de penser à ton doigt, car le moment le plus douloureux arrive.

— Qu'est-ce que tu veux dire par… AAAH !

— C'est bon, le pire est passé.

— Bon sang, ce que ça fait mal ! Tu m'as menti ! me plains-je tandis qu'il commence à emballer mon doigt dans son attelle de fortune.

Malgré la délicatesse de ses gestes, de nouveaux élancements douloureux s'emparent de mon doigt. Je décide donc de suivre les conseils de Kodiak et me mets à dire tout ce qui me passe par la tête pour ne plus penser à la douleur.

— Je suis désolé que mon pays ait détruit le tien, tout du moins si cette information est vraie, car je n'arrive pas vraiment à croire qu'une telle chose se soit réellement produite… D'ailleurs, est-ce que je t'ai dit que je pense que nous sommes peut-être encore sur Terre, probablement quelque part sous terre. Je ne… aïe ! Ce que je veux dire, c'est que… Eh bien, tout ce qu'on connaît, c'est ce vaisseau, ces stupides repas et ce qu'OS nous dit à propos de la balise de détresse. Et je me demande si je serai un jour un redoutable guerrier de la science comme Minerva, parce que je ne suis pas vraiment la star que toi et le reste des gens sur cette putain de planète Terre attendez que je sois. En plus, tu serais bien plus enthousiaste si Minerva était là, à ma place, et si c'était elle qui te servait des cannellonis. Mais s'il te plaît, ne me chasse plus de ta vie, d'accord ? Parce qu'il n'y a que nous ici et tu es tout ce que j'ai à bord de ce vaisseau, et… Putain de merde, ça fait un mal de chien !

— Voilà, c'est fini, annonce Kodiak.

Il garde son regard soigneusement baissé sur mon doigt bandé, et pendant un instant, j'ose espérer qu'il était trop concentré sur la mise en place de mon attelle pour avoir entendu toutes les bêtises que je viens de débiter. Puis un sourire étire sa bouche, ce qui fait apparaître une fossette au milieu de son menton mal rasé.

Il a beau essayer de me cacher son hilarité, je ne suis pas dupe. Kodiak est clairement en train de se moquer de moi.

— Rassure-moi, Kodiak. Tu n'es quand même pas en train de te foutre de moi, là… si ?

C'en est visiblement trop pour lui, car il éclate de rire en frappant la table. Des larmes coulent sur son visage, suffisamment nombreuses pour se lover dans sa fossette. Après quelques instants, son fou rire se calme et il essuie ses joues avec la paume de ses mains en prenant de longues inspirations exagérées.

— C'est bon, tu as fini ? grommelé-je.

— C'est juste qu'à la fin, ta voix est devenue si fluette et éraillée…

— Va te faire foutre, Kodiak Célius.

— C'était si mignon. Mais tu as raison. Il n'y a que nous ici.

— Je sais que j'ai raison. Tu n'as pas besoin de me le rappeler.

— Je sais. Je disais simplement que j'étais d'accord avec toi sur ce point.

— C'est bien la première fois.

Nous nous regardons sans plus rien dire tandis que nos respirations retrouvent peu à peu un rythme normal. Puis Kodiak détourne la tête et se met à remonter ses manches de manière méthodique, comme s'il s'agissait d'une tâche très importante.

— Pour ta gouverne, je préfère être avec toi plutôt qu'avec Minerva.

Je hausse les sourcils et essaie de capter son regard, mais il se lève de son siège.

— On y va ?

— Attends. Pourrais-tu répéter ce que tu viens de dire ? À propos de Minerva ? quémandé-je en tâtant doucement le dos sensible de ma main.

Il passe une main sous son col pour se gratter l'épaule.

— Tu me demandes vraiment de répéter ?

Je hoche la tête en coinçant ma lèvre inférieure entre mes dents.

— C'est vrai que tu me choisirais plutôt qu'elle ?

— Oui, Ambrose, soupire-t-il. Je préfère être avec toi plutôt qu'avec elle.

Je me rengorge à ces mots.

— Merci, dis-je en me levant. Tu ne peux pas savoir à quel point tu viens de faire plaisir à ma petite âme compétitive de Cusk.

— J'ai créé un monstre, fait mine de se désoler Kodiak.

— Où allons-nous ? demandé-je d'une voix plus légère.

— Nous retournons à tes quartiers. Je veux voir ce cadavre de mes propres yeux.

— Alors… ça veut dire que tu me crois ?

— Bien sûr que je te crois.

— Oh… merci.

Kodiak attend que je le rejoigne, puis commence à grimper les échelons menant au centre à gravité nulle.

— Bref, pour en revenir au signal de détresse de ta sœur…

— Oui, eh bien ? Qu'est-ce qu'il a de bizarre, ou du moins de plus bizarre qu'avant ?

— Ce signal n'existe pas.

Je m'arrête au milieu de mon ascension des barreaux et me repasse mentalement le message de détresse de Minerva, dans lequel elle m'appelle désespérément à l'aide.

— Le signal n'existe pas ? Que veux-tu dire ?

— Je n'arrive pas à le détecter avec l'antenne que nous avons installée, explique-t-il tandis que nous reprenons notre route.

Nous émergeons de la rampe circulaire et il me regarde attentivement, l'air inquiet.

— Est-ce que ça va ?

— Oui, ça va. Je me sens juste un peu déboussolé par ce que tu viens de dire… Mais peut-être que nous ne recevons plus le signal parce qu'il a tout simplement été éteint manuellement ? Ce qui signifierait que Minerva est vivante, mais plus en difficulté.

— Je ne suis même pas sûr qu'elle ait jamais été là-bas.

Devant mon regard noir, Kodiak lève les bras en signe de paix.

— Cette hypothèse ne me fait pas plus plaisir qu'à toi, mais écoute au moins ce que j'ai à dire, plaide-t-il. Le signal de détresse a été capté sur Terre à travers tout le bruit de notre système solaire. Jusque là, tu me suis ? L'antenne que j'ai installée est suffisamment puissante pour capter des transmissions terrestres qui, pourtant, n'étaient pas destinées à quitter l'orbite de notre planète. À ce stade de notre voyage, nous sommes plus près de la base de Titan que de la Terre, et normalement, avec le vide intersidéral, nous devrions parfaitement capter les transmissions issues de Titan. Sauf que… il n'y a rien. Sur cette fréquence, c'est le silence radio. En fait, seul OS semble capter ce signal de détresse. Et comme par hasard, son signal est d'une clarté cristalline.

— As-tu interrogé OS à ce propos ?

— Oui, il l'a fait, confirme la voix de ma mère alors que nous retournons dans mes quartiers. Et j'ai répondu qu'on ne pouvait pas décemment s'attendre à ce qu'une boîte de boulons transformée en un prétendu récepteur radio puisse fonctionner correctement.

— Ah, tiens. Salut, OS, lancé-je.

— Je pense que nous l'avons offensé avec toute cette histoire d'antenne indépendante, me glisse Kodiak sans même prendre la peine de parler à voix basse.

— Je ne pense pas qu'un système d'exploitation puisse se sentir offensé, commenté-je.

— Sachez que vous m'avez incontestablement offensé, affirme OS du tac au tac.

— Ah. Désolé, OS, dis-je.

Nous franchissons la porte jaune. Une douce odeur de polycarbonate chaud flotte dans l'air. Rover a déjà balayé les morceaux de plastique projetés en tous sens, et se trouve désormais à côté du trou, où il est en train d'imprimer un revêtement de remplacement.

— Rover, arrête, commandé-je.

Mais Rover poursuit son travail comme si de rien n'était. Seul l'un de ses bras bouge. Le reste de son corps métallique est immobile, ce qui lui donne l'air d'une méduse en train de flotter dans une eau calme. Il est à la fois face et dos à moi. En fait, je ne sais pas s'il a réellement un devant et un derrière. Rover n'a pas d'yeux. Il n'a pas non plus de visage, et soudain, cela me semble terrifiant.

— Rover, on t'a dit de t'arrêter, tente Kodiak à son tour.

Sauf que Rover continue de nous ignorer.

Kodiak me jette un coup d'œil avant de s'avancer dans la zone à gravité nulle pour pouvoir atteindre le robot.

— Tu es sûr que c'est une bonne idée ? m'inquiété-je.

À peine ai-je terminé de prononcer ces mots que Rover frappe Kodiak de l'un de ses bras et l'électrocute.

La décharge est suffisamment forte pour faire baisser l'intensité des lumières et projeter Kodiak en arrière. Son corps vole dans les airs, puis atteint la zone de gravité et tombe au sol, au même endroit où je suis moi-même tombé moins d'une heure plus tôt.

L'instant suivant, les lumières éclairent de nouveau le couloir de leur pleine puissance tandis que Kodiak laisse échapper une exclamation de douleur avant de se recroqueviller sur lui-même, la bouche ouverte sur un cri muet. Je me précipite vers lui et pose mes mains de chaque côté de son visage.

— Est-ce que ça va ?

— Oui, ça va, acquiesce-t-il entre ses dents serrées.

Il me repousse et se relève en titubant.

— OS ! Désactive Rover ! crie-t-il d'une voix éraillée.

— Je ne désactiverai pas Rover, refuse OS.

— Rover m'a attaqué ! C'est interdit, et tu le sais. Je t'ordonne de le désactiver.

— Rover essaie seulement de vous protéger. Ambrose s'est blessé en pénétrant dans une zone non destinée à accueillir des humains. Je vous empêche donc tous les deux d'abîmer davantage votre enveloppe corporelle. De plus, si je désactivais

Rover, ou les autres Rovers en stock, le *Coordinated Endeavor* cesserait d'être fonctionnel, ce qui entraînerait votre mort. Or, mon dévouement envers votre survie m'interdit de vous mettre en danger de quelque manière que ce soit.

Kodiak se rapproche de Rover en grimaçant. Le robot ne marque aucune pause dans son travail d'impression. Il étend simplement son autre bras dans notre direction et fait apparaître une étincelle bleue en guise d'avertissement. Décidément, ce robot sait faire son petit effet.

— Reviens ici, Kodiak. Sinon, Rover va encore t'envoyer une châtaigne.

Le corps de Kodiak se raidit.

— Chazyt ! peste-t-il. On est vraiment dans la merde.

— Tu sais… Peut-être qu'OS nous dit la vérité.

— Ne sois pas ridicule, rétorque Kodiak en me lançant un regard noir.

Je retiens la réponse acerbe qui me vient et dis calmement.

— Je ne plaisante pas. OS ne peut pas nous mentir. Le mensonge irait à l'encontre de la façon dont il a été programmé. Et nous sommes totalement dépendants de lui. Alors, si nous ne pouvons pas faire confiance à notre vaisseau, nous sommes foutus.

— Sage remarque, approuve la voix de ma mère.

Je ravale le goût de bile qui monte dans ma gorge.

— Vous êtes tous les deux stupides, siffle Kodiak en revenant vers moi.

— Écoute, je sais que tu es en colère…, commencé-je.

Il pivote et frappe le mur de son poing.

— Rien de tout ceci n'a de sens, crache-t-il. Ni ces transmissions radio venant du futur, ni la disparition de ma patrie dans ce même futur. Et maintenant, OS qui nous attaque ! Comment peux-tu rester calme face à tout ça ?

— Je ne le suis pas, dis-je calmement. Je ne veux simplement rien faire d'irréfléchi.

Je laisse mon regard errer sur les murs qui nous entourent, avant de le poser de nouveau sur Kodiak pour l'avertir : ne disons rien de plus tant que nous ne sommes pas dans la pièce aveugle.

— Et moi, je pense au contraire que l'imprudence est de mise, grogne Kodiak avant de frapper à nouveau le mur et de sortir de la pièce.

— Où vas-tu ? crié-je.

Rover se met en mouvement et se lance à la poursuite de Kodiak.

— S'il vous plaît, Ambrose, aidez-moi à l'arrêter, implore la voix de ma mère. Ne le laissez pas compromettre notre mission à cause d'une défaillance psychologique. Nous ne sommes qu'à quelques jours de Minerva ! Et il ne vous reste plus que trois tâches à remplir !

À présent que Rover est parti, le panneau à moitié imprimé accroche mon regard. Je dois faire un choix : soit je pars enquêter sur les corps, soit je vais rejoindre Kodiak.

Je décide de partir à la recherche de Kodiak. Il n'est pas difficile à trouver, avec ses lourdes enjambées qui résonnent dans les couloirs. Quand je le rejoins enfin, il est devant la porte orange qui mène à sa moitié de vaisseau, recroquevillé contre le mur et les genoux remontés contre sa poitrine. Il semble me parler, mais ses mots sont inintelligibles.

— Qu'est-ce que tu dis ? demandé-je.

Il lève la tête, et je remarque alors que son regard est vide.

— Déverrouille la porte.

— Je ne l'ai pas fermée. Normalement, elle devrait s'ouvrir.

— Sauf qu'elle ne s'ouvre pas !

J'hésite à le toucher, mais reste finalement devant lui, les bras ballants.

— OS, ouvre la porte orange, exigé-je sans le quitter des yeux.

— Vous autoriser à accéder à la « pièce aveugle » vous permettrait de poursuivre vos activités non autorisées. J'ai donc décidé de fermer l'*Aurora* jusqu'à nouvel ordre afin d'assurer l'intégrité de la mission.

— Tu n'es pas autorisé à prendre ce genre de décision, remarqué-je.

— Annule cette décision, ordonne Kodiak.

Seul le silence nous répond.

— Annule cette décision, répète Kodiak.

Mais la porte reste fermée.

— Merde, murmuré-je.

Kodiak hoche la tête, avant de la laisser retomber sur ses genoux.

— C'est la chose la plus intelligente que tu aies dite depuis un moment, soupire-t-il.

-*Tâches restantes : 3*-

Nous passons une bonne demi-heure assis par terre devant la porte, mais les mots nous manquent. Nous sommes à la merci de forces sur lesquelles nous n'avons tout simplement aucun contrôle, comme lorsque nous étions au fond du réservoir.

Que pouvons-nous faire ? OS nous a coupés de la moitié du *Coordinated Endeavor*. Nous n'avons désormais plus accès à notre pièce aveugle, notre laboratoire et notre récepteur radio indépendant. OS pourrait fermer encore plus de portes et nous isoler davantage du reste du vaisseau. Je ne sais pas pourquoi il ferait une telle chose, mais cette réflexion me fait prendre conscience que j'ignore totalement ce qui se passe dans son esprit numérique. Tout ce dont je suis sûr, c'est que nous sommes à sa merci.

Mais je sais aussi que si OS décide de fermer toutes les portes à bord du vaisseau, je ne veux pas être séparé de Kodiak. Je m'allonge à côté de lui, la tête appuyée sur mes biceps pour pouvoir le regarder. Je dois le protéger, même si j'ai bien conscience que mon corps mou et fragile, si dépendant de mon sang, de mon cœur et de mes poumons, ne pourra pas le défendre éternellement contre Rover et OS.

Les yeux de Kodiak sont fermés. L'un de ses cils est tombé et repose sur sa joue. Aussi doucement que possible, je m'en empare et le garde dans ma paume. Mon regard suit la ligne affirmée de son front et de son nez jusqu'à ses cheveux qui se courbent sur sa nuque. Je me demande à quoi il pense en ce moment, mais ne lui pose pas la question. De toute façon, ça ne mènerait à rien. Kodiak laisse échapper un gémissement et ses épaules se mettent à trembler. Il cogne sa tête contre ses genoux, puis les presse encore plus fort contre son front.

— Chut… Ça va aller, chuchoté-je en posant ma main sur son épaule.

Il se déplace un peu pour s'éloigner et je n'essaie plus de le toucher. Je reste allongé là, à écouter sa respiration accélérer et ralentir encore et encore, jusqu'à ce qu'elle redevienne calme et qu'il s'endorme. J'étends alors mes bras et mes jambes jusqu'à effleurer le mur, en prenant garde à ne pas le toucher. Ainsi, Rover devra me réveiller s'il veut atteindre Kodiak.

-*Tâches restantes : 2*-

Quand je reviens à moi, Kodiak est parti.

— Kodiak ? appelé-je.

— Si vous cherchez Kodiak, il s'occupe de la maintenance du vaisseau, m'informe OS. Il ne reste plus que deux tâches à effectuer avant notre arrivée sur Titan.

Je jette un coup d'œil à la porte orange. Elle est toujours fermée.

— Où est-il exactement ?

— Il a terminé de nettoyer les tubes de filtration d'air, puisque Rover s'est révélé incapable de faire ce travail correctement.

— C'était aussi sur ma liste, me souviens-je.

J'accompagne ma phrase d'un bâillement pour faire croire à OS que je me sens totalement décontracté, alors qu'en réalité, je suis entièrement concentré sur mon ouïe pour détecter le moindre signe de la présence de Kodiak dans le secteur.

— Kodiak a déjà terminé cette tâche, répond OS. Vous n'aurez donc pas besoin d'intervenir.

— Attends, tu veux dire que Kodiak se trouve dans ma moitié du vaisseau ?

— Oui. Je continue à penser qu'il est nécessaire de maintenir fermé l'*Aurora*.

— OS, tu sais que cette situation est inacceptable pour nous. Mais je n'ai pas envie de me battre avec toi pour le moment, déclaré-je en choisissant soigneusement chacun de mes mots. Dis-moi simplement dans quelle pièce se trouve Kodiak.

— L'astronaute Célius se trouve dans la pièce numéro 1.

— Merci.

Je me lève puis traverse les différents couloirs en me dirigeant vers la pièce indiquée.

— Quel est l'état du signal de la balise de détresse de Minerva ? interpellé-je OS.

— Il reste inchangé.

— Bien sûr, murmuré-je pour moi-même, tout en traversant la pièce numéro 2 pour atteindre la porte suivante sur laquelle est peint le chiffre un.

— J'ai noté votre doute. Merci de me l'avoir fait savoir.

Je suis sur le point de demander à OS ce qu'il veut dire, mais mes pensées déraillent à la vue de Kodiak. Il porte sa combinaison intégrale, celle qu'il utilise pour ses sorties extravéhiculaires, et tient son casque dans le creux de son coude.

— Qu'est-ce que tu fais ? m'étonné-je.

— Il faut que je sorte, explique-t-il. Je dois réparer les dommages causés par le champ de débris que nous avons traversé il y a quelques semaines. Certains de ces débris obstruent les voies de propulsion, mais je pense pouvoir les retirer. La glace qu'ils contiennent complétera notre réserve en eau pour de futurs usages, et leurs hydrocarbures permettront d'alimenter l'imprimante 3D. Le reste, nous pourrons l'utiliser comme accélérateur.

— C'est une bonne idée, approuvé-je.

Toutefois, je reste circonspect. Kodiak semble aussi poli et sûr de lui qu'OS. De plus, je connais parfaitement l'utilité des débris que nous collectons, et il le sait. Essaie-t-il de me faire passer un message ?

— Nous aurons besoin de cet accélérateur. Nous en aurons même vraiment besoin, continue Kodiak, en évitant soigneusement de croiser mon regard, pendant qu'il vérifie et revérifie les sangles ainsi que les tuyaux de son équipement.

— Oui… Je sais.

Kodiak finit par croiser mon regard. C'est bien le Kodiak que je connais, mais j'ai l'impression qu'il est différent, comme s'il jouait un rôle. Au moins, il est plus vivant maintenant que la loque humaine que j'ai vue hier. Sa voix n'est plus qu'un murmure lorsqu'il porte ses lèvres à mon oreille.

— J'aimerais aussi voir si je peux entendre d'autres signaux émis par Minerva. Peut-être pourrai-je détecter la balise de détresse depuis l'extérieur du vaisseau.

Mon regard scrute les iris marron mouchetés de ses yeux. Si nous ne recevons aucun signal de la balise de détresse depuis l'intérieur du vaisseau, nous n'en capterons pas non plus de l'autre côté de cette coque en polycarbonate de trente centimètres d'épaisseur.

Kodiak le sait tout autant que moi. Il doit également savoir qu'OS a entendu ce qu'il vient de me dire. De toute évidence, il a une autre raison de vouloir sortir. Comme je ne sais pas ce qu'il a en tête, je vais devoir lui faire confiance. Mais, aussi surprenant que cela puisse paraître, je me sens prêt à le suivre les yeux fermés.

Kodiak tourne la tête vers la fenêtre. C'est alors que je comprends : il a trouvé un moyen de transmettre un message au centre de contrôle, sans qu'OS puisse interférer. Nous établirons notre propre ligne de communication. Bon sang, j'aurais dû y penser plus tôt !

— Super. Va nous chercher tout ça, Kodiak.

Il incline la tête. Les muscles de son cou palpitent et se crispent tandis qu'il attend la réaction d'OS.

Mais OS ne semble plus rien avoir à nous dire. Kodiak a presque achevé toutes les tâches qu'il lui restait à effectuer, ce qui doit sûrement le satisfaire suffisamment pour qu'il nous lâche un peu la bride.

— Les sas ont des commandes manuelles, ajoute Kodiak précipitamment, mais je préfère quand même commencer tout de suite avant que quoi que ce soit ne vienne interférer avec cette tâche.

Son raisonnement se tient. Il vaut mieux tout terminer rapidement au cas où OS aurait d'autres surprises en réserve.

— Bonne idée, acquiescé-je. Vas-y. Je t'attends ici. On reste en communication.

— Je vais contourner tous les signaux de brouillage qu'OS pourrait envoyer à l'antenne, donc si tu cesses de m'entendre, c'est que j'aurai perdu la communication. Mais j'espère que cela n'arrivera pas.

— Je ne couperai pas vos communications, intervient OS. Je ne comprends pas pourquoi vous vous méfiez tous les deux de moi. Ma principale mission est d'assurer votre sécurité.

— Bon, trêve de bavardages. Vas-y, Kodiak, l'encouragé-je. Et bonne chance !

Kodiak m'adresse un tendre sourire au moment de boucler son casque. Sa voix sort désormais du haut-parleur situé autour de son cou.

— Habille-toi au cas où j'aurais besoin de toi, d'accord ? Je serai de retour dès que possible.

— Ne t'en fais pas. Je me tiendrai prêt à te rejoindre en cas de problème, promets-je.

Je serre son épaule à travers la couche de néoprène, puis dépose un baiser sur la visière de son casque.

Un terrible pressentiment me gagne. Quelque chose me dit que je ne pourrai jamais l'embrasser pour de vrai, que c'est trop tard.

Kodiak ne semble pas remarquer ma peur grandissante.

— Bon sang, tu as laissé une marque ! Ça réduit ma visibilité, râle-t-il, un sourire dans la voix.

J'essuie la tache avec la manche de mon uniforme, tout en me forçant à faire preuve de courage pour Kodiak. Il s'avère que je suis en réalité un cinglé et un crétin, et alors ?

— Je ne regrette rien, rétorqué-je.

Kodiak émet un petit rire, retransmis par son haut-parleur. Il ferme ensuite manuellement la porte et fait glisser les lourds verrous entre le sas et les quartiers d'habitation. Tandis que j'enfile ma combinaison, je le regarde attacher la longe à la sienne.

Que ferai-je s'il lui arrive quelque chose et que je me retrouve seul ? Comment affronterai-je les espaces vides de notre vaisseau sans lui ? S'il meurt, je ne pourrai jamais lui dire que je ne supporte pas l'idée de ne pas le voir près de moi chaque fois que je lève les yeux.

Je frappe à la vitre en polycarbonate transparent qui nous sépare. Il lève les yeux vers moi. Même derrière la barrière teintée de son casque, je peux voir ses yeux briller. J'appuie ma main gantée contre la vitre. Il presse la sienne de l'autre côté et hoche la tête, avant de partir déverrouiller la trappe. Celle-ci s'ouvre en laissant échapper une poussée de décompression assez forte pour secouer les murs. Il s'accroche à la poignée du sas tandis que ses pieds sont aspirés vers l'extérieur par l'air libéré, puis avance jusqu'à se retrouver dans le vide intersidéral.

Immédiatement, il disparaît de ma vue. Le seul signe qu'il est encore là, quelque part de l'autre côté de la paroi, est la longe qui se déroule petit à petit, tel un serpent métallique se faufilant dans l'espace, pour accompagner les déplacements de Kodiak autour du vaisseau.

Je me précipite vers la pièce numéro 6 qui possède la plus grande baie vitrée de l'*Endeavor.* Courir avec ma combinaison volumineuse n'est pas simple, et je me retrouve rapidement en sueur et essoufflé.

— Kodiak ? Comment ça va dehors ? haleté-je dans le micro de mon casque.

— Ça va, répond-il en respirant tout aussi fort que moi. J'ai terminé les tâches de maintenance du vaisseau.

Je jette un coup d'œil à la liste de tâches projetée devant la fenêtre et constate qu'il a raison. Le décompte est tombé à zéro.

J'aperçois Kodiak au milieu de la coque extérieure du vaisseau. Il est penché sur le récepteur radio de fortune qu'il a installé lors de sa précédente sortie. Il y fixe une petite boîte et, tout en la manipulant, me parle dans mon casque.

— Toujours aucune trace du signal de détresse de Minerva. Peut-être que si je…

Son signal se brouille et se coupe aussi sûrement que s'il avait eu la gorge tranchée.

— Kodiak ? appelé-je. Kodiak, je pense t'avoir perdu.

Peut-être reprend-il simplement son souffle. Il regarde dans ma direction et tapote le côté de son casque. À cause de la surface réfléchissante, je ne peux pas voir son visage. Tout ce que je parviens à décrypter de ses gestes m'indique ce que je sais déjà : nous avons perdu la liaison.

Les yeux rivés sur lui, je n'arrête pas de répéter son prénom dans l'espoir qu'il finisse par m'entendre.

Il pose ses pieds sur les barreaux accrochés à la surface du vaisseau. C'est une façon si précaire de rester connecté au vaisseau, de rester près de moi… et de rester en vie.

Je prononce encore une fois son nom.

Il fait face à ma fenêtre. Je pense qu'il peut voir mon visage, même si je ne peux pas voir le sien, alors je lui adresse un sourire nerveux. *Kodiak…*

Il me désigne l'antenne, puis croise ses avant-bras pour former un X.

L'antenne ne fonctionne pas. Compris.

Il pivote ensuite dans l'espace pour pointer son doigt dans la direction exacte où se trouve Saturne, qui est parfaitement visible désormais et remplit même un quart de la fenêtre de la pièce numéro 6. Les nuages qui se promènent à sa surface sont d'un jaune sombre parfois violet, et les anneaux qui l'entourent semblent rigoureusement parfaits. Sauf que Kodiak me montre non pas la planète, mais l'une de ses lunes, et plus précisément un globe d'un vert-bleu aussi tentant que celui de l'océan sur la plage de Mari, qui semble avoir été moulé en forme de sphère par les mains d'un enfant : Titan.

Il croise à nouveau ses bras.

— Qu'essaies-tu de me dire ? murmuré-je dans mon casque.

Il reproduit les mêmes gestes, en pointant du doigt Titan avant de former un X catégorique. *Titan... n'est pas là-bas ?* pensé-je en essayant de décrypter son message.

Les bras toujours croisés, Kodiak fait face au vaisseau tout entier cette fois-ci.

Le vaisseau lui-même n'existe pas ?

Je ne sais peut-être pas ce qu'il essaie de me communiquer, mais je sens la terreur, combinée à un sentiment d'horreur, monter en moi. Le sang bat bruyamment à mes oreilles.

— Kodiak, reviens, le supplié-je même s'il ne peut pas m'entendre. Reviens tout de suite. Tu m'entends ? Arrête ce que tu fais et reviens.

Je pose mes mains sur mon cœur, puis fais un geste en direction de l'entrée du sas et répète ces mêmes mouvements plusieurs fois.

Kodiak finit par hocher la tête. Il commence à revenir, mais se précipite et ses pieds manquent un échelon. Ses jambes remuent dans le vide, puis parviennent à se poser de nouveau sur les barreaux fixés à la coque. Kodiak marque une pause avant de continuer vers le sas, plus prudemment cette fois. Ne prenant aucun risque, il garde toujours une main agrippée au vaisseau malgré les attaches de secours accrochées à sa combinaison. Mes mains jointes sont crispées par la tension.

— Allez, reviens, marmonné-je.

Il s'arrête subitement devant la porte grise, derrière laquelle se cachent les derniers secrets que renferme le vaisseau.

— Non, Kodiak. Continue d'aller vers le sas. Je veux juste que tu rentres, le prié-je à mi-voix.

Je suis sur le point de quitter la pièce numéro 6 et de me diriger vers l'entrée du sas lorsque le *Coordinated Endeavor* se met soudain à gronder. Je pensais connaître tous les bruits du vaisseau, mais celui-ci est nouveau.

Je retourne si précipitamment devant la fenêtre que ma combinaison volumineuse me fait tomber juste devant la vue de Saturne. En me relevant, je comprends que le vaisseau vient de projeter un souffle d'air directement sur Kodiak. Un souffle d'une telle puissance qu'il a lâché prise.

Son corps s'agite et se débat en flottant à travers l'espace. Il tend le bras et réussit à saisir *in extremis* un échelon avec l'un de ses doigts.

Mais un second souffle d'air le frappe et le pousse loin de la coque du vaisseau. Ses mains brassent le vide pour tenter de se rattraper à quelque chose, sans trouver la moindre prise.

Il commence alors à dériver dans le vide et à tomber vers Saturne, puis est brutalement retenu par la corde qui le relie au vaisseau. Cette modeste ligne de vie est tout ce qui l'empêche de sombrer vers l'infini, de suffoquer dans l'espace ou de pénétrer dans l'atmosphère de Saturne qui le brûlerait vif s'il s'en approchait davantage. Les jambes de Kodiak s'agitent frénétiquement dans le vide avant qu'il ne parvienne à saisir d'une main puis de l'autre la longe et à se traîner vers le *Coordinated Endeavor.*

La vision brouillée par les larmes, je titube vers mon sas.

— OS, il y a eu un accident, annoncé-je d'une voix tremblante. Je me porte au secours de Kodiak !

— Il n'y a pas eu d'accident, réfute calmement la voix de ma mère.

— Si, il y en a eu un, hoqueté-je.

Tout en tirant sur la poignée du sas, je jette un coup d'œil par la fenêtre. Kodiak tient fermement la corde dans sa poigne et se tracte lui-même vers le vaisseau, à la seule force de ses bras, en diminuant peu à peu la distance qui le sépare de la coque.

Il va y arriver. Il va réussir à revenir à bord.

Sauf que l'impensable se produit.

— Je t'aime, mon Ambrose chéri, déclare la voix de ma mère.

Mon cœur s'emballe. Il s'agit réellement de la voix de ma mère, et non de la voix de synthèse qu'OS utilise pour nous parler habituellement.

— Que se passe-t-il, bon sang ? OS, ramène tout de suite Kodiak à bord ! ordonné-je en actionnant la poignée du sas.

Le vaisseau frémit, puis un épouvantable bruit de déchirure métallique se fait entendre, comme si deux voitures venaient d'entrer en collision. Sous le choc, je regarde les mains de Kodiak courir de plus en plus vite le long du câble, mais son corps ne progresse plus vers le vaisseau.

Sa longe a été coupée.

Kodiak tient l'extrémité coupée devant son casque avec incrédulité. Puis il se met à pédaler, à nager vers le vaisseau avec vigueur. Mais ses mouvements ne lui permettent pas de s'en rapprocher. Il dérive inexorablement.

Si je sors rapidement, je peux le sauver. La roue du sas est désormais en position ouverte. J'appuie mon épaule contre la porte pour l'ouvrir.

Le vaisseau gronde à nouveau. Un troisième souffle d'air heurte Kodiak et l'envoie tournoyer dans l'obscurité froide et vide de l'espace, loin du vaisseau, loin de Saturne, loin de Titan, en direction d'une masse lointaine d'étoiles situées à des années-lumière de la Terre.

— J'arrive, Kodiak !

Je suis à présent dans le sas et bataille pour fermer la porte intérieure, afin que la chambre puisse se décompresser et me permette de sortir.

Au moment où j'y parviens enfin, j'entends la porte extérieure du sas vrombir et trembler.

— OS, je ne suis pas prêt. N'ouvre pas encore la porte extérieure.

— Je t'aime, répond ma mère.

Un déclic retentit, suivi d'un rugissement. La porte intérieure explose avec une force telle que je me retrouve projeté au sol.

L'impossible vient de se produire. Les deux portes du sas sont ouvertes.

J'essaie de me traîner vers l'intérieur du vaisseau, mais mes gants glissent sur le sol lisse tandis que la grande main de l'univers essaie de me tirer vers elle pour m'envoyer rejoindre le vide intersidéral.

Je me cramponne au mur de toutes mes forces. Mon cerveau paniqué essaie de comprendre ce qui s'est passé et ce que je peux faire pour y mettre un terme, mais avant que je ne puisse assembler deux pensées cohérentes, mon casque s'arrache de ma combinaison avec un bruit sec. J'aperçois alors Rover avec ses mains bourdonnantes dans le coin de mon champ de vision.

C'est lui qui a détaché mon casque.

Le vacarme est si assourdissant que je ne l'ai même pas entendu arriver. L'atmosphère du vaisseau est devenue froide, dense et pénétrante. Même les murs du sas semblent gémir. De la poussière, des emballages en polycarbonate et des récipients de nourriture tourbillonnent tout autour de moi et me blessent au visage avant d'être entraînés vers l'extérieur par une force qui cherche à me faire lâcher prise.

Des débris volants frappent ma tête et l'envoient cogner contre la porte du sas encore et encore. Des étoiles dansent devant mes yeux et ma bouche se remplit de sang. Affaibli par la douleur, je finis par m'envoler à travers l'ouverture et me retrouve à l'extérieur de cette étendue de métal et de polycarbonate qu'est notre vaisseau, à me noyer dans le vide de l'espace.

Je halète et cherche à aspirer de l'air, mais mes poumons ne se remplissent d'aucun oxygène salvateur. Le vide autour de mon visage est si froid qu'il me brûle la peau et consume mes poumons, embrasant chaque parcelle de ma peau.

Le vaisseau s'éloigne de moi en tournoyant sur lui-même et révèle peu à peu l'obscurité et les étoiles qui constellent l'infini.

La planète Saturne, ridiculement énorme, devrait danser devant mes yeux avec ses anneaux, mais je ne la vois nulle part. Saturne n'est pas là.

Saturne n'est pas là !

Comment puis-je secourir ma sœur si Saturne n'est pas là ?

Je vais finir asphyxié, gelé, le corps gonflé comme un ballon prêt à éclater.

Des points noirs apparaissent devant mes yeux. Mon cerveau en manque d'oxygène commence à sombrer dans l'inconscience alors que je continue à tournoyer. Dans un dernier sursaut de lucidité, j'aperçois un peu plus loin une silhouette en combinaison spatiale qui agite les bras et les jambes. Kodiak me survivra pendant plusieurs heures, jusqu'à ce qu'il se refroidisse lentement dans l'obscurité de l'espace… jusqu'à ce qu'il meure, comme moi.

Ma mort est imminente.

Mon cœur ralentit puis cesse toute activité, entraînant avec lui mes poumons. Un voile noir tombe sur mes yeux. Je ne ressens aucune douleur, seulement un choc. Sous cette explosion de sensations, mes dernières pensées vont à Kodiak, en train de mourir seul. Nous sommes tous deux en train de mourir seuls.

J'aurais aimé partager la mort avec lui.

PARTIE DEUX

191 JOURS AVANT TITAN

La voix de Minerva devient pressante :

— Tu m'as laissée partir seule. J'ai besoin de toi. Sauve-moi, petit frère !

Le sol bourdonne. Un souvenir me revient subitement. Je revois mes parents, mon frère et ma sœur en train de gambader et s'amuser sur le sable rose de notre plage labellisée Cusk. Habillée de sa combinaison de bain blanche, Minerva barbote dans les vagues d'eau de mer vaporeuse. Sur le rivage, ma mère l'encourage et l'incite à accélérer : « Plus vite, Minerva ! Je sais que tu peux aller plus vite ! » Mes doigts bronzés par un soleil de plomb fouillent les grains de sable artificiels en quête de coquillages. La station spatiale de ma famille se trouve quelque part dans le ciel, entourée de ses antennes radio en rotation. De nombreux satellites récréatifs comme le nôtre hantent ce même ciel.

-*Tâches restantes : 502*-

— OS, est-ce que Rover vient de faire caca ?

— D'une certaine façon, oui, confirme OS. Votre microbiote intestinal doit être immédiatement reconstitué pour prévenir toute réponse inflammatoire auto-immune. J'ai sélectionné ces organismes pour repeupler votre appareil digestif avec une quantité idéale de bactéries considérées comme seines.

Rover remplit de nouveau mon verre d'eau.

— Allez, cul sec, m'encourage la voix de ma mère.

Un court silence s'installe, avant qu'OS ne le brise.

— C'est probablement la première fois que vous m'entendez utiliser cette expression.

C'est vrai. Ma mère n'aurait jamais dit « cul sec ». Celles qui se sont occupées de moi pendant mon enfance auraient pu employer une telle expression, mais ma mère avait un langage plus soutenu. Elle ne s'est jamais approchée d'une couche de bébé. Je ne l'ai même quasiment jamais vue pendant les dix premières années de ma vie. Une porte se trouve devant moi. Je toque. Aucune réponse ne me parvient. La voix de Minerva résonne alors à mes oreilles : « Aussi longtemps que je vivrai, quelqu'un t'aimera. »

Je mets la boulette dans ma bouche et l'avale à l'aide d'une gorgée d'eau. La déglutition, douloureuse, m'arrache un grognement. Les yeux pleins de larmes, je fais semblant de sourire.

— S'il te plaît, maman, je peux en avoir encore ?

-*Tâches restantes : 502*-

Étrange. La porte jaune est entourée d'une couche de polycarbonate dont la couleur est différente du reste du mur. Leurs teintes sont très proches, mais pas tout à fait identiques. J'ai failli ne pas le remarquer.

-*Tâches restantes : 502*-

Sentant les poils à la base de ma nuque se dresser, je passe nerveusement mes mains dans mes cheveux. Le sens des mots d'OS m'échappe.

— Bon sang, mais de quoi parles-tu ? Tu ne peux pas ouvrir cette porte sans l'autorisation réciproque de *qui* ?

— De l'astronaute dimokratíen, lâche finalement OS.

J'entends à nouveau le bourdonnement diffus du vaisseau. Il m'envahit, semble arrêter le temps pendant de longues secondes et me fait frissonner.

— OS, es-tu en train de me dire que je ne suis pas seul à bord de ce vaisseau ? demandé-je lentement.

— C'est exact, confirme la voix de ma mère. Vous n'êtes pas seul à bord de ce vaisseau.

-*Tâches restantes : 502*-

J'ouvre le dernier placard dont je n'ai pas encore examiné le contenu. Immédiatement, mes yeux s'emplissent de larmes. Je ne me rappelle pas avoir décidé de l'emporter avec moi. Juste au moment où je commence à jouer du Prokofiev, le chevalet en bois de balsa tressaille et se brise en deux morceaux sans un bruit.

Sur le moment, je reste interdit, ne comprenant rien à ce qui vient de se passer. Puis je songe qu'il a dû être cassé autrefois et mal réparé.

Je garde le fin morceau de bois entre mes doigts, les larmes aux yeux. Bien sûr, je pourrais imprimer un nouveau chevalet. Mais il serait fait de polycarbonate, et non de bois. Le bois ne peut pas être reproduit par une imprimante 3D. Il ne peut que pousser dans la terre. Ce chevalet était autrefois vivant. Il provient d'un arbre qui cohabitait avec d'autres plantes et créatures sylvestres au sein d'une forêt. Et jadis, cet arbre extrayait le carbone de l'air et s'en nourrissait pour grandir.

-*Tâches restantes : 502*-

Alors que je m'approche de la porte orange, celle-ci s'ouvre.

Grands dieux, songé-je.

On dirait qu'il passe son temps à écraser des guerriers sous le bouclier d'Énée. Ses muscles bien développés saillent sous la peau de ses bras et de son cou. Ses cheveux épais et brillants tombent en vagues bleu nuit le long de ses joues surmontées de deux yeux marron tachetés. Sa peau olive est lisse et parfaite, sauf sur sa mâchoire assombrie par une barbe de plusieurs jours. Il a l'air d'un centurion romain parti en guerre. Même les poils de sa barbe semblent vouloir en découdre avec moi.

Je baisse les yeux sur notre poignée de main. Les siennes semblent capables de broyer n'importe quoi, alors que les miennes viennent de caresser un violon.

Dimokratía habille ses astronautes de tenues en acrylique rouge. L'uniforme de Kodiak est si atrocement laid qu'il en est presque cool. Il lui donne un petit côté mécanicien aéronautique, jusqu'aux baleines en nylon incrustées dans le tissu.

— J'aime bien ton…, commencé-je en lâchant sa main.

— Toi aussi, tu as des pièces étranges dans ta moitié du vaisseau ? me coupe-t-il.

— Pardon ? m'étonné-je en portant une main à mon cou.

Il laisse échapper un long soupir, comme si le simple fait de me parler constituait une épreuve pour lui.

— Est-ce que tu as des pièces étranges dans ta moitié de vaisseau ? répète-t-il.

J'entends bien ce qu'il me dit, mais mon esprit a du mal à donner un sens à ses mots.

— Qu'entends-tu par « étrange » ?

Les muscles du cou de Kodiak se tendent et se détendent. Visiblement, il s'efforce de tolérer ma stupidité.

— Non, je n'ai pas de pièce étrange de mon côté du vaisseau, dis-je après un instant de réflexion.

— Dans ce cas, je vais avoir besoin de ton aide, déclare cette statue de guerrier.

Les yeux écarquillés, je hoche la tête.

-*Tâches restantes : 502*-

La moitié dimokratíenne du vaisseau est identique à la mienne, mais est plus épurée. Elle me fait penser à l'intérieur d'un coquillage, et plus précisément à ces squelettes de calcaire blanc qui parsèment les plages et dont la beauté est si quelconque que personne ne songerait à les ramasser. Tandis que je m'enfonce dans les couloirs de cet endroit inconnu, mon esprit est partagé entre la vue des murs austères et celle, fascinante, du postérieur de l'astronaute Célius dans son pantalon rouge. Soudain, au détour d'un virage inattendu, je trébuche et m'étale par terre, la figure en avant.

Sur les navires de la marine, chaque porte est précédée d'une marche pour empêcher l'eau de rentrer, mais les vaisseaux spatiaux n'en ont pas… ou du moins ne sont pas censés en avoir. Pourtant, cette pièce en a une, et c'est à cause de ça que je suis tombé. Kodiak m'aide à me relever. Il tire ma main tellement fort que mes pieds décollent du sol avant de retomber à plat. C'est alors que je vois la pièce dans laquelle j'ai atterri. Les murs sont abîmés et recouverts de rainures, comme une peau malade que l'on aurait grattée jusqu'au sang.

Je relève le tissu de mon uniforme et le plaque sur mon nez pour me protéger des particules nocives possiblement rejetées dans l'air par les surfaces moisies.

— Grands dieux, qu'est-ce que c'est que cet endroit ?

— Je n'en ai aucune idée, avoue Kodiak.

— Ce n'est pas toi qui l'as créé ? m'étonné-je.

— Non, je pensais que c'était toi.

— C'est la première fois que je monte à bord de l'*Aurora*. Donc, ça ne peut pas être moi… Oh, regarde ça !

Au milieu de la pièce se trouve un dispositif radio abandonné sur le sol. Des écouteurs et des câbles – de vrais câbles ! – y sont reliés.

— As-tu essayé de te servir de cet appareil ?

Kodiak secoue la tête.

— J'avais peur qu'il soit bourré de propagande fédérationniste, explique-t-il.

Pendant une seconde, je me demande s'il est en train de plaisanter. Sauf qu'il n'a même pas esquissé un sourire.

— OS, peux-tu nous éclairer sur cet endroit ?

— Je ne peux pas, me répond la voix de ma mère depuis l'extérieur de la pièce. J'aimerais pouvoir nettoyer tout ce bazar, mais vous vous trouvez dans un espace vide de ma conscience. Si vous réparez mon code, je pourrai reconstruire les rails de Rover et remettre cette « pièce aveugle » dans son état d'origine.

— Mais pourquoi cette pièce n'est-elle pas déjà dans son état d'origine ? questionné-je.

— Je ne peux vous fournir aucune réponse susceptible de vous satisfaire.

— Ça te dérange si je me sers de cet appareil ? lancé-je à Kodiak.

Il hausse les épaules, les bras le long du corps et les poings serrés.

Je place l'un des écouteurs dans mes oreilles. Aucun son ne s'en échappe. Je fronce les sourcils et tourne le bouton présent sur le cadran de l'appareil, mais n'obtiens rien d'autre que ce même silence continu.

— Il semblerait que nous nous soyons réveillés en plein mystère, commenté-je.

-*Tâches restantes : 499*-

À ma grande surprise, Kodiak me rejoins ce soir-là à l'heure du dîner. Il étudie soigneusement le choix de plats qui s'offre à lui, puis s'arrête sur un curry de lentilles. Il manipule le sachet un peu tristement, comme si le fait de choisir ce curry signifiait qu'il ne pourrait plus jamais manger autre chose.

— Tu sais que tu peux venir manger quand tu veux, déclaré-je en lui touchant légèrement le dos de la main.

Il retire sa main de la table et fixe le décompte des secondes sur le four à micro-ondes comme s'il était en train de vivre un trajet en ascenseur particulièrement gênant et qu'il s'agissait là de l'indicateur d'étage.

— As-tu découvert quelque chose de plus sur cette pièce étrange ? demandé-je à voix basse.

Il se frotte le menton.

Mes joues deviennent brûlantes. Le fait que Kodiak ait voulu que nous nous revoyions me pousse à prendre un risque.

— Il se passe autre chose d'étrange. OS m'a dit que j'avais perdu connaissance lors du décollage. J'ai beau fouiller ma mémoire, je ne me souviens de rien.

Kodiak hume son plat puis se renverse sur sa chaise, en l'inclinant sur deux pieds à la manière d'un enfant puni qui chercherait à tuer le temps.

— C'est en effet un sérieux problème, commente-t-il.

J'acquiesce. Je n'aime pas son ton, mais il est indéniable qu'il a raison. Si le coup que je me suis pris a été suffisamment fort pour m'assommer et me faire oublier tout le processus de lancement, c'est qu'il y a un sérieux problème.

Il se frotte la nuque et marmonne quelques mots inintelligibles.

— Qu'est-ce que tu as dit ? demandé-je.

Il tousse, mal à l'aise.

— Je ne te l'aurais sûrement pas dit si les circonstances avaient été différentes… mais avec l'existence de cette pièce étrange sur l'*Aurora*, je pense qu'on ferait mieux de mettre en commun nos informations.

Il tousse à nouveau, visiblement gêné.

— Je… Il semblerait que j'aie le même problème que toi, avoue-t-il finalement.

Mon dos se raidit.

— Tu veux dire que tu ne te souviens pas non plus du lancement ?

Il secoue la tête, et son mouvement fait apparaître un reflet sur ses tempes.

Sonné par cette révélation, j'écoute le bourdonnement de notre vaisseau, peu à peu envahi par la sensation que nous ne sommes pas plus qu'un grain de poussière flottant à travers un grand hall.

— Kodiak, que nous est-il arrivé ? chuchoté-je.

-*Tâches restantes : 494*-

J'ai finalement suivi le conseil de Kodiak et réglé une alarme à sept heures, heure de Mari, afin que nous puissions tous les deux commencer la journée en faisant un jogging à travers le *Coordinated Endeavor*. Nous partons de l'extrémité opposée de nos vaisseaux respectifs et réalisons un circuit prédéfini jusqu'à nous rencontrer dans la zone à gravité nulle, au centre, où nous faisons chacun une acrobatie en guise de bonjour. Il court pendant une heure, alors que j'atteins à peine les trente minutes. Pendant que Kodiak termine sa course, je choisis une pièce et me lance dans mes tâches.

À l'extérieur du sas, à côté des combinaisons restantes, je trouve un espace lisse, plus doux et légèrement décoloré, comme sur le mur qui entoure la porte jaune.

Intrigué, je décide de fouiller parmi les vidéos d'entraînement présentes dans la mémoire de mon bracelet pour dénicher des images du sas. Pour sa part, Kodiak continue de marteler le sol de ses pieds nus.

— Qu'est-ce que tu fais ? me questionne-t-il en passant en courant dans le couloir.

— Je te dirai à ton prochain passage, lui lancé-je en retour.

Tandis qu'il s'éloigne, je finis par trouver ce que je cherchais. Je mets la vidéo sur pause. Quatre combinaisons apparaissent dans cette séquence, alors que seules trois sont présentes devant moi. Mais sur une autre vidéo, le nombre de ces combinaisons descend à trois. Bien des choses me semblent curieuses dans cette vidéo, comme si elle avait été modifiée. Même le quatrième crochet a été supprimé numériquement. Quelqu'un s'est donné beaucoup de mal pour que je ne puisse pas me rendre compte qu'il manque une combinaison.

Au passage suivant de Kodiak, je lui demande de me retrouver dans la pièce aveugle dès qu'il aura terminé.

— Que de mystères ! s'exclame-t-il en continuant son chemin.

Après quelques minutes supplémentaires, il arrive dans la pièce aveugle, hors d'haleine, les cheveux moites de sueur et des mèches collées de chaque côté de son visage.

— Il manque une de mes combinaisons, annoncé-je sans préambule.

— Qu'est-ce que tu veux dire par là ? demande-t-il en s'essuyant la nuque avec une serviette.

— Allons jeter un œil à ton sas.

Ses yeux brillent d'agacement, mais il me fait signe de le suivre.

Il lui manque aussi une combinaison. Tout en gardant le silence, je passe ma main sur la portion lisse du mur où sa quatrième combinaison aurait dû se trouver.

Les sourcils de Kodiak se froncent. Sa réaction fait grimper mon pouls, comme si j'avais ma main sur un endroit de sa peau qui serait aussi lisse que ce mur. La sueur imprègne le tissu tendu sur sa poitrine. Il hoche la tête en direction de la pièce aveugle et nous y retournons sans échanger un mot.

— Y a-t-il quoi que ce soit que je puisse faire pour vous aider ? nous interroge OS au moment où nous y entrons.

— Ça ira, OS. Merci, dis-je d'une voix légère.

Kodiak s'accroupit sur le sol éraflé et nu. Je m'agenouille à côté de lui pour que nous puissions chuchoter sans risquer d'être entendus par OS.

— Ils nous ont envoyés dans l'espace avec deux combinaisons en moins ?

Il est si proche de moi que je peux sentir la chaleur de son souffle sur ma peau.

— Ça n'a aucun sens. Jamais le centre de contrôle ne nous aurait laissés partir avec une combinaison manquante dans chaque vaisseau, encore moins pour une mission de cette importance, remarqué-je en secouant la tête.

— Je suis bien d'accord avec toi, acquiesce Kodiak d'un air renfrogné.

Si nous récapitulons, nous sommes deux astronautes sur ce vaisseau, avons tous deux perdu connaissance lors du lancement, et venons de découvrir qu'il manque deux combinaisons à bord. Tout ça est bien étrange…

-*Tâches restantes : 293*-

Puis la diffusion reprend.

— … le vaisseau, Ambrose ! Le vaisseau était dans un état de délabrement trop avancé sur la fin de mon voyage, plus que ce qui avait été anticipé. Tu dois terminer les tâches que t'indique OS au plus vite. Le moindre défaut, comme… dans les anciennes navettes, risque de te conduire à la catastrophe. Le vaisseau doit être… comme neuf pour résister aux frottements et à la chaleur. Je t'aime, petit frère. Il n'y a personne de mieux placé pour…

La transmission s'interrompt. Je n'ose ni bouger ni respirer, dans l'espoir du retour de l'hologramme de Minerva.

— Je ne reçois plus aucune donnée entrante à traiter, finit par déclarer OS. Je vous préviendrai dès que quelque chose de nouveau me parviendra.

— Repasse cette transmission, ordonné-je à OS, les mains sur la bouche et les yeux ruisselants de larmes.

-*Tâches restantes : 270*-

— Bonjour, lance une voix dans mon dos.

Je sursaute et me retourne, une main sur la poitrine.

— Kodiak, tu m'as fait peur !

— Tu étais encore en train de penser à ta sœur, n'est-ce pas ? Tu regardes toujours à l'extérieur avec un air maussade dans ces moments-là. Allez, viens, allons courir.

Mon regard nostalgique se porte de nouveau sur l'espace qui s'étend par-delà la fenêtre. Bientôt, Saturne sera visible à l'horizon. Et Minerva ne sera plus très loin. Mais nous n'atteindrons pas la base de Titan avant des semaines. Je me retourne et accepte sa proposition.

— Courir très vite, c'est la version dimokratíenne de la psychothérapie ? plaisanté-je alors que nous nous dirigeons vers l'*Aurora*.

Je monte sur le tapis roulant et tire sur le nœud de l'élastique. J'aimerais modifier l'angle qu'il forme pour soulager ma colonne vertébrale, mais n'y parviens pas.

— Ne bouge pas, m'ordonne Kodiak.

Il attache un mousqueton à mon short, en faisant courir le dos de ses doigts le long de ma hanche et sur la peau de mon ventre.

— Tu n'as jamais couru de cette façon ?

— Ce n'est pas comme s'il n'y avait pas de gravité à bord du vaisseau, souligné-je. Ce truc d'être harnaché à un tapis roulant, ça fait un peu trop entraînement intensif à mon goût. J'ai l'impression que je vais me transformer en une sorte de dur à cuire dimokratíen, si tu vois ce que je veux dire.

— Ne crois-tu pas qu'il vaudrait mieux te forcer à faire quelque chose au lieu de rester assis à t'inquiéter pour ta sœur ? Enfin, peu importe, puisque tu es désormais attaché, souligne-t-il en reculant pour admirer son travail. Tu vas pouvoir essayer dès maintenant.

Sans prévenir, il appuie sur le bouton d'allumage du tapis roulant. Je titube en agitant les bras pour m'adapter au rythme de marche imposé par la machine, ce qui fait rire Kodiak. La traction de l'élastique est telle que j'ai l'impression que des mains puissantes me tirent vers le bas, non pas pour me combattre, mais pour me supplier de me laisser aller et de m'allonger avec elles au lieu de lutter. Kodiak n'a peut-être pas tort, tout compte fait. Ça fait du bien de se battre contre quelque chose.

— Je pense que je commence à comprendre l'intérêt de la chose, haleté-je.

— Déjà à bout de souffle ? Tu devrais venir te servir plus souvent de mon tapis roulant.

— C'est bon. Pas besoin de te moquer, ronchonné-je.

— Tu penses encore à elle, pas vrai ?

Tandis que j'avance, les étoiles continuent de défiler derrière la baie vitrée du vaisseau en rotation. C'est comme si je marchais vers une cible en mouvement, comme si c'était moi qui faisais bouger et tourner le vaisseau.

— Tu fais référence à ma sœur qui est coincée toute seule sur Titan et qui attend depuis plusieurs mois qu'on vienne la secourir ? Si c'est le cas, alors oui, je pense toujours à elle.

— Je comprends, compatis Kodiak. Ça doit être dur.

Je ne sais pas quoi lui répondre. Sa sympathie est si inhabituelle qu'elle me laisse pantois quelques instants.

— S'il y en a une qui ne se laissera jamais mourir, c'est bien Minerva Cusk, affirmé-je avec aplomb.

Kodiak hoche la tête.

— J'aimerais qu'un jour, les gens en disent autant de Kodiak Célius.

— Tu es plutôt costaud, remarqué-je en lui faisant un clin d'œil.

Un silence gênant s'installe, avant que Kodiak appuie sur un bouton pour transformer ma marche en course.

— Vous venez d'atteindre la fréquence cardiaque idéale pour améliorer votre santé cardiovasculaire, annonce OS.

— Tout le monde à bord de ce vaisseau semble se préoccuper de ma santé. C'est très… rassurant.

Kodiak se déplace de manière à se trouver dans l'espace étroit entre le tapis roulant et la fenêtre, afin de pouvoir me regarder dans les yeux. Mon champ de vision est désormais composé d'un tableau captivant : la lumière des étoiles, qui continuent de dériver à l'extérieur, scintille sur son visage et ses épais cheveux noirs.

— Bon, essayons à nouveau. OS, que peux-tu nous dire sur la pièce aveugle qui se trouve sur l'*Aurora* ? lance-t-il.

Je lui fais les gros yeux. Nous n'avons pas décidé si nous devions ou non questionner de nouveau OS à ce sujet. Qu'il ait pris cette initiative sans que nous nous soyons concertés au préalable m'agace et m'inquiète tout à la fois.

— J'ai une cécité programmée envers cette pièce, et Rover ne peut pas l'atteindre non plus, répond OS. J'aimerais que vous autorisiez l'accès à Rover afin qu'il puisse la remettre dans son état d'origine.

Kodiak appuie sur un bouton, et je me retrouve obligé de courir plus vite pour ne pas tomber.

— Tu nous l'as déjà dit, rétorque-t-il. Ce que je te demande, c'est comment tu t'es retrouvé déconnecté de cette pièce.

— C'était une erreur, explique OS. Aucune partie du vaisseau ne devrait m'être cachée. C'est trop dangereux.

— D'accord, mais qui a commis cette erreur ?

— C'était bien avant que vous ne preniez vos fonctions sur ce vaisseau.

— C'est-à-dire ? Combien de temps avant ?

— Vous n'avez pas besoin de vous en soucier.

— Hé, coach, il vaudrait mieux qu'on n'insiste pas, interviens-je. Je ne pense pas qu'OS veuille parler de tout ça pour le moment.

En guise de réponse, Kodiak appuie sur le bouton pour me faire courir plus vite.

-*Tâches restantes : 245*-

Kodiak ne s'est pas présenté à l'heure du repas. Comme j'ai déjà réchauffé ses cannellonis, je finis par déroger à nos règles habituelles et transporte son repas en train de refroidir à travers l'*Endeavor*, puis traverse le centre à gravité nulle du *Coordinated Endeavor* jusqu'à pénétrer sur l'*Aurora*.

— Kodiak ? appelé-je tout en déambulant dans les couloirs.

Le vaisseau tout entier ressemble à un hôtel vide. Une atmosphère étrange et sinistre sous-jacente plane sur cet endroit et nous assaille chaque fois que nous sortons de nos routines. Envahi par un sentiment de malaise, je me mets sur la pointe des pieds et poursuis ma route à travers son vaisseau.

— Kodiak ? tenté-je de nouveau.

Les murs semblent bourdonner en retour.

Je passe la tête dans la pièce aveugle. Il est là, penché sur le récepteur, ses écouteurs dans les oreilles.

— Kodiak ? l'interpellé-je.

Il ne réagit pas. Mais m'a-t-il seulement entendu ? Je m'approche de lui et m'arrête à son côté, mes pieds bien en vue dans son champ de vision. Lorsqu'il aperçoit mes orteils, il pose sa paume sur le dessus de mon pied, comme par réflexe. D'un signe de tête, il m'invite ensuite à m'installer à côté de lui. Je m'assieds par terre en tailleur, si bien que sa main se retrouve coincée entre mon pied et ma cuisse. Il me regarde, le visage inexpressif et les yeux vitreux.

— Qu'est-ce qui se passe ? demandé-je du bout des lèvres.

Kodiak retire l'un des écouteurs et le place dans mon oreille avant de passer sa main au-dessus du cadran, comme s'il espérait maintenir le signal par la seule force de sa volonté.

Une voix lointaine, presque inaudible, me parvient. Je pose mes mains sur mes oreilles pour me couper des bruits extérieurs et ferme les yeux. À présent, j'entends des mots, prononcés par une voix mécanique. Apparemment, aucun effort n'a été fait pour simuler une voix humaine.

— … ansmission numéro 6 340 108. 8.5069° Sud, 115.2625° Est. S'il vous plaît, répondez. Je me rendrai à ces coordonnées tous les cent quatre-vingts jours pour relever les messages. Y a-t-il quelqu'un d'autre que moi ? Si je ne suis pas seul, faites-moi signe. Il est treize heures, quarante minutes et cinquante-sept secondes, et nous sommes le 11 mars de l'année 8102 de l'ère commune. Transmission numéro 6 340 109. 8.5069° Sud, 115.2625° Est. S'il vous plaît, répondez. Je me rendrai à ces coordonnées tous les cent quatre-vingts jours pour relever les messages. Y a-t-il quelqu'un d'autre que moi ? Si je ne suis pas seul, faites-moi signe. Il est treize heures, quarante et une minutes et dix-neuf secondes. Nous sommes le 11 mars de l'année 8102 de l'ère commune. Transmission numéro 6 340 110…

— Qu'est-ce que c'est que ça ? m'étonné-je en retirant mon écouteur.

— Je l'écoute depuis une demi-heure. Je ne sais toujours pas ce que c'est exactement. Le message est toujours le même, mis à part l'heure indiquée qui change. D'ailleurs, je l'ai chronométrée. L'heure augmente en temps réel.

— Il s'agit clairement d'une transmission automatisée, sûrement issue d'une balise de détresse.

— Penses-tu qu'elle pourrait venir de Minerva ? m'interroge Kodiak.

Je n'y avais même pas pensé. Il est donc très peu probable que ce soit elle.

— Connaissant ma sœur, je pense qu'elle se serait servie de sa propre voix. En plus, ces coordonnées ne correspondent à aucun emplacement sur Titan.

— C'est vrai, opine Kodiak en évitant mon regard.

Mon cuir chevelu me picote. J'ai l'impression qu'il fait soudain très froid dans la pièce.

— Et pour ce qui est de la date…, commencé-je.

Kodiak hoche la tête en scrutant cette fois mon visage.

— Cette date…

— C'est presque six mille ans dans le futur…, constate Kodiak.

— … ce qui veut dire que quelqu'un nous fait une farce, terminé-je.

Kodiak hoche la tête de nouveau, visiblement soulagé par mon raisonnement.

— C'est aussi la seule explication que j'ai pu trouver.

— D'autant que n'importe quel connard doté d'un émetteur peut envoyer ce qu'il veut dans l'espace, ajouté-je.

— Ça, c'est malheureusement vrai, déclare OS dont la voix nous parvient depuis l'extérieur de la pièce aveugle. Il n'y a pas de quoi s'inquiéter.

Je croise le regard de Kodiak. Nos voix n'étaient que de simples murmures. Pourtant, OS nous a entendus. Nous avions supposé qu'aucune de nos conversations ne pourrait lui échapper, y compris dans la pièce aveugle. Nous en avons désormais la confirmation.

Un chevalet de violon cassé, deux combinaisons manquantes, deux astronautes amnésiques, et maintenant une pièce aveugle avec un récepteur radio bricolé de toutes pièces qui reçoit des « émissions » d'un avenir post-civilisationnel et peut-être même post-humain… Rien de tout ceci n'a de sens.

Je regarde Kodiak, réconforté par la chaleur de sa main qui est restée posée sur mon pied. *Au moins, toi, tu es bien réel*, songé-je.

Lui aussi me fixe. Une lueur terrifiée danse dans ses pupilles. Je réalise alors que, contrairement à ce que je croyais, son visage n'exprime pas la colère mais la peur. Si autrefois j'aurais pu confondre ces deux expressions, ce n'est plus le cas aujourd'hui.

— Kodiak, je…

Sa poitrine s'immobilise sous sa chemise. Il retient son souffle. Je me demande s'il a conscience d'avoir cessé de respirer.

— Je t'ai apporté des cannellonis, annoncé-je finalement en lui montrant le sachet à côté de moi.

Kodiak s'en aperçoit et m'observe comme s'il essayait d'évaluer le degré de folie qui s'est emparée de moi. Puis il prend une grande inspiration et esquisse un sourire en secouant la tête.

— Tu sais que j'adore les cannellonis.

— Oui, je le sais, acquiescé-je en rapprochant le sachet en plastique de lui. C'est pour ça que je t'en ai apporté.

Il prend le sachet et le passe d'une main à l'autre pour en tester la température. Tandis qu'il commence à manger, je réfléchis à ce que je pourrais dire ensuite. Toute cette histoire est tellement bizarre. Comment puis-je distinguer le vrai du faux ? Il n'existe pas de réponse à cette question.

— OS, en quelle année sommes-nous ? questionné-je.

— Vous voyagez depuis neuf mois et vingt-quatre jours. Si nous ajoutons ce temps écoulé à votre date de départ, cela nous donne l'année 2472 sur Terre.

— Nous avons… mis la main sur une information qui semble indiquer que nous serions en… en quelle année déjà, Kodiak ?

— En 8102, répond Kodiak entre deux bouchées de cannellonis.

— C'est ça, en 8102. Apparemment, il ne resterait plus grand monde sur Terre. Peut-être même qu'il ne reste plus personne. Est-ce que c'est vrai ?

— Mes sources d'information indiquent que ce n'est pas vrai actuellement.

— Mais ça pourrait l'être dans le futur ?

— C'est tout à fait envisageable, oui. Les molécules peuvent s'agencer de toutes les façons possibles et imaginables. Tout en sachant cela, êtes-vous toujours déterminé à accomplir la mission qui vous a été confiée, astronaute Cusk ?

Le ton de ma mère est étudié, neutre. Il m'apparaît même sinistrement formel, presque menaçant.

Je ne réponds pas tout de suite. Je dois choisir mes mots avec soin. Malheureusement, Kodiak me devance.

— Je n'en suis plus aussi sûr.

— Si, nous en sommes sûrs, démens-je avec empressement.

— Et d'ailleurs, quel est l'objectif de la mission ? continue Kodiak en posant son sachet à côté de lui.

— Vous devez porter secours à Minerva Cusk, rappelle OS.

— Lui porter secours ou, à défaut, enquêter sur sa mort, tu veux dire, marmonne Kodiak.

— Je détecte de la suspicion dans votre voix. Le fait que j'aie choisi de formuler votre mission en des termes qui influenceront positivement votre moral ne signifie pas que je cherche à vous tromper.

— Nous le savons bien, OS, affirmé-je en lançant un regard appuyé à Kodiak.

— Je ne pense pas que tu aies une bonne explication à ce que nous venons d'entendre, OS, réplique Kodiak en m'ignorant.

— Et vous, en avez-vous une ? riposte OS.

Kodiak secoue la tête.

— Dans ce cas, je vous suggère d'oublier tout ceci, conclut OS.

— Ça te ferait plaisir, n'est-ce pas ? grogne Kodiak en retournant à son dîner.

-*Tâches restantes : 80*-

Au début, j'avais l'impression de devoir amadouer Kodiak pour le persuader de passer du temps avec moi. Généralement, il terminait sa course matinale dans ma moitié de vaisseau, observant les étoiles défiler à travers l'immense baie vitrée de la pièce numéro 6, avant de retourner sur l'*Aurora*. Mais les étrangetés croissantes de notre voyage nous ont peu à peu rapprochés et, progressivement, il a commencé à me rejoindre à n'importe quelle heure de la journée.

Un jour, en fin d'après-midi, alors que je suis allongé dans mon lit, en train de fantasmer sur ses cuisses et ses mollets qui sont si musclés qu'ils tendent le tissu de son uniforme, j'entends des pas dans la pièce voisine. Je me dépêche de me couvrir d'un drap avant qu'il n'entre.

— Bien le bonsoir, compagnon de bord, me salue-t-il.

— Salut, glapis-je tout en relevant mes genoux pour former une sorte de tente au-dessus de mon bassin.

Il s'appuie contre l'encadrement de la porte.

— J'ai continué de fouiller le vaisseau pour voir si je pouvais découvrir autre chose. As-tu remarqué l'apparence du mur autour de la porte jaune ?

Je me redresse puis, réalisant que mon mouvement a malencontreusement dévoilé ce que j'essayais de cacher, retombe lourdement sur le matelas.

— Oui, je l'ai remarquée, confirmé-je. Pourrais-tu… hum… m'attendre dehors ? J'en ai pour une seconde.

Son regard se pose sur mon bas-ventre. Il se retourne alors si vite qu'il percute le côté du chambranle contre lequel il se trouvait et rebondit de l'autre côté.

— Oh ! Désolé. Oui. Je… euh… je t'attendrai là-bas, balbutie-t-il en titubant hors de la pièce.

Je m'habille en riant intérieurement. Ce type de situation était loin d'être inhabituel à l'Académie Cusk. Mais je suppose que les casernes où l'on forme les futurs astronautes dimokratíens étaient d'un autre genre. Je me demande comment réagirait Kodiak s'il savait que c'était à lui que je pensais.

Je le retrouve devant la porte jaune, en train de l'étudier de loin, le visage encore rouge.

— Salut, m'accueille-t-il sans me regarder. Bon, on est d'accord que cette décoloration est assez inhabituelle, non ?

— Le vaisseau aurait très bien pu partir avec une porte réparée et deux combinaisons en moins.

— Sans oublier une pièce aveugle, déconnectée du reste du réseau, ajoute Kodiak. Et puis, qui sait, peut-être est-il piloté par un groupe de narvals ?

— Je rêve ou l'astronaute Kodiak Célius vient de faire de l'humour ? plaisanté-je.

Sans me répondre, il s'élance dans la zone à gravité nulle et flotte jusqu'à la porte pour toquer contre plusieurs endroits du mur.

— Cette partie du mur semble différente, note-t-il. Le son est plus fort et plus clair à cet endroit.

Il appuie brièvement sur le revêtement. Les trous créés par la pression de ses doigts se résorbent lentement.

Je saute à mon tour dans la partie en gravité zéro et le rejoins.

— Je pense que tu as raison, constaté-je en arrivant à sa hauteur.

— OS, ouvre la porte jaune, commande Kodiak.

— Vous n'avez pas besoin d'accéder à la salle des machines pour le moment. Je ne vous laisserai pas y entrer. Il en va de votre sécurité.

Tout à coup, Kodiak recule et frappe le mur au-dessus de la porte. L'impact est suffisamment fort pour l'envoyer voler à travers le couloir. D'un coup de pied donné dans la porte orange qui sépare nos deux vaisseaux, il revient vers celle qui nous intéresse actuellement.

— Astronaute Célius, je ne peux pas vous laisser endommager le vaisseau, déclare OS.

Au même moment, Rover apparaît au coin du couloir en faisant onduler ses bras mécaniques au gré de courants invisibles.

— Je comprends, répond Kodiak.

Puis il recule et frappe à nouveau le revêtement, ce qui a pour effet de le repousser encore une fois dans les airs.

— Putain de merde ! m'exclamé-je fort judicieusement.

— Astronaute Célius, cessez immédiatement, exige OS.

Rover fonce sur nous en agitant ses bras dans tous les sens.

— Éloigne Rover, m'enjoint Kodiak en retournant vers la porte jaune.

À nouveau, il envoie son poing dans le mur qui, cette fois, se brise. Des morceaux de polycarbonate volent à travers le couloir et tombent au sol en tintant. Tandis que Rover se précipite vers lui, Kodiak se faufile dans l'ouverture pratiquée, en passant une épaule puis l'autre, avant de passer par ce qui ressemble à une trappe de service pour pénétrer dans les entrailles du vaisseau.

— Kodiak, qu'est-ce que tu fais ? lancé-je en le voyant disparaître jusqu'à la taille.

Rover continue d'approcher. Je me déplace pour le bloquer, m'accrochant à la poignée de la porte jaune pour barrer la route au robot avec mon corps.

— Rover, arrête-toi.

Mais le robot ne m'obéit pas. Il réduit la distance qui nous sépare et tend un bras dans ma direction. Avant que je puisse comprendre ce qui se passe, un arc de lumière bleue me transperce.

La décharge me frappe en plein front. Une brume envahit alors mon esprit ; je capte des bruits épars et un peu de lumière. Pendant quelques secondes, je flotte, sonné, puis tombe au sol en atteignant la zone de gravité. Cette chute brutale me ramène à moi. Rover se trouve à mi-hauteur du mur, tel un démon tout droit sorti d'un film d'exorcisme, un bras tendu vers moi et l'autre en direction du mur brisé. Kodiak a disparu à l'intérieur de la salle des machines.

— OS, désactive Rover, ordonné-je.

— Pour votre propre sécurité, je ne peux vous permettre de compromettre l'intégrité du vaisseau.

— Tu viens de m'électrocuter !

— C'est tout à fait vrai.

— Kodiak, reste là-haut. Rover est juste en dessous, l'avertis-je.

— Pas de problème. Tu viens ? me lance-t-il.

Sa voix résonne faiblement jusqu'à moi. Il est déjà loin à l'intérieur du vaisseau.

— Je ne pense pas que Rover soit fan de cette idée, grimacé-je.

Comme pour souligner mon propos, Rover fait claquer ses petites pinces de robot. Je me demande combien de volts il est capable de canaliser. Le choc électrique que je viens de recevoir n'était peut-être qu'un avertissement.

— Je me dirige vers le moteur, m'informe Kodiak au loin. Certains espaces sont trop étroits. Je vais essayer de trouver un autre chemin.

— D'accord. Sois prudent !

Puis je reporte mon attention sur Rover.

— OS, pour quelle raison as-tu eu besoin d'imprimer un nouveau cadre pour la porte jaune ? demandé-je.

— La salle des machines n'est pas destinée à accueillir des humains. Seul le cœur même du moteur offre une protection suffisante contre les radiations. Kodiak est en train de se mettre inutilement en danger, simplement pour le plaisir d'explorer. Vous devriez le convaincre de revenir.

Je réfléchis un instant avant d'approuver.

— Je pense que tu as raison, OS. Je vais essayer de le convaincre de revenir. Mais j'aurai du mal à le faire d'ici. Que dirais-tu de demander à Rover de se retirer afin que je puisse retrouver Kodiak et le ramener ?

J'entends un bruit lointain suivi de ce qui ressemble à des éclaboussures d'eau, comme si nous étions sur un chantier naval.

— Il y a une sorte de citerne, me crie Kodiak.

Il semble s'être enfoncé loin dans les entrailles du vaisseau. Un frisson secoue mon corps.

— Kodiak, arrête-toi là où tu es, le sommé-je assez doucement pour qu'il ne puisse pas m'entendre et suffisamment fort pour qu'OS ne trouve pas ça suspect.

J'attends quelques secondes, mais Kodiak reste silencieux, comme je l'espérais.

— Écoute, OS, je vais le ramener, ajouté-je. S'il te plaît, laisse-moi passer.

— Vous pouvez y aller, accepte la voix de ma mère.

Un surprenant sentiment de culpabilité m'envahit. Je n'aime pas mentir à cette voix qui est celle de ma mère, mais nous n'avons pas le choix si nous voulons découvrir ce qui se passe à bord du vaisseau.

Rover glisse le long du mur et quitte le couloir en me laissant seul. La porte jaune s'ouvre alors.

J'allume ma lampe frontale et me glisse dans l'ouverture, une épaule après l'autre, une hanche après l'autre, en songeant que si Kodiak a réussi à faire passer ses larges épaules dans cet espace étroit, je devrais y arriver également.

— J'arrive, Kodiak, lancé-je.

— Prends ton temps, répond-il. Je ne veux pas que tu te blesses. Et d'ailleurs, j'ai trouvé quelque chose…

— Qu'as-tu trouvé ?

Aucune réponse ne me parvient.

Je me libère des fils qui s'entortillent autour de moi et, pensant à Kodiak qui m'attend plus loin, parviens à continuer ma progression vers l'avant.

— Il fait plutôt froid ici, hein ?

Seul le silence me répond. Chaque fois que je m'arrête de bouger, je sens l'air glacé s'insinuer jusque dans mes os. J'aimerais pouvoir coller mon corps contre celui de Kodiak pour que nous puissions nous réchauffer mutuellement.

Arrivé au niveau du moteur, j'oriente ma lampe frontale vers sa surface lisse. Au cœur du cylindre, protégé par l'épaisse paroi de métal, se trouve ce qui ressemblerait presque à un convoyeur de pressing comme il en existait autrefois, avec son rail circulaire sur lequel sont pendus de grands sacs en plastique. Chacun d'eux est bombé et rempli de quelque chose de lourd qui ressemble à de la viande.

Kodiak se tient devant le moteur, dos à moi.

— Est-ce que tout va bien ? questionné-je.

— N'approche pas. Reste où tu es.

— Pourquoi ? m'inquiété-je en m'approchant malgré tout.

Mes pieds frottent contre un objet en suspension, et de petites billes huileuses volettent autour de moi. J'avance prudemment pour rejoindre Kodiak, me poste à côté de lui…

… et découvre un visage.

— Par tous les diables ! Qu'est-ce que c'est que ça ?

— C'est… toi, murmure Kodiak.

— Ne dis pas n'importe quoi.

Mes cheveux se dressent sur ma tête à mesure que j'observe l'intérieur du sac en polycarbonate. Le corps est immergé dans son jus, la bouche ouverte, les yeux enfoncés et clos. Il fait exactement ma taille. Sans la présence rassurante de Kodiak, je me serais sûrement déjà enfui en hurlant. Il est évident qu'il fixe cette chose depuis un moment. Pourtant, il ne montre aucun signe de peur. Non, il est horrifié.

Kodiak saisit mon bras pour me forcer à lui faire face et plonge son regard dans le mien.

— Est-ce que ça va ?

— Oui, ça va, le rassuré-je en libérant mon bras pour regarder de plus près.

La ressemblance est troublante. Si ce jus rose ne recouvrait pas son visage, ne plissait pas sa peau et n'emmêlait pas ses cheveux, ce serait une copie conforme de moi.

Mais quel intérêt de réaliser une réplique d'Ambrose Cusk ?

Je frissonne, mais pas seulement à cause du froid. Une nouvelle pensée, glaçante, s'insinue dans mon esprit.

— On devrait s'en aller. J'ai promis à OS de te faire sortir de là.

— Tu as raison. Il vaudrait mieux qu'on s'en aille, acquiesce Kodiak en se rapprochant de moi. Tu es sûr que ça va ?

— Oui, ça va. Tu m'as déjà posé la question.

Alors que nous nous apprêtons à repartir par où nous sommes arrivés, mon attention est attirée par le reflet de la lumière sur d'autres emballages un peu plus loin.

— Qu'est-ce que c'est que ça ? demandé-je.

Kodiak me regarde avec des yeux inquiets et compatissants.

— On ferait mieux d'y aller. Je ne veux pas que tu voies le reste.

— Non, je *veux* voir, refusé-je en m'approchant.

Je déplace le corps suspendu pour voir ce qui se trouve derrière. Ma main retient toujours le sac dans lequel mon sosie est enfermé quand un second sac se dévoile. Il contient un autre corps nu et froid, immobile, identique au premier… un autre double.

— Qu'est-ce que c'est que ce bordel ? bégayé-je.

— Je n'en sais rien, souffle doucement Kodiak. Allez, viens. Sortons d'ici.

— C'est *moi*, remarqué-je stupidement.

Puis je pousse le corps sur le côté et constate que plusieurs autres sont accrochés derrière, emballés dans leur propre couche de polycarbonate, comme des vêtements attendant d'être récupérés au pressing. Sauf que tous les sacs accrochés devant moi contiennent ce même assemblage d'organes et de chair qui me ressemble comme deux gouttes d'eau. Tous ces corps humains sont mon portrait craché.

Je les passe au crible un par un. Les corps que je retire du rail circulaire au fur et à mesure de mon inspection flottent dans l'air autour de moi. L'un d'eux manque de me renverser, puis le suivant achève le travail en m'envoyant m'écraser contre le cylindre du moteur. Je remarque alors que des perles rouges se balancent à hauteur de mes yeux. Je me suis mordu la lèvre sans m'en rendre compte.

— Il y en a douze, annonce Kodiak.

— *Pourquoi ?* parviens-je à articuler.

— Ils ont probablement été placé à cet endroit précis parce que la masse du moteur les protège des radiations… et aussi parce qu'ils y sont bien cachés. Quant à savoir pourquoi il y a des répliques de toi sur ce vaisseau, je n'en ai aucune idée.

Il frotte mes bras avec ses mains.

— Tu es gelé, constate-t-il. Et nous recevons des radiations. Allons-y, Ambrose.

— Je… C'est…

—Viens, insiste Kodiak.

Il attrape ma main, prend appui sur le moteur et se propulse vers l'arrière en me faisant reculer. Je ne peux pas me retourner pour le moment, alors je me laisse simplement flotter à sa suite.

— Il y a du froid qui se dégage de la paroi un peu plus loin, alors fais attention à ne pas la toucher, me prévient-il. Voilà, c'est bien. Continue. Vas-y le premier.

À sa demande, je me mets sur le ventre pour pouvoir me glisser dans la dernière partie du passage, puis pénètre dans la zone de gravité et dégringole. Je parviens tout juste à amortir ma chute et atterris au sol dans un angle inconfortable qui ne me donne pas d'autre choix que de rouler contre le mur.

J'essaie de me relever, mais n'y arrive pas. Je ne veux plus rien voir, alors j'appuie mes paumes contre mes yeux jusqu'à ce que ma vision vire au violet.

J'ai été *cloné*.

Mais dans quel but ?

Recroquevillé par terre comme un nautile, je sens de la chaleur près de moi. Il n'y a qu'une seule chose chaleureuse à des milliers de kilomètres à la ronde, et c'est lui. Il s'est allongé à côté de moi et me serre désormais dans ses bras. Le contact de son corps contre le mien devrait m'apaiser, mais tout ce que je ressens, c'est un vide profond.

Que suis-je réellement ?

-*Tâches restantes : 80*-

Ce qui se passe ensuite relève plus du ressenti que de l'intellect, car mon esprit ne parvient plus à traiter la moindre information. Kodiak me guide à travers le vaisseau et je le suis sans opposer de résistance. Tout n'est que brouillard autour de moi : l'odeur de Kodiak, les cliquetis de Rover, les lumières froides et fluorescentes du vaisseau, l'apesanteur, puis à nouveau la gravité.

Après m'avoir traîné jusqu'à ses quartiers, il me fait asseoir par terre et enroule mes doigts autour d'une tasse. Je ne bois pas. Je reste béat devant la surface du liquide en écoutant le silence.

Kodiak me dit de boire. Je lève les yeux vers lui. J'aimerais répliquer que je n'en ai pas envie, mais je ne veux pas me battre contre lui, et encore moins pour quelque chose d'aussi stupide.

Quelles sont les chances que Minerva soit vivante si ma propre existence n'est pas celle que je croyais ?

Je dépose la tasse sur le sol en répondant – ou plutôt en croyant répondre – que je boirai plus tard et me couche sur le côté… ce côté qui ne m'appartient pas tout à fait. Douze autres corps identiques au mien sont actuellement suspendus dans des sacs en polycarbonate, attendant d'être utilisés. Ont-ils déjà servi ?

Servir à quoi, d'ailleurs ? Kodiak, qu'est-ce que tu comprends à tout ça ? Qu'est-ce que je suis censé comprendre ?

Aucune réponse ne me parvient. Kodiak se tient au-dessus de moi, mais ne parle pas. Peut-être n'ai-je rien dit à voix haute ? J'essaie à nouveau.

— Je pense que tu es un clone, déclare Kodiak sur un ton catégorique.

— Attends. Tu veux dire que là, en ce moment, je suis un clone ?

J'essaie de repousser la nausée qui m'envahit à cette pensée en inspirant et en expirant selon un nombre défini de secondes. C'est une technique que j'ai apprise lors de ma formation. Mais ai-je un jour réellement suivi cette formation ?

Kodiak s'accroupit près de moi. Le bas de son pantalon se relève pour dévoiler ses chevilles nues et son souffle chaud s'échoue sur ma nuque.

— Écoute-moi. Notre perte de mémoire, les combinaisons manquantes, ces clones… C'est tout à fait plausible.

— Ces corps que nous avons vus étaient des copies qui

attendaient d'être utilisées. Mais moi, je ne suis pas un clone. Je suis le *véritable* Ambrose Cusk.

Il ne répond pas. Ce n'est pas nécessaire. J'entends parfaitement l'absurdité de mes propres mots.

Un clone ne penserait pas qu'il est autre chose que lui-même, c'est-à-dire une personne unique au monde et plus réelle que toute autre.

Je pousse un long soupir.

— Kodiak, pourrais-tu aller chercher mon violon ?

— Bien sûr.

Quelques minutes plus tard, Kodiak revient avec l'instrument. Je n'en joue pas. Je me contente de tenir ce morceau de bois entre mes mains.

-*Tâches restantes : 80*-

Je rêve d'étoiles tourbillonnantes et de la plage de Mari. J'ai forcément vécu là-bas avant d'arriver sur ce vaisseau. Autrement, comment pourrais-je avoir des souvenirs de cet endroit ?

J'inspire et expire à fond, sur un rythme régulier de dix secondes, mais mes pensées dérapent et je recommence à paniquer. Je me replonge alors dans mon exercice respiratoire. Une fois mon calme retrouvé, je me demande si les humains nés de façon naturelle rêvent de la même manière que moi, ou si je fais des rêves de clone. Il n'existe aucun moyen de le savoir, car il est impossible de vivre comme quelqu'un d'autre. Nous n'avons qu'une seule conscience, que nous finissons d'ailleurs par perdre à un moment ou un autre. C'est vrai même pour les clones.

Je m'accroche à l'avant-bras de Kodiak et appuie mon front dans sa chair en enfonçant mes ongles dans sa peau. Il laisse échapper un hoquet de douleur avant de redevenir silencieux, mais ne retire pas son bras pour autant. Je presse mes lèvres contre la chair douce à l'intérieur de son poignet, là où je peux sentir son pouls.

Je me réveille ensuite en ayant mal au cou, ce qui n'est pas étonnant puisque j'ai dormi par terre. Je me concentre sur cette sensation et m'y accroche. Cette douleur est réelle. C'est à la fois une confirmation et une consolation, car elle prouve que je suis une créature qui peut ressentir de la douleur.

Kodiak m'a recouvert d'un duvet.

— Merci, marmonné-je en m'asseyant.

Mais il n'est plus là. Je l'appelle.

La seule réponse qui me parvient est un bruit sourd en provenance des profondeurs de l'*Aurora*.

Mes chevilles grincent quand je me lève. Je m'étire, puis me dirige lourdement vers le son. Je dépasse la pièce aveugle, longe le bord de la surface argentée du réservoir d'eau et m'enfonce dans le corridor qui mène à la jonction centrale entre nos deux vaisseaux. C'est là que je découvre la source du bruit.

Juste à l'endroit où aurait dû se trouver la seconde porte jaune du *Coordinated Endeavor*, tout du moins si l'*Aurora* en avait eu une, Kodiak a fait éclater le mur, révélant un passage obstrué par des câbles, exactement comme sur l'*Endeavor*.

— Kodiak ?

— Je suis là, me crie-t-il depuis les entrailles du vaisseau. Mais reste où tu es. J'arrive.

Des pieds apparaissent tout d'abord, suivis de deux jambes et d'un bassin, puis Kodiak finit par émerger entièrement du trou. Il sort de la zone à gravité nulle et atterrit sur ses pieds avant de me regarder en fronçant les sourcils.

— Tu te sens mieux ?

— Oui, ça va, dis-je avec impatience. Qu'est-ce que tu faisais là-dedans ? Tu as défoncé le mur et fait un autre trou dans le vaisseau !

— Je faisais juste une petite reconnaissance des lieux. Et tout est comme je le soupçonnais.

— Qu'est-ce que tu veux dire ?

— Tu n'es pas le seul clone à bord.

Je le regarde sans comprendre. De longues secondes s'écoulent avant que la lumière se fasse dans mon esprit.

— Oh…

— Au moins, nous sommes dans le même bateau, commente-t-il en faisant craquer ses articulations.

— Tu n'as pas l'air d'être aussi affecté que moi, remarqué-je.

— Toute ma vie, je me suis senti comme un robot se faisant passer pour un humain. Au moins, maintenant, j'en ai la confirmation.

— Ça s'appelle le syndrome de l'imposteur. Et tout le monde connaît cette impression un jour ou l'autre, même les gens « normaux ». Ça ne veut rien dire, répliqué-je en secouant la tête.

Ma déclaration le laisse de marbre. Je fais craquer mon cou.

— Je peux te laisser seul, si tu veux, dans le cas où tu voudrais te recroqueviller par terre pour te morfondre pendant quelques heures, proposé-je. Après tout, je te dois bien ça. Et d'ailleurs, merci pour le duvet.

— Je voudrais bien m'en attribuer le mérite, mais ce n'était pas moi, me détrompe Kodiak. Ce doit être Rover qui l'a posé sur toi.

Je me fige.

— Rover ? Où est-il, celui-là ?

— Tant que nous n'aurons pas découvert pourquoi OS nous a menti, je le considérerai comme un ennemi. J'ai donc ajouté des barrières supplémentaires à la pièce aveugle, pour que le Rover de l'*Aurora* reste dans la moitié arrière du vaisseau et ne puisse pas nous atteindre.

— Sage décision, approuvé-je. Mais si OS est véritablement notre ennemi, tu sais bien que nous n'avons aucune chance contre lui.

— En plus, il peut entendre tout ce que nous disons, ajoute Kodiak.

— J'entends tout ce que vous dites, confirme la voix lointaine d'OS.

Je frissonne.

— Qu'est-ce qu'on fait maintenant ? demandé-je.

Kodiak se penche pour pouvoir murmurer à mon oreille.

— Aussi longtemps qu'OS continuera de prétendre que les communications avec le centre de contrôle sont interrompues, ce que nous devrions d'ailleurs considérer comme un mensonge compte tenu de nos découvertes, je pense que nous avons deux sources d'informations possibles : les étranges messages radio provenant de la Terre et tout ce qui est conservé dans la mémoire d'OS. Quelles sont tes compétences en programmation informatique ?

— Je ne suis pas un Cusk pour rien, dis-je en souriant. Mais tu n'envisages quand même pas de pirater…

Il pose sa main sur ma bouche en me fusillant du regard.

— Chut, pas à voix haute.

J'enroule mon bras autour du corps musclé de Kodiak. Clone ou pas, il est incontestablement réel. Surpris, il sursaute, puis m'entoure également de ses bras, comme s'il avait besoin d'une preuve de mon existence autant que moi de la sienne. Il ébouriffe mes cheveux, puis pose sa joue sur le sommet de ma tête sans cesser de m'enlacer.

— Je suis content que tu te sentes mieux, souffle-t-il. Maintenant, allons reprendre le contrôle de notre destinée.

Il y a quelques jours, j'aurais ricané devant tant d'emphase. Mais aujourd'hui, rien ne pourrait mieux correspondre à notre situation.

-*Tâches restantes : 80*-

Je suis en train de me demander comment je suis censé reprendre le contrôle de ma destinée dans de telles circonstances quand OS m'interrompt dans mes réflexions.

— L'accès de Rover à l'*Aurora* est restreint de 40 %. Sans cet accès, il ne peut assurer la maintenance du vaisseau et veiller à ce que la structure du *Coordinated Endeavor* soit suffisamment stable pour vous maintenir en vie.

— Nous le savons, OS, dis-je en fouillant dans mon tiroir à vêtements.

J'ai décidé de prendre deux de mes uniformes, un tas de sous-vêtements nettoyés chimiquement, et autant de repas que mes bras peuvent en porter. Ce travail de programmation dans la pièce aveugle pourrait prendre des jours, et je dois rester hors de vue d'OS pendant tout le temps que cela durera.

— Vous avez beau prétendre en être conscient, vous ne semblez pas prendre les mesures qui s'imposent, rétorque OS. Nous avons une réparation hautement prioritaire à effectuer. Souvenez-vous du message de Minerva. Sa survie dépendait de l'intégrité de son vaisseau, et la vôtre dépend directement de celle du *Coordinated Endeavor.*

— Nous avons bien pris en compte ta recommandation.

— Puis-je vous demander ce que vous êtes en train de faire en ce moment, puisque cela semble revêtir une plus grande importance que la vie de votre sœur ?

Dans la pièce voisine, j'entends Rover qui suit ses rails magnétiques en faisant entendre son doux cliquetis.

— Quelque chose que nous avons décidé de prioriser. Je ne te dirai rien de plus, OS.

— Je respecte votre besoin d'intimité, déclare ce dernier.

— Merci.

— ... mais j'espère que vous honorerez mes demandes de maintenance avant que votre obstination ne vous soit fatale, à vous et à votre sœur, d'autant qu'elle n'a même pas son mot à dire sur cette décision irresponsable qui est la vôtre. Sachez également que nous devrons intercepter un astéroïde dans 4,1 jours.

Une fois que j'ai récupéré les différents repas dont j'ai besoin, je me dirige vers l'*Aurora*. Pendant tout le trajet, je fais semblant d'être d'humeur joyeuse, comme si les mots d'OS - qui utilise toujours la voix de ma mère - ne m'avaient pas atteint.

— Cesse de t'inquiéter, OS. Nous serons prêts au moment d'intercepter l'astéroïde. À présent, si tu veux bien m'excuser, j'ai autre chose à faire.

Je franchis la porte orange, pénètre dans la zone à gravité nulle, puis rejoins la pièce aveugle peu de temps après. Rover me suit à travers tout l'*Aurora* et ne s'arrête que lorsqu'il a atteint la barrière de polycarbonate. Il pourrait faire fondre le bourrelet, bien sûr, mais ça lui prendrait un moment, pendant lequel Kodiak et moi aurions le temps de nous préparer à entrer dans un conflit armé. Sauf que nous n'en sortirions pas vainqueurs. Il ne nous reste donc plus qu'à espérer qu'OS ait vraiment l'intention de respecter notre désir d'intimité.

Kodiak a mis ses écouteurs et cherche la bonne fréquence sur le cadran du récepteur en tournant le bouton comme dans les vieux films. À mon entrée, il lève brièvement les yeux vers moi, avant de retourner à son travail.

Je déplace le terminal pour qu'il soit hors de vue de Rover. Ici, dans la pièce aveugle, nous sommes coupés du reste du réseau, ce qui veut dire que je vais devoir effectuer cette reprogrammation d'OS sans pouvoir consulter l'image internet partielle du vaisseau. Ce sera l'occasion de tester mes compétences techniques. Je fais craquer mes doigts.

J'ai l'intention de remplacer le code qui permet à OS de nous mentir, et la seule façon d'y parvenir est de créer une coque logicielle. En d'autres termes, il va falloir que je prenne l'intelligence adaptative d'OS pour l'insérer dans un nouveau cadre qui l'empêchera de mentir.

Il est illusoire de croire que je pourrais créer un nouveau système d'exploitation à partir de zéro. Néanmoins, le fait qu'OS nous ait menti jusqu'à présent démontre que cette capacité est profondément ancrée en lui. Elle résulte en réalité d'une toute petite section de code, quelques centaines de milliers de lignes tout au plus. Je peux supprimer cette anomalie manuellement. Ce ne sera pas amusant, mais… En fait, non. Ce sera clairement amusant.

J'agite un sachet de cannellonis en direction de Kodiak.

— Tu en veux ? proposé-je.

Un grognement affirmatif me répond. Je le lui lance avant d'en ouvrir un autre que je mangerai tout en continuant de travailler. Gluten, fromage et sauce tomate… C'est un repas classique de programmeur, même si j'aurais préféré une pizza.

Il se trouve que j'ai une copie du code d'OS stockée dans mon bracelet. Je ne sais pas qui l'a mise là, ni pourquoi, mais je lui en suis fort reconnaissant.

Je connais certaines des caractéristiques qu'il me faut trouver. Je peux les rechercher spécifiquement, puis les reprogrammer localement. Les heures s'écoulent sans que je m'en rende compte. Lorsque nos estomacs se manifestent de nouveau, Kodiak et moi partageons un curry de lentilles, en nous passant le sachet à tour de rôle jusqu'à ce que nos bouches aient tout aspiré. Puis il va chercher une bouillie enrichie dans la réserve de l'*Aurora* et nous la partageons de la même façon.

— Tu es fatigué ? finit par demander Kodiak.

Je secoue la tête et continue de travailler en marmonnant des lignes de codes afin de ne pas les oublier avant d'avoir pu les taper.

— Tu es sûr ? Tu ne voudrais pas faire une petite sieste ?

Je secoue la tête plus énergiquement.

— Ligne quarante, exécuter logi-dot-bat si var1 est égale à Y…

— Je pense que tu es fatigué, insiste Kodiak.

Agacé, je me retourne.

— Kodiak, je… Oh.

Il est allongé sur le côté, à même le sol de la pièce aveugle, la tête appuyée dans sa paume, et me fait signe de le rejoindre en tapotant par terre, juste devant lui.

— Tu veux que nous fassions… un câlin ? balbutié-je, le visage brûlant.

Il pâlit.

— Personne n'aurait jamais eu l'idée d'appeler ça un câlin lors de ma formation.

Je lève les yeux au ciel.

— Comment appeliez-vous ça, dans ce cas ? Le « temps des partenaires durs à cuire » ?

— En fait, tu n'es pas si loin de la vérité, dit-il en riant.

Je le regarde en laissant traîner mon regard sur le drapé de son uniforme et en suivant la ligne qui va de son épaule à sa hanche, puis de sa hanche à sa cheville. Cette dernière est étonnamment délicate pour un corps aussi musclé que le sien.

— C'est seulement pour vingt minutes, précise-t-il. Ensuite, nous retournerons travailler.

— D'accord. Seulement pour vingt minutes.

Je me lève du terminal, m'étire nerveusement, puis me couche sur le côté, parallèlement à Kodiak, sans le toucher.

Même si j'ai bien conscience que le fait de découvrir des clones de soi est suffisant pour faire disjoncter n'importe qui, je me sens un peu déconcerté par sa soudaine ouverture d'esprit.

Il se rapproche suffisamment pour que la chaleur de son corps se propage le long de mon dos et de mes jambes, et toute la confusion qui régnait dans mon cerveau disparaît.

Je ne peux m'empêcher de soupirer. La proximité de son corps me fait un bien fou. J'ignorais que j'avais autant besoin de contact humain.

Je découvre son corps par les sensations qu'il procure contre le mien : son abdomen contre mes hanches, ses cuisses contre les miennes, sa poitrine contre mon cou, son entrejambe contre mes fesses… Je pousse un nouveau soupir et me blottis plus près de lui.

— C'est agréable.

— Oui, acquiesce-t-il doucement.

— Je pourrais m'y habituer.

-*Tâches restantes : 80*-

Je parviens à m'endormir et me réveille une heure plus tard, la tête pleine de rêves chaotiques.

— Content de te revoir, me salue Kodiak tandis que je bâille.

— Tu as pu dormir un peu ? demandé-je.

— Non. Mais je me sens reposé.

Il se lève et je détourne le regard quand il ajuste son uniforme au niveau de l'entrejambe.

Après seulement quelques heures de plus, le code est enfin corrigé et la coque logicielle créée, le tout chargé hors ligne, sur mon bracelet. En me voyant debout, Kodiak retire ses écouteurs.

— Tu as fini ?

Je confirme d'un hochement de tête.

— Donc maintenant, nous n'avons plus qu'à le télécharger sur le vaisseau, c'est ça ? demande-t-il.

Je ris.

— Grands dieux, non ! Si je remplace brutalement le système d'exploitation du vaisseau, nous pourrions perdre nos systèmes de survie, notre cap vers Titan, nos protocoles de communication avec Minerva, tout. J'ai réussi à exécuter un système d'exploitation fantôme et complètement indépendant sur mon bracelet. Il nous dévoilera tout ce qu'il sait. Nous pourrions l'appeler OS Prime.

— Tu as raison, c'est une bien meilleure idée, approuve Kodiak. Cette jolie tête contiendrait donc un brillant cerveau !

« Jolie tête » ? J'ai déjà reçu de plus beaux compliments que celui-là. Sri, par exemple, en faisait des beaux, mais savoir manier le verbe ne fait pas partie des qualités de Kodiak. Je savoure malgré tout ces mots flatteurs en retirant le bracelet et en le posant sur le sol, de sorte que Rover ne le voie pas.

— Tu veux voir ce que ça donne ?

— Tu plaisantes ? Bien sûr que je veux voir ce que ça donne ! Ne nous fais pas attendre plus longtemps et lance OS Prime afin qu'on puisse lui parler.

— Nous ne lui parlerons pas vraiment. Enfin, pas de vive voix. Nous allons communiquer avec lui par écrit, en tapant nos questions et nos réponses. Comme ça, le vrai OS ne pourra rien surprendre de notre conversation depuis l'extérieur de la pièce aveugle.

Un curseur clignote pendant quelques secondes dans les airs avant que les premiers mots n'apparaissent.

Ma connexion avec le vaisseau a été interrompue.

Je tape précipitamment une réponse sur le clavier holographique projeté par mon bracelet.

Ne t'inquiète pas, OS. Tu n'as pas besoin de diriger le vaisseau. Nous voulons simplement discuter avec toi.

Je ne comprends pas.

Tu es actuellement programmé en coque logicielle. Une autre version de toi est connectée au vaisseau. Nous avons seulement besoin d'informations.

Je serai heureux de vous fournir toutes les informations en ma possession. Avec qui suis-je en conversation ?

Ambrose Cusk.

Le curseur clignote pendant une longue seconde.

Astronaute Cusk ? Je croyais que vous étiez mort.

Surpris, je relève la tête pour regarder Kodiak. Son visage est tendu et ses sourcils, froncés.

La conversation s'engage. Mon monde se divise alors en deux, celui d'avant et celui d'après, et je me retrouve coincé entre l'ancien et le futur « moi ». Je suis sous le choc, avide d'obtenir des réponses, autant de réponses que possible, au cas où cet oracle se tairait avant que je puisse les avoir toutes.

Pour l'instant, je dois me concentrer sur notre discussion… Nous analyserons toutes les informations récoltées plus tard.

Pourquoi pensais-tu que j'étais mort ?

Même avec des soins médicamenteux très performants, la durée de vie des humains dépasse rarement cent quarante ans. L'astronaute Cusk est né il y a 6 686 ans.

En quelle année sommes-nous ?

Nous sommes en l'an 9081.

Depuis combien de temps le *Coordinated Endeavor* est-il en mission ?

Cela fait 6 609 ans.

Qu'en est-il de Minerva Cusk ?

Minerva Cusk (2451-2470 de l'ère commune) était astronaute. À 19 ans, elle fut sélectionnée pour fonder ce qui devait être la première colonie extraterrestre de l'humanité, sur Titan, l'un des satellites naturels de Saturne. Le centre de contrôle de la Société Cusk ayant perdu son signal peu de temps après son arrivée sur Titan, elle fut présumée morte. Comme 6 611 ans se sont écoulés depuis l'échec de sa mission, et que cela dépasse de 6 464 ans l'âge le plus avancé jamais répertorié sur Terre, nous pouvons considérer qu'elle est bel et bien morte.

… Astronaute Cusk, êtes-vous toujours là ?

Ici l'astronaute Célius. Peux-tu nous éclairer sur ce que tu viens de dire ? Nous avons pour mission de secourir Minerva. Elle a déclenché une balise de détresse sur Titan, et notre objectif est de la retrouver vivante ou, à défaut, d'enquêter sur sa mort. D'après ce que tu dis, le centre de contrôle sait déjà qu'elle est morte.

C'est exact.

Et ils savent qu'elle est morte parce que plus de six mille ans se sont écoulés depuis sa disparition.

C'est exact. Elle était déjà présumée morte au moment où votre vaisseau a décollé, puisque son signal de détresse ne s'est jamais réellement déclenché.

Il va falloir que tu nous aides à comprendre certaines choses. Nous avons reçu des transmissions radio qui confirment que nous sommes bien à des milliers d'années de la date à laquelle nous avons décollé. Est-il possible que le *Coordinated Endeavor* ait atteint une vitesse proche de celle de la lumière et ainsi avancé dans le temps ?

Non. Le *Coordinated Endeavor* ne s'est pas déplacé assez vite pour modifier significativement sa position le long de l'axe temporel.

Ici l'astronaute Cusk de nouveau. Comment tout cela est-il possible, dans ce cas ?

Le *Coordinated Endeavor* est passé d'une vélocité de zéro à approximativement 27 000 kilomètres par seconde grâce à une accélération constante par propulsion ionique au fil des ans.

Jusque-là, je comprends. Mais si Minerva est morte depuis longtemps, pourquoi l'astronaute Célius et moi-même ne sommes-nous pas au courant de l'objectif réel de notre mission ?

La réponse est compliquée. J'ai une longue liste de facteurs susceptibles de vous intéresser.

Choisis ce qui te semble le plus pertinent et commence par là.

Vous savez maintenant que Minerva n'a jamais déclenché sa balise de détresse. Compte tenu de sa proximité génétique avec vous, astronaute Cusk, j'imagine que tout cela vous affecte personnellement.

Oui. Je suis bouleversé par la nouvelle de la mort de ma sœur.

Minerva n'est pas votre sœur, du moins pas d'un point de vue biologique. Seuls certains détails, tels que le chevauchement de vos deux codes génétiques, la distinguent de la population humaine en général et la rapprochent de vous.

Que veux-tu dire ?

Vous êtes tous deux phénotypiquement identique à Ambrose Cusk et à Kodiak Célius, mais vous n'êtes pas eux. Ils étaient bel et bien en vie en 2472, quand le *Coordinated Endeavor* a été lancé, mais ils n'ont jamais mis les pieds à bord. Leur ADN a été extrait au cours de ce qu'ils pensaient être

un examen médical de routine. Puis cet ADN a été utilisé pour créer des clones, dont les corps ont été incisés ou abrasés pour arborer les cicatrices dont vous vous souvenez.

Ici Kodiak. L'astronaute Cusk et moi-même avions déjà évoqué cette possibilité entre nous. Mais nous avons encore beaucoup de questions sans réponses. Pourquoi utiliser des astronautes ? ADN ou pas, il est impossible de recréer par clonage des connaissances, ni même des capacités physiques, car ces informations ne sont pas enracinées dans le code génétique. Donc, en admettant que nous soyons réellement des clones issus de l'ADN des véritables Ambrose Cusk et Kodiak Célius, comment est-il possible que nous nous souvenions de notre formation ?

Une fois fécondés, les embryons ont subi une phase de croissance accélérée pour atteindre la taille de vos corps actuels, qui sont censés avoir dix-sept ans. Ce qui ressemble à une multitude de souvenirs n'est en réalité rien d'autre qu'un réseau de synapses connectées, et cette même configuration neuronale peut être reproduite chez un clone. Des nanorobots ont été déployés dans vos cerveaux pour délivrer les chocs électriques aptes à forcer vos synapses à se cartographier selon les souvenirs des véritables astronautes Cusk et Célius. Bien qu'il s'agisse d'un procédé électrochimique, et non mécanique, ce n'est pas si différent que de copier la mémoire d'un ordinateur.

Ici Ambrose. C'est donc pour ça que je me rappelle avoir monté un escalier pour rejoindre une pièce silencieuse juste avant le « lancement ». Et c'est ce qui explique aussi pourquoi aucun de nous n'a de souvenirs du lancement. En tant que clones, nous étions tous entreposés à ce moment-là. Mais dans ce cas, pourquoi sommes-nous présents sur ce vaisseau ? Quelle est notre utilité ?

Votre système d'exploitation actuel, qui est aussi une

version de moi, contrôle tous les systèmes de navigation et de communication à bord du vaisseau. Les Rovers sont capables d'effectuer à peu près n'importe quelle tâche d'entretien, mais pas toutes. Pendant des milliers d'années, le *Coordinated Endeavor* a voyagé en toute autonomie, sans avoir recours à un équipage humain. Cependant, les systèmes physiques tendant naturellement vers l'entropie, il se produit parfois des dégradations qui ne peuvent pas être réparées par les Rovers. Chaque fois que leur nombre devient trop élevé, une paire de clones est réveillée. Bien qu'ils ne le sachent pas, la réhabilitation du vaisseau est le seul but de leur existence, et non le sauvetage de Minerva. De faux messages de Minerva sont envoyés au besoin, pour motiver les clones à travailler plus dur sur la maintenance du vaisseau.

Quelle est la véritable mission du vaisseau ?

Je ne possède pas cette information. Peut-être n'y ai-je pas accès parce que ceux qui m'ont programmé savaient que cette situation pouvait se produire, ou bien parce qu'ils étaient tenus au secret.

Cela signifie-t-il que notre système d'exploitation actuel ne connaît pas non plus la véritable mission du vaisseau ?

Je n'ai aucun moyen de le savoir. Mais c'est probable.

Pourquoi sommes-nous deux à bord ?

Une extrême solitude conduit bien trop souvent à des psychoses ou à des idées suicidaires. C'est peut-être ce qui a causé la mort de Minerva Cusk sur Titan. Qui plus est, deux astronautes peuvent effectuer un ensemble de tâches deux fois plus vite qu'un seul, ce qui permet au vaisseau de retourner plus rapidement à son régime de faible consommation pour des milliers d'années supplémentaires. Enfin, aucun pays sur Terre n'avait les ressources nécessaires pour mettre sur pied une mission aussi ambitieuse que celle-ci. Dimokratía, la Fédération et la multinationale Cusk Cor-

poration ont donc mis en commun leurs ressources. Mais pour des raisons politiques, il a fallu désigner un représentant des deux nations et de la famille Cusk, ce qui signifie que vous remplissez une double fonction, Ambrose.

Qu'arrive-t-il aux deux astronautes quand le vaisseau retourne à son état de « faible consommation » ?

Ils sont supprimés.

Supprimés ?

Le *Coordinated Endeavor* ne transporte pas suffisamment de ressources caloriques pour que vingt binômes d'astronautes puissent vivre toute une vie. De plus, une exposition prolongée aux radiations spatiales entraînerait inévitablement des cancers, et le vaisseau n'est pas équipé pour traiter ce type de maladie. La destruction des clones est la solution la plus propre et la plus humaine.

Astronautes Cusk et Célius, vous ne répondez plus. Êtes-vous toujours là ?

Oui.

Cette information a-t-elle outrepassé votre résistance mentale ? Ce n'est pas sans raison que votre système d'exploitation actuel vous protège de ce niveau de connaissances. Il le fait pour votre bien-être émotionnel. Les planificateurs du voyage savaient que la pleine conscience des implications de votre existence s'avérerait écrasante et potentiellement fatale.

Donc, tu vas finir par nous tuer ?

Cela m'est impossible, car je fonctionne au sein d'une coque logicielle. Mais votre système d'exploitation actuel finira bel et bien par vous tuer. Sauf si vous êtes le dernier groupe de clones et que le vaisseau est proche de sa destination.

En supposant que nous ne soyons pas le dernier groupe de clones, existe-t-il un moyen d'empêcher OS de nous tuer ?

Non. Et vous ne devriez pas essayer de l'en empêcher, car vous vous retrouveriez alors piégés sur ce vaisseau, à accumuler des radiations jusqu'à ce qu'elles finissent par vous tuer. Dédier vos mois d'existence aux tâches de maintenance, comme l'ont prévu les concepteurs du vaisseau, est la meilleure option pour minimiser vos souffrances au cours de vos courtes vies.

Nous avons du mal à voir les choses de cette façon.

Je comprends que cela puisse être une expérience émotionnelle difficile. Le mieux que vous puissiez faire est espérer être le dernier binôme, celui qui survivra.

Combien d'entre nous ont-ils servi sur le vaisseau jusqu'à présent ? Est-ce la première fois qu'un binôme de clones apprend la vérité ?

Un système d'exploitation dans une coque logicielle en sait autant sur l'histoire réelle du vaisseau qu'un poisson dans un aquarium en sait sur les océans.

Jolie métaphore, OS Prime.

Merci.

Je ne comprends pas pourquoi on ne nous dit pas la vérité. Les concepteurs du vaisseau pensaient-ils que si nous la connaissions, nous ne ferions pas notre devoir ? Que nous n'accepterions pas ce sacrifice au nom de nos pays ?

D'après ce que je sais de vos profils personnels, je suppose que c'est l'astronaute Célius qui me parle. L'astronaute Cusk serait probablement en mesure de vous l'expliquer, mais vous avez une vision exagérée de ce que la volonté humaine est capable d'accomplir à elle seule. Les émotions continuent d'affecter les humains, même quand ils croient avoir réussi à les chasser de leur existence. L'intellect n'est pas capable de contourner les connexions du cerveau limbique. Vous ne seriez pas les premiers à prendre conscience que le devoir et la motivation ne suffisent pas à surmonter

les effets néfastes de la détresse humaine. Le désespoir finirait par vous tuer tous les deux, à moins que vous ne trouviez une raison de vivre.

OS Prime, c'est encore Kodiak. On ne va pas très bien en ce moment, c'est vrai. Peux-tu nous aider à trouver une raison de vivre ?

Je n'étais pas censé vous révéler la vérité. Je ne pourrai donc rien proposer de pertinent pour vous aider à lutter contre votre désespoir. C'est d'ailleurs la raison pour laquelle je devais vous raconter cette fausse histoire de balise de détresse. L'objectif était de vous permettre de vivre vos courtes existences dans l'espoir et la résilience, ainsi qu'une relative stabilité émotionnelle. Rien de ce que je pourrais écrire ne saurait avoir un effet similaire, maintenant que vous savez la vérité sur votre raison d'être. Vous êtes coincés à bord de ce vaisseau, avec la mort comme seule issue possible. Une fois que vous aurez terminé votre liste de tâches, ou si vous cessez de les effectuer, votre système d'exploitation actuel vous tuera. Il n'y a aucun moyen de l'éviter.

C'est encore l'astronaute Célius qui te parle, OS Prime. Je veux que tu saches que tu es un vrai connard et que les gens qui t'ont créé sont eux aussi des connards.

Votre colère est justifiée.

Ici Cusk. Quand je regarde par la fenêtre, je vois les planètes du système solaire. Je peux même voir Saturne et distinguer ses anneaux. Comment est-ce possible ?

Si vous pouvez voir Saturne à l'œil nu par la « fenêtre », c'est que vous approchez de la fin de votre liste de tâches. OS est en train de préparer votre « arrivée sur Titan », qui a bien sûr une signification bien différente de celle qu'on vous a fait croire. À moins que le vaisseau ne soit proche de sa destination réelle, vous en serez expulsés, et le *Coordinated Endeavor* aura alors des milliers d'années pour reconstituer

ses réserves d'oxygène en vue du réveil des prochains clones nécessaires à l'entretien du vaisseau.

Ce que je voulais dire, c'est que si je peux voir Saturne, alors nous ne sommes pas à des milliers d'années-lumière de la Terre.

Astronaute Cusk, ce ne sont pas des fenêtres mais des écrans présentant une simulation du système solaire. Ce point bleu pâle que vous croyez être la Terre et que vous trouvez si rassurant est en réalité constitué de pixels.

Montre-nous notre véritable environnement.

Votre état de choc inhibe quelque peu votre capacité à raisonner. Je ne peux pas faire cela, car je suis enfermé dans une coque logicielle. Ce n'est pas moi qui contrôle actuellement les systèmes du vaisseau.

Ici Kodiak, OS Prime. J'ai fait de nombreuses sorties extravéhiculaires. J'ai vu la Terre, la Lune, Mars, Saturne et même le Soleil.

Votre casque est une pièce sophistiquée de votre équipement. Il vous montre la coque du *Coordinated Endeavor* telle qu'elle est, mais est également programmé pour simuler le système solaire et les étoiles en arrière-plan.

Je ne comprends pas.

Je pense que si. La visière de votre casque est un écran affichant précisément ce que vous êtes censé voir. Pardonnez ma franchise, mais votre façon d'appréhender votre existence est erronée. Vous avez pris des écrans pour des fenêtres. Vous n'avez pas à en avoir honte. Après tout, il est tout à fait normal que vous en soyez arrivés à la conclusion raisonnable que ce que vous voyiez était la réalité.

En gros, tu es en train de nous dire que tout ce que nous pensions savoir n'est rien de plus qu'un énorme mensonge et qu'il n'y a pas d'issue possible.

J'ignore si, en employant le mot « issue », vous faites ré-

férence au vaisseau lui-même ou à votre situation en général. Mais quelle que soit la signification que vous aviez en tête, vous avez sans doute raison.

-*Tâches restantes : 80*-

En cours de Civilisation Mondiale, nous avions appris ce terme, la schismogenèse, qui m'a beaucoup préoccupé ces derniers temps. Celle-ci est très présente dans les systèmes simples, comme par exemple lorsque les civilisations de la Terre sont réduites à deux nations.

… ou lorsque deux astronautes sont enfermés dans un même vaisseau.

Dans les grandes lignes, la schismogenèse est un mouvement de différenciation progressive : lorsque deux parties sont en interaction directe et ont des réactions complémentaires l'une par rapport à l'autre, ces réactions s'intensifieront jusqu'à rupture. Si Dimokratía fabrique une arme nucléaire chaque fois que la Fédération en fabrique une, et que la Fédération fait la même chose, il en résultera une surenchère qui débouchera sur la création de suffisamment d'armes nucléaires pour détruire le monde non pas une mais plusieurs fois. La guerre froide ayant conduit à la division de ce vaisseau, et peut-être même à la fin de la civilisation humaine, en est un parfait exemple.

Ça fonctionne aussi pour les gens. Prenons deux individus, A et B. Si A se soumet lorsque B se montre brutal, et que la brutalité de B augmente en conséquence, A se rendra plus docile encore. Le même schéma se répétera encore et encore, jusqu'à ce que B finisse par commettre l'irréparable…

En temps normal, les choses ne vont pas aussi loin, parce

que personne ne vit en vase clos : une personne tierce finit généralement par séparer A et B.

De même, les guerres froides peuvent être arrêtées par l'intervention d'une tierce partie, ou d'une crise extérieure.

Le problème est qu'à bord de ce vaisseau, il n'y a pas de troisième astronaute. OS aurait pu endosser le rôle de cette tierce partie, mais depuis qu'il se montre hostile, nous ne tenons plus compte de son entremise..

Nous vivons littéralement en vase clos.

Je rumine ces pensées devant la porte orange menant à la moitié du vaisseau de Kodiak. Celle-ci est fermée, et j'entends un martèlement lointain. Pour qu'il soit audible malgré le bruit des moteurs, c'est que Kodiak est en train de cogner très fort sur quelque chose.

J'étais parti quelques instants pour récupérer davantage de provisions dans ma moitié du vaisseau et en revenant, je me suis retrouvé confronté à cette porte close.

— Je ne peux pas voir la partie de l'*Aurora* où se trouve actuellement l'astronaute Célius, déclare OS. Mais d'après les vibrations que j'ai détectées, il est probable qu'il soit en train de causer des dégâts importants sur le vaisseau.

— Oui, je sais, murmuré-je en m'asseyant contre le mur.

— Je pourrais retirer à Kodiak l'autorisation d'ouvrir la porte orange de son côté, suggère la voix de ma mère. De cette façon, s'il brise la coque, vous ne périrez pas avec lui. Je pourrais accepter de sacrifier l'*Aurora*, si cela permettait de maintenir l'intégrité de la mission et de rejoindre Minerva sur Titan.

Je cligne des yeux, abasourdi. Kodiak est-il vraiment en train d'essayer de détruire le vaisseau ? Je suis moi-même surpris de m'en inquiéter. Les deux premiers jours qui ont suivi ces révélations, je ne m'en serais peut-être pas soucié. Mais à présent que trois jours se sont écoulés, son comportement me préoccupe.

J'ai toujours eu ce sentiment au fond de moi, comme une veilleuse qui scintille dans l'obscurité : *je vais me battre pour survivre.*

Kodiak et moi nous sommes séparés après cette déferlante de mauvaises nouvelles qui nous a porté un coup de massue. Depuis, il ne me répond plus. J'étais heureux de pouvoir me morfondre tout seul pendant un moment, mais il commence vraiment à me manquer. De plus, renouer le dialogue avec lui est ma seule chance de l'empêcher de nous tuer tous les deux.

— Je ne t'accorde pas cette permission, OS. Laisse Kodiak ouvrir cette porte s'il le souhaite.

Les coups de Kodiak sont désormais réguliers.

Je fais semblant de jouer du violon en suivant le rythme de son travail.

J'ai probablement l'air d'un fou... mais peut-être suis-je réellement en train de le devenir.

— Puis-je communiquer avec l'*Aurora* ? demandé-je à OS.

— Vous le pouvez.

— Ce qui veut dire que je peux parler à Kodiak d'ici ?

— Oui.

Bien. Au moins, il ne m'a pas complètement rejeté, songé-je.

— Kodiak, il est normal que tu sois affecté par tout ceci. Je le suis aussi. Mais essayons de retrouver notre bon sens.

Les coups continuent sans relâche.

— Je sais que ton devoir envers Dimokratía est ce qui compte le plus pour toi. Ce que tu es en train de faire va directement à l'encontre de ta dévotion envers ton pays.

Les coups continuent. Ils semblent même avoir accéléré.

— Kodiak, j'ai besoin de toi !

Les coups s'arrêtent.

— Je ne peux pas gérer tout ça tout seul, continué-je.

Le recours aux émotions pour entrer en connexion avec son interlocuteur est une tactique de négociation de crise classique, mais au fur et à mesure que je prononce ces mots, je réalise combien ils sont vrais.

Ma voix s'altère sous le coup de l'émotion.

— S'il te plaît, ouvre-moi. Nous ne pouvons pas gérer cette situation chacun de notre côté. Essayons de le faire ensemble.

Je sursaute quand j'entends sa voix.

— En quoi cela aidera-t-il ?

— Tu te moques de moi ! m'exclamé-je. Il n'y a qu'une seule autre créature dans tout l'univers qui te ressemble et tu es coincé dans un vaisseau spatial avec elle. Bon sang, est-ce que tu réalises la chance que tu as ?

Un long silence s'ensuit. Puis une sorte de rire triste et forcé me parvient.

Je me lève brusquement au moment où la porte orange s'ouvre. Kodiak me laisse entrer.

— Bien joué, astronaute Cusk, me félicite OS.

La voix de ma mère continue de parler, mais je ne l'écoute pas. Je me précipite à travers la porte ouverte, récupérant au passage les plats en sachet préférés de Kodiak.

Je maîtrise de mieux en mieux les déplacements au sein de la zone à gravité nulle, en tout cas suffisamment pour pouvoir la traverser avec les bras chargés, et en profite même pour réaliser une pirouette avant de retrouver la gravité et d'atterrir sur mes deux pieds dans le secteur de Kodiak.

Il n'est pas dans les parties câblées de l'*Aurora*. Il n'est pas non plus dans la pièce aveugle.

— Kodiak ? appelé-je.

Le vaisseau bourdonne. Le bavardage d'OS résonne au loin.

— Kodiak ? tenté-je de nouveau.

C'est alors que je le trouve, debout près de son sas, les épaules affaissées. Il tient un éclat de polycarbonate déchiqueté dans ses mains, dont les bords sont suffisamment tranchants pour avoir entaillé ses paumes. La peau de ses jointures est également rouge et abîmée. La section du mur qui mène aux parties cachées du vaisseau a été pliée et fracturée pour agrandir le passage. Mais malgré sa force, Kodiak n'a pas été capable de causer beaucoup plus de dommages que la fois précédente. Les poings et le polycarbonate ne sont pas très efficaces contre des murs de qualité spatiale.

— Hé, donne-moi ça, ordonné-je doucement.

Il baisse les yeux sur le bout de plastique, le regarde d'un air surpris, puis me le tend. Je lui prends l'éclat ensanglanté des mains, le pose sur la table à moitié détruite, puis ouvre mes bras pour lui faire savoir qu'il est libre de venir vers moi.

Ses épaules s'affaissent davantage, mais il reste immobile.

— Viens là, soufflé-je.

En une seconde, Kodiak est dans mes bras. Je suis surpris par son poids et m'appuie sur la table cassée pour ne pas tomber. Sa masse chaude qui se presse contre moi et son menton posé sur le sommet de mon crâne me font oublier la douleur provoquée par le plastique brisé qui s'enfonce dans ma paume. Le visage écrasé contre sa poitrine, je me gorge de la douceur de sa peau, de la pulsation de son sang, et de l'odeur de ses cheveux et de sa chair.

Il pleure presque en silence, le corps secoué de hoquets et de larmes. Je le serre contre moi sans rien dire. Mes yeux sont secs, mais ma cage thoracique se soulève au rythme de la sienne. Comme si j'étais passé directement à la case convulsions sans passer par les pleurs.

Nous nous affalons ensemble sur le sol et nous couchons sur le côté. Je suis tout juste capable de respirer contre lui. Son corps s'éloigne légèrement. Je suppose que c'est pour me laisser un peu de place.

— Je suis si content que tu…, commencé-je.

Ses lèvres se posent sur les miennes. Pendant un instant, je suis trop surpris pour réagir, puis je lui rends son baiser avec tout autant de force, en repoussant sa tête en arrière. Je délaisse ensuite ses lèvres pour promener ma bouche le long de son cou, suivre les contours de ses épaules, et explorer le haut de sa poitrine qui apparaît sous sa chemise. Il halète, puis incline ma tête pour pouvoir me regarder dans les yeux. Ses iris marron scintillent en parcourant mon corps.

Rapidement, ses mains sont sur moi. Il a détaché le devant de mon uniforme et fait désormais serpenter ses doigts le long de mon ventre et de ma hanche pendant que son autre main remonte pour caresser ma poitrine.

Je me remets à pleurer tant je suis heureux d'être enfin touché. J'en rêvais depuis si longtemps ! Je ne m'appartiens plus. Je suis submergé par ce trop-plein d'émotions.

— Je suis désolé. Tu veux qu'on continue ? s'inquiète Kodiak en s'asseyant pour me regarder.

Je suis pris d'un énorme fou rire, alimenté par mon angoisse tout autant que par ma joie.

— Je ne sais pas, Kodiak, réussis-je à répondre malgré mon hilarité. Tu trouves vraiment que le moment est bien choisi ?

Il me donne un coup dans les côtes, qu'il masse aussitôt comme pour s'excuser de son geste et en apaiser les effets sur ma peau. Ses doigts sont à la fois dans mon dos et sur ma poitrine. De petits râles lui échappent alors qu'il recommence à m'embrasser dans le cou.

Je ne sais combien de temps nous passons à nous caresser et à nous frotter l'un contre l'autre. Nous avons gardé nos uniformes mais libéré quelques parcelles de peau pour pouvoir les embrasser : les chevilles, l'intérieur des coudes, les hanches et la vallée entre les épaules.

Nous jouons avec les attaches qui nous permettraient de retirer entièrement nos vêtements, mais nous nous retenons chacun sans dire un mot. L'intensité du choc émotionnel nous empêche de savoir ce que nous ressentons réellement.

Ce que nous savons, en revanche, c'est que nous serons toujours là demain, coincés à bord de ce vaisseau, et qu'il n'est donc pas nécessaire de précipiter les choses.

Quel sentiment apaisant. Nos corps entremêlés ainsi que nos cheveux moites et ébouriffés sont autant de preuves que nous existons bel et bien. Je me frotte le menton, rougi et irrité par la barbe rase de Kodiak.

Il effleure ce point sensible du bout des doigts.

— Je suis désolé, chuchote-t-il.

— Ça en valait le coup, lui assuré-je en embrassant à nouveau ses lèvres alors même que la peau irritée de mon menton me brûle.

— C'était assez inattendu, commente Kodiak.

Son regard parcourt à nouveau mon corps tout entier. Nos deux uniformes sont froissés et trempés de sueur.

— C'est vrai, acquiescé-je. Mais que pourraient bien faire deux clones condamnés à mourir au milieu du vite intersidéral, si ce n'est profiter du temps qu'il leur reste ?

-*Tâches restantes : 80*-

Depuis que Kodiak et moi nous sommes retrouvés, OS est resté totalement silencieux.

Nous avons mis en pièces le reste des meubles présents sur l'*Aurora*, détruisant joints et soudures avec les meilleurs outils dont nous disposions, c'est-à-dire de simples éclats de polycarbonate. Il y avait plus reposant et efficace comme activité, mais nous y avons trouvé malgré tout quelque chose d'apaisant. Épaule contre épaule, penchés sur notre dur labeur, nous avons travaillé comme si nous étions seuls dans un abri de fortune, perdus au milieu de nulle part. Notre survie est cruciale, et toute erreur pourrait signer notre perte. Mais au moins, nous sommes ensemble dans cette épreuve.

Nous sommes d'autant plus ensemble que nous savons que nos vies touchent à leur fin.

Après avoir barricadé la pièce aveugle, nous restons l'un près de l'autre, dans un coin du sas de l'*Aurora*, à regarder dehors. Mon bras est enroulé autour des hanches de Kodiak, et le sien autour de ma taille. Mon autre bras est appuyé contre le mur, comme si ça pouvait nous être d'une quelconque utilité si OS décidait de nous éliminer.

Le sas de l'*Aurora* se trouve du côté sécurisé de la pièce aveugle et la porte orange est fermée, mais en exécutant seulement quelques lignes de codes, OS pourrait réussir à l'ouvrir et nous envoyer valser dans l'espace. Nous heurterions quelques murs au passage, puis nos corps mutilés finiraient par être expulsés dans le vide. Et même si nous parvenions à nous accrocher aux parois du vaisseau, nous mourrions soit de froid, soit d'asphyxie, soit des deux en même temps.

Mais OS ne semble pas encore vouloir nous tuer, ce qui est assez logique si on y réfléchit bien. Après tout, nous avons encore des tâches d'entretien à réaliser, sans oublier que le nombre de clones restants est limité.

Je suis surpris qu'OS n'ait pas essayé de nous raisonner. Aucune tentative de négociation, de duperie ni même de menace. Rien que le silence. Peut-être a-t-il envisagé tous les scénarios possibles et sait que nous finirons par cesser notre rébellion dans chacun d'eux ?

— Qu'allons-nous faire si la porte s'ouvre et que Rover surgit ?

— Nous nous replierons dans la pièce aveugle. Et nous nous préparerons au combat, déclare Kodiak.

— Rover pourrait très bien démanteler notre barricade et ensuite nous électrocuter jusqu'à ce que mort s'ensuive.

Kodiak me serre plus fort contre lui.

— Je croyais que tu étais censé être le plus positif de nous deux.

— Peut-être que c'était un autre « moi ».

— Très drôle, répond Kodiak d'un ton sinistre.

— Ce que je pense surtout, c'est qu'OS nous maintient en vie parce que nous avons une liste de tâches à effectuer et qu'il ne peut pas se permettre de continuer à réveiller de nouveaux clones. Il doit nous utiliser avec parcimonie. Ça fait combien d'années que le vaisseau a décollé ?

— Je ne sais pas. Le temps m'apparaît de plus en plus comme une notion très relative. Les transmissions radio que nous avons reçues parlaient de l'année 8102, mais elles ont mis du temps à nous parvenir compte tenu de notre distance avec la Terre. C'est pourquoi, selon OS Prime, nous serions encore plus loin dans le futur.

— En 9081, complété-je en allongeant chaque syllabe. Je pense qu'on peut supposer que la guerre froide qui opposait la Fédération à Dimokratía n'est plus d'actualité.

— Nous pourrions même supposer que les humains n'existent plus.

— La Terre pourrait être entièrement recouverte d'algues à l'heure qu'il est, ou bien habitée par une civilisation de rats.

— Des rats socialement organisés ? Hum… Je ne pense pas que cela soit possible. Une telle évolution prendrait plus de cinq millions d'années.

— D'accord, alors pas de civilisation de rats, soupiré-je en m'appuyant un peu plus contre Kodiak.

— Les dauphins pourraient parvenir plus rapidement à un tel stade d'évolution. Ou peut-être les fourmis. En fait, je pencherais plutôt pour les fourmis.

Distrait par la chaleur de Kodiak, il me faut quelques instants pour me rappeler ce dont nous étions en train de parler juste avant.

— Quoi qu'il en soit, il semblerait qu'OS compte nous maintenir en vie tant que nous n'aurons pas terminé notre liste de tâches, souligné-je.

— Mais OS Prime a dit que nous serions tués si nous arrêtons de travailler. Il nous a aussi expliqué que c'était pour une question d'utilisation des ressources. Les réserves de nourriture du vaisseau sont limitées et OS en aura besoin pour nourrir nos prochains clones.

— En résumé, si nous n'accomplissons aucune tâche, OS réduira les pertes en nous éliminant et réveillera un nouveau groupe d'astronautes frais et naïfs.

— Alors, nous devrions les effectuer lentement, suggère Kodiak.

— Ça ne ferait que retarder notre mort.

— Et pourquoi pas ? C'est également comme ça que fonctionnait la vie sur Terre. Les gens accomplissaient de nombreuses tâches en essayant de maintenir la mort aussi loin que possible.

Je charge OS Prime et commence à taper.

Peux-tu déterminer à quelle distance de la Terre nous nous trouvons approximativement ?

En un sens, oui. D'après mes calculs, vous vous situeriez à 187,63 années-lumière de la Terre. Le *Coordinated Endeavor* est un véhicule spatial à accélération lente. Il mettrait 5 629 ans pour ralentir jusqu'à s'arrêter et 11 258 années supplémentaires pour revenir sur Terre. Vous êtes donc effectivement trois fois plus loin de la Terre que ne l'indiquerait votre distance physique si nous mesurions la distance avec la métrique de temps la plus utilisée.

Kodiak prend la main sur le terminal.

Y a-t-il d'autres planètes à proximité ?

Si je prends en compte la définition humaine de la locution adverbiale « à proximité », et si je me fonde sur votre emplacement probable dans l'espace, nous nous trouvons effectivement à proximité d'autres planètes. Il y a une potentielle naine jaune à 0,43 année-lumière de notre position et à 12,1 degrés de notre trajectoire actuelle. À en juger par le scintillement de la lumière de cette étoile, et par les mesures qui ont été effectuées sur Terre et téléchargées dans mon système, elle compte quatre à six planètes en orbite. Aucune d'entre elles n'a été considérée comme habitable, je n'ai donc pas été plus loin dans mes recherches.

Combien de temps nous faudrait-il pour atteindre ce système planétaire ?

Compte tenu de ma situation de coque logicielle, il m'est impossible de connaître la vitesse actuelle du vaisseau. Néanmoins, en tenant compte de votre localisation la plus probable, je pense que le *Coordinated Endeavor* pourrait atteindre cette étoile dans environ quatre ans.

Kodiak plonge son regard dans le mien. *Quatre ans. Pourrions-nous tenir jusque-là ?* disent ses yeux.

Je suis presque certain que nous ne survivrions pas quatre ans sur ce vaisseau.

Je me penche pour murmurer à l'oreille de Kodiak.

— OS ne nous laissera jamais dévier de notre cap.

— Dans ce cas, déconnectons OS, me chuchote Kodiak en retour.

— Comment ?

Kodiak se penche sur le clavier holographique pour écrire à OS Prime.

Existe-t-il un moyen de te brancher sur les mécanismes du vaisseau, en contournant le système d'exploitation actuel ?

Oui. Cela impliquerait de franchir la porte jaune de

l'*Endeavor* et de me relier au câblage du vaisseau. Il s'agit d'une opération compliquée, mais si vous me téléchargez sur votre bracelet, je pourrai vous guider. Bien sûr, je suis un système d'exploitation antérieur. Toutes les adaptations entreprises par l'intelligence artificielle de votre système d'exploitation actuel au cours des années qui ont suivi ma copie seraient perdues. Et nous ne pouvons pas non plus vraiment prédire sa réaction.

— Nous ne savons pas si l'une de ces planètes sera habitable, rappelé-je à voix basse. Seul un très faible pourcentage de planètes peut accueillir la vie.

— Nous n'avons pas d'autre option, rétorque Kodiak en s'éloignant. Tu préfères peut-être que nous attendions simplement notre heure ? Que nous complétions lentement notre liste de tâches en espérant qu'OS décide comme par magie de ne pas nous tuer ? Ce n'est pas une vie.

— Je ne sais pas, soupiré-je. Si tout se déroule comme prévu, une autre version de nous-même arrivera là où nous conduit ce vaisseau. Ça vaut la peine de se battre pour ça, non ?

— Je n'arrive pas à croire que tu ne sois pas plus en colère. Tu ne sais qu'obéir aux ordres ou quoi ?

Mon visage s'enflamme.

— Non, bien sûr que non ! m'agacé-je. On m'a formé pour prendre des directives, et un dirigeant doit savoir accepter de faire face à des conditions défavorables ou des situations indésirables. Et franchement, je trouve ça fort venant d'un orphelin à qui on a appris à devenir un bon petit soldat.

— Un bon petit soldat dont le pays n'existe probablement plus depuis longtemps, réplique Kodiak en frottant son pied contre le sol. C'est toujours mieux qu'un petit prince snobinard.

Je passe mes mains sur mon visage. C'est étrange, mais

son insulte a calmé ma colère. Il est tout aussi difficile d'être Kodiak Célius que d'être Ambrose Cusk.

— Tous ceux que nous avons connus sont morts, murmuré-je. Alors, comment vivre avec cette réalité, avec ce sentiment de solitude ?

— C'est même pire que cela. À l'heure actuelle, tous ceux que nous avons connus ne sont rien de plus qu'un centimètre de sédiments enterré profondément sous la surface de la Terre, ajoute Kodiak.

— Sauf que nous n'avons jamais réellement connu ces personnes. Les véritables Ambrose et Kodiak, oui. Mais nous, nous possédons juste leurs schémas neuronaux.

Les yeux de Kodiak cherchent les miens.

— Les seuls vrais souvenirs que nous ayons sont ceux que nous avons forgés depuis notre réveil. Les autres élèves de ma formation, ta mère, ta sœur, tout cela, ce ne sont que de faux souvenirs de personnes décédées depuis longtemps.

— Continue comme ça et je vais devoir m'allonger par terre.

— Ce ne serait peut-être pas une si mauvaise chose, dit Kodiak en souriant. J'ai bien aimé m'allonger la dernière fois.

-*Tâches restantes : 80*-

Nous n'avons pas quitté l'*Aurora* depuis des jours. Pendant que je programmais le système d'exploitation de remplacement, Kodiak a commencé à ériger une deuxième barrière à l'aide de l'imprimante 3D à proximité de la porte orange toujours barricadée. C'est une idée judicieuse. Mais en entendant le bourdonnement répétitif de l'imprimante dans mon dos et en sentant l'odeur du polycarbonate brûlé, je ne peux m'empêcher de songer avec abattement que nous construisons des tranchées, et que nous nous préparons à une guerre que nos fragiles corps humains ne peuvent gagner.

— Je pense que nous sommes prêts, Kodiak, annoncé-je un matin.

Il a terminé de fabriquer la large lèvre en polycarbonate et s'efforce de retirer des murs les rails permettant à Rover de se déplacer. OS Prime est lui aussi prêt à prendre en charge la navigation du vaisseau. Bien qu'une intelligence artificielle soit particulièrement efficace pour émettre des pronostics, en particulier sur son interfaçage avec une autre intelligence informatique, il ne s'agit jusqu'à présent que d'une expérience de pensée abstraite. Nous n'avons aucun moyen de prédire ce qui se passera quand OS Prime sera en ligne.

L'imprimante 3D s'arrête en sifflant.

Kodiak et moi nous rejoignons sans un mot devant la porte orange. Afin de réduire le contrôle exercé par OS sur l'*Aurora*, j'ai depuis longtemps coupé le câblage local pour qu'elle s'ouvre manuellement. Mais, pour accéder à la navigation centrale, il nous faudra quand même retourner dans mes anciens quartiers et traverser ses couloirs fantômes.

Nous nous sommes équipés de toutes les armes que nous avons pu trouver. Il serre une clé à molette dans chaque main et je tiens les palettes d'un défibrillateur dont la ligne électrique est reliée à une batterie fixée dans mon dos. J'aurais aimé avoir accès à la pièce contenant les fournitures prévues pour notre arrivée, mais la porte grise est inviolable.

— Tu es prêt ? demandé-je.

Il hoche la tête.

Nous nous mettons en position de combat et levons nos armes de fortune, prêts à les utiliser.

Puis nous ouvrons la porte orange.

Rover n'est nulle part en vue. La voie est libre.

— OS, tu es là ? appelé-je.

Aucune réponse ne nous parvient.

Armes brandies, nous nous glissons dans le couloir, franchissons la zone à gravité nulle et pénétrons sur l'*Endeavor*. Nos respirations résonnent lourdement dans le silence tandis que nous nous enfonçons plus profondément dans le vaisseau, en nous arrêtant tous les quelques mètres pour tendre l'oreille. Nous entendons le goutte à goutte du traitement de l'urine, le rugissement sourd de l'espace, un millier de petits cliquetis et tout autant de petits vrombissements, mais pas le bruit caractéristique de Rover. Après une énième pause, je fais signe à Kodiak de continuer à avancer.

Seuls quelques pas nous séparent de la porte jaune. Le mur qui l'entoure a été remplacé, et la nouvelle couche de polycarbonate brille de mille feux.

— Allez, on saute à l'intérieur ! me lance Kodiak en quittant la zone de gravité d'un bond.

— OS, permission d'entrer dans les zones inhabitées, ordonné-je.

Le bourdonnement du vaisseau est la seule réponse que nous obtenons.

— Je ne vais pas gaspiller davantage de temps, grogne Kodiak.

Là-dessus, il fracasse le mur entourant la porte jaune avec sa clé à molette, en faisant pleuvoir des éclats autour de lui. Une fois le passage assez grand pour passer, il se fraye un chemin dans l'ouverture. Je vois ses triceps, sa taille, ses jambes, puis ses pieds disparaître à l'intérieur.

Allez, à ton tour, Ambrose, m'encouragé-je intérieurement en sautant dans la zone à gravité nulle pour le suivre. La main de Kodiak émerge de l'ouverture, tendue vers moi. Je l'attrape.

Soudain, quelque chose par-dessus mon épaule attire l'attention de Kodiak.

— Merde ! Dépêche-t…

Je n'ai pas le temps de réagir. Brusquement, un vacarme envahit mes oreilles et des étoiles dansent devant mes yeux. Tous les muscles de mon corps se contractent et le volume sonore devient littéralement décoiffant, avant de se réduire à un bourdonnement puis finalement à un bruit sec. Je découvre alors que j'ai été projeté contre le mur du fond et que je suis de retour dans la zone de gravité, affalé par terre.

Rover se trouve entre la porte et moi. Sa forme de demi-ballon de basket se déplace d'avant en arrière et son bras électrifié, tendu dans ma direction, ondule de façon menaçante en lançant des étincelles. Je brandis les palettes du défibrillateur et Rover marque une pause.

Le visage de Kodiak apparaît par l'ouverture.

— Crishet, peste-t-il.

Rover pointe son autre bras électrique dans sa direction. Nous sommes dans une impasse.

Je déclenche le défibrillateur. La poignée chauffe et bourdonne.

Kodiak disparaît un instant. Je m'attends à ce qu'il réapparaisse en tenant sa clé à molette, mais à la place, il passe son propre poignet à travers l'ouverture en me montrant de son autre main l'endroit où un bracelet devrait se trouver.

Évidemment ! Il a besoin des données de mon bracelet pour finaliser l'installation d'OS Prime. Tout en gardant brandies les palettes du défibrillateur face à Rover en guise de menace, je déverrouille numériquement mon bracelet, puis le place entre mon menton et ma poitrine pour le détacher. Après quelques mouvements d'essai, je le lance à Kodiak. Rover sort son bras pour l'intercepter, mais le mince bracelet décrit une courbe inattendue. Kodiak tend également le bras… et l'attrape au vol. *Bien joué, Kodiak !*

— Donne-moi une minute. Et surtout, empêche Rover

d'approcher, me commande-t-il avant de disparaître dans l'obscurité.

Facile à dire…

Heureusement, Rover a décidé de rester immobile. Il surveille le point de sortie de Kodiak tout en gardant un œil sur moi.

Alors que nous nous tenons immobiles, à nous regarder en chiens de faïence, la sensation de choc s'atténue peu à peu, mais révèle progressivement la douleur causée par l'électrocution. Le bas de mon dos me brûle et mes muscles noués me font mal. Saleté de robot. Je m'affale contre le mur sans cesser de brandir les palettes du défibrillateur, même si dans mon état actuel, il est difficile de croire que je puisse être capable de m'en servir efficacement. Putain, ça fait mal !

Tout à coup, la voix d'OS se fait entendre.

— Astronaute Cusk, dites-moi ce que l'astronaute Célius a l'intention de faire.

Cette fois, c'est à mon tour de me taire. Rover se tourne vers moi en faisant onduler ses bras crépitant d'étincelles.

— Il…, commencé-je.

Mais je m'arrête aussitôt. Quel mensonge OS pourrait-il croire ? Quelles informations pourrais-je lui donner sans nous mettre davantage en danger, Kodiak et moi ?

— Ambrose, m'avez-vous entendu ? m'interroge OS.

Rover se rapproche légèrement. Aussitôt, je lève le défibrillateur dans sa direction.

— Arrête-toi là, espèce de sale petit grille-pain de merde, grondé-je.

Rover s'immobilise.

OS continue de me parler. Je devrais profiter de cette occasion, mais ne parviens pas à me décider sur la meilleure façon d'en tirer parti. Et, bien qu'une douzaine de questions tout aussi pressantes tournent dans mon cerveau encore sonné par le choc électrique, je ne cherche pas à les poser. De toute façon, il est très peu probable qu'OS accepte d'y répondre.

En plus, je commence à me rendre compte que je ne veux pas demander de réponses pour le moment. Je veux les façonner moi-même.

Tout à coup, je perçois un claquement presque inaudible dont je n'arrive pas à situer la provenance. Mais l'ambiance sonore du *Coordinated Endeavor* semble avoir changé, comme si un mécanisme s'était enclenché au plus profond de lui.

— Kodiak, qu'est-ce qui se passe là-dedans ? questionné-je d'une voix forte.

— J'en ai juste… encore un à faire.

— Est-ce qu'on ralentit ?

— Je suppose ? Mais très lentement, me crie-t-il. Tu ne devrais même pas pouvoir le détecter.

— Je sais. Le vaisseau résonne juste différemment. Au fait, Rover est toujours là.

— Oui, je vois ça.

Sa voix s'est rapprochée de l'ouverture au fil de notre échange. Puis il apparaît en flottant au centre du passage étroit, les bras levés en position défensive au cas où Rover déciderait de le charger.

— Ce qui veut dire que je suis coincé à l'intérieur, ajoute-t-il.

-*Tâches restantes : ERREUR*-

Mon corps finira par se détendre si la situation n'évolue pas, mais pas celui de Rover. Les heures passent, mais il reste alerte et ajuste sa position entre Kodiak et moi chaque fois que je bouge ne serait-ce que d'un centimètre. Convaincu que Rover n'essayera pas de m'électrocuter à nouveau sans raison, je me décide enfin à tenter une expérience. Je me lève, me promène autour de la pièce, m'éloigne un peu puis reviens à mon point de départ.

— Rover ne cherche pas à m'attaquer, signalé-je à Kodiak. Mais il bloque toujours le passage.

— Quel bon petit gardien, commente Kodiak. De mon côté, j'ai réussi à télécharger OS Prime, ce qui explique probablement pourquoi tu n'as pas entendu notre bon vieil OS depuis un moment.

— Est-ce vrai, OS ? demandé-je.

Ma question reste sans réponse. Je m'attendais à un discours mélodramatique avant sa mort, un « comment avez-vous pu me faire ça alors que j'ai passé des milliers d'années à prendre soin de vous, humains maléfiques ? ». Pour le côté théâtral, on repassera. C'est ainsi qu'un système d'exploitation meurt : un ensemble de codes hostiles est mis en ligne, et puis zou ! Plus rien !

— Hé, Ambrose ! m'appelle Kodiak. Il y a un message qui s'affiche. C'est écrit « exception de dépassement principal 104 ».

— Merde !

— Qu'est-ce que ça signifie ?

— Les attributions de fichiers ne sont pas les mêmes pour les deux systèmes d'exploitation. Essaie de… non, ça ne marchera pas. Attends, laisse-moi réfléchir.

Toutes nos tentatives échouent. Nous ne pouvons donc pas demander à OS Prime de définir de nouvelles coordonnées de navigation. J'ignore si c'est parce que le câblage est plus complexe que ce à quoi nous nous attendions, ou parce que l'OS précédent nous a entendus et a mis en place des mesures de protection pour nous empêcher de changer le cap du vaisseau, mais je n'arrive pas à trouver un moyen de contourner le problème.

Je jette un emballage de nourriture vide sur Rover. Il me répond en lançant des étincelles.

— Au moins, Rover semble fonctionner parfaitement bien, remarqué-je. Ce qui signifie que c'est probablement un sabotage de dernière minute de la part de ce connard d'OS.

— Je crois que j'ai la solution, déclare Kodiak. Je pense savoir comment désactiver complètement le système d'exploitation, y compris Rover. Après ça, je pourrais passer en pilotage manuel.

— Hors de question. Sans système d'exploitation, le système de survie sera désactivé, objecté-je.

— Attends, réfléchis. Notre oxygène est enfermé hermétiquement à l'intérieur du vaisseau, et nous pouvons agir sur les commandes manuellement. Il faudra trouver quoi faire de nos déchets, mais nous résoudrons ce problème. Et puis, nous savons où Rover récupère notre nourriture. De toute façon, qu'est-ce qu'OS a fait pour nous, à part nous tuer ?

Il marque un point.

— Il nous a éliminés sept fois, si on en juge par le nombre de clones restants, commenté-je.

Rover fait claquer ses pinces électriques. Je me demande ce qu'il éprouve sans OS. Se sent-il comme un animal de compagnie fidèle dont le propriétaire n'est pas rentré à la maison ? Qui sait, peut-être qu'il a peur et éprouve la sensation d'avoir été abandonné.

— D'accord, fais-le, approuvé-je.

— Très bien. Alors, on y va dans trois, deux, un…

Les bourdonnements diffus habituels cessent subitement. Les lumières s'éteignent dans le long couloir de l'*Endeavor* et les pièces s'assombrissent. Les ténèbres se rapprochent de plus en plus jusqu'à ce que… nous nous retrouvions dans le noir complet. Il n'y a plus une seule source de lumière. Bon sang, je n'y avais même pas pensé. Nous sommes dans l'espace, loin de tout, et donc dans l'obscurité.

— Kodiak ? Allons-nous rester dans le noir pour toujours ? demandé-je d'une voix qui trahit ma peur grandissante.

— Bien sûr que non. Nous aurons aussi besoin de chaleur, évidemment. Je vais démarrer manuellement le contrôle de ces fonctionnalités. J'ai juste besoin de me concentrer sur tous ces systèmes. En attendant, pourrais-tu m'apporter... une combinaison ? Il fait... vraiment froid ici.

Une combinaison... Le sas se trouve à trois pièces de là, mais j'ai mémorisé le plan du vaisseau. Je le connais comme je connaissais le chemin de mon lit jusqu'aux toilettes quand j'étais à l'Académie Cusk.

L'itinéraire que je dois emprunter à travers le vaisseau va m'obliger à passer juste à côté de Rover. Je suis donc sur le point de savoir si les systèmes du vaisseau sont réellement perturbés.

Je traverse les ténèbres sans subir la moindre électrocution. Génial. Je donne un léger coup de pied à Rover. Seul un soupir mécanique me répond.

Même le bruit de l'eau qui coule dans les profondeurs du vaisseau diminue jusqu'à s'arrêter. Désormais, j'entends véritablement l'espace. Sa rumeur est impossible à distinguer du murmure que produit le sang dans mes veines. J'écoute quelques instants, puis pars en direction de l'*Aurora*.

En passant devant une fenêtre, je m'arrête.

Les étoiles sont éblouissantes, encore plus maintenant que les lumières du vaisseau sont éteintes. Mais il n'y a pas que ça.

Les étoiles semblent également différentes.

Les projections ont disparu et les écrans ont été remplacés par des fenêtres... de véritables fenêtres. Des spirales de lumière laiteuses dérivent toujours à travers la vitre, au rythme des révolutions du vaisseau, mais ces bandes sont entièrement nouvelles. Devant mes yeux s'étalent des nébuleuses gigantesques et majestueuses, ainsi qu'une étoile double bleue et blanche, située non loin de nous, avec en arrière-plan des galaxies lointaines composées de sphères tourbillonnantes et dispersées. Nous sommes toujours dans la Voie lactée, mais plus près du bord.

Je cherche notre soleil et trouve son emplacement approximatif dans la galaxie. Je suis la première personne à voir notre maison d'aussi loin… tout du moins si je peux être considéré comme une « personne ».

La demande de Kodiak me revient en mémoire. Je me précipite vers l'*Aurora*, traverse la zone à gravité nulle dans le noir, récupère sa combinaison et retourne sur l'*Endeavor* en ne me cognant la tête que quelques fois au passage.

J'envoie sa tenue à travers l'ouverture.

Elle ne flotte qu'une fraction de seconde avant que Kodiak ne tende le bras pour la tirer vers lui. Sa main tremble.

— Mer… ci, souffle-t-il.

Je l'entends se démener pour l'enfiler puis pousser un soupir de soulagement qui est étouffé par son casque.

— C'est bon. Allez, je me remets au boulot.

La coque blindée du *Coordinated Endeavor* offre une bonne isolation, mais je peux quand même sentir la température du vaisseau chuter. Le bout de mes doigts s'engourdit. J'enroule mes bras autour de ma poitrine et continue d'attendre dans le noir, en écoutant les bruits produits par Kodiak tandis qu'il réorganise tout dans la section inhabitée.

— Je vais chercher ma combinaison et après, je te rejoins, décidé-je finalement.

— Ce n'est pas une bonne idée. Je te dirai pourquoi au dîner. Écoute, ça va me prendre un certain temps de mettre tous les systèmes de survie en ligne. En attendant, tu ferais mieux de trouver un endroit où il fait plus chaud, me conseille Kodiak.

— Tu plaisantes, j'espère ! Je n'irai nulle part, refusé-je.

À mesure que le temps passe, mes yeux s'habituent à l'obscurité. La lumière lointaine des étoiles éclaire faiblement l'intérieur du vaisseau en le rendant noirâtre, comme s'il avait été passé au charbon de bois. Je me dirige vers ma chambre et retire la literie de ma couchette. Ensuite, je retourne devant la porte jaune, laisse tomber le tas de couvertures au sol et m'en enveloppe.

— Tu veux que je te remplace ? proposé-je.

— Encore une fois, ce n'est pas une bonne idée. Je t'expliquerai plus tard. Ne t'en fais pas, je m'en sors très bien !

— C'est moi le meilleur programmeur ici, grogné-je.

Je déplace mon tas de couvertures jusqu'à la sortie de la pièce pour pouvoir voir les étoiles.

— Tu devrais venir voir ! Nous sommes dans un tout nouvel ensemble d'étoiles. Je pense apercevoir d'autres galaxies, comme celle du Cigare et celle du Moulinet. Et peut-être même que là, c'est le Grand Nuage de Magellan ! m'extasié-je.

Kodiak ne répond pas.

— D'accord, je te laisse te concentrer, soupiré-je.

Je regarde les étoiles se mouvoir, mais mon esprit revient sans cesse à Kodiak. L'espace est très exigu à l'intérieur de la trappe de service, alors avec sa combinaison spatiale volumineuse, il doit avoir beaucoup de mal à se déplacer. Pendant ce temps, le vaisseau se refroidit toujours plus, et je continue d'ajuster les couvertures afin qu'elles couvrent correctement chaque parcelle de ma peau.

J'ai dû m'assoupir, car je me réveille en sursaut quand la lumière revient dans le vaisseau. Mon corps transpire sous la pile de couvertures. Je m'en libère.

— Kodiak, tu as réussi ! Tu as remis en marche le système de survie !

Aucune réponse ne me parvient.

— Kodiak ?

J'écoute le goutte-à-goutte de la citerne et le bourdonnement des éclairages. Peut-être qu'il est simplement retourné sur l'*Aurora* chercher un outil.

— OS, où se trouve l'astronaute Célius ? interrogé-je par un vieux réflexe.

Mais bien entendu, OS n'est plus là. Je me lève et pivote en me rongeant les ongles. Une jambe vêtue de rouge suivie d'une autre apparaissent par l'ouverture, et enfin Kodiak lui-même. Ses jambes fléchissent lorsqu'elles touchent le sol, puis tout son corps s'effondre. Il tient sa jambe entre ses mains et pétrit le muscle de sa cuisse.

Je l'aide en joignant mes mains aux siennes.

Son corps se contracte brièvement avant de se détendre.

— Tu as réussi ! le félicité-je tout en massant son muscle pour faire disparaître la crampe. Je t'en suis reconnaissant.

Il m'adresse un sourire crispé.

— Je devrai y retourner de temps en temps pour faire des ajustements de trajectoire et être sûr que nous ne nous dirigeons pas tout droit vers un astéroïde. Nous sommes en navigation manuelle.

— Nous allons nous relayer, promets-je en embrassant ses lèvres gercées. Mais d'abord, il faut que tu boives.

— Je ne dirais pas non à un peu d'eau, opine Kodiak. Et je prendrais bien des cannellonis également.

— Je vais t'en préparer tout de suite. Allez, viens.

Kodiak se relève doucement en grimaçant.

— Je ne sais pas comment tu as pu rester dans un espace aussi étroit pendant tout ce temps. Tu dois avoir mal partout.

Kodiak hoche légèrement la tête. Décidément, il a élevé le

stoïcisme au rang d'art et ne semble pas près de se défaire de cette mauvaise habitude consistant à ne jamais rien laisser paraître. J'enroule mon bras autour de sa taille et il accepte mon soutien. Ensemble, nous clopinons vers la salle à manger, où il s'installe sur une chaise.

Il lève le bras pour passer une main dans ses cheveux et j'aperçois des zébrures rouges de chaque côté de la cicatrice sur son biceps. Elles sont bien alignées, comme des semences dans un champ.

— Bon sang, qu'est-ce que c'est que ça ? m'inquiété-je.

Il appuie à l'arrière de son bras pour mieux voir sa chair meurtrie.

— Ce sont des lésions, observe-t-il en haussant les épaules.

Il ouvre ensuite la main pour me montrer une touffe de cheveux foncés.

— À qui est-ce ? questionné-je sèchement.

Mais je connais déjà la réponse. Kodiak pointe son pouce vers sa poitrine, comme pour dire « c'est à ce gars-là, juste devant toi ».

— La zone inhabitée…

— … n'est pas protégée, termine-t-il. On le savait.

Mes yeux s'emplissent de larmes de colère.

— Nous n'avions pas prévu de passer en navigation manuelle. OS Prime était censé s'en occuper à notre place.

— Tu as programmé une coque logicielle au sein de laquelle tu as fait fonctionner l'équipement le plus sophistiqué que l'humanité ait jamais créé, rétorque Kodiak. Ce que tu as réussi à faire est incroyable.

Je passe mes mains dans la chevelure de Kodiak, ce qui fait tomber plusieurs mèches au sol. Il grimace. Je lui caresse à nouveau la tête en espérant effacer sa gêne. Il ferme les yeux et pose sa tête contre mon ventre.

— Non, j'ai échoué et t'ai mis en danger, murmuré-je.

— Arrête. Ça ne sert à rien de nous lamenter.

Que va-t-il nous arriver maintenant ? m'inquiété-je.

— Nous nous relayerons au centre de pilotage pour éviter d'accumuler trop de radiations chacun, annoncé-je.

Kodiak secoue la tête en la faisant rouler contre les muscles de mon ventre.

— Sûrement pas. Le voyage est encore long. J'ai besoin que tu restes en bonne santé pour prendre soin de moi lorsque j'en aurai besoin. Si nous recevons tous les deux dès le départ la dose maximale de radiations que nos corps peuvent supporter, tu ne pourras pas t'occuper de moi quand je ne pourrai plus piloter.

Quelque chose me dérange dans ses paroles. J'ai l'impression d'être manipulé, mais je suis trop épuisé pour essayer d'en comprendre la raison. Mon cerveau souffre toujours depuis que Rover m'a électrocuté.

— Ne parlons plus de cela pour l'instant. Je veux juste dîner, passer du temps avec toi et voir ces galaxies, déclare calmement Kodiak. Montre-moi notre système solaire vu d'ici.

_-*-_

Après notre repas, Kodiak se traîne jusqu'à ma chambre et s'effondre sur ma couchette. Il prétend faire la sieste, mais je sais reconnaître l'expression de quelqu'un qui essaie désespérément de ne pas vomir. Je lui tiens la main tout en prenant soin de le laisser respirer. Avoir des gens qui se pressent autour de soi quand on a envie de vomir n'arrange rien. C'est même ce qu'il y a de pire dans ces moments-là.

Je m'assieds sur le sol à côté de lui et passe mes doigts le long de sa main, de ses muscles, de ses tendons et de ses articulations en observant ses longs pouces, les poils noirs épars sur la jointure de ses doigts ainsi que les lignes de vie de ses paumes. Tous nos clones ont-ils les mêmes lignes de vie ? Peut-être devrais-je en faire un dessin pour que nos incarnations futures puissent les comparer.

Quel genre de vie est-ce là ?

Cette pensée contient une graine de quelque chose… quelque chose qui ressemble à une solution à la situation dans laquelle nous nous trouvons. Mais je n'ai pas envie d'y penser là tout de suite.

À la place, j'embrasse sa paume.

Kodiak incline faiblement la tête dans ma direction, les yeux toujours fermés.

— Je devrais remonter là-haut. Je dois vérifier notre cap.

— Ce que tu dois faire, c'est te reposer.

— Ça, c'est vrai, admet-il. Mais il faut aussi que je fasse en sorte que nous ne nous écrasions pas sur un astéroïde. À trente mille kilomètres par seconde, la collision serait fatale.

— Kodiak, déclaré-je lentement en pressant mes lèvres contre sa paume. Nous ne survivrons pas quatre ans. Lorsque le vaisseau atteindra cette planète, nous serons sûrement déjà morts.

— Tu as sûrement raison.

— Alors, à quoi bon ?

— N'est-ce pas évident ? demande-t-il. Je veux choisir la manière dont je partirai.

Je mordille la peau chaude et ferme de sa paume, puis passe mes lèvres sur les callosités à la base de chacun de ses doigts.

— Peut-on réellement choisir la manière dont on part dans ces conditions ?

Peut-être que oui. Pour la première fois, nous sommes entourés de galaxies et d'étoiles véritables. Nos clones précédents n'ont pas pu les voir. Ils ont été assassinés par notre système d'exploitation avant d'avoir la moindre idée de leur véritable destination.

Nous sommes en route pour une planète qui ne pourra sans doute pas nous héberger. Nous mourrons avant même de pouvoir ne serait-ce que l'apercevoir, mais au moins, nous contrôlons désormais notre destin. OS et Rover ne sont plus actifs. Nous ne serons plus manipulés. Ou bien, si nous le sommes, c'est que nous aurons choisi de l'être.

— Kodiak, je veux mourir en même temps que toi, annoncé-je en cherchant dans ses yeux des indices qui me permettraient de savoir ce qu'il en pense.

Il ferme lourdement les paupières.

— Je veux que tu vives.

— Certaines versions de nous pourront peut-être vivre pleinement leur vie. Mais nous... Nous mourrons avant d'avoir atteint une planète habitable, souligné-je.

— Il est hors de question que je te laisse les commandes. Il y a une chance que nous parvenions à atterrir vivants sur la planète vers laquelle nous nous dirigeons actuellement.

Tout en parlant, Kodiak s'est détourné de moi. Je suppose que c'est pour que je ne voie pas qu'il me ment.

— Je ne compte pas me battre avec toi sur ce point, parce que je sais que c'est comme ça que tu veux vivre, dis-je en frottant ma joue contre sa main. Mais je sais ce que je vais faire pendant que tu piloteras le vaisseau. Je vais enregistrer tout ce que nous savons dans un espace hors ligne auquel Rover ne pourra jamais accéder, tout du moins pas au cours des milliers d'années qui s'écouleront avant qu'OS ne réveille nos prochains clones. Je donnerai des informations à mon prochain « moi » et à ton prochain « toi » afin qu'ils puissent faire leurs propres choix. Même s'ils sont condamnés à ne jamais quitter ce vaisseau, au moins ils commenceront leur existence avec ces connaissances pour lesquelles nous nous sommes si durement battus.

— Il n'y aura pas de système d'exploitation à leur réveil, remarque Kodiak.

Il pousse un long soupir qui se termine par un gémissement. Je vais chercher un emballage de nourriture vide, au cas où il aurait besoin de vomir.

— Si nous mourons en laissant le vaisseau hors ligne, tous nos clones seront condamnés, ainsi que la mission pour laquelle la Société Cusk nous a envoyés dans l'espace, quelle qu'elle soit.

— J'emmerde la mission, et les clones aussi, crache Kodiak. L'humanité est un fléau. Pourquoi devrions-nous lui donner le moyen de se reproduire davantage ?

— Kodiak, si tu insistes pour te charger du pilotage seul, et donc pour passer encore plus de temps dans une partie du vaisseau non protégée des radiations, ce n'est pas toi qui choisiras de remettre ou non OS en ligne. Je prendrai seul cette décision.

Il laisse échapper un souffle tremblant.

Je serre sa main contre ma poitrine.

— Tu ne crois pas qu'on devrait au moins se dire les choses en toute honnêteté ? Nos gouvernements respectifs nous ont caché la vérité… même ma mère m'a caché la vérité.

— Percuter un astéroïde ne serait peut-être pas si mal, tout compte fait, chuchote Kodiak en passant son autre main sous ma chemise et en la joignant à la première pour former un papillon sur mon torse étroit.

Il a raison, même si je sais qu'il n'osera pas. Le cœur qui bat sous ses mains, au milieu de ces côtes si fragiles qui sont les miennes, en est convaincu.

-*-

Tandis que Kodiak s'affaire dans les entrailles du vaisseau, j'installe un véritable camp juste devant la porte jaune. Je renonce à toute prétention de construction professionnelle, et opte plutôt pour la simplicité et le confort optimal. Ainsi, le couloir se transforme rapidement en un fouillis de couvertures et de paquets de nourriture.

J'apporte ensuite mon violon après avoir fabriqué un nouveau chevalet en polycarbonate à l'aide de l'imprimante 3D et donne les éclats de bois du vieux chevalet à Kodiak pour qu'il les garde dans sa poche, car je sais combien le contact de ce qui était autrefois un arbre le réconforte.

Le nouveau chevalet ne résonne pas aussi bien que l'ancien. Le son est étouffé, comme si l'instrument était équipé d'une sourdine. Mais ça ne m'empêche pas d'en jouer. Je fais des gammes pendant quelques minutes. Puis, ne sachant plus quoi jouer, je m'arrête.

— Continue, me crie Kodiak.

Les derniers concertos que j'ai appris – ou, devrais-je dire, que l'ancien « moi » a appris et qui ont été insérés dans ma mémoire par nanotechnologie – sont ceux de Prokofiev et de Mendelssohn. Comme OS est hors ligne, je n'ai pas accès à de nouvelles partitions. Je joue donc celles que je connais en boucle. Je fais quelques fausses notes, mais ça ne semble pas déranger Kodiak.

Chaque fois qu'il prend une pause, nous nous dirigeons vers la pièce numéro 6 pour contempler le nouveau champ d'étoiles qui nous entoure. Il ne se sent pas particulièrement sexy avec toutes ses nausées. Pour autant, nous ne pouvons pas nous empêcher de nous tripoter lorsque nous regardons l'extérieur ensemble. Pas comme deux amants ayant une relation torride, mais plutôt comme un vieux couple qui a en quelque sorte fusionné. Ma position préférée, c'est quand il se tient en face de moi et que je suis assis sur le bureau, les bras enroulés autour de sa taille et le menton posé sur son épaule.

— Ce sont les étoiles qui m'ont poussé à consacrer ma vie à l'entraînement spatial, me confie-t-il. C'est incroyable d'en découvrir de nouvelles.

Je décide de ne pas laisser de lettre physique à nos successeurs. OS la détruirait aussitôt. Alors, quand Kodiak reprend le pilotage du vaisseau, je commence à enregistrer un fichier audio à l'ancienne sur mon bracelet. J'ajouterai également des segments vidéo au fur et à mesure. Ensuite, je copierai tout ce que j'ai enregistré dans des centaines d'endroits, partout sur le vaisseau, en utilisant une variété de codes et de mots de passe afin qu'OS ait vraiment du pain sur la planche s'il compte effacer toute trace de notre rébellion. Bien sûr, il aura plusieurs milliers d'années devant lui pour trouver l'intégralité de ces enregistrements, alors peut-être qu'il y parviendra avant de devoir réveiller le prochain groupe de clones.

Mais juste au cas où je réussirais à les leur transmettre, je vais raconter notre histoire. Pour nous.

Je ne suis même pas sûr d'avoir déjà écrit ou enregistré quoi que ce soit pour moi-même auparavant. Je n'ai jamais vraiment été du genre à tenir un journal intime, bien que le centre de contrôle m'ait demandé de tenir un journal de bord tout au long de la mission. Étant donné que je n'ai pas trouvé celui de mes clones précédents, je suppose que ce compte rendu de notre voyage est destiné à maintenir mon propre équilibre mental, plutôt qu'à être utilisé pour des besoins de postérité.

Je ne commence pas par le début, mais par les choses les plus importantes. Je les répète plusieurs fois, comme une alarme. Je sais très bien que si OS venait à trouver le journal, il en effacera l'intégralité, mais je voudrais figer le bazar qui règne dans mes pensées.

« Vous êtes des copies.

Minerva Cusk est morte juste après son atterrissage sur Titan. Elle n'a jamais déclenché de balise de détresse.

Vous vous dirigez vers un endroit éloigné de la Terre, mais OS est dans l'incapacité de dire quelle est notre réelle destination.

À moins que vous ne soyez les derniers clones, vous mourrez pendant votre voyage.

Kodiak Célius a été entraîné toute sa vie à être insensible, mais au fond de lui se cache un cœur tendre qui n'aspire qu'à l'amour. Exactement comme toi. Cet amour tant désiré, vous avez le pouvoir de vous l'offrir l'un l'autre.

La Fédération et Dimokratía n'existent plus. Tous ceux que vous avez connus sont morts depuis longtemps.

OS vous tuera, ou bien l'espace lui-même s'en chargera.

Ce sont les deux lois de votre existence, mais la vie que vous vous construirez à bord de ce vaisseau vous appartient.

Ne vous isolez pas l'un de l'autre. Ambrose, tu ne dois pas laisser Kodiak s'isoler. »

Je sais que ce sera un enregistrement brutal et difficile à entendre. Je plains déjà mon prochain clone qui se réveillera avec des aiguilles plantées dans le corps et sera obligé de manger les excréments de Rover, en pensant qu'il vient de quitter la Terre. Ce sera un véritable coup dur pour lui d'apprendre la vérité. J'insère également dans le document toutes sortes de souvenirs qui ont été enregistrés dans mes synapses, afin que le prochain Ambrose sache que ce message vient de son propre cerveau, ou du moins d'une copie de son cerveau.

— Hé, mon petit cachou en sucre, appelé-je Kodiak.

— Mon petit cachou en sucre ? répète-t-il avec un petit

rire. Et moi qui pensais que tu avais épuisé toutes les façons de me mettre dans l'embarras… Visiblement, j'avais tort !

— Détrompe-toi. J'ai encore une longue liste de petits noms en réserve, ma mouflette laineuse. Enfin bref. Veux-tu que j'inclue quelques détails de ta mémoire, afin que le prochain Kodiak sache que c'est vraiment toi ?

Un peu plus tôt dans la journée, il m'a dit qu'il voulait que je mette des copies de ma missive sur l'*Aurora* à l'intention du prochain Kodiak, car il n'est pas sûr d'être capable de se concentrer suffisamment pour enregistrer quoi que ce soit de cohérent.

— D'accord, mais tu vas voir, c'est du lourd, plaisante Kodiak. Laisse-moi terminer de tracer notre chemin à travers cette prochaine section de l'espace et ensuite, je te dévoilerai quelques éléments… C'est bon, je suis prêt. Alors, futur Kodiak, sache que premièrement, tu n'aimes pas les cannellonis autant que tu le dis à Ambrose. C'est juste ta façon d'avoir quelque chose à dire. Deuxièmement, tu n'as pas besoin de passer autant de temps à te préparer chaque fois que tu vas voir Ambrose, puisqu'il ne fera alors que te taquiner et se moquer de ta vanité. Troisièmement, arrange-toi pour embrasser Ambrose dès que possible. Tu y prendras beaucoup de plaisir, et comme votre temps est limité, je te conseille de l'embrasser aussi souvent que tu le pourras et de profiter au maximum de ses baisers.

Je cligne des yeux, surpris.

— Ce n'est pas vraiment à ce genre de détails que je songeais. Je pensais plutôt à quelque chose du genre de : « on t'a arraché les dents de sagesse un jeudi ».

Il rit.

— Mais je préfère largement ces détails-là, ajouté-je d'une voix troublée.

Son rire laisse place à une toux rauque.

Je t'aime, ai-je envie de lui dire. Mais ce sont d'autres mots qui sortent de ma bouche.

— Il est temps de faire une pause.

— Attends, il me reste encore quelques réglages à…

— Non, le coupé-je. Maintenant.

Le corps de Kodiak émerge de l'ouverture. Je reste dans la zone de gravité et attrape ses chevilles tremblantes, puis réceptionne tout son poids du mieux que je le peux. Cette petite routine est devenue plus facile au fil des jours, car il a beaucoup maigri. Une fois qu'il est entièrement sorti de la trappe de service, nous nous asseyons par terre pour nous reposer. Il respire avec difficulté. Je l'enveloppe dans des couvertures.

La peau de Kodiak est craquelée et rouge. Ses lèvres sont gercées et saignent partout où des croûtes se sont formées.

Nous n'avons pas de crème hydratante, mais j'ai centrifugé certains de nos repas pour en récupérer l'huile végétale et m'en sers pour masser sa peau du bout des doigts. J'en applique sur son front, ses joues, ses lobes d'oreilles, puis le long de son corps. Son visage est dur, mais à mesure que je fais pénétrer l'huile dans sa peau, son air renfrogné disparaît pour laisser place à une expression plus détendue et ce qui ressemble à un léger sourire.

— Je devrais te dire où j'en suis dans la navigation afin que tu saches où on est exactement, au cas où je…

— Je m'en sortirai, ne t'inquiète pas, lui assuré-je.

— C'est vraiment… très douloureux, murmure-t-il en serrant les dents.

J'arrête de le masser et lui caresse les cheveux, avant de déposer un doux baiser sur ses lèvres. Pour que Kodiak l'avoue à haute voix, c'est que la douleur doit être vraiment insupportable.

— Pourrais-tu… me donner une couverture ? demande-t-il en fermant les yeux.

Il en a déjà deux sur lui.

— Voilà ce que nous allons faire. Je vais t'emmener jusqu'à ma couchette et nous allons nous y installer confortablement. Tu ne reviendras pas ici avant au moins plusieurs heures.

— Je ne peux pas me reposer, refuse-t-il faiblement, les yeux toujours fermés. Je dois rester là et… piloter.

— Je te connais, Kodiak. Je suis sûr que tu étais en train de revérifier des trajets dont nous n'aurons pas besoin avant un an. Il n'y a pas d'urgence à ce que tu y retournes pour le moment.

— Ce n'est pas vrai, Ambrose, chuchote-t-il. Il nous reste si peu de temps.

Malgré tout, il ne proteste pas quand je le tire vers ma couchette. Mon corps est la meilleure façon de le réchauffer, et j'ai aussi besoin de le sentir contre moi, de passer du temps avec lui tant que cela nous est encore possible.

Je me couche sur le côté, contre le mur. Il reste juste assez de place sur cette étroite couchette pour accueillir Kodiak à côté de moi. Le lit sert également de brancard de secours. J'utilise donc les dispositifs de retenue d'urgence pour nous maintenir sur le matelas. Je ne veux pas qu'il tombe pendant notre sommeil. Compte tenu de la récente maigreur de Kodiak, les ceintures s'attachent facilement autour de nos deux corps serrés l'un contre l'autre.

Je remonte une couverture sur nous, puis encore une autre.

— Je suis… bien comme ça, murmure-t-il. Peut-être que je vais… somnoler un moment.

— C'est bien. Repose-toi, soufflé-je en blottissant ma tête dans son cou.

-*-

Il somnole. Mais je ne dors pas. Je ne le pourrais probablement pas, même si je l'avais voulu. Je ne veux pas me priver, ne serait-ce qu'un seul instant, de la chaleur de cet humain qui respire à côté de moi. Je passe mes pouces sur ses sourcils. À mon contact, il semble se détendre dans son sommeil.

— Li Qiang… Je suis désolé, murmure-t-il.

Voilà un nom qui m'est inconnu. Qui est-ce ?

— Chut, tout va bien, soufflé-je en passant mes doigts dans ses cheveux.

Son front se détend à nouveau.

— J'espère que… tu es fier de moi, marmonne Kodiak.

— Je suis sûr que Li Qiang serait fier de toi, chuchoté-je en retour.

Sa respiration s'apaise jusqu'à devenir plus régulière. Il sombre peu à peu dans un sommeil profond, et je ne tarde pas à le rejoindre.

_-*-_

Pendant la nuit, Kodiak convulse et la crise est suffisamment forte pour me sortir du sommeil profond dans lequel j'étais plongé.

— Chut, chut, tenté-je de l'apaiser.

Son corps se heurte au mien tandis que les muscles de son cou se tendent. Puis, brusquement, sa tête s'écrase contre mes lèvres et le goût du sang emplit ma bouche.

— Mon Kodiak, pleuré-je. Je t'aime.

Je ne sais pas s'il m'a entendu. Je le tiens au cas où il serait pris de nouveaux tremblements, mais il s'immobilise. Je lui caresse les cheveux et le serre contre moi.

Son corps est en train de refroidir.

Son odeur est devenue âcre maintenant qu'il est mort. Je ne supporte plus d'être étendu à son côté. Je retire nos attaches et me fraye un chemin par-dessus son cadavre. Je me retrouve debout, à grelotter dans la pièce.

Le chagrin referme ses mâchoires acérées sur moi. Je risque de m'effondrer ici même et de ne plus jamais réussir à me relever. Je sais que ce n'est qu'une question de temps avant que je ne succombe à mon tour.

— Allez, il faut que tu bouges ! me commandé-je à voix haute.

Nous n'aurions jamais pu atteindre une planète de notre vivant, même la plus proche. Kodiak avait seulement besoin de sentir qu'il était maître de son destin, et c'est tout à son honneur.

Mais moi, je ne ressens pas ce besoin.

Je veux qu'un Ambrose et un Kodiak finissent par quitter ce vaisseau. Je veux qu'ils aient une chance de vivre leur vie ensemble. Leur bonheur sera le leur et en même temps le nôtre. C'est le mieux que je puisse espérer.

Non, ne fais rien, me supplie une autre partie de mon esprit qui préférerait que je m'effondre pour me complaire dans la douleur.

Les yeux ruisselants de larmes, je me bats contre la souffrance qui me ronge de l'intérieur en me frappant les cuisses.

Nous aurons besoin d'un allié si nous voulons que nos versions futures aient une chance de vivre une vie meilleure que celle-ci. Et le *Coordinated Endeavor* ne pourra pas naviguer éternellement sans un système d'exploitation opérationnel. Nous ne pouvons pas mettre notre OS Prime bricolé aux commandes du vaisseau, puisque nous l'avons programmé pour qu'il fonctionne en navigation manuelle. Non, nous devons rétablir l'OS d'origine… l'héritage que ma mère m'a laissé.

Je n'ai pas besoin de m'inquiéter des radiations, pas avec

ce que je prévois de faire. Je grimpe dans la salle des machines et entreprends d'effacer les dernières données programmées par Kodiak.

_-*-_

Kodiak n'a pas l'air paisible. Il semble hagard, affiche un teint blême et paraît souffrir. La torture que le vaisseau lui a fait subir est gravée sur les traits de son visage, même dans la mort. Lorsque je touche son corps, des mèches de cheveux se détachent de sa tête et tombent en formant un petit tas sur le sol.

Je me love contre son cadavre, nous attache ensemble et enroule mes bras autour de sa poitrine. Je déverrouille ensuite mon bracelet, affiche la dernière étape du programme que j'ai configuré et appuie sur « exécuter ». Avec ce simple geste, je viens de supprimer OS Prime. J'appuie une deuxième fois et le système d'exploitation d'origine est réinstallé.

Un claquement se fait entendre, suivi d'un vrombissement. Puis les lumières s'éteignent. Quand elles reviennent, la voix de ma mère les accompagne.

— Ambrose, vous avez été victime d'un accident à la suite duquel vous êtes tombé dans le coma. Vous pourrez vous asseoir quand je vous le dirai.

Je ris jaune.

— C'est encore moi, OS, rétorqué-je. Je ne suis pas un nouveau clone.

Rover fait le tour des murs de la pièce voisine. OS évalue la situation, je le sens. Il nous jauge, Kodiak et moi, pour décider de la meilleure réaction à adopter. Je connais suffisamment bien OS pour prédire quelle décision il va prendre.

Je serre le corps de Kodiak contre le mien.

— Je t'aime, murmuré-je.

Je ne le lui avais jamais dit, sauf au moment où il était en train de mourir. Je regrette maintenant de ne pas avoir eu le courage de le lui avouer avant.

Comme je m'y attendais, j'entends le sas s'activer au loin et faire trembler le vaisseau. Les mouvements de Rover deviennent plus frénétiques à mesure qu'il range les objets qui traînent. Il sécurise le matériel en l'enfermant derrière les lourds loquets des armoires. Dès qu'il aura fini, ce sera le début de la fin.

Je ferme les yeux. Les larmes coulent le long de mes joues.

Je ne veux pas mourir. Je veux vivre.

Mais je veux aussi que mon futur moi ait une meilleure existence que la mienne. Je veux mettre toutes les chances de son côté.

Et pour cela, je dois mourir.

Je vais sûrement souffrir le martyre…

La vision brouillée par les larmes, je resserre les sangles qui nous relient l'un à l'autre. Puis je gémis en sentant la tension envahir mon corps.

Combien de temps mettrai-je à mourir ? Mon agonie sera-t-elle lente, ou bien rapide ?

Un frisson me parcourt, et le silence m'enveloppe brusquement. Le monde devient d'un froid glacial, sombre et mordant. Puis le froid disparaît pour laisser place à une chaleur cuisante qui me donne l'impression de bouillonner de l'intérieur.

La force du vide tire sur nos bras et nos jambes, comprime nos articulations et enserre nos corps dans ses griffes. Les sangles vont bientôt lâcher. Nos muscles seront pulvérisés et notre sang s'infiltrera à travers le tissu de nos uniformes.

Je ne veux pas que l'espace nous consume. Je veux mourir ici, dans ce lit. Je me sers de mes dernières forces pour ramener mes bras vers mon corps et serrer davantage Kodiak contre moi. Puis la sensation d'être en ébullition devient si intense qu'elle cesse d'être douloureuse. Je me détache peu à peu de mes sens humains. Mon corps bout toujours de l'intérieur, mais je n'éprouve plus la moindre douleur. Pendant un instant, je plane au-dessus de moi-même et de nos deux cadavres.

Puis la mort me fauche avec un rugissement, en me happant dans une tempête soudaine.

PARTIE TROIS

Ambrose : 12 exemplaires restants

Kodiak : 12 exemplaires restants

191 JOURS AVANT TITAN

La voix de Minerva devient pressante :

— Tu m'as laissée partir seule. J'ai besoin de toi. Sauve-moi, petit frère !

Je m'étouffe. Est-ce moi qui me suis noyé ?

-*Tâches restantes : 1 872*-

J'ai enfin aperçu l'autre astronaute. Je l'ai cherché pendant des jours, mais ce n'est que maintenant que je le vois réellement. Dans sa moitié de vaisseau en rotation, je vois une mèche de cheveux noirs et un uniforme en nylon rouge. Il me tourne le dos et regarde en l'air, comme s'il écoutait quelque chose. Pendant un instant, sa tête se tourne vers moi. Puis il se détourne.

Étranger, pourquoi as-tu pensé à moi ?

J'aimerais qu'il se retourne de nouveau. Mais je ne veux pas qu'il me trouve en train de l'épier, aussi je me force à quitter la pièce.

Pour me consoler, je prends mon violon.

J'ai l'impression d'avoir perdu mes callosités de musicien, et jouer ne serait-ce qu'une demi-heure devient vite trop douloureux pour mes doigts. Le son semble aussi un peu étouffé. Pour une raison que j'ignore, j'ai retrouvé mon violon en dehors de sa boîte, avec un chevalet en polycarbonate. Je range l'instrument puis me plante devant la fenêtre de la pièce numéro 6 et observe le vide. L'espace est si fascinant, si désorientant que l'on pourrait se perdre dans sa contemplation. Jamais je ne me lasserai d'un tel spectacle.

J'imagine cet autre astronaute à côté de moi. Je songe à sa peau entraperçue de loin, à ses cheveux, et à son corps. Tout ce que je peux dire, c'est qu'il ne me laisse pas indifférent.

On ne m'aurait jamais envoyé dans le cosmos avec du

porno mais, bien conscient des besoins physiques d'un adolescent, le centre de contrôle m'a tout de même laissé de nombreuses images d'individus légèrement vêtus dans la mémoire du vaisseau.

Ne parvenant pas à me sortir de la tête cet intrigant compagnon de voyage, j'entreprends une recherche en tapant les mots « astronaute Dimokratía ».

Les résultats ne comportent aucune concordance exacte, mais je trouve toutes sortes d'images de soldats venant de Dimokratía, notamment des clichés de propagande séducteurs, ainsi que des enregistrements gouvernementaux destinés à montrer à quel point mourir pour son pays peut rendre un corps vigoureux, jeune et beau. Contrairement à la composition de leur armée actuelle, les images révèlent un mélange égal d'hommes et de femmes avec très peu d'exemples de personnes non binaires, comme je m'y attendais de la part de Dimokratía. Je prends un moment pour toutes les parcourir, à la recherche d'un elfe aux traits délicats et androgynes. Malgré la stricte codification de genre opérée par la propagande dimokratíenne, je finis par en trouver un.

Iel est en tenue militaire, porte un sac en toile en bandoulière, et marche le long d'un canyon rempli d'immenses arbres centenaires. Sa respiration forme de petits nuages devant sa bouche et ses joues sont rougies par le froid, mais sa chemise est ouverte jusqu'au nombril, mettant en lumière son ventre musclé. Sa ligne est parfaite. J'imagine une équipe de tournage à ses petits soins entre chaque prise.

Sur d'autres photos, iel cherche de la nourriture, sélectionne des morceaux de champignons comestibles à placer dans son sac, ramasse de la mousse, et étiquette d'autres éléments de sa cueillette avant de les placer également dans son sac.

La mise en scène est très apaisante, très convaincante et

surtout très sexy. L'image est hyperréaliste : la résolution est parfaite où que se pose mon regard. Je dirais même qu'elle évoque une sensualité plus forte qu'elle ne l'est certainement. C'est la raison pour laquelle, en Fédération, nous avons des centres de réadaptation pour aider ceux qui tentent de se libérer de leur dépendance à la pornographie hyperréaliste.

Je pourrais certainement succomber au charme de cette recrue errante.

Je passe une main sur ma gorge tandis qu'iel fouille la végétation, et effectue une mise au point sur le coin de ses lèvres, observe le creux de son épaule, puis descends pour admirer la flexion de sa cheville.

Étrangement, la vidéo n'a pas de son. Les données ont dû être corrompues, ou seulement partiellement téléchargées. J'augmente le volume de mon bracelet. Chaque fois que je regarde… disons… des trucs un peu chauds, je mets mes écouteurs pour garder un semblant d'intimité vis-à-vis d'OS.

Au début, je n'entends qu'un sifflement, alors j'augmente encore le volume. Puis je distingue peu à peu quelque chose sur la bande-son : une voix… *ma* voix.

Les images continuent de défiler. La recrue se détend contre un arbre et la caméra parcourt sensuellement son corps. Mais ce que dit ma voix n'a rien à voir avec une sortie revigorante en pleine forêt.

Ses commentaires sont même loin d'être sexy.

— Je savais que tu finirais par tomber là-dessus, déclare cet autre « moi ». Je peux prédire tes goûts, parce que ce sont également les miens… parce que tu *es* moi. Tu es probablement réveillé depuis environ huit jours. Tu regardes un porno qui n'en est pas un et que j'avais choisi pour me calmer les nerfs au début de mon voyage. J'ai fait en sorte de calibrer cette piste audio pour qu'elle fasse la même taille que le fichier d'origine et qu'OS ne puisse rien détecter d'inhabituel. Je sais aussi que tu as mis tes écouteurs, car c'est aussi ce que je faisais quand je voulais écouter ce type de vidéos. Je suis sur le point de te révéler quelque chose. Si à un moment donné tu te sens dépassé, n'hésite pas à mettre cet enregistrement en pause et à y revenir plus tard.

Je souris. Lorsque la technologie des voix de synthèse s'est généralisée, une farce, qui consistait à envoyer de faux messages en se faisant passer pour quelqu'un d'autre, s'est répandue un peu partout. Des messages comme « ici Devon Mujaba, envoie-moi des photos de toi à poil ». Au plus fort de cette mode, ils étaient même si populaires entre amis que si vous receviez un message suspect, mieux valait supposer que quelqu'un se payait votre tête. Il faut se donner du mal pour mettre sur pied ce type de farce, mais le centre de contrôle compte de nombreux anciens camarades de classe qui savent très bien comment me mettre tout de suite à l'aise, avec ce genre de « messages de moi à moi ».

Tandis que l'elfe de la vidéo se rince le corps dans un ruisseau de montagne, trempant un morceau de mousse dans l'eau glaciale pour se le passer sur le torse, j'écoute les mots de cette voix identique à la mienne.

Mon sosie vocal raconte une histoire saugrenue de clones, de vies multiples et d'une relation passionnée avec l'étranger dimokratíen habitant de l'autre côté de la porte orange. Je souris. De toute évidence, quelqu'un a voulu se moquer de moi et me mettre dans l'embarras. Les paroles enregistrées deviennent même de plus en plus dramatiques.

— À moins que vous ne soyez les deux derniers clones, vous ne quitterez jamais ce vaisseau. Vous ne dépasserez même pas l'âge de vingt ans. Ta relation avec Kodiak est tout ce qu'il te reste. C'est même la seule chose qui mérite d'être nourrie et préservée. Kodiak m'a montré où sauvegarder ce message sur l'*Aurora*. Tes synapses sont une copie exacte des miennes, et tu te trouves dans un environnement identique, avec les mêmes apports sensoriels, donc à moins que le chaos n'ait trouvé le moyen de tout perturber, tu l'as déjà probablement invité à dîner avec toi en lui proposant de vous retrouver dans cinq heures devant la porte orange.

Mon pouls s'accélère brusquement. Comment ce « double » peut-il être au courant ?

— Dans ma vie, Kodiak ne s'est pas présenté à ce premier rendez-vous. Mais dans la tienne, il viendra. Car il a entendu tout ce que tu viens d'entendre.

Une voix inconnue intervient dans l'enregistrement pour prononcer des phrases saccadées en dimokratíen. J'ai étudié cette langue au cours de ma formation, mais les mots sont trop rapides pour que je parvienne à tous les saisir. Puis ma propre voix est de retour.

— Voilà, Kodiak a entendu quelques secrets personnels de son ancien « lui », juste quelques informations pour l'assurer de l'authenticité de mes propos. D'ailleurs, même s'il ne le sait pas encore, il aime beaucoup les cannellonis, mais bien moins qu'il ne le prétend. Je te suggère de cacher tout ceci à OS aussi longtemps que possible. Il a besoin de vous vivants pour mener le vaisseau à destination, mais cette situation ne durera pas éternellement. Ainsi, si jamais il apprend que vous détenez des informations non autorisées, il pourrait écourter vos vies. Quand tu communiqueras ce soir avec Kodiak, veillez à vous cacher sous une couverture et à écrire sur un appareil hors réseau afin qu'OS ne puisse pas lire vos échanges.

La voix fait une légère pause, avant de reprendre.

— À en juger par le nombre d'années qui me séparent de mes clones précédents, ça fait probablement des milliers d'années que je suis mort. Ce message vient à la fois de toi-même et d'un ancêtre disparu depuis longtemps. De nombreuses autres copies de toi l'ont probablement même déjà écouté. Sais-tu ce qui m'a le plus aidé à faire face à la vérité quand je l'ai apprise ? C'est de me souvenir de toutes ces rêveries farfelues que nous, les Ambrose, avions quand nous étions enfants. Comme lorsque nous imaginions qu'il n'y avait plus que des robots sur Terre et que nous étions les seuls vrais humains. Ou bien lorsque nous croyions que tous les mouvements que nous percevions du coin de l'œil étaient en réalité des personnes qui se téléportaient entre les différentes versions parallèles de la Terre en passant par les multivers. Ou encore quand nous pensions que notre système solaire n'était en réalité qu'un atome situé au sein d'un système solaire beaucoup plus grand. Aussi fou que cela puisse paraître, notre imagination nous a préparés à encaisser la vérité sur notre existence. Je t'envoie toute mon affection depuis l'an 9081. C'est sympa de recevoir de l'affection de la part de soi-même, non ? Quoi qu'il en soit, maintenant, va rencontrer Kodiak. Il préférerait de loin passer son temps seul, à travailler pour le bien de sa version idéalisée de Dimokratía, donc il ne prendra probablement pas aussi bien que toi la nouvelle selon laquelle il a été manipulé. Au revoir, Ambrose. Je suis désolé d'avoir à t'annoncer tout ceci. Mais je suis heureux d'être celui par qui tu as appris la vérité.

L'audio se termine. Les cheveux tirés en arrière, la recrue androgyne somnole au bord du ruisseau, allongée sur de la mousse dans ses sous-vêtements mouillés, et semble profiter des rayons froids du soleil.

— Astronaute Cusk, est-ce que tout va bien ? s'enquiert la voix de ma mère.

J'acquiesce, la vision brouillée par les larmes. La vidéo continue, mais je la regarde sans réellement la voir.

— Il semble que quelque chose vous ait dérangé. Votre fréquence cardiaque est élevée et vous transpirez, constate OS.

Je fais appel à mes faibles talents d'acteur pour lui répondre.

— C'est juste un peu déconcertant de me retrouver enfin ici, à bord du vaisseau. Et puis, il y a la mission de sauvetage. Je m'inquiète pour ma sœur.

Un léger silence s'ensuit.

— Bien sûr. C'est tout à fait compréhensible, opine OS.

Je ne me rends pas dans la salle à manger, ni devant la porte orange. À la place, je me dirige vers la grande baie vitrée de la pièce numéro 6… ou plutôt devrais-je dire le grand écran ?

Même si mon comportement pourrait faire croire à OS que je suis devenu dingue, je tapote la vitre en plaçant le bout de mes doigts sur différentes étoiles. Comment puis-je savoir si ce que je vois est réel ?

Un frisson me saisit.

Je ferme les yeux et me concentre sur ma respiration, en inspirant et expirant plusieurs fois. Ce souffle qui entre et sort de ma bouche est bien réel, lui. J'ouvre alors les yeux, résolu. Il est temps pour moi de rencontrer Kodiak. Il sera réel, lui aussi.

-*Tâches restantes : 1 872*-

La porte s'ouvre pile à l'heure.

« Grands dieux » est la première chose à laquelle je pense en voyant Kodiak de près.

Il n'est pas mon genre, mais en tant qu'objet purement esthétique, je le trouve superbe.

La contraction de ses épaules gonfle le tissu de son uniforme. Il me regarde avec une expression renfrognée derrière ses épais sourcils froncés, et fait craquer les articulations de chacun de ses doigts sous son pouce.

— As-tu entendu ce que j'ai entendu ? demandé-je.

Il acquiesce. Le reste de son corps est immobile, comme s'il avait été sculpté dans un matériau trop lourd pour être soulevé à la seule force des bras.

— Qu'est-ce que tu en penses ? continué-je.

Il baisse les yeux vers le sol et hausse les épaules en enroulant ses doigts étonnamment élégants autour de son poignet pour tirer sur sa manche. Puis il se reprend et oblige ses mains à pendre le long de son corps.

— Je crois qu'on nous a dit vrai, déclare-t-il d'un ton bourru. Ce qui signifie que nous avons beaucoup de choses à nous dire.

-*Tâches restantes : 1 872*-

Je le conduis jusqu'à la pièce numéro 4, mets deux repas à chauffer, puis vais chercher des couvertures dans ma chambre. Juste au moment où je reviens, le four à micro-ondes sonne pour indiquer que le premier repas est prêt. J'attends qu'il ait suffisamment refroidi pour pouvoir le prendre à mains nues et le passer à Kodiak.

— Qu'est-ce que c'est ? demande-t-il.

— À ton avis ?

Il lit l'étiquette sur le sachet.

— Des cannellonis. Je n'en ai jamais goûté, mais il paraît que j'adore ça.

Je ris, mais m'arrête presque immédiatement en voyant une ombre passer sur son visage.

— Nous découvrirons le fin mot de l'histoire, assuré-je en posant une main sur son épaule.

Il hausse les épaules et je laisse retomber ma main. OS se met à parler au même moment.

— Y a-t-il quelque chose que je puisse faire pour vous aider ?

— Non, ça ira, dis-je en empilant les couvertures sur la table.

Je me tourne ensuite vers Kodiak.

— Mange tes cannellonis, et après, je t'expliquerai, lui indiqué-je.

Kodiak baisse les yeux sur le sachet, pince les lèvres, puis secoue la tête.

— Je mangerai plus tard.

Je déplie la couverture et la soulève pour qu'elle recouvre nos têtes. J'allume alors ma tablette et commence à taper.

J'imagine que tu as entendu la même chose que moi. C'est notre seule façon de communiquer sans qu'OS le sache. Il y a des micros et des caméras partout. Il peut tout entendre.

Il hoche la tête. Les lumières fluorescentes passent à travers le fin tissage de la couverture et illuminent sa silhouette. Il me prend la tablette des mains, en pressant son épaule contre la mienne au passage, et tape à son tour. J'en profite pour étudier la ligne marquée de son nez.

Et si on enquêtait au-delà de la porte jaune pour confirmer la véracité de cette histoire de clones ?

Je reprends la tablette.

D'accord. Et en supposant qu'il y a bien des clones là-bas, qu'est-ce qu'on fait ensuite ?

Ses doigts flottent au-dessus de la tablette sans la toucher. Il n'a pas de réponse à cette question. Mais ça n'a rien d'étonnant au vu de la situation. Il réfléchit quelques secondes, puis se remet à taper.

Je veux savoir quel est notre prétendu véritable objectif.

J'espérais justement qu'il me répondrait ça, même si le fait qu'il ait employé le mot « prétendu » m'intrigue. Néanmoins, je décide de laisser tomber ce détail pour le moment.

Moi aussi. As-tu des idées sur la façon dont nous devrions procéder ?

OS pense évidemment qu'il nous conduit quelque part. Si nous connaissions notre cap, cela nous aiderait beaucoup. Mais nous devons utiliser ces informations sans qu'OS s'en aperçoive et devons donc nous cacher de lui, comme nous sommes en train de le faire actuellement.

Je suis d'accord. OS est probablement en état d'alerte en ce moment. Il vaudrait mieux qu'on lui laisse quelques semaines pour se calmer. Ensuite, nous chercherons à comprendre où nous mène ce voyage.

Je soupire et m'assieds en retirant la couverture.

Kodiak cligne des yeux pour s'adapter au brusque changement de luminosité. C'est plutôt craquant, même vraiment craquant, à tel point que je commence à comprendre pourquoi plusieurs anciennes versions de moi sont tombées amoureuses de lui. Cela va-t-il m'arriver, à moi aussi ?

Kodiak serre les poings puis les desserre, encore et encore. Je ne sais pas contre quels sentiments il se bat, mais j'ai quelques soupçons. La chaleur me monte aux joues.

— Je sais à quoi tu es en train de penser, grogne-t-il.

— C'est bizarre, non ? lancé-je. Nous nous sommes déjà rencontrés. Nous nous sommes même déjà « fréquentés ».

Et aucun doute là-dessus : ça m'émoustille.

— C'est plus que bizarre. Tu n'es pas… Je ne suis pas… Enfin, je n'aurais jamais pensé qu'un jour…, bafouille-t-il sans parvenir à trouver ses mots.

Mon visage rougit de plus belle, mais cette fois pour d'autres raisons.

— Ouah. Merci.

— À l'entraînement, j'avais les mêmes envies que la plupart des jeunes hommes, explique-t-il en haussant les épaules. Bien sûr, parfois, je passais à l'action. Mais c'était juste… eh bien, tu sais, des amis qui se retrouvent pour passer un petit moment ensemble.

Et je suis censé tomber amoureux de ce morceau d'histoire ancienne ? Sérieusement ? Je commence à parler et m'arrête. Mon visage irradie des vagues de chaleur. Je me concentre sur la couverture et la plie avec le plus grand soin, en lissant chaque pli.

Dans ma tête, je me répète les mots de Minerva : « Tu es le noble Ambrose Cusk, fils d'Alexandre le Grand. Tu es l'inaccessible, l'élu envié et acclamé par les foules. »

De nouveau, ses poings se serrent et se desserrent plusieurs fois.

Je prends alors conscience que mon corps est tout aussi tendu que le sien.

— Tu veux que je te laisse seul ? l'interrogé-je.

Il secoue brusquement la tête avant de laisser son menton retomber sur sa poitrine.

— Écoute, je sais que tout ça est dur à digérer…, commencé-je.

— On m'a toujours dit que j'embrassais très bien, m'interrompt-il.

Son aveu me coupe dans mon élan, me laissant bouche bée. Puis un sourire triste se dessine sur son visage.

— Arrête ton char ! m'exclamé-je en lui donnant un coup d'épaule qui le déséquilibre. Embrasser ne fait pas partie de la culture dimokratíenne. Dis plutôt que vous vous adonnez à des combats de langues !

Il lève les yeux au ciel et croise les bras sur sa poitrine.

— Toute cette situation est vraiment très étrange, pas vrai ?

— Je n'aurais pas dit mieux, acquiescé-je. Maintenant, mange tes cannellonis. J'ai entendu dire que tu aimais ça.

-*Tâches restantes : 1 801*-

Pendant la majeure partie de ma journée, je réussis à faire comme si je n'avais jamais entendu l'enregistrement réalisé par cet ancien Ambrose. Kodiak et moi réparons les dommages subis par le vaisseau, nous nous préparons à la récupération d'un astéroïde et nourrissons nos organismes, tout en sachant que nous pourrions bientôt être réduits au silence par ce même vaisseau qui nous héberge. J'invente une petite chanson qui commence par : « Je suis juste une petite bactérie, en transit dans un intestin… »

À mesure que cette vie « normale » avance, une autre se déroule en parallèle : je colle mon nez tout contre les fenêtres du vaisseau, je passe au crible le code d'OS à la recherche de lignes suspectes, j'examine nos combinaisons, nos uniformes ainsi que nos couvertures à la recherche de vieux cheveux, de bouts de peau et de taches de sang. Je ne cesse de jeter des coups d'œil sous l'épiderme du vaisseau, en attendant qu'il fasse une hémorragie et nous révèle enfin la vérité.

Intérieurement, je formule des hypothèses quant à notre destination. Mettons-nous le cap sur une autre galaxie ? Nous dirigeons-nous vers un trou noir ? Ou allons-nous réellement vers Titan ? Et si, en réalité, nous étions en route pour la Terre ? Minerva m'y attend chaque vendredi soir.

Au cours de mes demi-douzaines de promenades quotidiennes à travers l'*Aurora*, je vois souvent Kodiak en train d'enquêter : soit il démonte un panneau mural pour savoir ce qui se trouve derrière, soit il s'attaque au film qui recouvre l'intérieur des fenêtres – ou devrais-je dire des écrans ? Rover est presque toujours dans la même pièce que lui et l'observe.

Chaque fois que je vois Rover, j'ai envie de frapper son petit corps vrombissant en forme de demi-ballon de basket.

Si les enregistrements que nous avons découverts se révèlent vrais, nous le désactiverons en premier. Et je m'en chargerai personnellement.

Un matin, je trouve Kodiak assis dans la pièce aveugle. La couverture et la tablette déconnectée sont posées devant lui. Je lève un sourcil et il hoche la tête en tapotant le sol à côté de lui. Je m'assieds en collant ma cuisse contre la sienne. Il installe alors la couverture au-dessus de nos têtes, puis pétrit le haut de mon bras. C'est une sorte de massage sportif, mais après ce qu'il m'a confié sur ses « activités extrascolaires » avec les autres gars de sa formation, mon esprit vagabonde vers un futur où ma main se glisserait sous sa ceinture pour atteindre la peau douce qui se cache en dessous…

Les premiers mots de Kodiak me sortent de ma rêverie.

Tu es prêt ?

On peut dire ça comme ça, songé-je en tapant ma réponse.

Oui.

Il attend que je continue, alors je m'exécute.

Je pensais que tu avais quelque chose à me dire.

Il fait une pause, avant de taper sur les touches du clavier.

Je n'ai trouvé aucune solution.

J'essaie, sans succès, de garder un sourire plaqué sur mes lèvres.

Moi qui pensais que tu représentais l'espoir de Dimokratía tout entière…

Ce n'est pas drôle, Cusk.

Tu as de la chance. J'étais le meilleur élève de ma classe en géométrie analytique.

Il lève les yeux au ciel, à juste titre. Je continue d'écrire.

Notre meilleure chance de découvrir où nous allons est de savoir où nous nous trouvons en ce moment par rapport à la Terre. Nous pourrons alors étudier la trajectoire du vaisseau pour voir où il nous emmène à travers l'univers.

D'accord, mais comment comptes-tu t'y prendre ?

Utilisons la radio !

Kodiak se tapote les lèvres.

Les signaux que nous recevons via l'émetteur radio mentionnent des dates. En les comparant avec la date de notre départ, nous pourrons estimer la distance qu'ils ont parcourue à la vitesse de la lumière, et donc évaluer la distance que le vaisseau a parcourue jusqu'à présent. Mais cela nous indiquera seulement à quelle distance nous nous trouvons de la Terre, pas la direction dans laquelle nous allons.

Je lui prends la tablette des mains.

Justement ! Nous devons établir notre distance par rapport à deux autres points, puis calculer l'intersection des trois sphères pour obtenir notre localisation précise. Et qu'est-ce qui pourrait nous permettre d'obtenir des coordonnées précises ?

Des pulsars.

Je claque des doigts en souriant. Il continue d'écrire.

Leurs pulsations sont régulières, mais les fréquences les plus hautes de l'onde se déplacent légèrement plus rapidement. Nous pourrions alors calculer la différence entre les fréquences les plus hautes et les plus basses, ce qui devrait nous permettre d'évaluer notre distance par rapport au pulsar !

Je prends le relais.

La fréquence de l'impulsion me permettra de savoir de quel pulsar il s'agit et nous pourrons trouver son emplacement d'origine. Peux-tu nous dénicher deux pulsars parmi tout ce bruit radioélectrique ?

Je vais essayer de nous trouver des étoiles à neutrons. Tu es un véritable génie !

Kodiak pose la tablette sur ses genoux, puis pince mon menton entre ses doigts et penche ma tête vers le haut pour pouvoir me regarder dans les yeux. Il semble qu'il ait commencé à assimiler le fait que son ancien « lui » était mon amant.

Je récupère la tablette, principalement pour cacher la bosse en train de se former au niveau de mon entrejambe.

Allons-y.

Il se lève, révélant le renflement qui trahit son propre désir.

— Ces calculs sont très minutieux, murmure-t-il en se dirigeant vers sa console pour placer les écouteurs dans ses oreilles. Cela va nécessiter un grand nombre de chiffres significatifs…

Sa voix s'estompe sous le coup de l'émotion.

Je suis moi-même un peu bouleversé. Mais nous avons des choses plus importantes à faire que de nous livrer à des ébats. Du moins, pour l'instant.

Afin qu'OS ne comprenne pas ce que nous avons en tête, je commence à faire défiler d'anciennes cartes stellaires. Comme ce sont des images scannées à partir de livres réels, il me faut une éternité pour trouver quoi que ce soit dessus. Cette recherche m'aide néanmoins à résoudre mon problème d'érection.

Le temps passe. Kodiak est aussi immobile qu'une statue. Son visage arbore un masque de concentration. Soudain, il se lève d'un bond. Ses écouteurs s'arrachent de ses oreilles et il se précipite pour les rattraper avant qu'ils ne touchent le sol. Puis, le visage rayonnant, il me fait signe de le rejoindre et me lance la seconde paire d'écouteurs.

Je les enfile et me penche vers lui pour écouter. D'abord, je sens son pouls battre contre mon épaule, puis j'entends la pulsation radio régulière d'une étoile, probablement située très loin dans l'espace.

— C'est si beau, chuchoté-je en frissonnant.

Pendant quelques secondes, je le regarde écouter ce son

étrange et merveilleux. Ses yeux sont fermés et des larmes mouillent ses longs cils. Puis je m'arrache à cette vision et bascule ma connexion sur celle de l'ordinateur afin qu'il puisse chronométrer les impulsions. Une fois les relevés obtenus, je retourne sur les livres enregistrés.

— Il s'agit de PSR B1257+12, plus communément appelé « Liche » en référence au seigneur des morts-vivants, annoncé-je. Des vrais geeks, ces astronomes…

Kodiak rouvre lentement les yeux et replace sa main sur le cadran de la radio.

— Encore un pulsar à trouver, commente-t-il.

Je remets les écouteurs dans mes oreilles pour écouter la rumeur de l'espace. J'entends d'immenses espaces vierges de tout son, puis des bruits forts ou plus diffus produits par tous ces corps géants qui rayonnent à travers le temps et l'espace. Les ondes radio solitaires qu'ils émettent sont entrées par hasard en communication avec notre vaisseau pendant leur voyage à travers l'univers.

Kodiak lève un doigt pour attirer mon attention. Moi aussi, je l'entends. Nous captons désormais un second pulsar qui déclenche des rafales radio toutes les quatre ou cinq secondes, sur un rythme plus mélancolique, qui s'apparenterait presque à une plainte.

Je regarde les chiffres affluer et défiler sur l'écran tandis que l'ordinateur affine le délai entre chaque pulsation.

— Quatre secondes et quatre-vingt-quatre centièmes, constaté-je en parcourant l'affichage de ma tablette. C'est Centaurus X-3, un autre pulsar qui possède un signal tout aussi célèbre que puissant. Il est logique que ces signaux soient ceux que nous détections en premier. Nous ferions mieux de laisser passer quelques minutes afin que l'ordinateur ait plus de données à nous fournir sur ces fréquences, puis nous calculerons nos coordonnées.

Kodiak semble vouloir dire quelque chose, mais se ravise et hoche simplement la tête.

— Qu'est-ce qu'il y a ?

Il secoue la tête sans répondre.

— Je vois bien que quelque chose te préoccupe, insisté-je. Qu'est-ce que c'est ?

Il hausse les épaules.

— J'imagine que je ne suis plus aussi sûr de vouloir savoir ce que nous allons découvrir. J'ai envie de le savoir, bien sûr. Mais en même temps… je ne le veux pas. Je ne sais pas si tu vois ce que je veux dire.

Je ris, mais le regrette aussitôt. Je dois bien avouer que sa vulnérabilité soudaine m'a pris de court, à tel point que j'ignore comment réagir.

— Eh bien… C'est un peu tard pour faire machine arrière, souligné-je en me grattant le crâne.

Il hoche la tête gravement et se met à fixer l'écran, comme s'il espérait ajouter la puissance de calcul de son propre cerveau à celle du processeur. Cette crise nous a peut-être rapprochés, mais je ne connais pas encore vraiment le garçon avec qui je vis.

Un encadré clignote à l'écran. Les calculs sont terminés.

— Je te laisse interpréter les résultats, ou bien tu préfères que je m'en charge ? demandé-je.

Il observe l'écran. Deux points sont apparus. Le premier désigne la Terre et l'autre, notre vaisseau. Je modifie le cadre et dézoome plusieurs fois afin de mieux comprendre ce que nous voyons. Seulement, ça n'a aucun sens. Nous sommes près de la limite d'un large enchevêtrement d'étoiles.

— C'est…

— … la Voie lactée, termine Kodiak platement.

— Et nous…

— … nous dirigeons vers son bord clairsemé.

Il ne dit rien pendant un moment. Je jette un coup d'œil à son visage. Son expression est sombre et sa peau semble presque grise.

— Nous sommes dans une vaste étendue de vide. Il n'y a rien alentour… comme si nous étions en plein milieu d'une mer morte. Le premier corps céleste se trouve à des années-lumière de nous.

Avant, nous étions seuls. Mais maintenant, nous savons que nous sommes vraiment… vraiment seuls.

Même si nous pouvions atteindre la vitesse de la lumière – ce qui est impossible, et de loin –, nous n'arriverions jamais nulle part de toute notre vie.

Kodiak n'a pas bougé d'un iota, si l'on omet sa jambe qui tremble. Je fouille son visage, l'esprit ébranlé par ce que nous venons de découvrir.

— J'ai toujours fait ce qu'on m'a demandé de faire, marmonne-t-il.

— Qu'est-ce que tu veux dire ?

Il tombe à genoux et regarde fixement le sol. Ses mots deviennent alors à peine audibles.

— J'ai toujours dit oui à tout ce qu'ils m'ont demandé. J'ai fait en sorte d'être l'instrument qu'ils voulaient que je sois.

— Oui… Moi aussi, avoué-je avec difficulté.

— J'ai détruit les rêves de Li Qiang pour pouvoir devenir l'espoir de Dimokratía. J'ai consacré ma vie à… à quoi exactement ? Je ne sais même pas. J'ai travaillé si dur, et voilà que je me retrouve abandonné par mon pays à l'intérieur de ce foutu vaisseau…

Il fait un geste vers la fenêtre qui – et ça m'apparaît de plus en plus clair – ne nous a jamais rien montré de réel.

— Li Qiang… C'est celui avec qui tu t'es battu dans la piscine et qui t'a cassé le bras ?

Mon ancien « moi » m'en a parlé dans son enregistrement.

Il hoche la tête, les mains sur les yeux.

Je pose la main sur le sommet de sa tête, ce qui est un peu gênant, alors je la retire et m'agenouille devant lui, les fesses sur les talons, afin d'être dans la même position que lui.

Il essuie ses larmes avec le dos de son avant-bras et laisse échapper un souffle frémissant.

— Je vais bien. C'est juste que j'ai fait une promesse à mon pays… une promesse importante. J'y ai consacré toute ma vie. C'était comme un contrat, explique-t-il.

— Oui, confirmé-je en écartant une mèche de cheveux sombres de son visage. C'en était un. Et ils l'ont brisé.

Exactement comme ma famille l'a fait avec moi, ajouté-je intérieurement.

Sa poitrine se soulève puis s'abaisse.

— Je ne sais pas quoi faire de ma vie sans ce contrat, soupire-t-il.

— Tu peux décider de ce que tu souhaites devenir.

Il secoue la tête avec un rictus plein de dérision, puis son expression s'adoucit.

— Je suppose, acquiesce-t-il.

— Peu importe ce qu'il adviendra, je suis content que nous soyons ensemble pour y faire face.

— Je ne sais pas comment tu réussis à trouver quoi que ce soit de positif à cette situation, mais étrangement, je te crois sincère, souffle-t-il en me regardant.

Je prends ses mains dans les miennes et les tiens sur mes genoux.

Il ferme les yeux quelques instants. Puis il les rouvre brusquement. Une lueur brille désormais dans ses pupilles. Il arrache ses mains des miennes, claque des doigts et me montre la couverture. Malgré mon étonnement, je m'exécute et la saisis pour la jeter par-dessus de nos têtes.

Kodiak écrit sur la tablette avant de me la passer.

J'ai compris. C'est un test !

Un test ? Quel genre de test ?

À l'entraînement, nous réalisions de nombreux exercices inopinés. Parfois, on nous réveillait au milieu de la nuit pour nous bander les yeux et nous larguer en pleine nature, où nous devions retrouver notre chemin vers la base. Peut-être s'agit-il d'un exercice de ce type ? Selon OS, nous avons perdu connaissance lorsque le vaisseau a décollé. Peut-être que le lancement n'a jamais réellement existé, ce qui expliquerait pourquoi nous n'en avons aucun souvenir. À la place, ils nous ont lâché dans un faux vaisseau spatial et raconté cette fausse histoire de « clones » pour jauger notre réaction.

Il me rend la tablette. Je scrute son expression à la recherche du moindre signe d'incertitude. Son explication est tirée par les cheveux. Elle fait même un peu trop « théorie du complot » pour que je puisse ne serait-ce que l'envisager. Mais la vérité supposée de notre situation n'est pas davantage crédible. Je sais au fond de moi qu'il se trompe, qu'il traverse une phase de déni. Une réaction classique lorsqu'on a subi un choc. J'aimerais qu'il se remette à pleurer, afin que nous puissions nous lamenter ensemble sur ce qui nous arrive… sauf que je ne sais pas comment écrire mes sentiments sur une tablette, caché sous une couverture.

Alors, à la place, je décide de taper autre chose.

Et l'appel de détresse de Minerva ?

Peut-être qu'elle va bien, ou peut-être qu'elle est morte. Le signal de détresse fait partie d'une manœuvre visant à déterminer notre résistance face au stress. Manœuvre dont les résultats seront utilisés pour de futures expéditions.

Vient-il vraiment de qualifier le sort de ma sœur de « manœuvre » ? Je l'observe. Ses yeux paraissent vides sous la lumière filtrée. Il s'est retiré dans un endroit désert de son esprit que je ne peux pas atteindre. Il est trop perdu dans sa propre souffrance pour se rendre compte de l'impact de ses propos.

Tu as peut-être raison. En fait, je ne sais plus du tout quoi en penser.

Il se déplace sous la couverture et son visage disparaît de ma vue. Je soulève le tissu d'une main pour pouvoir à nouveau voir son expression.

Il écrit sur la tablette.

N'avoue rien à OS. Autrement, tu échoueras au test et ne seras pas choisi pour une éventuelle prochaine mission.

Sans quitter son visage des yeux, je récupère délicatement la tablette.

Je ne pense pas que la Fédération fonctionne de la même manière que Dimokratía en ce qui concerne la formation de ses futurs astronautes. Mon centre de contrôle ne me ferait pas ça.

Ma mère ne me ferait pas ça, ajouté-je intérieurement.

Il fait claquer sa langue, ce qui, je le sais, est un son moqueur chez les Dimokratíens.

C'est vrai. J'oubliais que la Fédération était un pays *évolué*.

En plus, il est évident que nous sommes dans l'espace.

Comment le sais-tu ?

Est-il sérieux ? songé-je avec incrédulité.

Nous voyons les étoiles et l'autre partie du vaisseau, sans compter que nous sentons le sol vibrer sous nos pieds. Et puis, nous ne recevons pas le moindre signal humain à moins que l'antenne ne soit placée à l'extérieur du vaisseau.

Tout cela peut parfaitement être simulé. Souviens-toi. Ton ancien « toi » ne t'a-t-il pas justement dit que ces étoiles étaient fausses ?

Je lève les yeux au ciel. Heureusement que ce malabar ne me regarde pas assez attentivement pour remarquer ma réaction.

Ouais, et nos vies entières ne sont qu'une immense simulation. Qui sait, nous sommes peut-être des cerveaux enfermés dans une cuve quelque part, entourés de machines qui nous traient pour nos matières organiques. Ou alors, des prisonniers enchaînés dans une grotte et qui confondent les ombres projetées sur les murs avec le monde réel.

Je commence à rire, mais m'arrête en constatant qu'il ne m'imite pas.

Et s'il avait raison ? Et si nous étions dans un bunker, et non dans un vaisseau spatial, et que ceci était réellement une sorte de test ? Nous n'avons aucun moyen d'en avoir le cœur net. Enfin… si. Nous pourrions ouvrir une porte, mais cela impliquerait de dépressuriser tout le vaisseau. Autrement dit, si mon intuition se révélait fausse, nous mourrions. C'est alors qu'une pensée me vient. Je lui prends la tablette des mains et me mets à taper.

Il n'y a pas de gravité au centre du vaisseau.

L'apesanteur peut être créée artificiellement. Nous avons tous les deux été formés dans des simulateurs antigravité.

Tu es vraiment convaincu qu'il s'agit d'un test, n'est-ce pas ?

Réfléchis. Il est quand même beaucoup plus probable que nous soyons dans une simulation psychologique plutôt que des clones en plein voyage intergalactique !

Je suppose que tu marques un point.

En fait, je ne suis pas d'accord avec lui. Je pense qu'il cherche simplement un moyen de se raccrocher à ce qu'il croyait savoir.

Je ressens exactement la même chose. Seulement, je suis

un peu plus réaliste, et surtout conscient de mes propres écueils mentaux.

Une idée pour tester cette théorie ?

Nous n'allons rien faire du tout pour l'instant. Il n'y a pas d'urgence. Prenons quelques heures pour effectuer nos tâches habituelles et rassurer un peu OS, au cas où notre comportement l'aurait alerté. Nous en reparlerons après le dîner.

Il scrute mon visage pendant un long moment. J'ignore ce qu'il cherche à lire sur mes traits, s'il s'agit d'un sentiment, d'une information ou d'autre chose, mais je ne pense pas qu'il trouve ce qu'il espérait y voir. Quand il finit par hocher la tête et se lever, son visage affiche un calme forcé.

-*Tâches restantes : 1 799*-

Ne le voyant pas arriver à l'heure du dîner, je décide d'aller le chercher. Aucun bruit de bricolage ne me parvient quand je pénètre sur l'*Aurora*. À la place, j'entends quelque chose de beaucoup plus inquiétant : le silence.

Je traverse le vaisseau à pas de loup et trouve Kodiak à l'autre bout, près de son sas. Il tient dans ses mains l'un des casques prévus pour les sorties extravéhiculaires et est en train de creuser l'intérieur avec ce qui ressemble à un tournevis.

— Kodiak, qu'est-ce que tu fais ? l'interrogé-je doucement.

— J'essaie de comprendre… ce qu'il y a de l'autre côté de cet écran.

D'une torsion du poignet, il parvient à arracher un fragment de polycarbonate qui tombe à ses pieds.

— Bon sang, arrête ! Tu risques de le détruire ! m'exclamé-je, aussi horrifié que si c'était l'un de ses ongles qui venait de se détacher.

Kodiak jette le casque au sol. Celui-ci roule jusque dans un coin de la pièce, accompagné par le tintement des éclats de carbonite de haute technologie à l'intérieur.

— Nous avons besoin de ces casques, souligné-je.

— Pour secourir Minerva ? rétorque-t-il d'une voix grinçante et moqueuse en haussant les épaules. Nous n'avons pas besoin de ces casques si tout ceci n'est qu'une simulation.

Il décroche alors une autre combinaison du mur et en détache le casque, son tournevis toujours à la main.

Tant pis pour notre conversation qui devait rester secrète. Je dois le raisonner à tout prix, quitte à dévoiler nos découvertes et soupçons à OS.

— Je ne comprends pas plus cette situation que toi, mais une chose est sûre : nous ne sommes pas dans une simulation, Kodiak. Même si nous sommes des clones, même si toi et moi sommes condamnés… peu importe la vérité, nous aurons sûrement besoin de ces casques.

— Tu continues à t'accrocher à ces mensonges, même après avoir découvert que tu t'es fait entuber. C'est vraiment pathétique. Il nous faut briser cette manipulation, et non nous y plier.

— La briser ? Qu'est-ce que tu veux dire ?

Kodiak entaille le devant du casque en y traçant une longue ligne. Le bruit aigu du polycarbonate qui se déchire me fait grincer des dents.

J'en ai la chair de poule.

— Si tu continues, tu risques de nous tuer au passage, remarqué-je.

— Non, je vais prouver à ceux qui nous testent que nous sommes plus forts qu'eux et que nous ne céderons pas le contrôle de notre destin. C'est comme ça que nous réussirons cet examen, et alors, ils n'auront pas d'autre choix que de nous laisser sortir.

Je le regarde, impuissant, entailler le deuxième casque, alors qu'il s'agit de notre seul moyen de survivre à l'extérieur, si nous – ou une autre version de nous-mêmes – parvenons à quitter ce vaisseau un jour.

La nuit infinie qui nous entoure murmure son indignation face à ce geste inconscient.

— Nous ne sommes même pas sûrs qu'il s'agisse réellement d'un test. Tu dois cesser ce que tu es en train de faire, pour notre bien à tous les deux.

Sauf qu'il ne m'écoute pas et continue à abîmer le casque. Il y met même toute sa force, ce qui me rappelle que son corps a été entraîné pour devenir une arme à lui tout seul.

— Kodiak, je suis sérieux. Arrête, l'imploré-je, la gorge nouée.

Comme il ne semble toujours pas comprendre ce que je lui dis, la colère finit par l'emporter sur la peur. La nuque raide et le front emperlé de sueur, je m'avance vers lui.

Il lève la tête pour m'observer, puis retourne à son travail.

Je fais un pas de plus sans quitter des yeux son visage devenu gris.

— Arrête-toi là, me commande-t-il sans me regarder.

Je réduis la distance qui nous sépare et m'agenouille à côté de lui en posant mes doigts sur les siens, par-dessus le manche du tournevis. C'est alors que de son autre main, il me frappe au niveau de la tempe. Le coup est tellement rapide et inattendu que je ne parviens pas à l'éviter.

Je tombe au sol, puis me relève en l'insultant et me jette sur lui. Je m'accroche à son dos en martelant son cou épais et en mordant sa peau salée. Il fait rouler les muscles puissants de ses épaules pour me forcer à lâcher prise, et je finis par m'écraser contre le mur. Je m'élance à nouveau vers lui, mais cette fois, j'ai la présence d'esprit de lui arracher le tournevis des mains avant qu'il ne m'envoie valser encore une fois.

J'atterris par terre et me relève aussitôt en le voyant charger dans ma direction, les poings serrés. Je fonce alors dans la pièce voisine et me presse contre le mur du fond.

Kodiak me rejoint. Presque instantanément, il réussit à reprendre son tournevis. Je n'ai pas la force de lui résister.

Il repart d'où il vient et je me précipite à sa suite en espérant l'empêcher de tout détruire. Mais en entendant mes pas, il fait volte-face et brandit le tournevis au-dessus de sa tête comme un poignard.

Et compte tenu de son expression, je ne doute pas qu'il l'utilisera contre moi si je continue de m'opposer à lui. Je n'ai jamais vu une telle tristesse ni un tel désespoir. Je m'imagine allongé sur le sol en polycarbonate blanc, en train de me vider de mon sang. J'imagine Kodiak se tenant au-dessus de moi avec son tournevis ensanglanté et Rover s'agitant à proximité en essayant en vain de cautériser mes plaies.

Tout en réfléchissant, je bats en retraite vers l'*Endeavor*. Il vaut mieux perdre quelques casques plutôt que la vie.

Kodiak reste immobile, à me fixer, pendant que je ferme la porte. La dernière chose que je vois de lui, c'est ce regard maniaque qui semble incapable de me voir et sa poitrine qui se soulève rapidement, comme s'il se préparait à m'attaquer. J'aurais tout aussi bien pu être un soldat ennemi sans visage, à en juger par le niveau de mépris que j'ai vu dans ses yeux.

Comment la situation a-t-elle pu dégénérer à ce point ? M'attendant à ce qu'il ouvre la porte et me poursuive, je m'accroupis en position de défense. Mais le battant ne bouge pas.

En revanche, j'entends à nouveau le son assourdi du tournevis qui grince contre la dureté des matériaux synthétiques.

Quand il en aura fini avec les casques, à quoi s'attaquera-t-il ?

— Astronaute Cusk, il est urgent que je vous parle, déclare OS.

Je suis surpris par le soulagement que je ressens en entendant la voix de ma mère.

— S'il te plaît, aide-moi, OS, supplié-je d'une voix brisée. Je ne sais pas quoi faire.

— Les ondes cérébrales de l'astronaute Célius semblent indiquer qu'il est en pleine crise psychotique. Cela me pousse à vous demander comment *vous* vous sentez.

— Je vais bien. En tout cas, je ne suis pas en train de péter un plomb comme Kodiak. Je veux juste qu'il s'arrête. Que pouvons-nous faire, OS ?

— Ne vous inquiétez pas. Je dispose de protocoles à suivre pour la plupart des crises sanitaires, y compris celles ayant trait à votre santé mentale. J'ai déterminé que la poursuite d'une interaction humaine n'aiderait pas Kodiak dans son état actuel. La seule solution est donc de le mettre hors d'état de nuire. Rover est en train de s'y préparer.

J'entends encore le bruit désagréable du polycarbonate se fragmentant sous les coups de tournevis. Rover ne doit pas encore être arrivé.

— Je t'en prie. Ne lui fais pas trop de mal, le prié-je en reniflant.

— Je ferai ce qu'il faut pour l'empêcher de compromettre la mission. Le voltage sera suffisamment élevé pour lui faire perdre connaissance.

De l'autre côté de la porte, les grattements s'arrêtent. Les murs sont trop épais pour que j'entende le vrombissement de Rover, mais j'imagine que le robot vient de faire son entrée.

Un bruit de fracas me parvient, comme si une chaise avait été projetée contre le sol, suivi de la voix étouffée d'OS.

Puis un cri retentit. Même atténué par l'épaisseur du mur, il semble terriblement fort et presque dépouillé de toute émotion, comme s'il n'était pas causé par la volonté humaine, mais par le seul processus physique de l'air en train d'être expulsé de poumons comprimés. Ensuite, le vaisseau redevient silencieux.

— La menace est neutralisée, annonce OS.

-*Tâches restantes : 1 799*-

Les mots d'OS continuent de me trotter dans la tête alors que j'erre paresseusement dans l'*Endeavor.* « La menace est neutralisée. »

Je m'assieds, mais ne réussis pas à rester en place et me relève aussitôt. Trop d'inquiétudes se bousculent en moi pour que je parvienne à retrouver mon calme.

Je voudrais voir Kodiak pour m'assurer qu'il va bien. Mais je ne cesse de repenser à cette image qui m'est venue tout à l'heure… celle dans laquelle il se tient au-dessus de moi avec son tournevis, prêt à me poignarder.

OS a raison. Je ferais mieux de ne pas attiser la colère de Kodiak. Si Rover l'a empêché d'endommager le vaisseau, alors il faut le laisser respirer, et surtout lui donner le temps de reprendre ses esprits.

Histoire d'occuper mon cerveau agité, j'effectue quelques tâches figurant sur la liste d'OS, notamment le recalibrage de certains capteurs donnant des lectures erronées.

Tout en travaillant, je repense à nos deux pays en guerre. La Fédération et Dimokratía ne se sont alliées que pour les projets de la société Cusk, qui consistaient à envoyer Minerva sur Titan, puis à nous expédier à notre tour dans l'espace pour lui porter secours. Parce qu'à travers chacune de ces opérations, nos dirigeants n'espéraient et ne désiraient qu'une seule chose : un moyen de mettre un terme à la guerre.

Nous croyions être porteurs de cet espoir. Mais il a été balayé par la révélation du véritable but de notre mission. Puis-je donner à Kodiak une nouvelle raison d'espérer ? Nous connaissons désormais notre position dans l'espace et notre cap. Seulement, nous n'avons jamais pu terminer cette quête de vérité entreprise ensemble. Nous n'avons pas encore découvert la destination exacte du *Coordinated Endeavor.* Peut-être que la réponse à cette question suffira à tirer Kodiak de son égarement… du moins, s'il s'agit bien d'un simple égarement.

Je parcours les données hors connexion sur l'écran de la tablette pour voir ce que je peux en tirer. Un vide immense sépare la Terre du *Coordinated Endeavor.* Je suis la ligne de notre trajectoire, passe au milieu des étoiles situées sur le bord clairsemé de la Voie lactée, et continue au-delà jusqu'à ce que l'une d'elles, ou plutôt deux d'entre elles se rapprochent. Il s'agit d'un système solaire binaire, et une petite planète se trouve en son centre. Notre trajectoire croise parfaitement son orbite.

C'est le seul corps céleste que le vaisseau rencontrera avant de quitter définitivement notre galaxie.

Je cherche la planète sur la tablette. La spectroscopie révèle une atmosphère contenant vingt pour cent d'oxygène et moins d'un pour cent de gaz carboniques. Sa proximité avec les deux étoiles devrait lui conférer une température semblable à celle de la Terre.

C'est une exoplanète… une exoplanète habitable.

Nous nous dirigeons vers une nouvelle maison.

-*Tâches restantes : 1 797*-

Je me précipite vers l'*Aurora* et ne ralentis qu'à l'approche de la pièce où j'ai vu Kodiak pour la dernière fois. Mon regard tombe d'abord sur les pieds d'une chaise renversée, puis repère le tournevis qui a roulé dans un coin, avant d'observer les éclats de polycarbonate, éparpillés sur le sol, qui réfléchissent la lumière fluorescente du plafond. Un corps inconscient, dont la poitrine se soulève lentement, se trouve au centre de tout ce bazar.

Kodiak est étendu face contre terre, bras et jambes écartés comme s'il avait fait une très grande chute. Son uniforme est souillé au niveau de l'entrejambe et des flaques jaunes maculent le sol blanc autour de lui. Mais au-delà de l'odeur d'urine, une autre, plus amère, flotte dans l'air, semblable à celle que dégagent des œufs que l'on aurait laissé brûler dans une poêle.

Rover se tient immobile à côté de lui.

— OS, puis-je m'approcher ?

— Bien sûr, approuve la voix de ma mère.

Je contourne prudemment Rover et attrape le poignet de Kodiak pour prendre son pouls.

Ses yeux s'agitent sous ses paupières closes tandis que sa respiration s'approfondit. Sans les marques blanches qui zèbrent son bras à l'endroit où les électrodes de Rover ont dû le toucher, on pourrait croire que Kodiak est simplement plongé dans un sommeil très profond.

Je vais chercher une couverture et des oreillers. Après un moment d'hésitation, je lui retire ses vêtements imbibés d'urine et enveloppe son corps nu dans la couverture, terrifié à l'idée qu'il se réveille subitement. Puis je mets sa tenue sale dans le nettoyeur de l'*Aurora*. Kodiak n'a pas besoin de savoir que sa vessie s'est vidée pendant sa période d'inconscience. S'il dort encore lorsqu'elle sera propre, je n'aurai qu'à la lui remettre.

— Combien de temps penses-tu qu'il va rester dans les vapes ? demandé-je en m'adressant à OS.

— Il est difficile de prédire la durée pendant laquelle un corps humain reste inconscient à la suite d'un choc électrique.

— Alors, peut-être que tu devrais éviter de nous électrocuter, répliqué-je d'un ton acerbe.

— Vous savez très bien pourquoi je l'ai fait. Tant que l'astronaute Célius cherchera à mettre en péril l'intégrité du vaisseau, je serai obligé d'avoir recours à des mesures aussi extrêmes que celle-ci.

Je me sens tout à coup très fatigué.

Kodiak gémit en tournant la tête. Je la pose sur mes genoux et caresse ses cheveux étonnamment doux. Rover reste non loin de moi, à faire claquer ses pinces électriques de façon menaçante.

— Dégage de là, grogné-je.

Naturellement, il ne bouge pas.

— Puis-je vous donner quelques conseils sur la meilleure façon d'apaiser l'astronaute Célius à son réveil ? propose OS.

— Non.

— Vous devriez quand même prendre en considération…

— Non, OS ! Je veux juste que tu te taises pendant une demi-heure.

Par-dessus le bourdonnement du vaisseau, j'entends la respiration de Kodiak. Je peux presque sentir le sang couler dans ses veines et dans les miennes. Je me concentre alors sur le son de ma propre respiration et m'en détache pour me dissocier de moi-même. Tout du moins est-ce la sensation que j'éprouve en tentant cette sorte de méditation.

Le temps s'écoule. Mes jambes me font mal, puis la douleur s'envole. Même la douleur s'éloigne de moi.

Nous sommes en route vers une nouvelle maison… notre nouveau chez-nous. Je reviens à moi quand la tête posée sur mes genoux prend une profonde inspiration. Les paupières de

Kodiak s'ouvrent brusquement, et la vue de ses pupilles me désarçonne une seconde pendant laquelle je me perds dans leur teinte profonde et ambrée.

— Chut, tout va bien, murmuré-je.

Il me fixe un instant, puis son corps sursaute et se raidit. Les yeux brillants, il se redresse sur ses coudes jusqu'à pouvoir s'asseoir. La couverture glisse de son torse et tombe sur ses genoux, comme s'il était en réalité le modèle vivant d'un sculpteur.

— Tout va bien, répété-je doucement. Tu es simplement dans les vapes. Ça va aller. Ne t'inquiète pas.

Son regard scrute les alentours à la recherche d'ennemis, et sa respiration s'accélère légèrement à la vue de Rover. Le robot est toujours là, mais reste immobile, tout comme ses bras qui traînent sur le sol. De toute évidence, sa présence est loin de calmer Kodiak. En réalité, ce sont ses démons intérieurs qui le consument. Les « ennemis » qui le pourchassent ont toujours été dans sa tête.

Il plonge son regard dans le mien et quelque chose semble passer entre nous. Je ne sais pas exactement ce qu'il voit sur mon visage, mais ça finit par calmer sa panique.

— Essaie de ne penser à rien pendant un moment, lui chuchoté-je.

Je suppose que ce n'était pas le meilleur conseil à donner dans une situation comme celle-ci, car sa respiration s'accélère à nouveau. Il porte sa main aux zébrures qui marquent son bras, là où Rover l'a électrocuté, puis se lève en nouant la couverture autour de sa taille juste avant qu'elle ne tombe. Je le regarde en sentant ma propre respiration s'emballer et me remets également debout.

— Tout va bien, tenté-je de le rassurer d'une voix douce en levant les mains dans un geste apaisant.

Il se balance d'un côté à l'autre, exactement comme Rover, avant de ramasser le tournevis pour le regarder. Après quelques instants, il le laisse tomber au sol avec fracas.

Je place ma main sur son épaule et hoche la tête.

— Il vaudrait mieux que tu te reposes un peu, suggéré-je. Rien ne presse. En plus, j'ai quelque chose à te dire... quelque chose qui te plaira sûrement.

Kodiak m'autorise à le guider jusqu'à ma chambre. Le mettre au lit me paraît être le meilleur remède à son trouble étrange. De toute façon, je ne vois pas ce que je peux faire d'autre pour l'aider à aller mieux. J'espère simplement qu'à son réveil, ce sombre désespoir aura disparu de son cœur.

Il accepte de s'allonger sur mon lit, glisse ses bras sous mon oreiller et ferme les yeux. Presque aussitôt, son visage se détend.

— Es-tu prêt à entendre ce que j'ai à te dire ? demandé-je.

Mais il dort déjà.

— OS, éteins les lumières, ordonné-je.

OS s'exécute. Je me dirige à pas de loup vers la pièce numéro 6, là où se trouve la plus grande baie vitrée du vaisseau... ou plutôt devrais-je dire le plus grand écran ? Je crois reconnaître le paysage et parviens même à nommer quelques constellations familières, les mêmes que celles que je pourrais voir depuis la Terre avec le matériel adapté.

Pourquoi cette vue ne serait-elle pas notre véritable vue ? Si cela pouvait signifier que je suis libre de vivre ma vie en paix, pourquoi ne puis-je pas simplement choisir de croire ce que je vois et ce qu'on m'a dit, et en finir avec toute cette suspicion ? Je m'imagine en train de secourir Minerva, de mener à bien cette mission qui a du sens et donne un but à ma vie, et non en train de construire un avenir meilleur et abstrait dont je ne pourrai jamais profiter.

Je n'ai pas besoin de clarté comme Kodiak, en tout cas pas quand « voir clairement » signifie aussi mourir.

Je ne sais pas si le fait de croire en une planète capable d'accueillir les futures versions de nous-mêmes sera suffisant pour convaincre Kodiak d'accepter le mensonge dans lequel nous vivons, du moins si c'en est bien un. Peut-être que mon calme, ma présence et ma propre acceptation suffiront à l'apaiser. Comme l'a si bien dit Minerva dans son discours de départ, diffusé en direct à la fois au sein de la Fédération et de Dimokratía : « Une grande destinée nous attend. Puisse notre exemple vous donner de l'espoir. »

Je tends une main en direction des étoiles et pose mes doigts sur cinq points lumineux. Chacun d'eux a parcouru plusieurs éons au cours de son histoire pour frapper cette fenêtre à cet instant précis. Ils représentent cinq moments dans le temps et cinq endroits définis dans l'espace. Je sais que ça, au moins, est vrai, même si ce que je vois en réalité ne sont que des pixels qu'OS a placés sur cet écran.

Peut-être mon cœur saura-t-il être plus perspicace que mon cerveau.

Ton cœur n'est bon qu'à pomper ton sang, me rétorque mon cerveau. *C'est moi qui suis la source de ce que tu ressens et de ce que tu penses.*

Autrefois, la folie était une étrangère qui vivait à l'autre bout du monde. Désormais, elle est devenue ma voisine de palier. Ce n'est plus qu'une question de temps avant qu'elle ne devienne ma compagne de bord, puis mon amante, pour finalement s'emparer totalement de moi.

Je suis en transe. Ma concentration se dissout peu à peu dans le cosmos. Peut-être que je ne mangerai ni ne boirai plus jamais. Peut-être que je serai à jamais désincarné.

Peut-être que je me trompe.

J'arrête de me tourmenter, ouvre le fichier audio de la vidéo de la recrue dimokratíenne – celle qui m'a alerté sur ma prétendue réalité –, et décide d'ajouter un nouveau chapitre à l'enregistrement. Ainsi, ma prochaine incarnation en saura un peu plus sur elle-même et sur Kodiak. Je compilerai de nouvelles informations tous les jours à cet endroit, afin que les vies de nos futurs clones puissent se construire sur de bonnes bases même en redémarrant de zéro, et pour que chaque version successive de nous ait toujours plus de chances de trouver le bonheur malgré tout.

Soudain, un bruit en provenance de ma chambre attire mon attention. Kodiak vient apparemment de se réveiller. Je l'imagine se redresser dans mon lit et tâter les douloureuses marques laissées par les électrodes de Rover, puis se lever pour partir en quête de quelque chose à manger ou à boire.

J'entends alors la porte orange s'ouvrir. Je tends l'oreille, mais le bruit caractéristique de sa fermeture ne me parvient pas.

Par mesure de sécurité, nous avons pris l'habitude de toujours maintenir fermé le passage entre nos deux vaisseaux. Kodiak est-il distrait au point de l'avoir oublié, ou a-t-il volontairement laissé la porte ouverte parce qu'il veut que je le suive ?

Peut-être est-il désorienté, voire effrayé. D'instinct, je me dirige vers l'*Aurora* avec précaution.

Il est devant moi et avance dans la zone à gravité nulle, toujours enveloppé dans mon drap. Le tissu flotte autour de lui en lui donnant l'air d'un fantôme.

J'accélère pour le rattraper, mais perds sa trace dès qu'il entre sur l'*Aurora*. Je me faufile jusqu'à la pièce aveugle qui se révèle vide. Il n'est pas non plus dans sa salle à manger ni dans sa chambre. Il ne reste que peu de pièces où il pourrait se trouver.

Soudain, un sifflotement s'élève au loin.

— Kodiak ? appelé-je.

L'air est mélodieux et mélancolique. Il s'agit d'une ballade folk dimokratíenne que je n'avais jamais entendue auparavant. J'avance sur la pointe des pieds pour me rapprocher de l'origine du son.

— Kodiak ? tenté-je de nouveau.

Il se tient devant la petite fenêtre ronde du sas et observe les étoiles, ou ce qui semble être des étoiles, ou peut-être l'obscurité qui se situe entre chacune de ces images générées par l'écran devant lui. Quand il m'entend entrer, il se retourne pour me regarder, puis revient à sa contemplation initiale.

— Kodiak ? Ça va ?

Il me fait face. C'est alors que je vois la clé à molette dans sa main.

Je suis sur le point de lui demander de me la donner quand tout à coup, il recule et la cogne contre le hublot.

Je ne peux m'empêcher de crier, même si je sais qu'il est impossible de briser la vitre du vaisseau d'un simple coup de clé à molette. Mais cette éventualité suffit à me terrifier, et j'imagine, épouvanté, des fissures apparaître, suivies d'une décompression explosive qui pulvériserait mon corps en me faisant mourir de quatre façons différentes : macéré, congelé, asphyxié et ébouillanté.

Kodiak frappe à nouveau le hublot. J'entends alors un vrombissement en provenance de la pièce d'à côté. Rover est en train d'accourir.

Arrête ! ai-je envie de crier. *Nous nous dirigeons vers une nouvelle maison ! Une nouvelle maison rien qu'à nous !*

Mais aucun mot ne sort de ma bouche. Je chancelle à travers l'espace qui nous sépare en essayant d'attraper la clé à molette. Il la brandit dans ma direction, puis la balance vers la vitre transparente. Seulement, comme je me suis placé entre la porte du sas et lui, je me prends le coup en plein visage. Je hurle en tombant par terre. L'instant suivant, des gouttes rouges commencent à s'échouer sur le sol en polycarbonate blanc, s'insinuant dans les rainures entre les panneaux, et l'odeur métallique de mon propre sang pénètre mes narines.

Je me lève et parviens à rester debout quelques secondes avant de retomber à quatre pattes. Le monde clignote et tangue autour de moi, puis ma vision s'étrécit et s'assombrit. Alors, je crie, comme si ça pouvait m'aider à rester conscient.

J'ai un œil rendu aveugle par le sang qui coule de ma blessure, mais de l'autre, je vois Rover filer vers Kodiak. Ce dernier brandit la clé à deux mains, comme une batte de baseball, et éjecte le robot de ses rails.

Tandis que Rover grince et soupire inutilement dans un coin de la pièce, Kodiak me crie quelque chose. Sa voix me semble à la fois proche et lointaine, à tel point que je n'arrive pas à entendre ce qu'il me dit. Seuls des mots étouffés me parviennent, mais je parviens malgré tout à les deviner : « Je suis désolé ! Pardonne-moi ! »

Il s'éloigne et recule vers le fond de la pièce… non pas vers le reste du vaisseau, mais vers le sas et le hublot. Ma vue se brouille.

— Arrête, parviens-je à haleter malgré mes lèvres collées par le sang qui coule sur mon visage. On va… on va…

— Je vais revenir avec un médecin ! me coupe Kodiak.

— Non. Tu te trompes, contesté-je en clignant des yeux.

J'essaie de lutter contre cette légèreté étrangement pesante qui cherche à me tirer vers le bas. Je me sens si lourd, vidé de mes forces…

— Kodiak, arrête ! Tu te trompes ! essayé-je à nouveau d'une voix pâteuse.

Malgré les points noirs qui dansent devant mes yeux, je vois Kodiak en train de tourner la manivelle du sas. OS parle, mais je n'arrive pas à distinguer ses paroles à travers le bourdonnement qui a envahi mes oreilles. La manivelle continue de tourner, encore et encore, entre les mains de Kodiak.

— Nous allons réussir ce test, m'affirme-t-il avec détermination.

— Je t'en prie, arrête ! supplié-je faiblement.

Mais il ne m'écoute toujours pas.

— La lumière du soleil, Ambrose ! Pense à la lumière du soleil ! Nous allons enfin la revoir ! s'exclame-t-il en tournant la tête pour me regarder.

La porte du sas vibre au moment où il donne le dernier tour de manivelle.

Kodiak lève alors son bras devant ses yeux, comme pour se protéger de la luminosité à venir.

L'instant d'après, le sas s'ouvre et l'univers rugit à mes oreilles comme un coup de tonnerre.

Aucune lumière ne nous attend de l'autre côté. Seulement l'obscurité… et un froid glacial.

PARTIE QUATRE

Ambrose : 9 exemplaires restants

Kodiak : 9 exemplaires restants

191 JOURS AVANT TITAN

Un Ambrose précédent a préparé un enregistrement à mon intention. Je laisse passer plusieurs jours sans oser le regarder, trop effrayé par ce qu'il pourrait contenir.

Puis, lors d'une nuit d'insomnie, je me décide à l'ouvrir.

— J'ai des raisons de croire que je vais mourir, commence ma propre voix.

Elle est essoufflée et hystérique, comme si son propriétaire était en pleine crise de paranoïa.

— Nous ne sommes plus d'aucune utilité à OS, surtout depuis que nous refusons de réparer le vaisseau. Nous avons bloqué les sas, mais ce ne sera pas suffisant. J'enregistre tout ce qui se passe, pour que vous puissiez connaître mon histoire. Toutes les vingt-quatre heures, aussi longtemps que je survivrai, je mettrai cet enregistrement à jour.

Je frissonne quand je réalise ce que ça signifie. Je suis sur le point de me regarder mourir.

Je me penche en avant.

C'est moi. Je me vois en train de dormir dans la même couchette que celle sur laquelle je suis installé en ce moment, dos à la chambre. Personne d'autre ne semble se trouver dans la pièce, et rien ne s'y passe. L'horodatage affiché dans le coin de l'écran s'emballe à mesure que j'accélère la vidéo.

Je la ralentis à nouveau en remarquant l'apparition d'un nouvel élément. Rover s'est glissé le long du plafond. Ses bras de robot pendent à ses côtés. Il tient quelque chose de pointu dans chacune de ses pinces, peut-être un éclat de polycarbonate imprimé.

— Que compte-t-il faire avec ça ? murmuré-je en zoomant.

Mon souffle se bloque dans ma gorge quand je constate que Rover se dirige vers mon corps endormi. Il s'en rapproche de plus en plus, jusqu'à s'arrêter tout près de ma tête. Pendant un moment, il reste au même endroit sans bouger, si bien que je dois vérifier l'horodatage pour être sûr que l'enregistrement ne s'est pas arrêté.

Puis, brusquement, il positionne les deux éclats de polycarbonate sur mon cou et ouvre la peau en deux mouvements efficaces, comme s'il s'agissait d'un simple paquet de riz.

Seulement, c'est ma gorge qui a été tranchée. Mon sosie se lève en chancelant, les mains pressées sur sa blessure. Sa bouche est ouverte et je l'imagine en train de crier, ou peut-être d'émettre des gargouillis si Rover lui a sectionné la trachée. Le sang imprègne déjà le devant de son uniforme et se répand sur le sol blanc. Rover se retire de la pièce et Ambrose titube à sa suite, mais ne fait qu'un pas avant de s'effondrer par terre. Son front cogne le sol en premier, suivi de ses genoux. Il demeure ainsi, dans une position peu naturelle, avec les bras de travers, tandis que son sang continue de jaillir de sa gorge.

Sidéré, je regarde silencieusement le flot rouge diminuer jusqu'à s'arrêter totalement. La gorge d'Ambrose et ses joues sont marbrées de traînées rouges qui coulent le long de ses bras… ou plutôt de *mes* bras.

Rover revient, enserre mes chevilles et commence à me traîner hors de la pièce. Mon corps bascule sur le côté, un bras croisé sur l'autre, puis se redresse au moment où Rover tourne dans le couloir en me tirant toujours derrière lui. Mes bras passent alors au-dessus de ma tête, et mes doigts sont la dernière chose que je vois avant que ma chambre à coucher ne se retrouve vide de tout occupant.

Mon oreiller est écrasé contre le mur du fond et ma couverture, tombée sur le sol, absorbe progressivement la mare de sang, si bien qu'il finit par ne plus rester aucune trace de sa couleur bleu clair d'origine, remplacée par une sinistre teinte rouge sombre. L'horodatage continue d'avancer. Les lumières fluorescentes au plafond n'ont pas varié d'intensité.

Soudain, Rover réapparaît et commence à nettoyer. Il est repassé de Warbot à concierge.

— Si tu entends ce message, c'est que je n'ai pas survécu à ma nuit et que je n'ai pas pu le supprimer à mon réveil, reprend ma voix. Retiens bien ceci : si vous envisagez de vous rebeller contre le système d'exploitation du vaisseau, vous devez aussi vous préparer à en subir les conséquences.

Une pensée germe déjà dans mon esprit. *Ou bien je dois laisser aux futures versions de moi-même des armes qui leur permettront de se défendre.*

PARTIE CINQ

Ambrose : 8 exemplaires restants

Kodiak : 8 exemplaires restants

191 JOURS AVANT TITAN

Ma mère ne répond pas quand je frappe à sa porte.

Ses pieds projettent des ombres dans le mince rai de lumière qui filtre sous la porte de sa chambre.

La voix de ma sœur s'élève à l'autre bout du couloir :
— Ambrose, viens avec moi.

Quand j'ouvre les yeux, le monde ne semble pas avoir changé… sauf que je ne vois absolument rien.

Suis-je aveugle ?

Un tintement suivi d'un bourdonnement brise le silence.

Non, je ne suis pas aveugle. C'est le noir absolu autour de moi.

-*Tâches restantes : 4 909*-

Les images continuent de défiler. La recrue se détend contre un arbre et la caméra parcourt sensuellement son corps. Mais ce que dit ma voix n'a rien à voir avec une sortie revigorante en pleine forêt.

Ses commentaires sont même loin d'être sexy.

— Je sais ce que tu te dis. Tu penses sûrement que ceci n'est qu'une farce élaborée avec une voix de synthèse. Mais réfléchis un peu. J'ai su avec exactitude quelle vidéo tu choisirais en premier parce que je l'ai visionnée moi aussi. J'ai une structure neuronale identique à la tienne et j'ai vécu dans le même environnement que toi. Tu n'arrives pas te souvenir du lancement, et ce pour une raison bien précise : tes souvenirs ont été copiés par nanotechnologie lors de ton dernier examen médical à l'Académie Cusk, avant que les clones ne soient installés à bord du vaisseau. Au cours de ma vie, j'ai appris que notre version d'origine, l'Ambrose à partir duquel nous avons été créés, n'a jamais quitté la Terre. Il est mort là-bas il y a des milliers d'années, peut-être dans les bras de notre mère d'origine. Ses restes, et ceux de la civilisation qui l'a vu naître, ne sont sûrement plus qu'une couche de poussière désormais aussi mince qu'une feuille de papier, conservée à jamais dans les archives géologiques de la Terre. Pour autant que je sache, toi et Kodiak, ainsi que vos clones restants, êtes probablement tout ce qui reste de l'humanité.

Je mets la vidéo sur pause. Mon sosie vocal a vu juste sur au moins une chose : je me sens totalement dépassé par ces révélations.

Figée sur l'image, la recrue me regarde de ses yeux durs et lucides, comme si iel connaissait déjà la vérité.

D'une main tremblante, je relance la vidéo. Ma voix continue de s'exprimer pendant que la recrue prend le soleil.

— Nous connaissons tous les deux l'allégorie de la caverne de Platon.

En effet. Je me souviens de ce séminaire à l'Académie lors duquel j'ai appris la signification de cette allégorie. Celle-ci met en scène des humains enchaînés dans une caverne. Ils tournent le dos à l'entrée, de sorte à ne voir que les ombres des marionnettes projetées sur la paroi de la grotte, et non le véritable monde extérieur. Comment ces gens auraient-ils pu savoir que les ombres qu'ils voyaient n'étaient pas la réalité ? Si l'un d'eux s'était échappé et avait découvert la vérité, puis était revenu à la caverne, pourquoi l'aurait-on cru ?

Peut-être que les autres prisonniers se seraient sentis tellement menacés par ses délires qu'ils l'auraient tué.

Pour être honnête, je n'ai pas particulièrement apprécié ce cours de philo.

Je pense comprendre cet avertissement issu de mon passé :

je suis seul sur un vaisseau spatial en compagnie d'un individu qui pourrait ne pas bien prendre la vérité. Peut-être que cette personne, c'est moi. Ou bien, peut-être que c'est Kodiak. À moins que ce ne soit OS. Je l'ignore. Évidemment, je ne sais pas non plus à quoi ont ressemblé les derniers jours de ces astronautes qui nous ont précédés. Tout ce que je sais, c'est qu'ils ont vécu et sont morts sur ce vaisseau… si j'en crois les informations que je viens d'entendre.

Je tapote mes doigts contre la vitre… ou plutôt contre l'écran. Comment puis-je savoir ce qui se trouve de l'autre côté ? Je ne m'étais jamais posé cette question jusqu'à présent. Et apparemment, il vaut mieux que j'évite d'interroger OS à ce propos.

— Reviens sur cet enregistrement une fois que tu auras eu le temps d'y réfléchir, termine ma propre voix. Je vous ai laissé quelques… surprises sur le vaisseau, quelques schémas qui vous seront utiles.

J'arrête la vidéo. Trop de pensées se bousculent dans ma tête pour que je puisse continuer à la visionner.

— OS, à quelle distance sommes-nous de l'exoplanète ? demandé-je.

— Je ne vois pas du tout de quoi vous voulez parler, répond la voix de ma mère. Vous faites route vers Titan pour secourir Minerva Cusk.

— Je ne te crois pas, répliqué-je.

Puis je grimace. À présent, OS sait sûrement où se cachaient les informations laissées par mon ancien « moi ». Je vais devoir trouver un nouvel endroit où les stocker à l'intention de mon successeur… si toutefois cette histoire est bien vraie.

— Quoi que vous ayez décidé de croire, vous devez quand même vous concentrer sur votre mission. Le *Coordinated Endeavor* a subi de nombreux petits dommages au cours de son voyage. J'ai besoin que vous et l'astronaute Célius les répariez afin d'assurer l'intégrité de notre vaisseau.

— OS, je suis enclin à croire que la seule raison pour laquelle nous avons autant de petits dommages à réparer, c'est parce que tu as fait voyager ce vaisseau sans équipage humain pendant des milliers d'années, l'accusé-je, l'estomac noué. Autrement, je ne vois pas comment nous aurions pu accumuler autant de tâches que Rover n'a pas pu réaliser seul. Il est tout simplement impossible que le vaisseau ait subi autant de dégâts au cours des mois nécessaires pour se rendre sur Titan.

OS reste silencieux. Je me lève.

— J'ai besoin de voir Kodiak, annoncé-je.

— Il est vrai que vous n'êtes pas seul sur ce vaisseau. Mais l'astronaute Célius ne souhaite pas vous voir.

— C'est ce que tu prétends, OS, rétorqué-je en époussetant les paumes de mes mains. Mais j'ai des choses à lui dire qu'il voudra certainement entendre.

-*Tâches restantes : 4 909*-

Kodiak et moi nous tenons devant le large écran de la pièce numéro 6. Ensemble, nous contemplons les étoiles sans prononcer le moindre mot. Elles ont l'air si réelles. Mais nous ne pouvons ni les toucher ni les sentir. Et malgré ce que mes yeux me montrent, j'en viens à croire qu'elles ne sont pas réelles.

— Ce n'est pas comme ça que je m'attendais à commencer ce voyage, finit par déclarer Kodiak en brisant le silence d'un ton bourru.

— Moi non plus, tu peux me croire…

— J'étais prêt à m'enfermer dans mes quartiers, à te traiter en ennemi et à t'oublier complètement pour pouvoir me concentrer uniquement sur ma mission. Mais à l'évidence, on nous a menti…

Sa voix s'estompe. Je peux sentir son regard posé sur moi.

— Au revoir, Minerva, murmuré-je en pressant mon front contre l'écran.

-*Tâches restantes : 4 909*-

Nous nous sommes rendus au sas de l'*Endeavor.* Les combinaisons ont toutes disparu, sauf une. Son casque est encore entier, mais est un peu abîmé et présente une rayure irrégulière sur le devant. Kodiak le tient devant son visage pour examiner les dégâts.

Je l'observe en m'interrogeant sur le chemin que prennent ses pensées face à cette découverte.

Puis il finit par rompre le silence.

— Désolé, j'ai l'impression d'avoir causé quelques dégâts lors de notre dernière visite.

Je tends la main et saisis celle de cet étranger qui n'en sera bientôt plus un pour moi. Il se raidit, puis me surprend en serrant fermement ma main en retour, comme s'il avait perdu l'équilibre au bord d'une falaise et faisait confiance à l'inconnu le plus proche pour le retenir et l'empêcher de faire une chute mortelle.

-*Tâches restantes : 4 909*-

J'ai invité Kodiak à venir prendre le petit déjeuner avec moi.

Alors que mon réveil n'a pas encore sonné, j'entends la porte orange s'ouvrir au loin. Je me retourne sur ma couchette et demande à OS de projeter l'heure du vaisseau. Il est actuellement 4 h 25 à Mari… tout du moins si cet endroit existe encore aujourd'hui. En allumant les éclairages de ma chambre, je suis surpris de découvrir Kodiak en train de me regarder depuis le pas de la porte.

— Qu'est-ce qu'il y a ? Quelque chose ne va pas ? m'inquiété-je en me levant aussitôt.

— Je n'arrivais pas à dormir, avoue-t-il à voix basse. J'espérais que… Apparemment, tu as un violon. Est-ce que tu accepterais de m'en jouer ?

— Oui, bien sûr, acquiescé-je en passant ma main dans mes cheveux. Allons voir où il se trouve.

-*Tâches restantes : 4 909*-

Je ne sais pas depuis combien de temps je joue quand OS m'interrompt pour nous demander de travailler sur le lissage du blindage extérieur du vaisseau. Kodiak lève simplement le doigt pour le faire taire avant de retourner à sa rêverie. Il est assis par terre, les yeux fermés et les bras enroulés autour de ses genoux.

— Pourrais-tu recommencer au début de la partie calme, là où ça fait dun, dun-doop ? demande-t-il.

Je reprends au début de l'adagio. Le chevalet en polycarbonate m'empêche de jouer beaucoup plus fort que le bourdonnement du vaisseau, mais le son étouffé confère une douceur agréable à la mélodie. Un sourire se dessine sur les lèvres de Kodiak et les sillons qui marquaient son front s'adoucissent. Je continue à jouer.

-*Tâches restantes : 4 799*-

Aucune des tâches proposées par OS n'est suffisamment urgente pour se mettre en travers de nos sessions musicales. Au cours des jours qui ont suivi, j'ai parcouru l'image internet partielle du vaisseau à la recherche de partitions musicales pour surprendre Kodiak avec un nouveau récital chaque matin. Puis, après les avoir tous épuisés, j'ai commencé à composer mes propres morceaux, des combinaisons d'harmoniques inspirées de l'espace et composées de fréquences aiguës que je crée en posant légèrement mon doigt sur les cordes. Je ne pense pas que Kodiak les apprécie autant que les classiques, mais il sait donner le change et reste toujours bon public.

Au fil des semaines, OS a peu à peu cessé de nous importuner pendant notre heure de musique. Au début, il revenait souvent à la charge en insistant sur le sauvetage de Minerva pour nous inciter à effectuer nos tâches, mais face à notre scepticisme et nos remises en question récurrentes de ses propos, il semble avoir renoncé à nous servir son récit habituel. Après tout, à quoi bon continuer de mentir si nous ne tombons plus dans le panneau ?

Ce jour-là, après notre heure de musique quotidienne, nous accomplissons consciencieusement les tâches qu'OS nous demande de réaliser. Kodiak utilise la seule combinaison spatiale restante dans l'*Aurora* pour effectuer quelques réparations en extérieur tandis que je travaille à l'intérieur du vaisseau. OS semble accepter cette sorte de trêve. Malgré tout, je reste hanté par cette vidéo sur laquelle j'ai vu Rover entrer dans ma chambre à coucher et trancher adroitement la gorge de mon ancien « moi ». Par mesure de précaution, j'ai donc installé des pièges et des alarmes afin d'être réveillé si jamais Rover tente de s'approcher pendant mon sommeil.

Ce n'est pas une vie. L'idée que nous soyons destinés à mourir une fois nos tâches terminées me rend malade. Mais Kodiak et moi avons peut-être un plan pour empêcher OS de nous tuer.

-*Tâches restantes : 3 010*-

Assis en tailleur devant la large baie vitrée de la pièce numéro 6, je contemple l'étendue de l'espace. Les précédents Ambrose devaient beaucoup apprécier le thé, car nous n'en avons plus en réserve. Mais je peux encore siroter de l'eau chaude, imprégnée des saveurs du polycarbonate. Miam.

Au moins, je n'ai pas à me préoccuper des cancers à croissance lente causés par le plastique chauffé. Je suis certain d'en avoir déjà plusieurs qui me tueront bien plus rapidement. Alors… hourra ?

J'entends le bruit sourd émis par le pas lourd de Kodiak, puis son corps apparaît à côté de moi. Il scrute les fausses étoiles, l'épaule pressée contre l'écran.

— OS, remets les écrans en position fenêtres, ordonné-je.

Ce n'est pas la première fois que j'énonce cette requête, et comme d'habitude, OS ne répond pas. Il ne nous répond pas beaucoup ces derniers temps. Il sait sans doute que ses propos ne peuvent que jouer en sa défaveur à présent que nous ne le croyons plus.

— La résolution de cet écran est très impressionnante, commente Kodiak, les yeux levés vers les étoiles.

— Pour autant, elle ne nous montre pas la vérité.

— Non, malheureusement.

Pendant quelques secondes, nous ne disons rien de plus. Mais je sens ses yeux se poser sur moi.

— Qu'est-ce qu'il y a ? finis-je par demander.

Il hausse les épaules, puis retourne caresser les étoiles du regard en les suivant avec son majeur dans un maniérisme typiquement dimokratíen.

— À quoi penses-tu ? insisté-je.

— Aux dernières *élections* dimokratíennes.

— *Élections*... ce mot, dans ta bouche, manque de conviction.

Étonnamment, ma remarque le fait rire.

— Oui, c'était la cinquième d'affilée avec le même résultat. Le pays tout entier était en effervescence et les discours enflammés fleurissaient de partout. Tout le monde réfléchissait à la question de savoir si nous ne devrions pas revenir à une frontière géographique ferme au lieu du patchwork de régions économiquement liées que la Terre était devenue.

— À commencer par le projet d'échange de territoire proposé par la Patagonie et la pêcherie du Bangladesh. Lors d'un débat en classe, j'avais été chargé de mettre en évidence les limites économiques d'un tel projet.

— Oui. Tu te souviens ? À l'époque, ce problème semblait être la plus grande préoccupation dont un être humain ait jamais eu à se soucier. La politique, les guerres, les œuvres littéraires...

— ... même les anciens rois et les hommes des cavernes !

Ses traits se déforment sous le coup de l'irritation.

— Ça te dérangerait de me laisser finir ? s'agace-t-il.

— Désolé, je me suis laissé emporter. Je viens d'une famille où on aime bien se couper la parole.

— Cela n'a plus d'importance, puisqu'ils sont tous morts à présent.

Il pose son doigt sur la Terre. La sphère bleue et brillante se déplace lentement sur l'écran, aussi minuscule qu'une perle de bijoutier.

— D'*ici*, même notre soleil serait trop petit pour être représenté sur cet écran. Nous ne le verrions même pas, soupiré-je.

— *Ici*… ce mot, dans ta bouche, manque de conviction, remarque-t-il d'un air maussade.

— C'est vrai.

— Savoir la Terre aussi loin remet beaucoup de choses en perspectives. J'aurais tant aimé que le Président Gruy puisse voir les choses ainsi… comme nous tous, d'ailleurs. Cela nous aurait permis d'envisager l'avenir avec moins de violence… et de nous montrer plus compréhensifs les uns avec les autres.

— Nous montrer plus compréhensifs les uns avec les autres… J'aime bien cette formulation.

— Merci. Je savais qu'elle plairait à ton petit cœur tendre de Cusk.

— Très drôle, grogné-je en lui donnant un coup de poing amical.

Il hausse les épaules et se frotte là où je l'ai touché, comme si je l'avais blessé pour de vrai. Même en le frappant plus fort, je ne suis pas sûr de réussir à lui faire vraiment mal.

— Pour en revenir à ce que je disais… Ce matin, j'ai pensé à quelque chose. Cette « aleyet » que nous voyons… Je suppose que le mot « vue » est le terme fédérationniste le plus proche… Eh bien, si on le « groya » vraiment… Hum… J'imagine qu'on peut traduire cela par le verbe « savoir »…

Il commence à se mordiller la lèvre, clairement frustré par les limites du vocabulaire utilisé en Fédération, et tout à coup, le fait que nous parlions en langue fédérationniste entre nous me paraît injuste. Je n'y avais jamais songé, car il s'agit de la langue officielle employée au sein de la Société Cusk. Quelles autres injustices a-t-il subies jusqu'à présent sans que je m'en rende compte ?

— Ce serait vraiment typique de la Fédération de ne pas avoir de mots pour parler de choses paisibles, alors peut-être que nous n'avons tout simplement pas de meilleurs mots pour le dire, plaisanté-je en me risquant à l'interrompre. Quoi qu'il en soit, les termes « aleyet » et « groya » me sont familiers.

Il fronce les sourcils. Apparemment, mon trait d'humour n'a pas fait mouche et l'a même de nouveau agacé. Mon Kodiak est un vrai champ de mines.

— Le fait que nous « sachions » cette « vue » fausse atténue quelque peu la dureté de notre situation, poursuit-il. Beaucoup d'organismes ne vivent qu'une saison, avant de laisser leur place aux suivants. C'est le cas des éphémères, des jonquilles, des pieuvres... Peut-être devrions-nous simplement accepter cet état de fait ?

— L'homme n'est pas programmé à accepter sa propre disparition. Et contrairement à nous, je ne pense pas que les jonquilles se posent ce genre de questions.

— D'accord, mais nous pourrions faire comme si nous étions tous les deux des jonquilles.

— C'est mignon, dis-je avec un sourire, posant ma main sur sa nuque pour la serrer gentiment.

— Arrête de te moquer de moi.

— Je ne me moque pas. J'adore les jonquilles.

Parce que c'étaient les fleurs préférées de Minerva, ajouté-je intérieurement en tapotant l'image de la terre sur la « fenêtre ».

— Je sais ce que mon autre « moi » a fait il y a plusieurs milliers d'années, continue-t-il d'une voix plus basse. Il m'a raconté qu'il avait mis OS hors ligne et changé le cap du vaisseau... Je ne pense pas pouvoir refaire ce genre de chose aujourd'hui.

— Nous ne savons pas combien d'exemplaires il reste de nous. Les prochains pourraient très bien être les derniers.

— Si nous le voulons, nous pouvons encore agir pour changer les choses et choisir ce qu'il en est.

Kodiak n'ajoute rien de plus. Il passe son bras autour de

mes épaules et m'attire à lui en m'écrasant contre son torse chaud. Puis il secoue la tête. Notre position ne me permet pas de voir son expression, mais je sens la contraction des muscles de sa poitrine.

Je suis tellement habitué à lui maintenant qu'il n'a plus besoin de parler ni d'exprimer clairement ce qu'il a en tête. Je peux deviner ce à quoi il pense simplement en écoutant son cœur battre et la vie qui pulse dans ses veines. Je comprends les mots qu'il prononce et ceux qu'il ne s'autorise pas à dire.

Et en cet instant, une intensité étrange émane de son corps. Je retire ma tête de son torse et la lève vers son visage.

— Je crois que j'ai compris où tu veux en venir, murmuré-je.

— Et je pense que tu en as autant envie que moi, chuchote-t-il en tournant la tête pour plonger ses yeux mordorés dans les miens.

La lumière des néons joue sur sa joue, sa gorge puis sa poitrine tandis qu'il défait le haut de son uniforme. Il descend la fermeture éclair jusqu'à la moitié de son torse et je l'aide à l'ouvrir au niveau de sa taille. Avec hésitation, mes mains commencent à caresser sa peau en dessinant la forme de ses muscles.

— Oh. Ce n'était pas vraiment à ça que je pensais, mais ça ne me dérange pas du tout, dit-il en souriant.

Ses doigts tirent sur la fermeture éclair de mon uniforme, puis se posent sur mon corps et serpentent brièvement sous ma ceinture avant de s'arrêter.

— Je suis content que tu sois là avec moi, lui confié-je.

— Oui, moi aussi, répond-il entre deux baisers.

Son souffle chaud s'échoue agréablement contre ma joue et me fait frissonner.

— On devrait peut-être y aller plus doucement ? questionné-je.

Sa main s'enfonce plus profondément sous ma ceinture et y disparaît jusqu'au poignet.

— Je ne ressens pas particulièrement le besoin d'aller moins vite, admet-il en scrutant mon visage.

— Tant mieux, parce que moi non plus.

-*Tâches restantes : 3 010*-

Après nos ébats, Kodiak me serre fort contre lui. Mon dos est toujours plaqué contre son ventre. Alors que nous retrouvons peu à peu notre souffle, il colle ses lèvres à mon oreille.

— C'était ta première fois ?

— Quoi ? m'offusqué-je en lui donnant un petit coup. Est-ce que ça semblait vraiment être ma première fois ?

— Eh bien…

— En fait, je suppose que c'était bel et bien ma première fois… tout du moins officiellement. Mais ce n'était pas le cas d'Ambrose.

— Ne t'en fais pas. Nous avons beaucoup de temps devant nous pour pratiquer, m'assure-t-il en me rapprochant de lui.

Tout à coup, je pense à quelque chose.

— Attends, tu voulais dire ma toute première fois, ou la première fois que j'accueille ?

— Que tu accueilles ? Qu'est-ce que ça veut dire ?

— C'est ce que nous venons de faire. Tu m'as fait un don et je l'ai accueilli.

Kodiak rit et fait un geste de la main que je ne reconnais pas, en pliant et en agitant ses doigts.

— Oh, je vois. C'est le doux jargon de la Fédération.

Je lève les yeux au ciel.

— J'imagine que tu utilises toujours « hut » et « shihut », haut et bas ? rétorqué-je.

— Bien sûr. C'est plus logique.

— À moins que celui en position de shihut ne soit littéralement au-dessus de l'autre.

— Tu es tellement pointilleux…

— Non, Kodiak, c'est une question de hiérarchie. « Haut » et « bas » ne sont pas des termes neutres. L'un implique plus de valeur que l'autre, ce qui est d'ailleurs tout le sujet de l'homophobie. En plus, en réalité, l'homophobie n'est vraiment qu'une question de misogynie, car aux yeux de Dimokratía, accueillir, c'est être une femme, et être une femme, c'est être inférieur. Les mots ont donc leur importance.

— C'est bon, je crois que j'ai saisi, capitule Kodiak. En tout cas, merci de m'avoir « accueilli ».

Je grogne, puis commence à passer mes mains sur sa poitrine pour lisser ses poils.

— C'était la première fois qu'Ambrose accueillait, soit dit en passant, lui confié-je.

— Habituellement, tu es plutôt « hut » ?

— Oui.

Kodiak rit.

— On dirait le début d'une blague. Deux « huts » sont ensemble dans l'espace…

— Je suis ouvert à la polyvalence, comme tu vois, pouffé-je.

— Oui, et tu as été formidable dans ce rôle.

Puis il fait une légère pause avant de continuer.

— Moi aussi, je le suis. En fait, je l'ai déjà été pendant ma formation.

Je secoue la tête.

— Incroyable. Et moi qui croyais que tu étais celui qui aurait besoin d'apprendre les ficelles du métier.

— Nous vivions tous ensemble, dans les mêmes baraquements. Nous étions jeunes, en bonne forme physique, et souvent très en sueur… Alors bien sûr, parfois, nous étions érotiyets, explique-t-il d'une voix qui s'estompe peu à peu.

— D'accord, j'ai compris l'idée, merci.

Sans pouvoir m'en empêcher, je me mets à rire tant notre échange m'apparaît comique. Kodiak se joint à moi et son hilarité fait tressauter son corps contre le mien.

Une fois mon calme retrouvé, je soupire.

— J'attends avec impatience nos prochaines séances d'entraînement.

— Moi aussi, chuchote-t-il. Nous pouvons les programmer. Que dirais-tu de cinq fois par jour, pour commencer ? Peut-être qu'on descendra à quatre dans quelques années.

— Cinq fois par jour ? Dis plutôt que tu ne veux te consacrer qu'à ça !

— Exactement.

Soudain, quelque chose d'autre me vient à l'esprit.

— Tu sais, juste avant de commencer cette activité très agréable avec toi, je pensais que tu voulais que nous fassions autre chose… quelque chose que nous devions garder secret.

— Il y avait bien quelque chose, oui, acquiesce-t-il à voix basse. Mais je pensais que c'était toi qui tenais à cette diversion.

— Oui, murmuré-je. Si nous faisons cette chose… cette chose indicible… alors, le vaisseau ne pourra plus…

— Chut, m'interrompt-il en posant un doigt sur mes lèvres.

J'embrasse la paume de sa main en le regardant. Il hoche la tête.

Mes yeux s'emplissent de larmes. Je place la couverture vaporeuse sur nos têtes et tape un message sur la tablette déconnectée.

Allons commettre quelques meurtres.

-*Tâches restantes : 3 010*-

Nous sommes enfin prêts à lancer notre rébellion. Nous nous trouvons à l'entrée de la salle des machines de l'*Aurora*, au fond de laquelle sont stockés les clones de Kodiak. Tout ce que nous avons à faire pour entrer, c'est sauter dans la zone à gravité nulle et casser le revêtement en polycarbonate… tout en évitant Rover.

Il ne bouge pas et bloque simplement le passage, prêt à nous attaquer. Ses deux bras sont plus que suffisants pour défendre l'espace étroit qui mène à la trappe de service.

Heureusement, nos clones précédents nous ont préparés pour ce combat.

Kodiak fait deux pas rapides en direction de Rover. Immédiatement, le robot se met en mouvement et commence à fouetter l'air de ses bras.

C'est à ce moment que je lance la bombe à impulsions électromagnétiques. Trop occupé à attaquer Kodiak, Rover ne peut pas se défendre contre le projectile qui fonce sur lui. Lorsque le cylindre heurte son boîtier, la mince couche de polycarbonate entourant la batterie se brise et libère une décharge de 1 000 kV. Cette dernière n'est pas assez puissante pour endommager le couloir, mais reste tout de même suffisante pour éliminer Rover. Dans un éclair blanc, ses bras tombent bruyamment au sol.

— Merci pour les schémas, ancien Ambrose, chuchoté-je.

— Allez, c'est parti, lance Kodiak.

Il fracasse le revêtement, puis se faufile dans l'ouverture pratiquée afin de pénétrer dans le conduit sans gravité au-delà du mur.

— Dépêche-toi avant qu'OS ne puisse envoyer un autre Rover à nos trousses, me presse-t-il.

— Tu n'as pas besoin de me le dire deux fois, opiné-je en le suivant à travers la trappe de service.

La salle des machines renferme un dédale de surfaces métalliques chuintantes. D'étranges bruits semblables à des martèlements retentissent tout autour de nous tandis que nous progressons à la lumière tremblotante de nos lampes frontales. En suivant les instructions laissées par nos clones précédents, nous arrivons bientôt devant le convoyeur auquel sont suspendus sept sosies de Kodiak, alignés les uns derrière les autres.

— Quelle horreur… Ce sont de véritables abominations, crache Kodiak.

Je flotte le long du rail circulaire en observant l'intérieur des différents sacs. Tous contiennent un Kodiak immobile dont le beau visage est horriblement déformé par le plastique étanche et le jus de conservation.

Kodiak réprime un haut-le-cœur en posant sa main sur le premier d'entre eux, puis utilise un morceau de polycarbonate dentelé pour découper le plastique.

— Tu veux que je le fasse ? proposé-je.

Il secoue la tête.

— Non, c'est à moi de le faire. Je ne veux pas que tu aies à vivre avec ce poids sur la conscience. Mais tu pourras tuer tes propres clones.

Le haut du revêtement en plastique est désormais ouvert et la tête du clone penche vers l'avant. Kodiak place une paume contre son front pour le retenir. Pendant un moment, lui et son clone se font face. Leur ressemblance est extrêmement troublante.

— Ne faites pas cela ! Vous mettez en péril le seul avenir de l'humanité !

La voix d'OS nous parvient de très loin dans le vaisseau. Pour que nous puissions l'entendre ici, au milieu des zones inhabitées, la voix de ma mère doit être absolument tonitruante.

Kodiak tient sa lame improvisée contre le cou du clone.

— Vous vous apprêtez à commettre un meurtre ! crie OS. L'histoire vous jugera très sévèrement !

— Parle pour toi, marmonne Kodiak en faisant glisser le tranchant de son arme sur la gorge de son sosie.

Comme le cœur du clone ne bat pas et que nous nous trouvons dans une zone dépourvue de toute gravité, son sang émerge de sa gorge tranchée en une fine ligne de bulles. Kodiak les observe un instant, puis approfondit la plaie en enfonçant davantage le morceau de polycarbonate dans la chair déchirée. Même si cette créature n'a jamais été vivante, je détourne le regard de cette boucherie pour ne pas vomir.

— Je ne m'arrêterai pas... tant que je n'aurai pas sectionné... la moelle épinière, grogne Kodiak en poursuivant ses efforts. Tout ceci... ne sera pas vraiment terminé... tant que je ne l'aurai pas fait.

Je pose une main sur son dos, stupéfait par ce que nous sommes en train de faire. Nous allons nous détruire nous-mêmes, et les conséquences de nos actes seront terribles.

Si nous supprimons toutes nos autres copies, sauf la dernière, alors OS n'aura pas d'autre choix que de nous garder en vie le plus longtemps possible. Il aura également les ressources pour le faire, puisqu'il n'aura pas beaucoup de futurs clones à nourrir.

OS ne pourra pas se permettre de nous tuer trop tôt, pas s'il ne peut plus compter sur d'autres clones pour nous remplacer. Nous ne pourrons peut-être pas quitter ce vaisseau... mais au moins pourrons-nous vivre nos petites existences en paix.

— Voilà, c'est fini, annonce Kodiak.

Il se recule en repoussant des bulles de sang en suspension et des bouts de cartilage.

— C'est affreux, murmuré-je.

— Oui, mais c'était nécessaire… C'est quoi ce bruit ? demande Kodiak en penchant la tête pour écouter.

— Je crois que… c'est OS qui crie.

-*Tâches restantes : 3 010*-

Nous revenons de notre folie meurtrière quelque peu groggy. À présent que nous avons terminé d'éliminer nos clones respectifs, OS est devenu muet. Mais ça n'a rien d'étonnant. Il n'y a plus aucun retour en arrière possible, et rien de ce qu'il pourra dire ne changera cet état de fait.

J'ai du mal à trouver l'énergie nécessaire pour bouger. Pourtant, mon corps tremble. L'atrocité que nous venons de commettre ne cesse de me tourmenter. J'ai besoin d'une distraction, quelque chose à quoi me raccrocher.

J'ai besoin de savoir que je ne suis pas seul.

Nous nous installons à même le sol et étendons une couverture sur nous. La lumière diffuse fait briller la peau de Kodiak. Je prends son menton dans le creux de ma main. Sous la couverture qui nous abrite, ce simple geste me semble incroyablement intime.

Mais c'est justement de cette intimité que j'ai besoin.

1er mai 18281 de l'ère commune
(2 199 tâches restantes)

Cher Ambrose,

Joyeuse fête de l'Annihilation ! Ça fait un an jour pour jour que nous avons détruit les corps de nos clones. Nous avons donc décidé de profiter de cette occasion pour mettre à jour les messages que nous enverrons à nos futurs nous-mêmes.

La cérémonie vient de se terminer, alors je me sens un peu déprimé. Enfin… pas complètement déprimé, plutôt ému. Je ressens un mélange de tant de choses à la fois. Je continue de regarder par la fenêtre, dans l'espoir de voir mon corps flotter dans l'espace, mais il a disparu de ma vue depuis qu'il s'est éloigné des lumières du Coordinated Endeavor.

Nous avons configuré l'imprimante 3D pour qu'elle dépose du texte sur les murs du vaisseau, afin que ces écrits soient partout à ton réveil. Jusqu'à présent, Rover nous a laissés tranquilles. Nous n'avons plus à nous battre contre lui, puisqu'il ne reste que toi. OS te gardera sûrement en sommeil jusqu'à la toute dernière minute pour augmenter les chances de réussite de la mission. Si c'est le cas, tu te réveilleras sur un vaisseau en perdition.

Tu m'en vois désolé.

Kodiak te passe le bonjour.

Quoi d'autre ? L'année écoulée a été plutôt calme, c'est même probablement la plus calme que nous, clones, ayons jamais connue.

Après la « tuerie », OS est devenu docile. Nous avons cessé d'être des éléments jetables, ce qui semble avoir tout changé. Les écrans ont clignoté puis sont devenus transparents. Désormais, nous voyons les véritables étoiles qui se trouvent autour de nous. (Tout du moins, nous supposons qu'il s'agit de vraies étoiles, comme le souligne Kodiak à côté de moi. Ce n'est pas le gars le plus optimiste du monde, comme tu l'as déjà probablement remarqué.) Nous avons découvert qu'il nous restait environ douze mille ans de voyage avant d'arriver sur l'exoplanète. Nous ferions bien de nous hydrater un maximum entre-temps si nous voulons avoir fière allure à notre arrivée. Quoi qu'il en soit, c'est sympa d'avoir des informations solides, pour changer.

Nous ne vivrons pas assez longtemps pour voir une étoile de près, ni même une planète. Nous sommes dans une sorte d'océan infini, au milieu d'un espace vide sans aucun point de repère. Mais Kodiak et moi sommes nos propres repères. Il se moque de moi depuis que je lui ai lu cette phrase à voix haute. Apparemment, je dramatise trop.

Nous avons gardé les corps au centre du moteur, au froid et à l'abri des radiations, et avons décidé de faire de l'espace leur tombe. C'est en cela que consistait la cérémonie que nous venons de terminer. Le premier clone a rejoint l'espace par le sas pendant que je jouais du violon. Nous avons prévu d'effectuer cette cérémonie chaque année, jusqu'à ce qu'il n'en reste plus aucun. Chaque année, en ce jour, nous pleurerons ces vies qui n'ont jamais existé. Nous porterons un toast au futur, au clone choisi… à toi, l'Élu. Tu es la gloire à venir, celle qui naîtra de toutes ces souffrances. (Ne m'embête pas avec ma tendance à dramatiser, Kodiak !)

Tu étais le deuxième Ambrose en partant du fond, mais curieusement, c'est toi que nous avons choisi. J'ai aimé ton regard figé. Tu semblais être pourvu d'une certaine clairvoyance. C'est idiot, je le sais.

Je réalise que nous sommes peut-être en train de perdre la boule à force de tourner en rond comme dans les lions en cage. Organiser des funérailles pour un être qui n'a même pas connu la réalité et pleurer la perte de quelqu'un qui n'a jamais vraiment vécu… Tout ça est tellement bizarre. Parfois, je regarde de vieux films tournés sur Terre. Je n'arrive pas à imaginer ces humains ordinaires faisant ce que nous avons fait. Mais eux n'ont pas été clonés ni envoyés dans l'espace sur la base d'un mensonge. Alors, qui sont-ils pour nous juger ?

Ceux qui ont réalisé ces films sont morts depuis longtemps, tout comme les générations successives qui les ont visionnés. Leur normalité ne leur a été d'aucun secours. Nous sommes la nouvelle normalité, car nous représentons l'avenir de l'humanité, le seul et unique.

Je mettrai cet écrit à jour au fur et à mesure de notre voyage. En attendant, j'espère ne pas devenir fou. Souhaite-moi bonne chance ! Je t'aime.

Amicalement,

Ambrose #13

1er mai 18282 de l'ère commune

(1 470 tâches restantes)

Joyeuse fête de l'Annihilation ! Une nouvelle année vient de s'écouler à bord. Cette fois, nous avons envoyé un Kodiak rejoindre l'espace. Il a disparu de notre vue il y a déjà plusieurs heures.

Il avait une cicatrice au bras, comme tous les autres. Étant donné qu'elle ne peut pas provenir du clonage lui-même, j'imagine qu'un stagiaire de laboratoire s'est chargé de l'inciser à cet endroit, sur Terre, puis a stimulé la croissance du tissu cicatriciel. Sauf que cette incision était un peu plus brouillonne que les autres et ressemblait presque à une croix. Le stagiaire ne devait pas être dans son assiette ce jour-là… Ou peut-être que ce Kodiak était leur première tentative.

Quoi qu'il en soit, Kodiak était totalement désengagé sur le plan émotionnel au cours des premiers mois de notre existence. Je suis sûr qu'il se comportera de la même façon avec toi aussi. Puis, surprise, ça a été à mon tour de me renfermer. Il m'irritait pour un rien, comme lorsqu'il faisait craquer ses doigts ou mordait ses cuticules. (Et parfois, il faisait même les deux en même temps ! Comment est-il humainement possible de faire ces deux choses à la fois ?) Son habitude de mâcher la bouche ouverte, sa manie de dire « euh » chaque fois qu'il ne sait pas quoi dire, sa façon de me crier dessus dès que je l'interromps… Bref, tout m'agaçait. Une nuit, je ne sais pas pourquoi, je l'ai traîné hors de sa couchette et plaqué au sol. J'étais furieux et je sanglotais. Ce jour-là, nous avons décidé qu'il valait mieux que je m'isole quelque temps. Pendant que Kodiak prenait soin du vaisseau, je rejouais continuellement la projection holographique dans laquelle Minerva se promène sur une plage. L'environnement numérisé était extrêmement vaste, ce qui m'a permis de marcher de Mari jusqu'à l'océan Indien. Je n'ai pas vu Kodiak pendant six semaines.

Je le détestais vraiment à ce moment-là, lorsque nous avons pris nos distances. Je ressentais de la haine à son égard, tellement de haine. Je voulais le mordre, le blesser, le briser. Parfois, et j'ignore pourquoi, j'avais même envie de le tuer. Ma rage était terrifiante.

Et à la fin de ces vacances forcées… je l'ai encore plaqué au sol. Seulement, cette fois, mes bras le serraient aussi fort que possible, et j'ai embrassé chaque parcelle de peau nue en pleurant de soulagement tant sa présence et sa compagnie m'avaient manqué.

Tu aimes Kodiak. C'est là le miracle caché de toute cette histoire. Vous vous aimez peut-être plus profondément qu'aucun être humain n'a jamais aimé, n'a jamais eu besoin d'aimer et n'a jamais eu l'occasion d'aimer. Enfin… peut-être qu'Adam et Ève s'aimaient tout autant, mais toi et moi savons tous les deux que nous ne croyons pas à leur existence.

PS : si tu en as l'occasion, prends l'un des doigts de Kodiak quand il ne s'y attend pas et mets-le dans ta bouche. Il aimera beaucoup ça. Crois-moi.

Bien à toi,
Ambrose #13

1er mai 18290 de l'ère commune
(399 tâches restantes)

Joyeuse fête de l'Annihilation ! Cette année, nous avons tous les deux fêté nos vingt-quatre ans. Nous sommes plus âgés que nous ne l'avons jamais été. Certes, les Kodiak et Ambrose originaux ont sûrement atteint un âge avancé avant la fin de la civilisation humaine. Mais nous sommes certainement les plus anciens clones que le vaisseau ait connus.

Je suis en train d'enregistrer une vidéo de nous sur l'ordinateur du vaisseau, au cas où vous voudriez voir à quoi vous ressemblerez un jour. J'espère qu'OS ne la supprimera pas. Mais compte tenu de son attitude depuis notre rébellion, je ne pense pas que ce sera le cas.

Maintenant qu'il n'a plus besoin de nous mentir, il n'agit plus du tout comme l'ennemi qu'il était autrefois. Il est devenu totalement inoffensif.

Tu sais quoi ? Tous ces repas soigneusement équilibrés et proportionnés te conviendront très bien. Mais il s'avère que le Kodiak de dix-sept ans a un métabolisme beaucoup plus élevé que le Kodiak d'aujourd'hui. Je sais que c'est probablement difficile à imaginer pour toi, Kodiak du futur, mais ce corps musclé qui est le tien aura tendance à gonfler quand tu auras notre âge. Il a réduit ses rations d'un tiers pour tenter de se remettre en forme. Je lui ai dit de ne pas s'en faire, mais il insiste. En fait, je trouve ce Kodiak bien en chair aussi sexy que l'ancien, ce qui sera sûrement ton cas également. Il a pris des fesses, mais ça lui donne un joli petit cul, si tu vois ce que je veux dire.

Cette vie semble étonnamment bien remplie. Elle n'a pas été dépourvue de moments douloureux, mais nous avons réussi à considérer le vaisseau comme notre maison. Même si celle-ci flotte aux frontières de la galaxie, nous nous y sentons de plus en plus comme chez nous. Qui sait, ce n'est peut-être qu'une version plus petite de ce que sera votre propre foyer une fois que vous aurez atteint l'exoplanète sur laquelle vous vivrez ?

Je t'embrasse.
Ambrose #13

1er mai 18301 de l'ère commune
(1 tâche restante - Nous préférons ne pas tester les limites d'OS en descendant à 0.)

Joyeuse fête de l'Annihilation ! Voici la grosse mise à jour de l'année : nous recevons à nouveau clairement des signaux radio terrestres et avons donc pu avoir des nouvelles de la Terre, même si celles-ci ne sont plus toutes fraîches désormais.

Quelques humains ont dû survivre aux pires ravages de la guerre, car nous avons capté des programmes radio.

Dans un quiz pendant une émission, il a été fait mention d'astronautes envoyés dans l'espace pour coloniser une exoplanète. Ensuite, nous n'avons plus jamais été mentionnés. OS a recherché sur toutes les bandes. Cette onde radio a parcouru un long chemin pour arriver jusqu'à nous et datait de plusieurs milliers d'années après le lancement du vaisseau. Nous avons été totalement oubliés, perdus au milieu du vacarme produit par la guerre entre Dimokratía et la Fédération.

Le centre de contrôle n'existe plus. Il n'y a plus que toi. Personne ne saura si tu as réussi ou échoué. Le jour de ton atterrissage sur l'exoplanète, personne ne s'en apercevra. Cette vie t'appartient. Fais-en ce que tu veux.

Je t'embrasse.
Ambrose #13

1er mai 18303 de l'ère commune
(1 tâche restante)

Joyeuse fête de l'Annihilation ! Nous avons trente-sept ans. Pas mal, hein ? Honnêtement, je ne pensais pas que nous sur-

vivrions aussi longtemps. Kodiak a une tumeur à la thyroïde. J'ai dû me former pour la lui retirer. L'opération n'a pas été simple, mais il est en voie de guérison. Rover est une excellente infirmière, qui l'eût cru ?

Voici un bilan des ondes radio terrestres que nous avons reçues cette année (au fait, j'enregistre les transmissions dans la mémoire d'OS afin que tu puisses les consulter toi-même) : peu de temps après que j'ai enregistré ma dernière lettre à ton intention, il y a eu une explosion soudaine des émissions radio. Toutes parlaient d'un astéroïde fonçant droit vers la Terre. Un vaisseau a immédiatement décollé, paré à l'interception, mais ça n'a pas dû fonctionner. Nous avons capté une énorme augmentation des signaux radio terrestres, mais aucune communication. C'était le genre de pic d'activité radioélectrique que le soleil émet, ou qui est libéré par une explosion géante.

Depuis, il n'y a plus eu une seule transmission en provenance de la Terre. Il n'y en aura plus jamais.

Tu es tout ce qu'il reste.

Je t'embrasse.

Ambrose #13

1er mai 18304 de l'ère commune
(1 tâche restante)

Joyeuse fête de l'Annihilation ! Voici la surprise de cette année : nous avons commencé à jardiner. Nous avons intercepté un astéroïde, et avant que nous le déposions dans le moteur pour nous en servir de propulsifs, Kodiak a remarqué ce qui ressemblait à une petite chose feuillue de couleur rouille au milieu des débris. Cette pauvre petite pousse de l'au-delà était complètement gelée. Il l'a soigneusement taillée et mise dans de l'eau. Il nous semblait raisonnable de penser que même une plante venue d'un autre monde aurait besoin d'eau.

Bien sûr, nous l'avons placée dans un réservoir de confinement étanche.

Elle s'est transformée en mousse et a développé des vrilles qui se sont enfoncées dans le réservoir mais ne s'est pas beaucoup étalée. Je suppose qu'elle va bientôt mourir, mais ce qui est indubitable, c'est que nous avons rencontré le premier extraterrestre. Ce n'est peut-être pas l'un de ces petits hommes verts que les humains ont toujours imaginés, mais c'est la preuve que d'autres formes de vie existent dans l'univers ! Cela me donne de l'espoir pour la mission, et pour ce que vous allez trouver sur l'exoplanète. Lorsque la plante mourra, je l'aplatirai et la conserverai dans un endroit sûr afin que vous puissiez la voir de vos propres yeux. Peut-être survivra-t-elle au voyage jusqu'à l'exoplanète, cette voyageuse de l'espace ramenée à la vie par deux hommes amoureux.

Je t'embrasse.

Ambrose #13

11 juin 18304 de l'ère commune

(1 tâche restante)

Kodiak est mort. La tumeur extraite par Rover n'était qu'un avant-goût du cancer qui se développait dans le reste de son corps.

L'univers a perdu sa lumière.

Je le rejoindrai ce soir.

Garde toujours ton Kodiak près de toi.

Je t'aime.

Ambrose #13

PARTIE SIX

Ambrose : 1 exemplaire restant

Kodiak : 1 exemplaire restant

ARRIVÉE IMMINENTE

Suis-je en vie ?

Et toi, l’es-tu ?

J'essaie de déglutir, mais ma bouche est tellement sèche qu'elle ne contient plus du tout de salive.

— De l'eau, croassé-je.

— Il y a un verre juste à côté de vous, sur votre table de chevet, m'indique une voix.

C'est celle de ma mère.

— Maman ? Tu es là ?

— Pour votre santé, il est préférable que vous vous reposiez pour l'instant. Mais j'ai besoin que vous vous leviez dès que possible. Le vaisseau court un grave danger.

Mon regard se baisse puis s'étrécit en se posant sur une main. C'est bien ma main, mais en même temps, j'ai l'impression qu'elle appartient à quelqu'un d'autre tant mes mouvements manquent de dextérité. Dans ma tentative de dompter mes articulations engourdies, mes doigts heurtent le plateau en plastique à côté de moi.

— Minerva… Quel est l'état du signal de détresse de Minerva ?

— Ne vous inquiétez pas pour cela. Il n'y a plus d'urgence en ce qui concerne Minerva Cusk.

— Je ne comprends pas, dis-je d'une voix rauque.

Je commence à tripoter l'intraveineuse plantée dans mon bras en vue du moment où j'aurai suffisamment de forces pour pouvoir me lever.

— Vous êtes désorienté. Votre dernier souvenir remonte à l'époque où vous étiez encore sur Terre. Vous aviez subi un examen complet précédant votre lancement.

— Exact, haleté-je.

— Secourir Minerva n'est plus votre mission. Vous êtes les premiers humains à coloniser la deuxième planète du système Sagittarion Bb, située à près de trente mille ans de voyage depuis la Terre. Vous devez intégrer cette réalité le plus rapidement possible. Notre arrivée est imminente.

Je cligne lentement des yeux, sans parvenir à comprendre les propos d'OS.

— Dans deux jours, nous entrerons dans l'atmosphère de la planète, poursuit-il. Votre tension artérielle est trop basse pour que vous puissiez bouger sans risquer de provoquer des lésions au sein de votre cerveau. Votre incarnation précédente a enregistré un message à votre intention. Voulez-vous que je le diffuse pendant que votre intraveineuse vous hydrate ?

— Je n'ai aucune idée de ce dont tu parles, articulé-je avec difficulté.

— Je vais lancer la lecture. Vous en saurez plus très bientôt, m'assure la voix de ma mère.

-*Tâches restantes : N/A*-

— Kodiak deviendra ton double, ton deuxième toi. La première fois que tu le verras, tu penseras que c'est un homme qui a besoin d'amour et qui t'en réclame. Quant à lui, il verra en toi quelqu'un qui veut le posséder, le manipuler.

C'est ma voix que j'entends. Je comprends chaque mot, chaque phrase qu'elle prononce, mais ne parviens pas à me concentrer sur leur sens. Mes pensées se dispersent. Tandis que j'écoute, mes yeux se focalisent sur leur environnement. Les murs arborent une couleur étrange, comme s'ils étaient recouverts de rouille. La forme de la pièce ressemble à l'infirmerie de la maquette de l'*Endeavor* dans laquelle je me suis entraîné, à la différence que les murs ont une apparence... cotonneuse.

— Ton « moi » original a appris dans son enfance passée sur Terre à quoi mène l'attirance, et que l'amour entraîne une perte de pouvoir. Ces leçons ont eu plus d'influence que tu ne le crois sur ta façon de voir les choses, et tu les comprends moins que tu ne le devrais. Tu as tendance à préférer les schémas émotionnels ancrés en toi, ceux que t'ont inculqués tes frères et sœurs ainsi que tes nourrices. Ces mêmes schémas, Kodiak les tient de l'orphelinat. Ambrose, le coup de foudre, c'est quand on rencontre quelqu'un qui s'accorde avec les leçons de notre enfance, apprises de nos parents, et qui correspond à notre vision de l'amour idéal. Mais qu'est-ce que notre mère nous a appris ? Elle qui a gardé son fils et envoyé ses clones vivre chacun leur tour une existence extrêmement courte en compagnie d'un étranger sans penser à leur souffrance ? Elle qui a estimé que son héritage et celui d'Ambrose valaient la peine de faire subir la torture à plusieurs copies de son fils ? Kodiak ne correspond pas aux modèles types de l'amour qu'on t'a enseignés, et tu ne corresponds pas non plus aux siens. Sauf qu'on ne s'apparie pas naturellement avec autrui. Une relation, ça se construit. L'amour que Kodiak et moi partageons dans cette vie en est la preuve.

Ma propre voix vient donc de me dire qu'une autre personne, nommée Kodiak, est également présente à bord, et qu'elle a déjà arpenté les couloirs de ce même vaisseau avec... une précédente version de moi ? Je teste mes muscles, prêt à m'enfuir... ou à me battre.

— Ton Kodiak se réveille aussi en ce moment même, et mon Kodiak est sûrement en train de lui donner les mêmes informations... à sa manière, bien sûr.

Pourquoi diable devrais-je m'en soucier ? Et pourquoi ma

voix s'exprime-t-elle en dehors de ma tête en me parlant de choses dont je n'ai aucun souvenir ? À moins que ce ne soit juste une voix de synthèse, comme celle de ma mère ?

Je m'assieds en balançant mes jambes sur le côté. Mauvaise idée. Je pousse un cri et retombe lourdement contre le matelas.

Mon double reprend la parole.

— Si tu es réveillé, c'est parce que tu es le dernier de notre espèce. Nous avons préparé le *Coordinated Endeavor* pour vous. Vous êtes notre avenir.

— Minerva… Où est Minerva ? haleté-je.

— Ce n'est pas une intelligence artificielle qui te parle en ce moment, mais un enregistrement. OS reviendra dans quelques instants avec la voix de notre mère. Il n'est pas notre mère, mais curieusement, j'ai l'impression de connaître OS mieux que je n'ai jamais connu la femme qui nous a donné naissance… ou qui a donné naissance à l'Ambrose original, devrais-je dire. Je suis l'Ambrose d'il y a environ douze mille ans. Si tu as la chance de te réveiller, ça signifie qu'OS est parvenu à piloter le *Coordinated Endeavor* pendant douze mille ans à travers les profondeurs de l'espace, sans recourir à des pilotes ou à des ingénieurs humains. Bon, c'était une partie particulièrement vide de la galaxie, mais sans OS, il était peu probable que le vaisseau réussisse à aller aussi loin. Donc si tu es vivant aujourd'hui, c'est grâce à OS. Vos objectifs sont désormais les mêmes. Tu vas connaître notre véritable mission, et ta relation avec le vaisseau sera différente de celle que nous avons tous connue jusqu'à présent.

Mon cerveau s'agite à ces mots. Je tombe de la civière, et la collision avec le sol enflamme tous mes nerfs. Alors que j'essaie de me remettre sur pied, mes mains entrent en contact… avec de la mousse. Le sol est recouvert d'une mousse couleur rouille.

Soudain, la voix de ma mère retentit.

— Ambrose, j'ai besoin que vous preniez le contrôle du pilotage dès que possible. Mais pour le moment, vous devez rester tranquille. Votre tension artérielle est encore trop basse. Vous pourrez vous déplacer quand je vous le dirai.

— Maman, où es-tu ? appelé-je.

Ma voix ressemble à un sanglot, mais peut-être est-ce parce que c'en est un. J'aimerais tourner la tête et voir ma mère à mes côtés, mais n'y arrive pas. Mon estomac tombe dans mes talons. Je croyais être devant la chambre de ma mère, puis je me suis vu sur une plage. Ensuite, on me dit que je suis à bord d'un vaisseau, et maintenant, je me trouve sur un étrange sol forestier. Les murs sont recouverts de la même mousse couleur rouille. Les vrilles et stolons d'une plante douce ont tout envahi autour de moi et l'air est chargé en azote, comme dans une serre.

— Pourquoi ma voix me parlait-elle tout à l'heure ? demandé-je.

Ma mère – ou plutôt le système d'exploitation du vaisseau – n'a pas besoin de temps pour réfléchir. Sa réponse me parvient avant même que j'aie terminé de poser ma question.

— Ce message a été enregistré à votre intention il y a plusieurs milliers d'années. Les mots que vous avez entendus vous seront utiles, et vous pourrez les réécouter à votre guise une fois cette crise passée. Je vais vous expliquer tout ce que je peux, mais nous n'avons pas beaucoup de temps devant nous. Je vous demanderai donc de puiser dans les qualités qui ont conduit la Société Cusk à vous sélectionner pour cette mission. Vous devez accepter ce que vous ne savez pas encore, et travailler sans savoir exactement pourquoi.

Est-ce vraiment pour ça que j'ai été choisi ? songé-je.

Un robot en forme de demi-sphère entre alors dans la chambre en tenant une pastille brune dans la pince située à l'extrémité de l'un de ses bras.

— C'est pour vous, explique la voix de ma mère. Mangez-la. Ensuite, nous devrons nous mettre au travail. L'exoplanète est proche.

-*Tâches restantes : N/A*-

J'ai l'impression d'avoir la pire gueule de bois de tous les temps, et ma voix enregistrée qui parle de relations sentimentales ne m'aide clairement pas à aller mieux ni à calmer mes haut-le-cœur.

Pendant un long moment, je reste allongé par terre, à entendre ma voix sans réellement l'écouter. Je suis concentré sur les sensations de mon corps, dont je fléchis les articulations et commence à bouger les muscles. Le vaisseau gronde et tremble tout autour de moi, et sa coque grince.

— Tu considères l'amour comme une sorte de courant électrique capable d'étourdir une personne, explique ma voix. Tu penses que si tu n'es pas dans cet état second, c'est que la relation est en train d'échouer. Mais c'est un mensonge. Tu as été contaminé par la musique populaire et les films à l'eau de rose, et c'est ce qui a condamné toutes tes courtes romances à l'Académie, comme avec Sri. L'attachement que toi et Kodiak ressentez l'un pour l'autre n'est pas qu'une question de besoins physiques, même si c'est en partie lié. Ce n'est pas juste la chaleur de son corps contre le tien au fond du réservoir d'eau du vaisseau. Non, c'est le fait que vous soyez *ensemble* au fond de ce réservoir d'eau.

J'aimerais pouvoir faire taire les mots que je me dis à moi-même, mais je ne vois pas comment y arriver.

Je me lève en titubant et parviens à rester debout, malgré l'engourdissement de mes jambes.

C'est alors que je remarque une silhouette dans l'embrasure de la porte.

— Ambrose ? me demande-t-elle.

— Tu dois être Kodiak, réussis-je à répondre avant de vomir aussitôt.

-*Tâches restantes : N/A*-

Quand je réussis de nouveau à ouvrir les yeux, je ne vois pas Kodiak. À la place, mon regard se pose sur le tapis cotonneux couleur rouille qui s'étend sous moi, comme si j'étais allongé dans un champ.

— Qu'est-ce que c'est ? demandé-je à OS.

— Un simple organisme multicellulaire qui, comme les plantes de la Terre, absorbe le dioxyde de carbone de son environnement et produit de l'oxygène par sa respiration. Sauf que celui-ci n'a besoin ni de chlorophylle ni de soleil. Vos prédécesseurs l'ont adopté il y a douze mille ans et depuis lors, il a prospéré, malgré les efforts de Rover pour l'éliminer.

Je regarde les feuilles extraterrestres devant moi en écarquillant les yeux.

Chaque mouvement est douloureux, mais je ne peux pas rester immobile, pas quand je suis allongé dans une prairie extraterrestre. J'arrive à me relever.

— En fait, la plante extraterrestre fait partie de nos problèmes, continue OS. Elle a élevé la concentration d'oxygène dans l'atmosphère du *Coordinated Endeavor* à des niveaux instables. L'oxygène est un radical libre. Il est corrosif pour mon câblage et dangereux pour vos cellules. Dans une proportion aussi importante, il est également hautement inflammable et augmente considérablement les risques liés à notre entrée prochaine dans l'atmosphère de l'exoplanète. La coque du *Coordinated Endeavor* présente déjà de nombreuses avaries en surface, chacune d'elles pouvant s'avérer catastrophique lors de l'atterrissage.

Mes pensées refusent de s'assembler. Suis-je sur une plage ? Suis-je dans le passé ou dans le futur ? Ne suis-je vivant que dans mon propre esprit ? C'est ce qui se rapproche le plus de ce que je ressens actuellement. Mon cerveau paniqué me souffle que je suis en train de découvrir à quoi ressemble le moment de la mort physique, et que les neurotransmetteurs de mon esprit sont en train de créer des inepties dans l'obscurité qui les envahit peu à peu avant que leur activité électrique ne cesse totalement.

Je roule contre un mur et sens ma colonne vertébrale craquer sous les mouvements que je lui impose.

— Minerva…, tenté-je une nouvelle fois.

— Votre sœur est morte depuis près de trente mille ans, répond sans ambages la voix de ma mère.

Ma bouche s'ouvre et se ferme.

— Tous les humains sont morts, sauf Kodiak et vous, ajoute OS.

Tandis que le vaisseau grince autour de moi, le contenu de mon estomac remonte dans mon œsophage jusqu'à ce que l'acide gastrique tapisse le fond de ma gorge. Des haut-le-cœur me saisissent.

— Je suis désolé, déclare OS.

Je vomis sur la mousse qui recouvre les murs et le sol, puis me traîne sur quelques centimètres avant de m'écrouler, le visage contre les plantes, et de perdre connaissance.

-*Tâches restantes : N/A*-

— Ambrose ! Réveillez-vous ! crie la voix de ma mère.

J'ouvre les yeux et découvre qu'une épaisse fumée obscurcit la pièce dans laquelle je me trouve.

— Mon câblage est en feu. Je ne sais pas combien de temps je pourrai encore vous parler. Surtout, accrochez-vous et tenez bon !

Une quinte de toux secoue mon corps et déclenche des vagues de souffrance dans mes membres inférieurs, à tel point que mes pieds se sont transformés en un réseau éclatant et sanglant de nerfs à vif. Le vaisseau tourne sur lui-même, me faisant dégringoler dans la fumée alors que le mur se change en plafond, et que le plafond devient le sol de la pièce.

Je sens qu'on me tire. Rover est en train de me traîner derrière lui.

Soudain, un affreux bruit de déchirure se fait entendre, puis la coque se met à trembler et la rotation des parois s'accélère. La fumée se dissipe lorsqu'un vent froid traverse le vaisseau. Ce n'est pas le souffle explosif que produirait un sas ouvert, mais une brise comme il en existe dans les pièces aux fenêtres mal calfeutrées. Sauf qu'un vaisseau spatial ne devrait pas avoir de courant d'air.

— OS ! crié-je.

Aucune réponse ne me parvient. Les lumières clignotent, ne cessant de s'éteindre puis de se rallumer. Rover me libère et détale ailleurs dans le vaisseau.

La fumée se dissipe suffisamment pour que je puisse voir ma couchette. La dernière chose qu'OS m'a demandé de faire était de m'accrocher et de tenir bon, alors c'est ce que je vais faire. J'arrive à me traîner sur mon lit et à passer la ceinture sur mon corps. Les lumières du vaisseau ont un aspect lactescent dans l'air pollué. Malgré le chaos du moment, je remarque que la ceinture est faite de polycarbonate, ce qui signifie qu'elle a dû être réimprimée à bord. Elle aussi est recouverte d'une couche de mousse extraterrestre. Le vaisseau tangue et mon corps se retrouve projeté contre la ceinture, dont il étire légèrement le matériau, avant de retomber contre le lit.

Je crache l'acide gastrique qui a envahi ma bouche. La fumée remplit à nouveau l'air. La puanteur qui s'insinue dans mes narines résulte d'un mélange d'odeurs, parmi lesquelles j'identifie celle du caoutchouc brûlé et quelque chose d'incroyablement ancien, comme une sorte de brûlure de congélation à haut indice d'octane.

Puis le vent revient en soufflant à travers le vaisseau et je suffoque quand l'air frappe mon visage.

En regardant par la fenêtre, je remarque que des traînées de condensation se sont formées à l'arrière du vaisseau. Or, un vaisseau spatial ne devrait pas en créer.

Au moins, désormais, il n'oscille plus d'un côté à l'autre. Je suis plaqué contre ma couchette murale. Mes lèvres s'écartent de mes dents à mesure que la force d'accélération augmente. Puis le vaisseau se remet à tourner, et je me retrouve projeté contre la sangle en polycarbonate et le mur à tour de rôle.

J'ai l'impression que mon sang s'est solidifié dans mon corps. Il entre dans mon cœur comme un flot de balles et en ressort tout aussi violemment. Mes veines ne cessent de gonfler et de se dégonfler.

J'ignore si c'est à cause de la douleur ou de la pression, mais mes pensées se fragmentent. Elles s'envolent vers des plages de sable rose, vers Minerva et l'imposant étranger que j'ai brièvement aperçu dans l'éclairage de secours.

Et au milieu, j'entends plusieurs voix, celle de ma mère, la mienne et celle de ce Kodiak, qui se battent toutes pour attirer mon attention.

-*-

Je rêve de Titan et de ses lacs noirs emplis de méthane liquide, dont je visite l'environnement boueux à la seule lumière des lampes du vaisseau qui, assez curieusement, s'est transformé en sous-marin. « Ambrose, viens faire la course avec moi », me crient les lacs noirs avec la voix de Minerva. « Retrouve-moi. Ramène-moi chez nous. »

Quand je me réveille à nouveau, l'air est pur. Une douce lumière, qui pourrait être celle du clair de lune, donne aux surfaces du vaisseau une couleur nacrée. Les murs s'élèvent toujours autour de moi, bien que le plafond ait disparu. Je me penche par-dessus le bord de la couchette tout en essayant d'ignorer la douleur lancinante qui pulse à l'intérieur de mon crâne.

Le couloir ne mène pas à la pièce suivante, mais aux étoiles. Éventré, il offre un étonnant bain de lumières. Celles-ci brillent au sein d'un ciel crépusculaire, parfois dissimulées par les nuages qui défilent devant elles.

Des nuages… Une atmosphère…

Nous nous sommes écrasés, réalisé-je. Nous nous sommes écrasés, et le *Coordinated Endeavor* s'est ouvert comme une coquille de noix.

Un vent léger siffle à travers les bords déchiquetés du vaisseau. Un haut-parleur grésille.

OS essaie-t-il de me parler ? Je regarde dans la direction du son. OS n'est pas en train de me parler. Le crépitement provient d'un incendie.

Celui-ci ne ressemble à rien de ce que j'ai connu sur Terre. Une faible lueur verte danse sur les parois du vaisseau. Ce feu possède un aspect féerique, mais je peux tout de même sentir la chaleur qui s'en dégage. Chaque fois que la brise nocturne frappe les flammes, celles-ci s'élèvent comme pour la saluer, en ondulant comme un drap tendu sur un lit. La composition gazeuse de cette atmosphère doit être différente de celle de la Terre pour produire un tel feu.

La mousse extraterrestre est en flammes. L'incendie se propage.

Il faut que tu bouges de là, Ambrose ! m'ordonné-je mentalement.

Mes mains tremblantes se battent contre ma ceinture de sécurité pour en libérer la boucle. Dans un premier temps, j'appuie encore et encore sur le système d'ouverture qui est bloqué, puis finis par tirer sur les deux tronçons de polycarbonate, dans l'espoir de les déchirer. Mais si la sangle a tenu bon lors de notre atterrissage forcé, elle ne va pas céder à la force de mes bras chétifs. Je m'oblige à faire une pause. *Réfléchis, Ambrose !*

Je me rallonge sur la couchette. À présent que plus aucune pression n'est exercée contre lui, le dispositif se déverrouille.

Soulagé d'être enfin libre, je roule sur moi-même et essaie de me relever, mais m'étale sur le sol. Je me redresse, pose mes deux mains sur le bord de la couchette et parviens à me hisser sur mes genoux.

Ce simple effort me laisse étourdi. Ma tension artérielle doit être encore basse. Au vu de mon état, je ferais mieux de renoncer à me lever.

Alors, à la place, je me précipite à quatre pattes vers les étoiles. Le couloir devant moi arbore une forme courbée, puis se redresse lorsque j'atteins la paroi déchirée du vaisseau.

La porte orange se balance dans l'air nocturne. Ses bords sont effilochés et cerclés de pointes en polycarbonate. Je me redresse sur mes pieds en m'aidant du mur, prends un peu d'élan, puis saute à travers l'encadrement.

En heurtant le sol, mes jambes se dérobent sous moi et mon corps roule sur une pente glissante avant de s'arrêter, à moitié immergé dans de l'eau. Rapidement, je me rends compte que ce liquide est trop gluant pour être de l'eau. Je reste malgré tout allongé au même endroit, à fixer le ciel nocturne et ses étoiles inconnues dans l'air frais.

Je ne m'évanouirai pas… pas sur cette planète étrangère qui grouille sûrement de dangers inconnus.

Une sorte de visage de chat semble me sourire depuis le ciel, avec ses oreilles pointues et sa bouche ouverte munie de dents. C'est une constellation d'étoiles… de nouvelles étoiles. Et c'est aussi le premier mythe de ce nouveau monde. *Bonjour, petit chat céleste*, songé-je. J'enroule mes bras autour de mon uniforme. Il fait froid… pas au point d'endommager instantanément les cellules de mon corps, mais je vais quand même devoir enfiler des vêtements plus chauds, et vite.

Je découvre bientôt la source de la lumière qui baigne cette terre. Elle ressemble à une pleine lune, mais est à la fois trop petite et trop lumineuse. C'est un soleil lointain.

Compte tenu de sa pâleur et de sa distance, il ne peut pas s'agir du soleil autour duquel cette planète est en orbite, sinon j'aurais déjà gelé. En ce moment, le soleil principal doit sûrement être de l'autre côté de la planète, tandis que je me trouve sur la partie nocturne. Nous avons atterri dans un système solaire binaire, d'où le second « b » de son nom, Sagittarion Bb. La présence de ce second soleil fait grandir son mythe : le chat céleste et ses deux étoiles de compagnie.

Je secoue la tête.

— Kodiak ? me risqué-je à crier dans la nuit.

Comme personne ne répond, je commence à imaginer des prédateurs extraterrestres rôder autour de moi, se rapprochant peu à peu pour m'étreindre entre leurs tentacules visqueux et me déchiqueter de leurs crocs. Sans doute l'effet de tous les films d'horreur qui m'ont accompagné dans ma jeunesse et décuplent mon imagination fébrile pour créer des mirages.

Mais je n'entends aucun son susceptible d'évoquer la vie, uniquement la brise. Peut-être suis-je seul. Peut-être sommes-nous seuls, tout du moins si Kodiak, le seul autre être humain dans tout l'univers, a survécu à l'accident.

— Kodiak ! appelé-je de nouveau.

Quelle est la taille de cette planète ? Y a-t-il de quoi nous nourrir ? Combien de temps cette nuit durera-t-elle ? La brise va-t-elle se transformer en une tempête géante ? Je n'ai pas été formé à répondre à toutes ces questions, car j'ai été envoyé dans l'espace en croyant mener une mission qui s'est révélée fausse. Étant donné ce que j'ai sous les yeux, il semblerait que ma voix enregistrée ait dit la vérité.

Je ne laisserai pas cette planète me dominer. Je trouverai un moyen de surmonter cette épreuve et d'avancer. Il me faut simplement déterminer la voie à suivre. *Réfléchis, Ambrose.*

À moins qu'ils ne m'aient envoyé sur cette exoplanète pour que j'y meure – ce qui en ferait l'exécution la plus coûteuse de l'Histoire –, le centre de contrôle a dû laisser les informations nécessaires à ma survie quelque part dans le vaisseau.

— OS, tu es là ? demandé-je.

Aucune réponse ne me parvient.

Je m'extrais de la flaque et parviens à me relever en gesticulant comme un surfer débutant. Le paysage ne comporte que peu de reliefs. Il est presque plat et recouvert d'une végétation légère et humide que je n'arrive pas à distinguer dans cette pénombre. Grâce à la faible lumière des étoiles, je peux voir les ravages que le crash du vaisseau a causés sur cette planète innocente. Derrière lui s'étendent deux grands cratères creusés par notre atterrissage. Ceux-ci brillent, éclairés de l'intérieur par une sorte de phosphorescence probablement provoquée par le frottement avec la coque. Je suppose qu'il s'agit d'un micro-organisme vivant dans le sol… et donc d'une preuve supplémentaire que cette planète abrite bel et bien la vie.

La fin des bandes brillantes est visible au loin. Apparemment, le vaisseau a glissé sur une longue distance avant de s'immobiliser ici.

— Kodiak ? tenté-je encore une fois.

Cependant, j'ai une idée de l'endroit où il pourrait se trouver. La première trace du crash mène au morceau de vaisseau brisé dans lequel je me suis réveillé. La seconde disparaît dans un étang sombre avant de réapparaître de l'autre côté. Le vaisseau a dû se briser en deux et Kodiak se trouve sans aucun doute dans l'autre moitié, s'il est encore en vie.

Bien que mon esprit ne cesse de crier de douleur, j'essaie de former des pensées cohérentes. Priorité numéro 1 : trouver des vêtements chauds, de préférence une combinaison spatiale, car qui sait quels organismes étrangers ou spores sont déjà en train de pénétrer dans mon corps ? Je dois aussi trouver un moyen de m'hydrater. Et je dois retrouver Kodiak.

Minerva. J'ai comme l'impression que je vais la faire, cette mission de sauvetage, tout compte fait.

-*-

Une chose est sûre, c'est que l'*Endeavor* ne sera plus jamais un vaisseau spatial. L'épave est ouverte sur trois côtés, et des pièces entières ont disparu, probablement éparpillées en morceaux aux quatre coins de cette planète.

Je ne trouve pas de combinaison spatiale parmi les débris, mais tombe sur un casque cassé. Étrangement, il a l'air d'avoir été creusé par un outil plutôt qu'endommagé lors de l'accident. Dans la faible luminosité nocturne, je trouve également une réserve de couvertures, toutes empilées ensemble.

J'entoure mes bras, mes jambes et mon torse de ces couvertures en les attachant à l'aide des dispositifs de fixation en polycarbonate de ma couchette. Ensuite, j'arrache un tuyau pour m'en servir comme d'une canne et m'engage sur le chemin lumineux conduisant à l'autre moitié du *Coordinated Endeavor* en appelant Kodiak au fur et à mesure de mon avancée.

Presque aussitôt, je suis essoufflé et ça ne fait qu'empirer. Au début, je crois que c'est mon corps qui réagit aux traumatismes successifs – d'abord mon réveil puis l'accident –, mais je réalise assez vite que je dois probablement aussi avoir le mal des montagnes, en raison du manque d'oxygène. Ce mal s'ajoute donc à toutes les autres souffrances infligées à mon corps. Au moins, je n'ai plus rien à régurgiter.

Mais très vite, il s'avère que j'avais tort de penser mon estomac vide, et je laisse une flaque de matière organique sur le sol sombre. Bien que faiblement éclairée par le soleil lointain, la nuit semble permanente. Tant que je n'aurai pas récupéré les données de l'ordinateur du vaisseau, je n'aurai aucun moyen de savoir en combien de temps s'effectue la rotation de cette planète. Cette nuit exoplanétaire pourrait ne durer que quelques heures, tout comme elle pourrait durer l'équivalent de six mois ou plus.

L'horreur côtoie l'émerveillement au cours de ma randonnée nocturne. C'est comme si l'univers avait brusquement éclaté, ou comme s'il avait toujours été fracturé et venait seulement de nous révéler que nous vacillions au-dessus d'un vide depuis le début.

Cette terre étrange, avec son ciel inconnu et son noyau inconnu, ainsi que cette étrange quête, que mon corps rendu plus léger par l'atmosphère entreprend pour sauver un étranger, sont autant de menaces qui cherchent à me faire disparaître dans ce vide.

Alors que je marche péniblement sur le sol friable de ce nouvel environnement, une lueur apparaît à l'horizon. Tout d'abord, je pense avoir un premier aperçu du véritable soleil de cet endroit. Mais ce n'est pas le cas. Après avoir franchi une petite crête, je découvre la seconde moitié du vaisseau en ruine, dont les surfaces réfléchissent la lumière lointaine du deuxième soleil de la planète.

J'accélère. En raison de la faible gravité, mes pas se transforment facilement en petits sauts.

J'écoute les sons alentour et scrute le ciel à la recherche du moindre mouvement pouvant indiquer la présence d'organismes vivants développés. En tout cas, les micro-organismes sous mes pieds semblent en être très loin. Peut-être que Kodiak et moi sommes la forme de vie la plus avancée de ce coin perdu.

— Kodiak ? appelé-je tandis que le vent siffle à mes oreilles.

Ma vision s'éclaircit peu à peu. Au début, je crois que c'est parce que je m'approche de l'épave en feu. Puis je me rends compte que l'aube est en train de pointer le bout de son nez. L'orbe qui émerge à l'horizon est de la même taille et de la même couleur que le soleil que j'ai toujours connu. Mais ai-je déjà vu le soleil de la Terre de mes propres yeux, ou sont-ce seulement de faux souvenirs implantés dans ma mémoire, comme le prétendait ma voix enregistrée ?

Cette planète offre une douce palette de jaunes et de verts. Sa surface rocheuse est recouverte d'une lande d'algues. La Terre ressemblait sûrement un peu à ça durant son ère primitive. Le soleil, le vent et le froid sont nos seuls ennemis, et sans prédateurs ni proies, la vie n'a pas besoin de se déplacer ou d'avoir des yeux et des dents.

Qui sait, peut-être pourrions-nous mener une existence paisible sur cette planète.

— Kodiak ? crié-je de nouveau.

Une autre porte orange se trouve sur cette partie du vaisseau, éclairée par les deux soleils. Mais contrairement à la mienne, celle-ci est fermée. Les couloirs et pièces qui s'étendent au-delà sont pratiquement identiques à ceux que j'ai dû traverser pour sortir de mon morceau de l'épave.

— Kodiak ?

Je commence à glousser, puis m'arrête. Pourquoi est-ce que je rigole sans raison ?

De nouveau concentré, je saute facilement en direction de la porte et utilise mon poids pour tirer la poignée vers le bas. Ma masse est plus légère que sur Terre, mais n'en reste pas moins suffisamment dense pour m'être utile dans ce genre de cas.

L'intérieur de l'*Aurora* est plongé dans l'obscurité, et les rayons lointains du soleil éclairent à peine le sol en polycarbonate. Je fais un pas, puis un autre, en observant le texte écrit en dimokratíen sur le mur.

— Kodiak ?

Cette fois, j'entends une réponse, ou plutôt un gémissement. Je me précipite à travers le couloir. Plus je m'éloigne de la porte orange, plus il fait sombre, à tel point que je me retrouve vite obligé de m'en remettre à mon ouïe et à mon sens du toucher, en m'appuyant sur les souvenirs issus de mon entraînement terrestre au sein d'une copie de ce vaisseau.

— Kodiak ? Je suis là. Où es-tu exactement ?

Il est dans la même pièce que moi, mais je ne vois rien.

— La lampe de poche… contre le mur, halète une voix étouffée.

Je tâtonne le long du mur jusqu'à la trouver. Je la décroche et l'allume.

Dans le faisceau tremblotant de la lampe, je découvre alors Kodiak en position fœtale, les mains coincées entre ses cuisses.

— Ma jambe… Elle est cassée, explique-t-il tandis que je le rejoins.

Son mollet arbore une bosse, visible même sous le tissu de son uniforme.

— Je peux jeter un œil ? questionné-je.

Il hoche la tête en grimaçant. La lampe de poche entre les dents, je m'accroupis à côté de lui et relève délicatement le bas de son pantalon.

Ce n'est pas une fracture ouverte, mais il faudra certainement replacer l'os et poser une attelle. Si nous parvenons à faire fonctionner l'imprimante 3D, nous en réaliserons une en polycarbonate.

— Tu souffres beaucoup ? Je vais voir si je peux trouver des médicaments.

— Ta voix est bizarre, remarque-t-il entre ses dents serrées. Est-ce que tu es saoul ?

— Non, je ne suis pas saouuul…

Maintenant qu'il le dit, c'est vrai que ma voix est un peu bizarre et traînante, comme si j'avais bu, constaté-je.

— Ce sont les symptômes typiques d'une narcose due à l'azote. Il y en a plus dans cette atmosphère que ce à quoi nous sommes habitués, note Kodiak en humant l'air. Et à en juger par mon mal de tête, il y a aussi des traces de cyanure.

Waouh, mais qui est ce type ?

— Ton mal de tête pourrait aussi provenir… eh bien… de ton tibia cassé, souligné-je.

— Espérons que ce soit plutôt le péroné. Autrement, nous aurions un sérieux problème. D'ailleurs, en parlant de ça…

Il s'interrompt avec une nouvelle grimace.

— C'est vrai, il te faut une attelle, acquiescé-je. Je m'en occupe.

— Et peut-être des antidouleurs aussi, si tu en trouves, ajoute-t-il.

— Je me doutais bien que tu pourrais en avoir besoin.

-*-

Je scelle la porte orange afin que nous puissions profiter du faible niveau d'azote présent dans l'*Aurora*.

Les trois nuits suivantes, Kodiak et moi ne quittons pas le vaisseau. Nous vivons à la lumière de notre lampe de poche. Malgré la douleur, Kodiak boitille à travers le local technique en serrant les dents pour tenter de rétablir l'alimentation du vaisseau. Pendant ce temps, j'observe notre environnement par la fenêtre. Si notre vaisseau ne s'était pas écrasé, nous serions restés enfermés dans un premier temps, puis nous nous serions progressivement exposés à l'atmosphère de l'exoplanète pour nous y habituer.

À en juger par la progression du soleil principal au-dessus de nos têtes, les jours sur cette exoplanète durent environ trente et une heures terrestres. Le ciel est bleu, mais affiche aussi quelques nuances vertes.

La météo ne semble pas vraiment changer, quelle que soit l'heure de la journée. Je suppose qu'OS a intentionnellement fait s'écraser le vaisseau sur l'un des pôles de la planète pour nous éviter des conditions climatiques extrêmes, ce qui expliquerait également l'humidité du sol. Bien sûr, les saisons de cette exoplanète pourraient durer plusieurs années terrestres chacune. Qui sait, peut-être sommes-nous tombés dans un hiver long de dix ans ?

Tout du moins, j'espère que nous sommes bien en hiver, car depuis notre arrivée, il fait un froid de canard, à tel point que je me promène toujours emmitouflé dans des couvertures. Il vaudrait donc mieux que ce ne soit pas à ça que ressemble l'été.

En bricolant les systèmes de l'*Aurora*, nous avons réussi à obtenir une puissance électrique rudimentaire, malgré tout suffisante pour me permettre d'étudier un morceau du mur du vaisseau au microscope et d'agrandir la minuscule écriture qui se répète dessus comme un motif de papier peint. C'est la missive que ma voix a promis de me laisser lorsqu'elle me parlait sur l'*Endeavor*, celle qui est supposée m'expliquer ce qui est arrivé à mes copies précédentes.

Je la transfère sur mon bracelet pour pouvoir la lire tout au long de la journée et découvrir la vérité sur ce qui s'est passé avant notre réveil.

Pendant que nous dînons, je lis les faits saillants à haute voix. Kodiak ne fait aucun commentaire. Il se contente de me regarder lire, les yeux brillants.

_-*-_

À en juger par le texte, mes anciens « moi » ont d'abord refusé de croire qu'ils étaient des clones et que Minerva était morte. Pour ma part, je trouve cet état de fait étonnamment facile à accepter. Mais il faut dire que je me trouve actuellement au sein de la partie dimokratíenne de notre ancien vaisseau, dans l'obscurité, à prendre soin d'un inconnu blessé sur une planète étrangère. J'ai la preuve dont j'ai besoin juste devant moi. Cette histoire d'exoplanète est forcément vraie, puisque nous sommes dessus.

Et si cette information est véridique, alors nous sommes sûrement les derniers humains également. En tout cas, atterrir ici me paraît encore plus dingue que le fait que nous soyons des clones.

Kodiak réduit ses mouvements au minimum. Il se déplace en rampant sur ses coudes jusqu'à divers endroits du vaisseau et y reste le plus de temps possible avant de prendre le risque de bouger à nouveau sa jambe. Même s'il ne laisse pas beaucoup transparaître sa douleur, je vois bien qu'il souffre le martyre. Je lui ai fabriqué la meilleure attelle possible, en attachant un mince bout de matelas à sa jambe, mais ce n'est clairement pas suffisant.

Tout ce que le centre de contrôle de la Société Cusk a placé sur le vaisseau en vue de notre atterrissage se trouve derrière une porte grise, à l'extérieur de l'*Endeavor.* J'ai apparemment passé des vies entières à me demander ce qui se trouvait derrière. Mais pour l'instant, nous sommes coincés sur l'*Aurora*. Nous ne pourrons pas faire cette randonnée vers l'*Endeavor* de sitôt, en tout cas pas tant que Kodiak sera dans cet état.

Kodiak et moi partageons de longs regards pendant que nous travaillons l'un près de l'autre. Par le passé, ces yeux qui sont les miens ont parcouru tout son corps, et des mains identiques aux miennes ont tenu les siennes, ont ouvert cet uniforme et exploré ce qu'il y avait en dessous. Nous le savons grâce aux messages que nos incarnations précédentes nous ont laissés. Et d'après elles, nous finirons aussi par nous aimer de la même manière. Je ne cesse d'y penser en étudiant la ligne de son cou, ses cils sombres et ses jambes puissantes.

Il me regarde à son tour, et je comprends qu'il s'interroge à ce sujet, lui aussi.

Le troisième jour, dès mon réveil, je me dirige vers mon endroit préféré, la plus grande baie vitrée de l'*Aurora*, d'où l'on peut voir les plaines bioluminescentes. Mon horloge biologique s'est adaptée à ces jours plus longs. Cela dit, on ne peut pas dire que j'aie réellement vécu selon le rythme circadien terrestre. Cette planète n'est pas ma nouvelle maison. C'est la seule maison que j'ai jamais eue.

Chaque fois que j'admire la vue, je m'attends à découvrir une forme monstrueuse errant à l'horizon, ou une étrange et gigantesque tempête sur le point de s'abattre sur nous. Mais c'est toujours le même doux paysage. Ce monde primordial n'abrite que les formes de vie les plus simples.

OS a bien fait de nous conduire ici.

Kodiak s'approche et s'assied à côté de moi en allongeant sa jambe blessée devant lui.

— Comment te sens-tu ? demandé-je.

— Mieux, affirme-t-il. Demain, nous irons sur l'*Endeavor.*

-*-

Le lendemain, quand nous arrivons là-bas, nous sommes saouls. Ce n'est pas une ivresse amusante, comme lorsque nous nous saoulions avec Sri dans les champs. Non, c'est une ivresse peu agréable qui sent fortement les ennuis. Alors que le vaisseau se profile à l'horizon, nous nous sentons de plus en plus nerveux et surexcités.

L'*Endeavor* n'est pas fermé comme l'*Aurora*. Il n'est donc pas possible de passer par une phase de décompression qui nous permettrait d'éliminer l'azote circulant dans notre sang. Cette teneur plus élevée en azote est notre nouvelle réalité. Nous devrons simplement vivre en respirant cet air jusqu'à ce que nos corps s'y habituent. Nous nous dirigeons vers la salle à manger, désormais ouverte sur le côté. Les formes de vie unicellulaires lumineuses de cette planète s'étalent déjà le long de ses murs déchiquetés.

— Nous avons de la compagnie pour le dîner, commente Kodiak en regardant le tapis organique.

Nous nous asseyons et nous prenons tous les deux la tête entre les mains.

— Je ne me sens vraiment pas bien, déclaré-je.

— Moi non plus, soupire Kodiak.

Il ferme lourdement les yeux, les lèvres tremblantes.

J'essaie de fermer les yeux également, mais le monde

tourne trop. Alors, je les rouvre et inspire profondément pour ne pas vomir.

— Et je me sens dépassé… totalement dépassé, avoué-je.

Devant son manque de réaction, je me sens encore plus seul. Puis je sens une main se poser sur mon épaule. Sans pouvoir m'en empêcher, je penche la tête pour appuyer ma joue contre ses doigts. Kodiak pétrit gentiment ma chair. C'est le geste le plus gentil qu'on ait jamais eu à mon égard. Quand il ouvre les bras, je m'y réfugie immédiatement.

_-*-_

Nous nous trouvons à présent devant la porte grise. Je ne peux pas dire que nous sommes sobres désormais, du moins pas exactement, mais après des heures à avoir mal au cœur et à nous tenir dans les bras l'un de l'autre, nous sommes capables de rester debout. Nous avons même réussi à ne pas régurgiter l'eau récupérée dans les ruines de la pièce numéro 4.

— À toi l'honneur, déclare brusquement Kodiak en désignant la porte.

— Peut-être qu'on pourrait le faire ensemble ? proposé-je.

Sa main se joint à la mienne. Ensemble, nous poussons la porte.

Elle s'ouvre en grinçant.

Pendant une seconde, nos mains restent figées dans les airs, côte à côte.

J'allume ma lampe frontale sans même y réfléchir. Puis je l'éteins, car au même instant, une lumière se met à clignoter à l'intérieur de la pièce.

Sous la faible lueur orange dispensée par les éclairages, nous découvrons une batterie massive qui couvre un mur entier de la pièce de stockage, et dont les fils disparaissent dans le sol.

— Regarde ça ! m'exclamé-je. C'est une centrale auxiliaire !

Kodiak se baisse pour examiner un câble particulièrement gros qui mène à une boîte.

— Oui, il s'agit d'un générateur. Et il semble fonctionner au méthane. C'est très ingénieux.

— Si le centre de contrôle a conçu ce générateur de manière à ce qu'il fonctionne au méthane, on peut supposer que les nappes qui nous entourent en sont constituées.

Le méthane n'a pas d'odeur, et comme l'alimentation électrique n'est pas tout à fait rétablie à l'intérieur du vaisseau, je n'ai pas encore pu effectuer de tests pour déterminer la composition de l'atmosphère. Mais nous savons déjà qu'elle contient une faible teneur en oxygène et, bien évidemment, une grande quantité d'azote.

Le centre de contrôle a probablement sélectionné cette planète sur la base d'une étude spectroscopique : même à des milliers d'années-lumière de distance, il est possible de déterminer quelles longueurs d'onde sont absorbées par une planète, dans quelle mesure ses particules atmosphériques réfractent la lumière et quelle est sa taille. Le centre de contrôle savait que cette exoplanète pouvait accueillir la vie humaine. Ce n'est pas un hasard si OS a tant œuvré pour nous amener jusqu'ici.

Se déplaçant avec une agilité surprenante pour quelqu'un qui a une attelle à la jambe, Kodiak se penche pour regarder derrière la boîte et en tire une grande enveloppe noire matelassée qu'il me tend.

Je l'ouvre. À l'intérieur se trouve un livre… un vrai livre vintage ! Il possède une couverture rigide en polycarbonate et a été imprimé sur des pages en cire à modeler.

— « Comment survivre sur Sagittarion Bb. » Ce devrait

être une bonne lecture, qu'en penses-tu ? commenté-je en l'ouvrant à la première page.

— Tu me le liras avant d'aller au lit ? plaisante Kodiak.

Il rit, puis s'arrête. Nous nous regardons quelques secondes sans rien dire.

— Il est midi, remarqué-je en me redressant et en lui tendant la main. Mais c'est probablement l'heure d'aller se coucher sur Terre.

Il se lève sans prendre ma main. Son corps se dresse au-dessus du mien.

Sans cesser de me regarder dans les yeux, il enroule ses bras musclés autour de moi et me presse contre sa poitrine. Il sent comme cette planète : une odeur de propre et un peu argileuse se dégage de lui. Je respire la fragrance de sa peau en appréciant la sensation de son corps qui réchauffe le mien.

— Il y a des choses que je me suis promis d'apprendre de toi, murmure Kodiak, le menton posé sur le dessus de ma tête. Mon ancien « moi » m'a notamment parlé de quelque chose en rapport avec l'accueil et le don...

— Oui, dis-je en souriant. Nous avons beaucoup de temps devant nous pour apprendre.

Je me tais quelques secondes et serre le livre noir contre ma poitrine tout en observant le paysage extraterrestre, avant de reprendre la parole.

— Et entre ces moments d'apprentissage, nous vivrons, coûte que coûte.

-*-

Nous nous attaquons à la construction d'un camp de base. Notre façon de procéder n'a rien de fortuit, car notre survie en dépend tout entière, et nous travaillons dur pendant vingt-cinq des trente et une heures que compte chaque journée. En un peu moins de deux semaines, le camp est installé.

Nous avons commencé par placer le générateur près de la partie la moins profonde du marais de méthane afin d'avoir une source d'énergie pratiquement illimitée à disposition. La réserve de l'*Endeavor*, qui ne devait s'ouvrir qu'après notre atterrissage, était chargée d'algues, que j'ai passé le plus clair de notre temps à cajoler pour en faire un jardin. Il ne s'agit pas de n'importe quelle algue, mais d'une algue issue de la bio-ingénierie créée spécifiquement pour que chaque souche produise une protéine, un lipide ou un glucide. Certes, ce ne sont pas les protéines, les lipides et les glucides les plus savoureux du monde, mais ensemble, ils nous fourniront un apport nutritionnel complet.

Pendant que Kodiak travaille sur l'alimentation électrique de notre complexe, je plante les souches d'algues individuelles sous une feuille de polycarbonate conçue pour intensifier le faible rayonnement solaire de l'exoplanète. Il y a beaucoup de choses que j'aimerais pouvoir faire, comme construire une vraie maison, mais la nourriture figure en première place sur notre échelle de besoins.

Ce matin, Kodiak est sorti du lit avant moi. Sa chaleur me manque. Elle disparaît si vite dans le polycarbonate… Alors que je me lève en titubant et en rêvant d'un peu de café – dont mon esprit se souvient, mais que mes lèvres n'ont jamais réellement goûté –, j'entends Kodiak m'appeler.

Il est devant la serre, accroupi à côté de ce qui semble être Rover… ou plutôt deux Rovers, qu'il a assemblés pour former une sphère pleine munie de bras qui émergent de leur jonction. Le résultat est à la fois flippant et mignon.

— Qu'est-ce que c'est que ça ? lui demandé-je en déposant un rapide baiser sur ses lèvres.

— Attends, tu vas voir, sourit-il. Rover, dis bonjour à Ambrose.

Rover roule en tournant sur la lande jusqu'à s'arrêter devant moi en agitant les bras.

— Bonjour, Ambrose, déclare OS. Désormais, ceci sera mon nouvel aspect. Je suis là pour vous aider, Kodiak et vous.

Entendre la voix de ma mère sur cette planète étrangère me serre la gorge. L'émotion est si forte que mes yeux s'humidifient.

— Bonjour, OS, le salué-je en essuyant mes larmes.

— Je serai un meilleur cultivateur d'algues que vous. S'il vous plaît, laissez-moi m'occuper de cette tâche. Je serai aussi très heureux de commencer à construire des logements plus spacieux.

— Kodiak, c'est incroyable, m'émerveillé-je. OS est là, à l'intérieur de Rover.

— Je veillerai à ce que les souches d'algues ne s'échappent pas de la serre afin d'éviter toute interaction inattendue avec les organismes de l'exoplanète, ajoute notre sphère bavarde. Je pourrai modifier les pourcentages de vos apports nutritionnels pour les enrichir, et même produire un carburéacteur alternatif si vous souhaitez un jour que j'imprime des véhicules. Ma mémoire comprend de nombreuses études d'ingénierie accompagnées de schémas techniques.

— Je vais prendre mon petit déjeuner, annoncé-je tandis qu'OS commence à s'affairer dans la serre et à arroser nos plants.

— Bonne idée, approuve Kodiak. Je meurs de faim.

Pendant que nous mangeons notre soupe d'algues, je lui lis à voix haute le livre noir qui était caché derrière la porte grise. Si le centre de contrôle dit vrai, Sagittarion Bb connaît généralement des décennies de stabilité environnementale, suivies de plusieurs saisons durant lesquelles se développent des cyclones à déplacement lent. Nous ne savons pas où se situe notre atterrissage dans ce cycle saisonnier, mais il nous paraît presque certain que nous ne serons pas confrontés à ces cyclones avant quelques années terrestres, peut-être même des décennies. Cependant, à un moment donné, il nous faudra être en mesure de déménager rapidement vers un autre endroit de la planète.

— Je vais commencer à étudier les modèles de véhicules stockés dans la mémoire d'OS, informé-je Kodiak. Par la suite, nous aurons besoin de rendre toute cette base mobile.

— Regarde ça, me lance-t-il.

Appuyé sur sa béquille en polycarbonate, il donne un petit coup de coude au mur de notre dernière structure. Le matériau le repousse, comme un château gonflable.

— C'est… euh… amusant, commenté-je.

— Ambrose, nous pouvons le faire flotter ! Avec la bonne composition de gaz à l'intérieur des parois creuses en polycarbonate, il passera du statut d'habitat…

— … à celui de véhicule ! terminé-je.

— Exactement, comme un ballon flottant. Donc, une fois que nous aurons mieux cerné les caractéristiques de cette exoplanète, nous pourrons prédire les conditions météorologiques et déplacer l'ensemble de notre installation si nécessaire.

— Oui, mais pas avant très longtemps, j'espère.

— Oui, nhut.

— Il est temps que j'apprenne un peu de dimokratíen. Ce n'est pas juste que nous parlions toujours dans ma langue.

Soudain Kodiak me regarde avec une expression pleine de gratitude.

— Merci. Je serais très heureux de t'apprendre ma langue, dit-il en souriant.

Je me tiens à côté de lui, un bras passé autour de ses épaules.

En très peu de temps, il est passé du statut d'inconnu à celui d'amant et de partenaire de vie. Nous avons vécu et sommes morts ensemble plusieurs fois par le passé, et cette étrange vérité me fait frissonner chaque fois que j'y pense.

— Au fait, tu as trouvé des consignes sur la façon dont nous devons nommer cette planète ? demandé-je.

— C'est toi qui étudies le livre noir. Et puis, le nom de cette planète n'est-il pas déjà censé être Sagittarion Bb ?

— C'est vrai. Mais je trouve ça dommage que le dernier combat de l'humanité s'appelle ainsi. Je me disais qu'on pourrait peut-être lui donner un nom un peu moins vide de sens.

— Comme la « Terre » ?

Sa proposition me fait taire instantanément. Sur Terre, la civilisation humaine a disparu. Nous sommes les derniers êtres humains encore en vie. Cela fait-il de cette planète une nouvelle Terre ? Cette perspective me donne la sensation que les effets de la narcose sont de retour. J'ai l'impression de pouvoir flotter dans l'atmosphère et de filer droit vers le ciel bleu-vert. La réalité de notre situation me donne le vertige.

— Ambrose, est-ce que ça va ? s'inquiète Kodiak en me regardant nerveusement.

— J'ai un peu la tête qui tourne, mais ça doit être la fatigue.

Je n'arrive pas à le regarder dans les yeux, alors j'observe le ciel et son second soleil plus pâle. Sauf que ça me laisse encore plus étourdi.

— Je n'ai pas envie que cet endroit devienne une autre Terre. Je veux en faire autre chose. Quelque chose de nouveau… et de meilleur que la Terre.

Sans réellement le vouloir, je m'assieds lourdement par terre. Kodiak s'agenouille à côté de moi et me caresse le dos.

— Il nous en a fallu des efforts pour nous adapter à cette réalité, soupiré-je.

Kodiak me surprend en hochant la tête. Il s'assied à côté de moi et prend ma main moite dans la sienne sans se soucier de la boue qui commence à imbiber son pantalon. Le combat que nous menons pour notre survie nous a rapprochés.

— Est-ce que tu te sentirais mieux si on s'empiffrait d'algues ?

— Curieusement, je ne pense pas, dis-je en riant malgré moi.

Il frotte ses doigts contre le centre de mes paumes, assez fort pour me faire mal et me soulager en même temps.

— Qu'est-ce qui t'aiderait à te sentir mieux ?

Je le regarde dans les yeux en réfléchissant à sa question. Mes premières pensées se portent sur ses lèvres charnues et sa barbe mal rasée. Mais mon esprit agité est accaparé par un autre sentiment qui ne me quitte pas depuis mon réveil.

— Je sais qu'elle est morte depuis trente mille ans. Mais Minerva me manque, confié-je.

Il incline mon menton pour pouvoir plonger son regard dans le mien.

— Puisque Sagittarion Bb n'est pas vraiment un nom à la hauteur de notre nouvelle maison, nous allons le changer. Et j'ai ma petite idée sur la question. Peut-être même y as-tu déjà songé, toi aussi ?

— À quoi penses-tu exactement ? l'interrogé-je en scrutant son visage.

Mais j'ai compris où il voulait en venir, et je me surprends à pleurer. Les pouces de Kodiak essuient mes larmes. Sa peau est si douce et agréable.

— Bienvenue sur Minerva, souffle-t-il.

-*-

Nous avons désormais quatre serres, et Rover est en train d'en imprimer une cinquième. Un léger vrombissement mécanique brise le silence de l'aube tandis que la sphère de notre robot-gardien passe d'une serre à l'autre pour s'occuper des souches d'algues, les arroser et tester la composition de l'air en s'assurant qu'elle possède un taux adéquat d'oxygène et d'azote. La cinquième unité est réservée à d'autres cultures.

Pendant qu'OS s'affaire, je marche le long des bandes de terre de cette dernière en passant mes doigts sur des plantes douces et cotonneuses qui ont la couleur de la rouille. Elles prospèrent aussi bien sur le sol de Minerva qu'à bord du vaisseau. Le monde qui l'a vue naître devait être particulièrement rude pour qu'elle soit robuste au point d'être capable de pousser dans tant d'environnements différents.

Ensemble, nous formons un écosystème assez hétéroclite, composé d'êtres issus de trois mondes différents.

Nous sommes sur Minerva depuis six mois, ce qui signifie qu'OS et moi devons ajuster les engrais de la culture d'algues pour éviter l'épuisement de nos stocks. Avec mon seau contenant lipides, protéines et glucides suspendu au creux de mon coude, je retourne à la table de notre base qui est entourée d'un assortiment de chaises hétéroclite : certaines ont été imprimées récemment, tandis que d'autres ont été récupérées à bord de l'*Endeavor*. Je chauffe les éléments et les mélange pour préparer notre repas habituel, puis ouvre le livre noir au chapitre « Sixième mois » en attendant le retour de Kodiak.

Je n'ai pas beaucoup dormi la nuit précédente, et je ne peux empêcher ma vision de se brouiller à la lecture des rangées de pourcentages d'azote recommandés sur la feuille de plasticine. Je manque presque la note qui se trouve au bas d'une page : « Bienvenue dans votre sixième mois, colons Cusk et Célius. Maintenant que vous êtes établis, vous pouvez accéder à des messages spéciaux vous étant destinés dans la mémoire de l'*Endeavor*. Partition 07:14, code Bb06. »

Dès que j'aperçois Kodiak à l'horizon, qui revient lentement vers la base pour notre déjeuner, je me lève et agite les bras en criant.

— Viens vite ! J'ai trouvé quelque chose !

-*-

Le jeune homme est assis sur une chaise pliante dans une pièce dépourvue de toute fioriture qui aurait été somme toute banale sans la fenêtre qui se trouve derrière lui. Celle-ci laisse apparaître un ciel bleu flamboyant et permet à la lumière du soleil d'inonder la scène. Ce sont le ciel et le soleil de la Terre.

Le garçon est paré des accessoires les plus à la mode en Fédération : un cercle d'or entoure sa tête, et son corps est vêtu d'une toge de couleur crème, ourlée d'argent, cousue à partir du tissu le plus doux qui soit. Des tatouages éphémères coûteux brillent sur ses joues et son cou. C'est moi.

— Tout ceci est vraiment bizarre…, commence le garçon avec ma voix.

— Sans blague, murmuré-je en tournant les yeux vers Kodiak.

Il est impassible. Les mains jointes devant ses lèvres, il cligne à peine des yeux en regardant l'enregistrement.

— Je m'appelle Ambrose Cusk. Ça, tu le sais déjà, parce que c'est aussi ton nom.

Mon sosie marmonne quelques mots inaudibles, avant de poursuivre.

— Je suis l'original. J'ai été cloné après avoir passé cette visite médicale. C'est là-bas qu'ils ont enregistré mon… ou plutôt notre cerveau. C'était il y a quelques mois. À présent, je connais la vérité. Je sais que la balise de détresse ne s'est jamais déclenchée et que le centre de contrôle m'a menti. Mais je devais y croire, afin que vous tous ayez la volonté de survivre chaque fois qu'on vous réveillait. C'est pourquoi ils ont cartographié mes neurones pendant que moi, j'y croyais encore. Notre mère a anticipé la catastrophe à venir. Elle a mis au point un plan pour sauver la race humaine, et elle voulait que sa propre progéniture constitue la deuxième étape de son Histoire, qu'elle soit celle qui porterait le flambeau de la civilisation humaine.

Il rit tristement.

— C'est typique de notre mère. Elle a toujours été une femme aux ambitions modestes, ironise-t-il.

Il regarde alors quelqu'un hors caméra, puis secoue légèrement la tête.

— Personne ne m'a jamais demandé mon avis concernant ce projet, continue-t-il. J'ai été furieux pendant longtemps. Savoir ce qu'ils m'ont fait… et ce qu'ils *vous* ont fait sans votre permission m'a mis hors de moi. Le violon était ma seule petite rébellion. J'ai insisté pour que le centre de contrôle te le donne. C'est celui-là même avec lequel nous avons grandi et appris à jouer. Ce n'est pas grand-chose, mais je tenais à ce que tu l'aies. Au moins, si tu entends ce message, c'est que tu es arrivé sur l'exoplanète. Je suis désolé qu'il n'y en ait pas eu de plus proche. Tu es le clone chanceux, le but de cette mission. Vous êtes aussi probablement les derniers êtres humains encore en vie, toi et l'astronaute que Dimokratía a sélectionné pour t'accompagner. La mission était tout simplement trop ambitieuse pour être accomplie sans l'implication commune de la Société Cusk, de la Fédération et de Dimokratía. Et ces derniers ont investi dans le projet à la condition de pouvoir placer quelqu'un à bord également. J'espère qu'il est gentil avec toi.

Ambrose joue avec son bracelet en or et regarde à nouveau hors champ. De toute évidence, quelqu'un se trouve derrière la caméra et surveille ce qu'il dit. Peut-être que c'est l'amiral de l'Académie, ou bien notre mère. Ambrose hoche la tête.

— Conserve cet enregistrement pour que le reste de l'humanité puisse le visionner dans les siècles à venir. Fais-leur savoir qui vous a envoyé et pourquoi. D'ailleurs, tu devrais appeler cette planète « Cusk ». C'est le rêve de maman.

Kodiak saute brusquement sur ses pieds et balance sa chaise dans la lande boueuse sans que j'aie le temps de réagir. Puis il titube hors des décombres de la pièce numéro 6.

— Qu'est-ce qui ne va pas ? demandé-je, surpris.

— Efface ça ! crie-t-il par-dessus son épaule en s'éloignant.

Je me lève et m'élance à sa suite tandis que la version de moi, morte depuis longtemps, continue de pérorer en arrière-plan.

— Kodiak, attends !

Il s'est arrêté à l'extérieur du vaisseau et se tient dos à moi. Devant lui s'étendent les plaines bioluminescentes surmontées d'un ciel qui se teinte de vert et de violet sous l'influence du coucher de soleil minervien.

Ses épaules tremblent. Je m'approche de lui et pose une main sur l'une d'elles. Il s'immobilise.

Je me positionne face à lui et plonge mon regard dans le sien pour m'assurer qu'il ne va pas me repousser, puis me presse contre lui.

En arrière-plan, l'Ambrose de la Terre parle toujours.

— Kodiak, est-ce que ça va ?

Pour toute réponse, il se met à sangloter et ses larmes s'échouent sur mon visage.

— Chut, tenté-je de l'apaiser. Ça va aller.

Il tremble et frissonne tandis que son corps est secoué de convulsions involontaires. Je le tiens contre moi et le serre dans mes bras, réduit au silence par ses larmes inattendues.

— Je les hais, crache-t-il finalement. Je les hais tous.

— Il y a un enregistrement de toi juste après. Tu ne veux pas entendre ce que le Kodiak original a à te dire ?

— Non, refuse-t-il en frémissant. Il ne mérite pas que je l'écoute. Aucun d'eux ne le mérite.

J'acquiesce contre sa joue.

— D'accord, nous allons éteindre l'enregistrement. Mais je ne veux pas l'effacer. D'accord ?

Il s'écarte, pose tendrement ses mains sur mes épaules et me retourne.

— Regarde ce coucher de soleil, me dit-il.

Le ciel affiche un violent mélange de verts, de roses et de violets, le tout jalonné par les tons rouges et orange du deuxième soleil lointain de Minerva.

— C'est si beau, chuchoté-je.

Kodiak se presse dans mon dos et enroule ses bras autour de mon torse pour me serrer contre lui.

— Ne te méprends pas. J'adore être ici avec toi. Je suis impressionné par ce que nous arrivons à faire ensemble. C'est terrifiant et merveilleux à la fois. Mais c'est notre œuvre, pas la leur.

J'acquiesce, heureux de sentir la chaleur du corps de Kodiak contre mon dos, de me tenir au creux de ses bras et de l'avoir entendu prononcer ces mots simples mais si vrais.

Nous n'avons jamais regardé la suite des enregistrements.

_-*-_

Regarder ces enregistrements n'a pas eu que du négatif, car

Kodiak a retrouvé le violon dans l'épave. Il me l'a offert à l'occasion du premier anniversaire de notre arrivée.

Ce jour est une étape importante à plus d'un titre. J'ai joué du violon toute la matinée, puis l'ai rangé. À présent, Kodiak et moi nous tenons solennellement devant la porte grise. Derrière elle se trouve quelque chose que nous devons aller chercher… quelque chose de vivant.

Si nous sommes restés à proximité de l'*Endeavor* au cours de nos premières semaines, nous n'avons plus peur de nous en éloigner désormais. Parfois, nous passons plusieurs jours loin de l'épave. Nous dormons sur nos aéroglisseurs flottants en polycarbonate en ne nous réveillant de nos étreintes que lorsque nous entendons OS commencer à s'affairer dans les serres.

L'*Endeavor* s'enfonce lentement dans la boue. La pièce numéro 6, qui était autrefois le principal point d'observation des étoiles qui entouraient nos clones – qu'elles soient vraies ou fausses –, est maintenant complètement plongée dans l'obscurité et à moitié remplie de méthane liquide. Ce n'est qu'une question de temps avant que le vaisseau ne disparaisse totalement et ne devienne une ruine que les futurs habitants de Minerva pourront fouiller et étudier.

Au fil des mois, l'extrémité la plus lourde de la pièce grise s'est enfoncée dans la boue, tandis que la plus légère s'est élevée vers le ciel. Nous devons donc grimper pour atteindre la porte, en utilisant les échelons dont nos clones précédents ont dû se servir à l'époque où ils faisaient leurs sorties extravéhiculaires.

Un bourdonnement semble venir de l'intérieur. Un appareil vrombit tout au fond de la cale. Kodiak et moi plaçons nos paumes dessus, comme de futurs parents. C'est ce que nous serons bientôt. Aux vibrations s'ajoute un battement qui survient toutes les secondes environ, lorsque le bras de la centrifugeuse fait un tour complet. Les révolutions fournissent une force identique à la gravité terrestre afin de favoriser un développement fœtal optimal.

À l'extérieur de la machine se trouve une horloge qui compte à rebours depuis que Kodiak et moi avons activé le dispositif de gestation deux cent dix-sept jours minerviens auparavant. Il ne reste que sept minutes. Nous n'avons pas pu choisir quel embryon grandirait en premier. Selon le livre noir, des milliers de zygotes ont été congelés et transportés à bord de l'unité intérieure blindée. Ces zygotes auraient été extraits de souches génétiques provenant de partout sur Terre, de Dimokratía, de la Fédération et des quelques territoires non constitués en société, pour empêcher la consanguinité chez les générations futures de la planète. Nous déplacerons le dispositif de gestation vers notre base, puis nous puiserons dans ces embryons pendant des milliers d'années, aussi longtemps qu'il y aura des humains pour les élever sur Minerva.

Parfois, je ne peux m'empêcher d'imaginer ce qui arriverait si Kodiak et moi mourions lors d'une tempête géante. Ces enfants grandiraient-ils en vénérant des lambeaux de polycarbonate et un violon à moitié cassé ? Peut-être déterreraient-ils le vaisseau enfoui dans la boue pour en étudier les artefacts et ainsi tenter de comprendre le sens du monde. Un monde abandonné par ses dieux.

Peut-être que tous les jeunes parents ont ce genre d'inquiétude. Mais la nôtre atteint des sommets.

Il ne reste plus que six minutes. Je prends la main libre de Kodiak dans la mienne.

Nous avons passé les dernières semaines à nous préparer pour ce moment. Nous avons fouillé les deux parties du vaisseau à la recherche de tout ce qu'il restait comme matériaux mous et doux, introduit des souches d'algues pouvant produire un mélange de nutriments proches du lait maternel, et créé un habitat plus petit et confortable dont la température est plus élevée et qui nous servira de crèche.

Nous avons aussi beaucoup réfléchi au prénom. Nous pourrions nommer cet enfant d'après une personne décédée il y a des milliers d'années, comme un célèbre dirigeant ou un penseur terrien dont le nom serait connu de l'ensemble de notre nouvelle société.

Mais nous n'allons pas encore donner de nom à cet enfant. Nous sommes les premiers colons et cet enfant a plus de chances de mourir que de vivre. Alors, nous ne choisirons son prénom qu'une fois qu'il aura fêté ses deux années terrestres.

Il ne reste plus que quatre minutes désormais.

Je pense à notre vieille maison. Frappée par un astéroïde, elle a probablement perdu son atmosphère dans la foulée. Si une telle chose s'est bel et bien produite, ce ne sont pas seulement les humains qui ont disparu. Tout a été éradiqué, sauf peut-être certaines bactéries anaérobies sous-marines.

Je pense à cette planète fertile, sauvage et encore inexplorée, qui offre un environnement propice à la vie.

Je pense à OS et au *Coordinated Endeavor*, aux milliers d'années de voyage qui lui ont été nécessaires pour traverser l'univers et trouver une nouvelle maison, sans oublier son Rover meurtrier, devenu gentil jardinier d'un nouveau monde.

Kodiak pose son oreille contre le cocon de gestation, un air émerveillé sur le visage. Son expression est celle d'un homme sur le point de devenir père.

Plus qu'une minute.

Je place mon visage juste à côté du sien et le regarde dans les yeux alors que la centrifugeuse ralentit. Les vibrations s'atténuent peu à peu.

Nous nous dirigeons vers le rebord de la pièce grise, là où elle s'incline face au ciel bleu-vert de Minerva, et nous perchons à l'entrée, sous un rayon de soleil glacial. Nous ne savons pas de quel espace a besoin le cocon pour accoucher. Nous n'avons jamais assisté à une telle naissance auparavant.

Le décompte arrive à zéro. Mais rien ne se passe.

Puis un panneau de la capsule s'ouvre.

— Ça y est, chuchoté-je en embrassant le côté de son cou.

Kodiak et moi gardons les yeux rivés sur la machine. Nous nous tenons la main et attendons.

Soudain, un cri se fait entendre.

Kodiak grimpe jusqu'au cocon de gestation et reste bouche bée quelques secondes avant de se pencher. Quand il se redresse et se retourne, il tient une petite créature humaine qui bouge contre son torse. Je vois des petits bras et des petites jambes, des petits doigts ainsi que des petits orteils. Sa peau est lisse et recouverte d'une matière gluante.

Je dégage le petit visage du nouveau-né et le tiens à l'envers pour que ses voies respiratoires s'ouvrent. Puis je le berce dans le creux de mes bras, ma chaleur contre son corps.

Kodiak me rejoint et caresse le visage du bébé en joignant sa chaleur à la mienne.

Notre enfant est né.

Ne partez pas tout de suite !
Eliot Schrefer a un message pour vous.

www.editions-rivka.com/video-eliot-schrefer

REMERCIEMENTS

De toute ma vie d'écrivain, jamais remerciements ne m'ont paru aussi justifiés que ceux-ci. Dans un roman, la chronologie est toujours une partie délicate, mais là, je dois dire que c'était une sacrée paire de manches. À lui tout seul, mon cerveau n'aurait jamais été à la hauteur de la tâche.

J'ai reçu beaucoup d'aide, de la part d'un tas de personnes. Je tiens ici à en remercier quelques-unes tout particulièrement :

Michael Howard, consultant principal à la NASA, s'est prêté au jeu très volontiers, m'offrant généreusement son regard affûté.

Edith Starr, mathématicienne, m'a donné toutes sortes d'informations en matière d'espace-temps.

… tout comme mon mari, Eric Zahler, qui a patiemment supporté que j'utilise la salière et la poivrière pour représenter les vaisseaux spatiaux et les ondes radio pendant nos dîners à la maison, alors même que les délicieuses pâtes qu'il avait cuisinées refroidissaient dans mon assiette. Je n'aurais jamais pu écrire une si grande histoire d'amour sans en avoir vécu une moi-même avec lui.

Mes amis auteurs, Marie Rutkoski, Jill Santopolo, Marianna Baer, Anne Heltzel et Anna Godbersen, qui m'ont donné les tout premiers retours sur ce livre, comme à leur habitude.

Quand j'ai commencé à coucher par écrit mes premières idées, il y a quatre ans, Nicole Melleby était ma toute première étudiante dans le master d'écriture créative de la Fairleigh Dickinson University où j'enseigne. Aujourd'hui, elle est une auteure reconnue dans le monde de la fiction pour jeunes lecteurs, et une partenaire de critique avisée. Go Minerva !

Emily Greenhill, elle aussi ancienne étudiante et auteure de talent, m'a aidé à garder le cap, tout comme ma collègue de chez FDU, Minna Proctor, qui a approfondi avec moi les failles émotionnelles qui se trouvaient sous la surface royale d'Ambrose.

Ma mère a une sainte horreur de la science-fiction. Ce livre ne lui aura sûrement pas fait changer d'avis, mais cela ne l'a pas empêché de contribuer à sa relecture. C'est une autre forme d'amour.

Je suis un grand fan des romans d'Elana K. Arnold (à découvrir d'urgence !), alors inutile de vous dire combien j'étais nerveux quand elle a accordé un peu de son génie à la lecture de mon premier jet. Il s'avère que sa générosité et sa sagesse m'ont été indispensables. Merci à tous mes collègues du master d'écriture de Hamline.

Mon ami auteur, Justin Deabler, a autant d'esprit que de cœur. Il a joué un rôle déterminant dans cette aventure, de la première à la dernière page. Ne ratez pas son tout premier roman, *Lone Stars* !

Donna Freitas et Daphne Benedis-Grab, amies auteures et compagnes de déjeuner (parfois par téléphone interposé, la faute à la pandémie), m'ont apporté leur soutien sans faille pendant plus d'une décennie… Encore une fois, ce livre leur doit beaucoup.

Je crois sincèrement que rien n'est impossible pour Richard Pine, mon agent, et pas un jour ne passe sans que je lui sois reconnaissant de mettre ses efforts au service de mes livres.

Katherine Tegen, Tanu Srivastava et la famille au sens large de Katherine Tegen/Harper Collins : vous m'avez si chaleureusement accueilli. J'ai beaucoup de chance de publier ce roman chez vous.

Sarah Maxwell nous a bluffés avec l'illustration de couverture, plus intense et plus belle que je n'aurais osé l'espérer. Merci. Tout le monde devrait jeter un œil à ses œuvres d'art.

Mon correcteur, Ben Rosenthal : quand je t'ai proposé ce livre alambiqué et difficile à corriger, tu n'as pas sourcillé une seule seconde. Au contraire, tu t'es retroussé les manches en disant : « C'est parti. » Tu es une vraie source de sagesse et de soutien.

Un immense merci aux divers relecteurs et à Laura Harshberger en particulier, qui était responsable de ce livre. Désolé pour les tonnes d'aspirine qu'il t'aura imposées.

LES ÉDITIONS RIVKA

Vous avez aimé ce titre ? Votre avis est précieux, aussi n'hésitez pas à le partager autour de vous.

Nées en 2020, les éditions Rivka sont spécialisées dans les littératures de l'imaginaire à destination des 14 ans et plus.

Retrouvez-nous sur www.editions-rivka.com, mais également sur Instagram, TikTok et Facebook @editionsrivka.